D1640133

Aus verborgenen Orten

Aus verborgenen Orten

U.C. RINGUER

Dieses Buch basiert auf historischen Begebenheiten und realen Schauplätzen. Seine Handlung ist fiktiv.

So ist also der Tod, das schrecklichste der Übel,
für uns ein Nichts: Solange wir da sind, ist er nicht
da, und wenn er da ist, sind wir nicht mehr.

Epikur

Unter der Lava

Er konnte die Hand nicht vor Augen sehen. Kein Laut war zu hören, außer dem Glucksen von Wasser, das über die Wände des Ganges lief und von den Stalaktiten tropfte. Der modrige Geruch von Algen und Stein drang ihm in die Nase. Darunter lag ein anderer, süßlicher Geruch, der so intensiv war, dass er ihn auf der Zunge schmecken konnte. Der von Blut.

Manzoni fingerte nach der Taschenlampe und drehte sie an. Zitternd richtete er den Strahl ein zweites Mal vor sich auf den Boden des engen Tunnels unter der Lava. Der Tote lag noch immer da. Er konnte keine vierzig Jahre alt sein. Sein blondes Haar war nass von der karminroten Lache, die sich unter seinem Kopf gebildet hatte. Die grauen Augen standen weit offen, genau wie der sandgefüllte Mund, in dem die Zunge wirkte wie ein totes Reptil.

Manzoni versuchte, sich an der Wand festzuhalten. Er hatte den Eindruck, dass der Grabungstunnel schwankte. Er hatte diese Art von Stollen zusammenbrechen sehen. Einmal war einer von ihnen von hereinflutendem Grundwasser gefüllt worden und er wäre beinahe darin ertrunken. Anderswo gab es Stellen, da musste er sich mit Atemmaske fortbewegen, weil Vulkangase in die Gänge drangen. Aber er hatte noch nie Angst vor ihnen gehabt. Niemand wagte sich mehr hier herunter, aber er? Er war hier zu Hause.

Jetzt hatte sich alles geändert. Er fürchtete sich. Sein Herz hämmerte in wilden Sätzen bis zum Hals und er hatte Mühe, zu atmen. Kalter Schweiß stand ihm auf der Stirn. Nicht der Tote schreckte ihn, sondern der Vulkan, der ihn umgab. Es war, als würde er grollen.

Manzoni wandte sich um und taumelte zum Ausgang, die Knie weich und die Glieder bebend. Hier unten hauste der Tod und der Nächste, den der Berg sich holen würde, war er selbst. Seit heute gehörte er ihm.

Ein Erschlagener unter dem Vesuv

Camarata ächzte und hätte am liebsten nach Hilfe rufen wollen, wenn er sich nicht davor gefürchtet hätte, sich lächerlich zu machen. Er rieb sich übers derbe Gesicht mit den buschigen Brauen, verschwitzt und überanstrengt. Die Wände des Stollens klemmten ihn ein. Durch die Enge des Tunnels was sein Gesicht ihnen so nah, dass er fürchtete, sich die Haut an herausstehenden Kieseln aufzureißen. Seine untersetzte Gestalt mit den breiten Schultern machte ihm die Durchquerung des Ganges nicht leichter. Er schob sich weiter und verfluchte die Tatsache, dass man von ihm erwartete, in den Berg hineinzukriechen, anstatt aus ihm heraus. Sein Rücken schmerzte, als würde jemand ihn mit einem Messer vorantreiben. ‚Wenn ich hier wieder rauskomme, dann kann ich mich und meine Uniform in die Wäsche geben. Und wenn ich stecken bleibe, müssen sie den Berg aufbrechen.‘

Als leitendem Kolonel der Carabinieri war es ihm zugefallen, den erschlagenen Mann in dem erstickend engen Tunnel im Tuff in Augenschein zu nehmen. Herculaneum war zu wichtig, als dass man einen Untergebenen gesendet hätte. Camarata hätte nur zu gern auf die Ehre verzichtet. Sein Nacken war voller Sand und sein Rachen ausgetrocknet. Seine Schultern kratzten über den Tuff und er fürchtete wiederholt, sich die Kordeln und Epauletten seiner Uniform abzureißen. Die Wächter der Anlage hatten ihn gewarnt, dass die alten Tunnel zusammenbrechen könnten, aber seine Kollegen hatten ihn nichtsdestotrotz gnadenlos in die Wand geschoben. Seit 250 Jahren hatte niemand die Stollen unterhalten. Mehr noch: Ferretti, die Chefin der Wachen, hatte ihm gestenreich versichert, dass sie schon bei ihrer Erschaffung instabil gewesen seien. ‚Aber reinkomplimentiert hat man mich trotzdem.'

Camarata schüttelte sich. ‚Was für ein Ort.' Er besichtigte den Bauch der Erde und fühlte sich, als hätte man ihn gebeten, in seinem Grab Probe zu liegen. ‚Ich frage mich, was der Tote hier drin gewollt haben kann. Auch wenn die halbe antike Stadt noch im Stein liegt, kann er ja unmöglich beabsichtigt haben, sie mit bloßen Händen auszugraben – um Mitternacht und im Anzug.'

Als er die Leiche schließlich erreichte, wäre Camarata am liebsten wieder umgekehrt. Der ausufernd große blonde Mann lag rücklings auf dem Boden, blut- und schmutzbedeckt, wenn auch gut gekleidet. Sein Kopf lag zu Camaratas Füßen, seine Beine waren zum Inneren des Berges hin ausgestreckt. Die Hände waren hoch erhoben und zu Fäusten geballt, der Kopf zertrümmert und der Mund stand weit offen.

Camarata blinzelte in die Dunkelheit und rieb sich die Stirn, um die in ihm aufkommende Benommenheit zu vertreiben. ‚Wieso kriecht man mit einer Statur von 1,90 m und geschätzten 150 Kilo Lebendgewicht in einen kaum einen Meter breiten Gang? Und wieso findet sich darin in aller Herrgottsfrühe auch noch jemand, der einem den Schädel einschlägt?' Er hielt es für wenig wahrscheinlich, dass man den Toten von draußen in den Tunnel gezerrt haben könnte. ‚Der Durchgang ist zu eng. Ich passe ja selbst kaum rein.'

Camarata spürte den dumpfen Schock der Szene bis in die Haarspitzen. Als wäre seine Kopfhaut betäubt von dem, was er sah. Der Tote hatte um sein Leben gekämpft und den Kampf im finsteren Loch im Tuff verloren. Sein Blut befand sich überall an den Wänden. Der rote Abdruck seiner Hand bedeckte ein Mauerstück, an das er sich in seiner letzten

Minute geklammert haben musste. Camarata hätte beinahe denselben Stein als Stütze verwendet und zuckte davon zurück.

Er hasste es, die leblose Hülle eines Menschen anzusehen. Es war ein beeindruckendes und zugleich erschütterndes Bild. Irgendwo tief drinnen rührte es an das Wissen um seine eigene Sterblichkeit. Von einem Augenblick zum anderen übermannte ihn der in dem Gang herrschende Geruch von Moder und Blut und er musste an sich halten, um sich nicht zu übergeben. Trotz der vielen Jahre im Dienst verstörten ihn solche Szenen. Ihr Anblick war einer der Gründe, warum er seinen Posten bei der Mordkommission verlassen hatte und zum Kunstschutz gewechselt war. ‚Und jetzt stehe ich schon wieder vor so etwas …'

Camarata drehte sich um und robbte zurück ins Freie, froh, dass man im Moment nicht mehr von ihm verlangte, als einen Blick auf den Mann zu werfen. Alles Weitere überließ er herzlich gern Spurensicherung und Gerichtsmedizin.

Ein Wunder

Camarata hustete und spuckte, als er endlich wieder im Sonnenlicht ankam. Jemand reichte ihm ein paar Tempotaschentücher, damit er sich Gesicht und Hände abwischen konnte. Erschüttert stellte er fest, dass er Blut an den Fingern hatte. Die Gruppe der Carabinieri hatte sich inzwischen erweitert und jedermann war beschäftigt. Nur ein greiser Mann saß auf einem Stein nahebei, reglos wie eine Statue. Seine wirren weißen Haare standen um den Kopf herum und die von der Sonne tiefbraun gebrannte Haut schien darunter hervor. Camarata trat zu ihm. „Das waren Sie, der den Mann dort drinnen gefunden hat, richtig?"

Der Alte winkte ab, ohne aufzusehen. Seine Stimme erklang als heiseres Krächzen. „Reden Sie mit jemandem anderen. Ich mag jetzt nicht belästigt werden."

Camarata blinzelte. Man hatte ihm bei seiner Ankunft gesagt, der Mann sei ein Archäologe von Weltruf und hatte ihm händeringend versichert, aufgrund seines hohen Alters und seiner Berühmtheit sei Armando Manzoni ein völlig unwahrscheinlicher Täter. Ein komischer Vogel schien er ihm trotzdem zu sein. Er fixierte die Ruinen der gegenüberliegenden Gasse, als gäbe es dort etwas zu sehen, was er unter keinen Umständen aus den Augen lassen dürfe.

Camarata rieb sich das Kinn. ‚Was hat diesen Typen mit seinen wirren weißen Haaren dazu getrieben, in aller Herrgottsfrühe durchs Erdreich zu kriechen? Nicht nur die Gegenwart des Täters in dem Tunnel ist erstaunlich, sondern auch die des Entdeckers der Tat.' Er beugte sich zu dem Greis, bis er ihm in die blauen Augen sehen konnte. Er musste den

Alten fast zwingen, ihn anzusehen. „Sagen Sie: Warum sollte man jemanden dort drinnen erschlagen? Sie kennen sich doch hier aus, oder?"

Die Augen des Alten huschten fort, dann plötzlich fixierten sie ihn mit glühender Schärfe. Seine Antwort kam als Raunen. „Dort drinnen liegt ein Wunder, aber lassen Sie um Himmels Willen die Finger davon! Glauben Sie mir! Machen Sie, dass Sie wegkommen!"

Camarata knurrte verärgert: „Ein Wunder!? Der Gang ist völlig leer!"

Manzoni machte eine wirsche Geste, stand auf und schlurfte davon, ohne sich noch einmal umzuwenden.

Seltsame Details

Camarata hatte genug. Über der Tunnelbesichtigung und dem Eintreffen der Gerichtsmedizinerin war es Mittag geworden. Die Sonne brannte mittlerweile gnadenlos auf die Ruinen und die darüberliegende moderne Stadt. Die Zikaden waren erschöpft verstummt und nur von fern drang noch das Geräusch von Fahrzeugen herüber. Die Anlage war wegen des Mordes geschlossen worden und außer den Ermittlern war keine Menschenseele mehr zu sehen, nur ausufernder Oleander und Pinien. Über allem thronte reglos der Vesuv mit seinen grünen Hängen und der schuttbedeckten Spitze, Menetekel der Vergänglichkeit menschlichen Seins.

Camarata stieg keuchend die Rampe aus den Ausgrabungen hoch. Er war staubbedeckt, seine dunkle Uniform und das weiße Uniformhemd verschwitzt. Er hätte viel dafür gegeben, sich waschen zu können. Die vierzig Grad im Schatten machten ihm und seinen Kollegen zu schaffen, aber er versuchte, trotz dessen Würde zu bewahren. Im Gehen klopfte er den Dreck von den breiten Schultern und wischte sich den Schweiß vom Gesicht. Der Höhenunterschied von den Ruinen bis zu den Verwaltungsgebäuden betrug zwanzig Meter, vom antiken Strand dreißig. Er hätte nichtsdestotrotz weniger keuchen wollen. „Du bist von zehn Schritten außer Atem. Du wirst alt und fett, mein Freund."

Nach den morgendlichen Strapazen fühlte er sich erschöpft und zudem vom Anblick des Tatorts erschüttert. Trotzdem hoffte er, dass ihm seine Kollegen das nicht ansahen. Es waren mittlerweile zwei Dutzend eingetroffen, allen voran der arrogante Chef der Mordkommission, Negri. Ihm waren der quirlige Antonelli von der Spurensicherung und Camaratas Lieblingsärztin Chiodi von der Gerichtsmedizin gefolgt. Das Labor Herculaneums war der letzte Ort, den Camarata noch selbst zu besuchen beabsichtigte, dann versprach er sich, eine Pause einzulegen und alles Weitere zu delegieren. Er musste nicht alles allein machen, auch wenn er oft dafür kritisiert wurde, es zu versuchen.

Die riesige Grube, die man gegraben hatte, um die antike Stadt aus dem Tuff zu befreien, lag hinter ihm. Vor ihm erstreckten sich die flachen Ziegelgebäude der Verwaltung der Anlage. Er versuchte, sich zu orientieren und fand das Labor dank eines Schildes zwischen den Oleanderhecken.

Als er eintrat, atmete er erleichtert auf. Der Raum war weiß, sauber und vor allem kühl. Eine Klimaanlage summte gleichmäßig vor sich hin und blies ihm kühlenden Wind entgegen. Plastikstühle und lange Tische standen in Reihen, Regale lehnten an der Wand und über allem lag der aseptische Geruch von Chemikalien. Camarata entspannte sich. Auf den Tischen ruhten unförmige Haufen bedeckt von Seidenpapier. Aus Neugier hob er eins der Blätter an, aber ließ es eilig wieder fallen. Ein kahler Schädel bleckte ihn an. ‚*Accidenti*. Noch einen Toten verkrafte ich heute nicht.‘

Eine heitere Frauenstimme erklang hinter ihm. „Keine Angst, der beißt nicht mehr.“

Camarata wandte sich um.

Eine junge Laborantin mit schmalem gebräunten Gesicht stand hinter ihm. Sie hatte die blonden Haare zu einem Knoten gebunden und wippte mit den Händen in den Taschen ihres Kittels auf den Zehenspitzen auf und ab. „Das Labor ist nicht öffentlich. Besucher haben hier nichts zu suchen.“ Sie bildete einen erfrischenden Kontrast zur Gluthölle der Ruinen und dem Ermordeten in ihren Eingeweiden.

Camarata war dankbar, die junge Frau zu sehen. Es war, als bewiese sie ihm, dass die Schönheit der Welt noch existierte. Er sah sich um. „Ist es bei Ihnen üblich, tote Leute auf den Tischen aufzuhäufen?" Seine Bemerkung war banal, aber diente ihm als einleitender Smalltalk zu weit weniger trivialen Fragen.

Die junge Frau schürzte charmant die Lippen und warf einen Blick auf Camaratas schwarze Uniform. „Unsere Klienten fallen nicht in Ihr Ressort, Herr Kommissar, keine Sorge. Das sind antike Opfer des Vesuvs, die man unten am Strand gefunden hat. Ihr Ableben ist verjährt und niemandes Schuld."

Camarata zögerte, ob er in den scherzenden Tonfall einstimmen sollte. Der Mord in den Ruinen hatte ihm die gute Laune vergällt. Er ächzte. „Die Skelette hier sind vom Strand?"

„Die Leute hatten sich in Bootshangaren versteckt, in der Hoffnung, dass die römische Flotte sie vor dem Vulkan retten würde."

„Aber das ist nicht passiert?"

„Als der berühmte Plinius anlangte, waren die Wartenden bereits bei lebendigem Leib gekocht worden." Sie drehte sich zu einem der Labortische und griff eine murmelgroße Kugel. „Sehen Sie das?"

Camarata zuckte die Schultern.

„Das ist ein Gehirn."

Er zog eine Grimasse. Er hatte nicht gedacht, dass Hitze ein Gehirn in eine Glasmurmel verwandeln könnte.

Das Lächeln um den vollen Mund der Laborantin vertiefte sich. „Jetzt muss ich Sie aber hinausbitten. Die Vorschriften ... Ich bekomme Ärger."

Camarata räusperte sich. „Ich bin leider kein Müßiggänger. Francesco Camarata, Kolonel der Carabinieri. Man hat einen toten Mann in den Ruinen gefunden." Er holte sein Telefon aus der Tasche und hielt den Bildschirm vor die Laborangestellte. Darauf leuchtete das Foto des Erschlagenen, das man am Tatort geschossen hatte. Es war das Harmloseste unter einer weit blutigeren Auswahl.

Die junge Frau taumelte rückwärts. „Oh Gott. Das ist Gianni Perrone."

Camarata realisierte, dass er sich von der Energie seines Gegenübers hatte verleiten lassen, ihr das Bild zu forsch vors Gesicht zu halten. Trotz eines gewissen Gefühls der Schuld war er erleichtert. Seine Leute befragten seit Stunden die Angestellten in der Anlage, um zu erfahren, um wen es sich bei dem Erschlagenen im Tunnel handelte und die Frau schien es zu wissen. „Perrone ist ein Kollege von Ihnen?"

„Ein Biochemiker aus Neapel … Er ist tot?" Die Laborantin sank auf einen der Plastikstühle. „Gianni Perrone hatte hier genauso wenig zu suchen wie Sie … wie Touristen, meine ich. Aber er kam zweimal her. Daher weiß ich, wer er ist."

Die Lippen der jungen Frau waren weiß. Camarata riss seinen Enthusiasmus am Riemen und dämpfte die Stimme. „Verzeihen Sie meine Grobheit. Darf ich Sie trotzdem fragen, was Perrone von Ihnen wollte?"

„Ich hatte ihm Knochenproben gesendet. Wir hatten die Skelette aus den Ausgrabungen zu Tests an Universitäten gesendet, aber ich habe eins im Lagerraum entdeckt, das man wohl vergessen hat. Perrone hat die fehlenden Untersuchungen durchgeführt und ist dann hier erschienen … wie …" Sie zögerte und suchte nach Worten. „Wie eine Furie."

„Er ist gekommen, obwohl er nicht hier sein sollte, und war was? ‚Eine Furie‘ soll heißen, er war wütend?"

Die junge Frau schüttelte den Kopf. Ihre hellen grauen Augen sahen ihn zweifelnd und voller Sorge an. „Er war erregt. Und aufdringlich. Ich fand Perrones Bemerkungen intelligent, aber er hat sich unmöglich betragen. Als ob die Knochenproben, die ich ihm gesendet hatte, etwas Unglaubliches wären. Etwas noch nie Dagewesenes. Er war wie ein großes, schnüffelndes Tier."

„Knochenproben. Hm. Wir haben ihn in einem Tunnel im Tuff gefunden. Wo soll da die Verbindung sein?"

„Er lag in den Bourbonen-Tunneln? Als Biochemiker?"

Camarata stellte sich dieselbe Frage: Was suchte ein Biochemiker in einer archäologischen Ausgrabung mitten in der Finsternis? „Die Gerichtsmedizinerin meint, er sei keine drei Stunden tot gewesen, als man ihn entdeckt hat. Man hat ihn irgendwann nach Mitternacht erschlagen. Wann war Perrone das letzte Mal hier?"

„Gestern am späten Nachmittag. Gegen sechs."

„Und warum sollte er ein paar Stunden später in den Gang gekrochen sein?"

Die junge Frau zuckte die Schultern. „Und das, wo die Tunnel lebensgefährlich sind. Vor allem im Dunklen. Wie ist

Perrone überhaupt nachts in die Anlage gekommen?"

Camarata schob die Unterlippe vor. Heißer Wind wehte durch das offene Fenster herein und trug den Duft überreifer Feigen zu ihm. Es war der Geruch nach Sommer und dem Urlaub, aus dem er gerade erst zurückgekehrt war. Die Ruhe und Gelassenheit der freien Tage waren vom Anblick des Erschlagenen vertrieben worden. Er schob sich näher an die Klimaanlage, öffnete erneut das Telefon und hielt der jungen Frau ein Bild des Körpers des Toten hin. „Hier ist noch ein verstörendes Bild. Verzeihen Sie mir. Wenn Sie dazu bereit sind, noch einmal herzusehen …?"

Die junge Frau sah auf das Telefon und zuckte zurück.

Camarata tätschelte ihr die Schulter. „Verzeihung. Ich weiß, das ist unschön. Aber sehen Sie: Der Mann hat den Mund weit aufgerissen, den Rachen voller Sand und Kiesel und die zertrümmerten Hände über dem Kopf verkrampft. Die Medizinerin sagt, man habe ihm die Hände nachträglich so geformt und den Mund gewaltsam aufgerissen, bis der Kiefer gebrochen ist."

Die Augen der jungen Frau weiteten sich. „Sie meinen, man hat Perrone hergerichtet?"

Camarata nickte. „Jetzt wo Sie es sagen … ‚Hergerichtet' ist das Wort, das ich gesucht habe. Wieso sollte jemand so etwas tun, wenn er den Toten in einem Grabungstunnel liegen lässt, in dem niemand vorbeikommt? Doch nicht in der Hoffnung auf Zuschauer …?"

Die junge Frau bebte. „Ich glaube, ich weiß, was das bedeuten könnte. Das nennt man die Faustkämpferstellung."

„Wie?"

„Sie ist typisch für einen in der Hitze verkrümmten Körper."

„Ah, wie bei Brandopfern. Die Muskeln ziehen sich zusammen. Aber was hat das mit Perrone …?"

„Viele der antiken Toten sehen so aus."

Camarata begriff. „Sie denken, Perrone wurde hergerichtet wie ein Opfer des Vesuvs?!"

„Vielleicht wollte der Mörder antike Tote imitieren, sodass man später nicht auf den Mord aufmerksam wird? Es war doch kaum zu erwarten, dass man Perrone so schnell in dem Tunnel findet, oder?"

„Vielleicht." Camarata kratzte sich am Kinn. „Sagen Sie, was war mit dem Skelett, welches Sie im Lagerraum gefunden haben und von dem Sie Perrone Tests zugesendet haben? Sieht das auch so aus?"

„Das sind nur lose Knochen."

„Also nichts Ungewöhnliches?"

„Im Gegenteil. Es ist viel weißer als die übrigen und es gibt bizarre Details. Es hatte mich auch verwundert."

Camarata hätte die junge Frau schütteln mögen. „Sie sagten, es seien die Proben davon gewesen, die Perrone so in Aufregung versetzt hatten. Was ist damit? Was ist an dem Skelett *anders*?"

Die blonde Laborantin rieb sich die Schläfen, bemüht, sich nach dem Schock der blutigen Bilder zu sammeln. „Zuerst ist es mir nur aufgefallen, weil es nicht bei den archivierten Gebeinen lag. Man hatte es in einen Karton gezwängt und in die hinterste Regalecke geschoben, als hätte man es verstecken wollen."

„Verstecken?"

„Es ist immer noch nicht hier, sondern im Lager, sonst würde ich es Ihnen zeigen. Und dann ... Zum Beispiel sind die Zähne des Toten schlecht."

„Ist das nicht erlaubt?"

„Die Toten von Herculaneum haben außergewöhnlich gute Zähne. Das Grundwasser der Stadt ist reich an Fluorid. Der Mann im Karton hatte Karies. Ich vermute daher, dass er nicht von hier stammte. Es könnte sich um eine Person aus Rom handeln. Die Gegend hier war ein Urlaubsdomizil. Die Kaiser hatten ihre Villen drüben bei Misenum. Ich hatte gehofft, jemanden Außerordentlichen zu finden. Man weiß nicht viel darüber, wer in Herculaneum starb ... Aber ... hm ..."

Camarata verzog das Gesicht. Ein dumpfes Gefühl breitete sich in seiner Brust aus. „Es scheint, dass auch Perrone meinte, dass etwas an dem Skelett besonders wäre."

„Sie denken, man hat ihn deswegen umgebracht?"

Camarata trommelte mit den Fingern auf den Tisch. Er verstand das Zögern der jungen Frau, aber das Indiz schien ihm vielversprechend. „Perrone kommt zweimal wegen dieser Knochen her, beim zweiten Mal kriecht er nachts in einer völlig unwahrscheinlichen Aktion in einen Grabungstunnel. Jemand folgt ihm und erschlägt ihn. Es müsste schon mit dem Teufel zugehen, wenn das nicht wegen seiner Neugier geschah."

„Wenn man nachts in eine Ruinen-Anlage einbricht, geht das über Neugier hinaus. Das ist strafbar."

„Perrone hat in seiner Aufregung also noch nicht einmal vor einer Straftat zurückgeschreckt ... Hat er Ihnen die Ergebnisse seiner Tests gegeben?"

Die Augen der Laborantin blitzten und eine Furche bildete sich über ihrer Nasenwurzel. „Ich denke, er hatte sie bereits vorliegen, aber er weigerte sich, sie mir auszuhändigen. Ich hätte ihn gestern fast deswegen rausgeschmissen. Wir haben uns angeschrien."

Camarata musste schmunzeln. Mit der energischen jungen Frau hätte er sich nicht anlegen mögen. Es beruhigte ihn, dass sie den Schock des Mordes bereits verarbeitet hatte. „Rufen Sie mich an, wenn Ihnen noch etwas einfällt." Er drückte ihr seine Karte in die Hand. Dann wandte er sich zum Gehen, aber hielt noch einmal inne. „Verzeihung, wie heißen Sie eigentlich?"

„Therese Urquiola."

Camarata dankte mit einem Nicken und trat ins Freie. Die junge Frau gefiel ihm.

Gänge unter dem Vulkan

Camarata kehrte zu den Ruinen zurück, wo sein Dienstfahrzeug und seine Leute warteten. Der gelbe Sand des Weges knirschte unter seinen Füßen und sein Rücken wurde schon nach wenigen Schritten erneut gnadenlos von der Sonne verbrannt. Ächzend entledigte er sich seiner Uniformjacke, aber von da an brannte die Sonne durch sein Hemd. ‚Vermaledeiter August. Da wird's einem noch nicht mal kühler, wenn man sich nackt auszieht.' Er wollte ausspucken, aber sein Mund war zu trocken dafür. Schwitzend umrundete er die roten Oleanderbüsche der Hecken, aber war trotz seiner Unzufriedenheit über die Hitze besserer Laune als zuvor. Es ermutigte ihn, dass der Erschlagene von nun an einen Namen hatte. Ein Name war ein Anfang. Er stapfte die Metallrampe zu den ockerfarbenen Trümmern wieder hinunter. Herculaneum lag auf dem Grund der enormen Grube, die man in Lava und Tuff gegraben hatte, um es freizulegen.

Die moderne Kleinstadt Ercolano thronte hoch oben über der verschütteten antiken Stadt. Seit sie erbaut worden war, waren ebenfalls bereits ein paar hundert Jahre ins Land gegangen und Camarata hatte bei der Herfahrt gemosert, dass man es Ercolano ansähe. In der Stadt vor den Toren der archäologischen Anlage hingen Kabel und Wäsche von den Balkonen und eine Dunstglocke von Schmutz lag schon in den Morgenstunden über den Häusern. Lärm herrschte überall und Stau verstopfte die Straßen. Das neue Ercolano war nicht reich wie das alte Herculaneum. Es trug den ehrenvollen Namen auch erst, seit man die Ruinen entdeckt hatte, und hatte vorher Resina geheißen, ein Kaff, Vorstadt des Molochs

Neapel und Ansammlung illegaler Bauten, die den Blick auf die malerische Bucht davor nicht verdienten.

Camarata seufzte erleichtert, der modernen Welt zu entkommen und in die Ruinen zurückzukehren. Ein Gefühl der Beklemmung bemächtigte sich seiner jedoch, je weiter er in die Tiefe stieg. Wie so oft in seiner Karriere fragte er sich, was in der Nacht geschehen war, um so viel Gewalt und Brutalität freizusetzen. Auf den Gassen und in den Ruinen wirkte alles friedlich und harmlos. Nur am Tunnel hatten sich seit sechs Uhr früh Spurensicherung und Ermittler die Klinke in die Hand gegeben, blass und geschockt von dem, was sie vorgefunden hatten.

Trotz des Ruhms der Ruinen waren Camarata die Gänge in der Wand der Grube unbekannt gewesen. Er hatte davorgestanden, als hätte man sie gerade erst entdeckt. Der Einstieg befand sich auf Hüfthöhe und sie waren kaum schulterbreit. Er war hineingekrochen wie ein überfütterter Hamster, der den Weg in seinen Bau nicht findet. Eine Zeile spukte ihm seitdem durch den Kopf, die er wie jeder Italiener in der Schule gelernt hatte: ‚*Nel mezzo del cammin di nostra vita … In der Mitte des Weges unseres Lebens …*‘ Die ersten Worte der Göttlichen Komödie Dantes, die beschrieben, wie sich der Dichter am Tor der Hölle wiedergefunden hatte, vor einem dunklen Loch …

Camarata seufzte. ‚Zum Teufel mit Dante. Ich brauche eine Dusche, Kaffee und Wasser und möchte besser nicht an die hypothetische Mitte meines Lebens erinnert werden.‘ Sein fünfzigster Geburtstag lag hinter ihm.

Er blieb stehen und versuchte, mit zusammengekniffenen Augen den Weg zum Tatort wiederzufinden. Gepflasterte Gassen erstreckten sich vor ihm, eingegrenzt von hohen

Mauerwänden aus braunen Ziegeln, durchbrochen von leeren Fensterhöhlen. Alles war von Staub bedeckt und ausgetrocknet. Sechs Schlammwellen waren über Herculaneum zusammengeschlagen. Der Luxus Roms mit Fensterglas, fließendem Wasser und Mosaikfußböden war unter Lava und Asche verschwunden. Nur Feigenbüsche, Spatzen und Oleander brachten Leben in die zurückgebliebene Ödnis.

,Da macht man uns weiß, der Mensch entwickle sich hinein in eine immer bessere Zukunft. Wenn mal meine Mutter ein so schönes Haus gehabt hätte wie die Herren und Damen Römer.' Camarata war in beengten Verhältnissen aufgewachsen und die Entbehrungen seiner Kindheit saßen ihm im Blut. Er besah die bleiernen Wasserleitungen der Villen und die versteinerten Türen im Bewusstsein, dass die Leute, die sie besessen hatten, viel reicher gewesen waren als er. Er fragte sich, ob man dereinst auch seine Knochen aus der Erde kratzen würde, so wie die, die er im Labor gesehen hatte. ,Ich lasse mich einäschern, bevor ich mich einer Archäologin ausliefere, die mein murmelgroßes Hirn rumreicht.'

Er folgte der Gasse, die am Rand des ausgegrabenen Ruinenfeldes entlangführte, und verlief sich. Nur die Tatsache, dass seine Kollegen davorstanden, ließ ihn das Loch im Labyrinth der zerbrochenen Mauern schließlich wiederfinden.

Giovanni Mathis, seine rechte Hand, kam ihm entgegen. Der dürre, übersportliche Maresciallo wischte sich mit der Hand über den Glatzkopf und hinterließ dabei eine Staubspur. Seine schwarze Uniform war genauso von Schmutz bedeckt wie die Camaratas. „Wir lassen den Mann jetzt wegbringen, Kolonel. Schauen Sie, was wir gefunden haben. Das scheint mir eigenartig." Er hielt ihm einen Plastikumschlag entgegen, in dem sich eine grün-braune Karte befand. Sie war nass und bedeckt mit Blutflecken, die den Umschlag von innen beschmiert hatten.

Camarata griff danach. „Wir haben einen Namen für den Mann."

„Einen Namen? Bravo!"

Camarata drehte den Umschlag nach allen Seiten und runzelte die Stirn. Darin lag eine technische Detailkarte der Ausgrabungen. Jede Wasserleitung und jeder Tunnel waren eingezeichnet. „Der Tote ist Biochemiker. Wo hat der so was her?"

Mathis zuckte die Schultern und blinzelte mit seinen kleinen, wimpernlosen Augen in die Sonne. „Keine Ahnung, Kolonel, aber gehen Sie vorsichtiger damit um. Die Karte lag in einer Wasserlache. Dort unten ist was draufgeschrieben. Nicht, dass es verwischt. Es scheint Tinte zu sein."

Camarata hätte auch gern in einer Wasserlache gelegen. Mit zusammengekniffenen Augen hob er die Karte vors Licht. „Danz … Danz … Irgendwas mit Tanzen? Was heißt das?"

„Die Technik wird es rausbekommen. Wie gesagt, fassen Sie nicht drauf." Mathis warf ihm einen tadelnden Blick zu, grüßte und rettete sich wieder in den Schatten.

Camarata sah auf. Der Eingang des Tunnels, in dem man den Toten gefunden hatte, befand sich direkt vor ihm, im allgegenwärtigen, brüchigen Konglomerat aus Kieseln, Sand und Stein. Ein Team von Technikern in Schutzanzügen schob den Erschlagenen in diesem Moment in einem schwarzen Sack heraus. Camarata biss die Zähne zusammen, als ein Erdrutsch auf sie niederging und sie mit Dreck bedeckte. „Passt auf, ihr bringt die Wand zum Einsturz."

„Danke für die Warnung. Das hören wir jetzt seit Stunden. Erklären Sie mir eins, Kolonel", brummte Antonelli, der bejahrte Chef der Spurensicherung, der am Morgen zu ihnen gestoßen war und genauso hustend und spuckend aus dem Stollen kroch wie er zuvor. „Dass man eine Leiche in so einem Loch versteckt, das kann ich nachvollziehen. Aber dass man sie so kurze Zeit später findet … in einem Gang, der teilweise dazu zwingt, auf Knien vorwärtszukriechen, und innendrinn pitschnass ist … das ist schon ein unwahrscheinlicher Zufall."

„Der Finder ist ein bekannter Archäologe."

„Um sechs Uhr früh?"

„Was weiß ich, wie Archäologen ticken. Und da drinnen ist es sowieso dunkel. Vielleicht hatte er nichts zu tun oder konnte nicht schlafen." Im Stillen dachte Camarata sich, dass es an diesem Fall so einiges gab, was er nicht verstand. Unter anderem die Frage, warum ein Skelett im Labor einen Biochemiker in den dunklen Stollen vor ihm locken sollte.

Antonelli zuckte die Schultern und folgte den Trägern der Bahre auf ihrem Weg nach oben, die weißen Haare voller Dreck und Spinnweben. Die Zikaden hatten ausgesetzt, wie um ihm Zeit zum Sprechen zu lassen. Jetzt schnarrten sie so plötzlich wieder los, dass Camarata zusammenzuckte. Er hatte das Gefühl, dass jemand hinter ihm stand, und drehte sich um. Die Gasse war leer, aber das Geräusch von Schritten und die Bewegung der Blätter eines Feigenbaums zeigten ihm, dass er sich nicht geirrt hatte. Er sah mit zusammengekniffenen Augen auf die Ruinen. „Gaffer."

Dann folgte er seinen Kollegen nach oben. Versunken in Gedanken an die weißen Knochen im Labor.

Mütterliche Kälte

Auf dem Weg von Herculaneum zurück nach Neapel ließ Camarata den Dienstwagen vor einem Haus halten, dessen Adresse man ihm als die des Erschlagenen gegeben hatte. Es handelte sich um ein malerisches, aber verfallenes Mietshaus am Meer. Die Gasse von der erhöhten Küstenstraße zum Ufer davor war eng und steil, die Hafenmauer verbaut und bedeckt mit Kieseln. Eine Handvoll Restaurants und Parkplätze teilten sich den engen Raum an der kleinen Bucht. Durch das Fenster roch es nach Sonnenöl und gebratenem Fisch. Der Ort hätte schön sein können, wenn nicht jedermann aufeinandergehangen hätte. Camarata war froh, dass er von Mathis hinchauffiert wurde. Die Enge der Serpentinengasse setzte ihn unter Stress und sie fanden wie erwartet keinen Zentimeter Platz, um das Fahrzeug zu parken, sodass Mathis mit blinkenden Lichtern auf der Straße stehenbleiben musste.

Es war bereits später Nachmittag und Camarata beabsichtigte, bei der Mutter Perrones vorbeizuschauen, um ihr die Nachricht vom Ableben ihres Sohnes zu überbringen. Pflichtbewusstes Mitleid war nur einer seiner Beweggründe. Er tat es auch, um zu sehen, was für ein Mensch der Erschlagene gewesen war, der, wie es schien, noch immer bei seiner Erzeugerin zur Untermiete gewohnt hatte.

Eine rothaarige Frau öffnete ihm die Tür einer gekachelten Erdgeschosswohnung. Die Einrichtung bestand aus einem Fernseher, einem Spanplattentisch und einer Couch, die sicherlich in der Nacht als Bett fungierte. Knallbunte Marienbilder hingen an der Wand. Camarata kannte diese Art Unterkunft, in der jede Ecke des Bodens mit dem Hader gewischt werden konnte und alles aus den achtziger Jahren stammte. Er verzog das Gesicht.

Mit steifer Förmlichkeit stellte er sich vor und berichtete, was geschehen war. Wie jedes Mal in solchen Situationen versuchte er, seine übliche brutale Direktheit abzuschwächen und Anteilnahme zu zeigen. In diesem Fall schien es, dass er sich die Mühe hätte sparen können. Die gleichgültige Reaktion der Mutter Perrones schockte ihn fast genauso sehr, wie dessen übel zugerichteter Leichnam. Er hatte Tränen und Schreie der Verzweiflung erwartet, aber sie setzte sich ihm emotionslos am Küchentisch gegenüber, nickte nur und fragte nach Kleinigkeiten, die Augen leer und sichtlich auf der Suche nach etwas, was sie sagen könnte, um ihn wieder loszuwerden.

„Jetzt weiß ich endlich, warum er nicht heimgekommen ist. So ist das also. Muss ich irgendwelche Papiere ausfüllen?"

Camarata brachte in seiner Verwunderung nur eine Routineantwort heraus. „Wir senden Ihnen eine Betreuerin vorbei, die Ihnen helfen wird."

„Wo ist das Portemonnaie meines Sohnes? War da noch Geld drin?"

„Sie bekommen es zurückerstattet, sobald die Spurensicherung damit durch ist."

Die faltige, übergewichtige Frau musterte ihn emotionslos und zog eine Grimasse. „Ich habe Gianni gesagt, dass er sich nicht überall einmischen soll. Alle diese Leute, mit denen er sich traf. Sein Zimmer ist voller Papier, Haufen von altem Zeug und dicken Büchern. Mein Sohn war nicht so, wie ein anständiger Mensch hätte sein sollen. Er dachte immer, er sei klüger und müsse etwas Großes tun."

Camarata runzelte die Stirn und fragte sich, was die Frau unter anständigen Menschen verstand. „Er traf Leute? Können Sie mir Namen geben?"

„Ich habe immer nur mit halbem Ohr hingehört. Gianni schwatzte zu viel und in den letzten Tagen fast unaufhörlich. Wir passten nicht zusammen. Ich weiß nicht, wie ich zu so einem Sohn gekommen bin, der nie mit in die Kirche wollte und immer nur anderswo war. Aber er hat von Herculaneum geredet. Das stimmt." Sie winkte ab. „Ich war mal dort, als ich noch in der Schule war und das ist eine Weile her. Dort ist alles kaputt. Aber Gianni liebte solche Orte. Er betete sie regelrecht an."

Camarata schüttelte sich innerlich. ‚Kaputt' war eine ungewöhnliche Beschreibung für antike Ruinen. „Noch einmal: Mit wem traf Gianni sich?"

„Zum Beispiel mit einem Kunstexperten, den er immer wieder erwähnt hat. Einem Francescati im Vomero. Francescati wie Frascati. Das ist ein Weißwein und den habe ich mal getrunken. Rotwein ist mir lieber."

„Was wollte er bei ihm?"

„Ich sage Ihnen doch: Ich habe nicht hingehört. Aber ich habe ein Gedächtnis, in dem Namen hängen bleiben. Leider, nicht wahr."

„Zum Glück, Signora, zum Glück." Camarata fischte eilig sein Notizbuch heraus und schrieb sich den Namen auf. „Francescati. Gut. Wer noch?"

„Gianni hat sich vor ein paar Wochen mit einem Mann in der Leitung von Herculaneum getroffen, einem Poldi Pezzoli. Hochtrabender Geck, scheint es, aber Gianni war am Anfang stolz darauf. Später hat er Gift und Galle gespuckt."

„Wieso?“

„Keine Ahnung. Ich sagte doch …“

„Sie haben nicht hingehört. Sicher. Hatte Gianni Freunde? Ihm nahestehende Kollegen?“

„Einen Robert Hemmings. Ein Weltbescheißer und Engländer. Der war sogar mal hier. Ich habe Gianni gesagt, er soll sich unterstehen, noch mal solche Leute herzubringen. Vor allem solche. Ausländer. Die anderen Kirchen angehören. Gianni war unvorsichtig.“

Camarata seufzte. Die Kirche schien der Frau wichtig zu sein. „Hatte Gianni Angst vor einem der drei Männer, die Sie mir genannt haben? Francescati, Pezzoli oder … Hemmings?“

„Gianni hatte nur Angst vor der Wache von Herculaneum.“

„Inwieweit?“

„Was weiß ich. Gianni erwähnte das gestern früh. Dass er vor denen Angst habe. Ich weiß nicht, ob wirklich eine Anzeige drohte. Das war nur das übliche Geschwätz von Gianni. Wichtigtuerei. Alle diese Leute. Ich wusste, dass Gianni eines Tages Dummheiten machen würde. Immer voller Begeisterung, wie ein Panzer auf Angriff, ohne nachzudenken. Sicher hat ihn die Wache erschossen. Gianni hat zu viel gewollt. Mehr, als dem Menschen zukommt. Der liebe Herrgott hat ihn bestraft. Die Kirche hat recht: Man soll bescheiden bleiben. Vielleicht ist es gut so wie es ist. Ich will mit dem allen nichts zu tun haben. Wenn Sie dem Mörder haben, sagen Sie ihm das. Dass ich nichts mit der Sache zu tun haben will.“ Sie stand auf und winkte Camarata, ihr zu folgen. Ohne abzuwarten, schlurfte sie voran und öffnete eine Zimmertür.

Camarata erhob sich und trat näher. Der große, durch ein hohes Fenster erleuchtete Raum war ganz anders als der Rest des Appartements. Er war bis unter die Decke mit Büchern, Dokumenten und Zeichnungen gefüllt. Ein ungemachtes Bett stand in einer Ecke, ebenfalls bedeckt mit Papieren, einige davon offenkundig alt. Am Fenster stand eine ansehnliche Computeranlage, die sicher teuer gewesen war. Dahinter hing ein Spruch an der Wand: *Fortes fortuna iuvat*. Camarata konnte sich nicht erinnern, was das hieß und es stand nicht darunter.

„Sie räumen das aus, ja?" Die Mutter Perrones schnarrte vorwurfsvoll, als sei es die Schuld der Carabinieri, dass selbst der Fußboden voller Dokumente war.

Camarata nickte stumm. ‚Wahrscheinlich träumt die Frau seit Jahren davon, hier mit dem Wischhader durchzugehen.' Als er schließlich wieder auf die Straße trat, tat er es mit schmerzendem Kopf, heilfroh, davonzukommen. Ihm war klar, dass er viele Fragen ungestellt gelassen hatte, aber war zu überwältigt von der Kälte der Frau, um sie im Detail zu befragen. Seine Leute konnten das später tun. ‚Ein glücklicher Mensch war Perrone nicht. Mit so einer Erzeugerin im Nacken.'

Er stapfte an den überfüllten Restaurants am Meer vorbei zurück zum Dienstwagen und gab Mathis den Befehl, die Spurensicherung zu dem Haus zu senden. Alles, was er selbst noch wollte, war eine Dusche und ein Fußballspiel vor dem Fernseher. ‚Leute gibt's. Diese Frau ist nicht mal traurig, dass man ihren Sohn tot aufgefunden hat. Man findet ihn ermordet vor und seine Mutter nickt nur. Ich habe von erschlagen geredet und sie behauptet, er sei erschossen worden, weil sie nicht zuhört. Hoffentlich vergesse ich zumindest im Alter, was ich gerade erlebt habe.' Trotzdem war er zufrieden, Namen zu haben und beschloss, bei dem Kunsthändler mit den Ermittlungen anzufangen.

Er seufzte. ,Ein seltsamer Fall, dieser tote Perrone.'

Heimatliche Gefühle

Der Abend sank auf Neapel herab, als Camarata nach Hause zurückkehrte. Die allgegenwärtige Hitze hatte nachgelassen, obwohl die untergehende Sonne die Dächer noch immer glühen ließ. Wie ein Schleier hing Dunst über den Stadtvierteln am Meer und verklärte die Umrisse der Häuser. Der Lärm der überfüllten Straßen der Metropole klang gedämpft aus der Altstadt herauf und die Töne eines Radios quäkten aus einem der ärmlichen Läden des Viertels.

Camarata zwängte sein Fahrzeug wie jeden Abend in den Hauseingang eines verfallenden Gebäudes, froh, seinen viel zu langen Tag zu beenden. Er legte eine Lenkradsicherung an und schälte seine gedrungene Gestalt aus dem ramponierten Wagen. Der Seitenspiegel war mit Klebeband befestigt und er zog es erneut fest. Die Hitze griff den Leim an, aber eine professionelle Reparatur lohnte sich nicht mehr. Sein Fiat war zwanzig Jahre alt. Mit seinem mageren Gehalt und seiner großen Familie hatte er kein Geld für einen neuen.

Bunte Wäscheleinen hingen vor den Fenstern der Nachbarn und überquerten die Straße wie Festtagsdekorationen. Camarata stieg in ihrem Schatten die ausgetretene Treppe zu seinem Haus hinauf und inhalierte dabei den gewohnten Geruch nach Waschmittel und Kaffee. Die Ruhe, die ihn sonst beim Anblick der menschenleeren Straße überkam, wollte sich nicht einstellen. Er war lange beim Morddezernat gewesen und hasste den Anblick von brutal ermordeten Menschen. Er mochte keine Erschlagenen mehr sehen, aber jetzt geisterten sie erneut durch sein Leben.

Camarata seufzte und sah über den azurblauen Golf, der die tieferliegende Altstadt Neapels begrenzte. Wie jeden Abend verabschiedete er sich von der Weite des Ozeans, bevor er seinen Hauseingang durchquerte. ‚Für immer liebst du, freier Mensch, das Meer.' Er hätte gern alles vergessen und abgeschaltet, statt über den Mord nachzudenken. Seine Haut wurde mit den Jahren dünner. ‚Irgendwann kann ich das hier nicht mehr machen. Dieser Perrone war noch keine vierzig und man hat ihm den Schädel in Stücke gespalten, als würde man eine Melone zertreten.'

Als er durch die Wohnungstür trat, befand sich seine Frau Laura bereits in der Küche, die blonden Haare hochgesteckt und in einen Hausmantel gekleidet. Die Fenster standen weit offen und die Abendsonne flutete herein, begleitet vom Duft nach Basilikum und bratendem Fleisch. Camarata atmete aus, froh, zu Hause zu sein. „Ich bin spät. Tut mir leid. Ein Mord in Herculaneum."

Laura sah auf. „Ola, wie das? Ein Tourist?"

„Ein Experte für DNA-Tests. Erschlagen in einem Tunnel und drapiert wie ein Opfer des Vesuvs. Eigenartige Geschichte."

Er trollte sich ohne weitere Erklärungen ins Innere der Wohnung, gefolgt von Lauras fragendem Blick. Er fühlte sich schlecht, seine Frau so stehen zu lassen, aber brauchte einen Augenblick, um mit seinem Unbehagen fertig zu werden. Er fühlte sich ausgelaugt. Wie jeden Abend duschte er sich und ließ das Wasser über seinen Rücken laufen, als könne es den grotesken Mord fortwaschen. Als er nach dem weißen Handtuch griff, kehrten seine Gedanken jedoch erneut zu dem hellen Skelett zurück, das den Toten so fasziniert hatte. ‚Ein

Mensch in einer Schachtel, versteckt in einem Lagerraum ... Was für eine bizarre Geschichte.'

In T-Shirt und Sporthose gekleidet kehrte er in die Küche zurück. Die altgewohnte weiß-rote Plastikdecke auf dem Tisch begrüßte ihn mit ihrem vertrauten Muster. Sie war das Hochzeitsgeschenk seiner Mutter gewesen zusammen mit einer ganzen Ansammlung von Töpfen. Zumindest er wurde von seiner Mutter geliebt. Seine Kinder rannten ihm entgegen, küssten ihm die Wange und präsentierten ihm Schulhefte. In seiner Grübelei nickte er nur stumm und setzte sich. Gerichtsmedizin, Spurenermittlung und die Kollegen vom Morddezernat arbeiteten bereits an dem Fall in Herculaneum, aber am Ende würde man ihn ansehen und Anweisungen erwarten. Was sollte er tun? Die Liste der Mutter Perrones abarbeiten?

Er sah zu seiner Frau auf der Suche nach Rat. Laura arbeitete am Observatorium, das den Vesuv überwachte, und kannte die verschütteten Städte besser als er. „Ich habe mir die Geschichte Herculaneums noch mal angesehen. Wie ist jemand darauf gekommen, sich vom Boden eines Brunnens in nassen Lavastein zu hacken, um antike Ruinen zu suchen? Mich hätten keine zehn Pferde dazu gebracht, mich in zwanzig Metern Tiefe durch den Tuff zu wühlen. Es ist kalt dort, nass und ungesund."

Laura zuckte die Schultern. „Versunkene Schätze und tragische Unglücksfälle ergeben eine anziehende Mischung. Der Vesuv ist das bedrohlichste Ungeheuer des europäischen Kontinents und die Städte unter ihm waren Luxusresorts. Die Leute liebten es schon immer, die Reste der von ihm verursachten Katastrophe zu erkunden. Und wenn man dann noch was Wertvolles findet."

„Und noch heute kommt jedermann in die Ruinen und bewundert mit Lust die Gebeine der Opfer. Was die Leute sich an Katastrophen ergötzen können." Camarata schüttelte den Kopf. „Meine Kollegen haben seit heute Morgen Hundertschaften von erbosten Besuchern wegschicken müssen, die Schlange standen, um die antiken Trümmer zu sehen."

„Herculaneum ist seit seiner Entdeckung vor dreihundert Jahren eine Sensation. Als der Vesuv die Stadt zerstört hat, hat er drei Kubikkilometer Asche und Bimsstein in mehr als dreißig Kilometer Höhe geschleudert. Die Erde hat ihre Eingeweide ausgespuckt und ihre von der Eruption untergrabene Oberfläche hatte sich um vier Meter gesenkt. Auch ich empfinde bei der Statistik eine gewisse Sensationslust." Laura schmunzelte. „Öffentlich würde ich natürlich nur Besorgnis und Bedauern zugegeben."

Camarata seufzte. „Vulkane … Mit denen ist es wie mit Seuchen und Kriegen: Man kümmert sich erst darum, wenn das Problem schon nicht mehr zu beheben ist."

„Das ist mein tägliches Problem: Die Leute wollen die sie umgebenden Gefahren gar nicht so genau kennen."

„Bah, die Mythen sehen es als größte Strafe für die Neugier der Zyklopen an, ihnen zu erlauben, den Moment ihres Todes vorherzusehen."

Laura lachte. „Und du ignorierst daher auch immer stoisch, wenn ich dir sage, dass der Vesuv wieder Druck aufbaut?"

Camarata zuckte die Schultern. „Wir wohnen in Neapel, ob der Vesuv grollt oder schläft. Ich werde nicht wegen ein bisschen Grummelns umziehen."

Laura grinste und spitzte die Lippen, um die Soße der Pasta zu kosten. Dann machte sie sich daran, den Kindern Teller zu geben. Alessandra, die Jüngste, nahm den ihren und ließ ihn und seinen Inhalt auf den Tisch fallen. Die sechzehnjährigen Zwillinge, Livio und Matteo, begannen zu schlingen, als hätten sie seit Tagen gehungert. Camarata realisierte, dass er dasaß, wie ein Gast und fühlte sich bemüßigt, als Vater auch etwas zu tun. Er wischte den Tisch ab und klopfte Matteo auf den Rücken. „Wie oft muss ich dich ermahnen, dich gerade hinzusetzen?"

Er sah auf die rote Soße auf dem Tuch in seiner Hand und versank erneut in Brüten. Perrone hatte in einem chaotischen Zimmer bei seiner Mutter gewohnt. Seine zwei Brüder hatten kaum Kontakt zu ihm gehabt, seine Mutter hatte er nicht interessiert. Er hatte allein für seinen Beruf gelebt, aber zumindest dort hatte man laut Mathis von ihm als von einem Wunderkind geredet. Aus seinem Apartment holte die Spurensicherung seit einer Stunde Berge von Büchern und Dokumenten als wäre sie in einer Bibliothek zugange. Was hatte Perrone in Herculaneum gewollt?

Camarata seufzte, griff nach dem Besteck und begann, sich die Tagliatelle in den Mund zu schaufeln, die seine Frau vor ihn hingestellt hatte. Sie standen dort schon ein paar Minuten. In seiner Achtlosigkeit rutschte ihm die Gabel aus der Hand. Er fluchte und Laura runzelte die Stirn.

„Ich bin ungeschickt." Er warf ihr einen entschuldigenden Blick zu. „Es tut mir leid. Ich war schon wieder in Gedanken …"

Sie hob die Brauen. „Hast du nicht gewechselt? Jetzt hast du schon wieder einen Mord am Hals. Ich kenne die Zeichen. Sollte das nicht aufhören? Schlechte Laune und grimmige Miene?"

„Hm." Camarata seufzte. Seine Frau hatte recht und wenn er sich nicht helfen ließ, würde er erneut einen Monat schlafloser Nächte vor sich haben. Allein würde seine Brigade nicht hinter das Geschehen in Herculaneum kommen, auch wenn Negri von der Mordkommission ihnen zuarbeitete.

Ein Name kam ihm in den Sinn. Professor Andrea Adalgiso Cariello.

Camarata hatte den prominenten Forscher mit den altertümlichen Rufnamen vor drei Jahren in einem obskuren Fall kennengelernt. Cariello hatte damals seine Frau verloren. Der Professor war weit entfernt vom Bild des Indiana Jones, das man sich gemeinhin von Archäologen machte. Ein gebildeter Mann, hochgewachsen, stattlich, aber auch verschlossen. Cariello war eine Koryphäe, was die Ausgrabungen am Vesuv betraf, auch wenn er Camarata bei ihrem letzten Zusammentreffen eingeschüchtert hatte. Cariello war wütend gewesen, keine Antwort auf die Fragen um den Tod seiner Frau zu erhalten, und hatte eisig reagiert. Camarata zögerte, ob er es wagen sollte, Cariello trotzdem zu konsultieren, aber begriff, dass er kaum eine Wahl hatte.

Etwas berührte ihn und er zuckte zusammen. Laura hatte ihre Hand auf die seine gelegt. Sie blickte ihn besorgt an. „Iss, Francesco. Du siehst aus, als ob dich der Fluch von Herculaneum verfolgen würde."

Er lachte auf. „Was denn? Es gibt einen Fluch in diesen verdammten Ruinen?"

„Eine alberne Legende."

Camarata wollte nachfragen, aber schüttelte dann den Kopf und schenkte Laura und sich selbst Rotwein ein. Die Flüssigkeit erinnerte ihn unangenehm an das Blut auf dem

Boden des Tunnels, durch den er am Morgen gekrochen war. Er trank den Wein trotzdem, aber stürzte das Glas schneller herunter, als es der guten Sitte entsprochen hätte.

Professor Cariello

Es roch nach Holzkohlefeuer und gemähtem Gras. Vom Meer klang das Hupen der Fähren herüber. Camarata grüßte das erste Licht, das durch die Vorhänge schien, als Retter. Noch war alles still, aber er lag bereits seit fünf Uhr wach und dachte über den Toten in Herculaneum nach. Sein Kopf war ein Chaos. Tunnel, Skelette und geballte Fäuste tanzten vor seinem inneren Auge einen makabren Totentanz. In seinen Traum mischten sich wieder und wieder das Bild der Karte, die bei Perrone gelegen hatte und die Namen, die seine Mutter ihm zugeworfen hatte.

Die ersten Sonnenstrahlen überquerten das Dach der verfallenden Kirche, die vor seinem Fenster stand. Er begrüßte sie erleichtert und setzte sich auf.

„Es ist Sonntag ...!", murmelte Laura verschlafen.

Camarata küsste ihr zerrauftes Haar und schwang die Beine aus dem Bett. „Mein anheimelndes Familienleben verträgt sich nicht mit meinen wüsten Träumen. Ich komme gleich wieder." Als er wenig später in Uniform ins Freie trat, war die Luft noch angenehm kühl und der Geruch nach Espresso und Gebackenem hing über der Gasse. Irgendwo hämmerte jemand auf Metall und ein Angestellter der Stadt bearbeitete den Rasen im kleinen Park nahebei. Ansonsten war es ruhig.

Er wollte sein Fahrzeug aufschließen, als eine junge Frau auf ihn zugestürzt kam. Sie hatte einen Motorradhelm im Arm und hielt ein Telefon ausgestreckt vor sich. „Kolonel, Il Mattino – Napoli. Haben Sie schon ein Bauchgefühl, wer den Mann in Herculaneum umgebracht hat? Die Weltöffentlichkeit wartet auf Informationen."

Camarata machte, dass er wegkam. Er hatte nichts am Hut mit der Weltöffentlichkeit und es schreckte ihn, dass seit dem Vorabend alle Schlagzeilen die Neuigkeit von dem toten Mann im Tunnel brachten. Die junge Journalistin wollte sich nicht abwimmeln lassen und schoss ein Foto von ihm. Es würde sicher in der Tagesausgabe erscheinen. ‚Ein verschlafener Carabiniere mit Tränensäcken unter den Augen. Wie ich das liebe.‘ Camarata hasste es, sein Bild in der Presse zu sehen, und sei es nur, weil er gern besser ausgesehen hätte.

Die Alleen waren noch leer und er erreichte Neapels Vorort Marechiare kurz vor acht. Die sonnenüberflutete Gasse, deren Namen er sich notiert hatte, führte von der Höhe der Straße nach Posillipo hinunter zum Meer. Er ließ seinen Wagen auf dem Gehweg stehen, legte sein Carabinieri-Zeichen unter die Scheibe und machte sich auf den Weg.

Marechiare beruhigte seinen Grimm. Unterhalb der hässlichen Palazzi, die die Aussichtsstraße über die Höhen am azurblauen Golf säumten, verbarg sich eine Ansammlung rot oder weiß getünchter Häuser. Sie lagen am Hang über dem Lapislazuli des Ozeans, eins neben dem anderen aufgereiht wie Perlen. Einige waren Ruinen, andere prächtige Villen umgeben von Palmen. Camarata hielt inne und atmete den Geruch ein, der vom Meer heraufwehte. Eine Mischung von Algen, Fisch und Schiffsöl. Darunter lag der Duft von Frangipani. ‚Ich bin Neapolitaner, ich sterbe, wenn ich nicht singe‘, stand an einer der Mauern der Innenstadt geschrieben. Die Fremdenführer zeigten darauf und summten die Melodie vom berühmten ‚Marechiare‘. Dem Marechiare, in dem der Mond aufging und in dem noch die Fische verliebt waren.

Als Kind hatte Camarata bei den Felsen am Strand gebadet und Kraken gefischt. Ein spindeldürrer, braungebrannter

Bengel mit schwarzen Füßen und dichten Locken. Seitdem waren seine Haare lichter geworden, die Freunde in alle Welt versprengt und seine Großmutter, die nahebei gewohnt hatte, gestorben.

‚Spindeldürr bin ich auch nicht mehr', fügte er in Gedanken hinzu. Er hatte vor Kurzem die 100-Kilo-Marke erreicht und wusste, dass er abnehmen musste. Mit zusammengekniffenen Augen sah er über die Dächer. Der Vesuv thronte mächtig und kahl auf der anderen Seite des Golfs. Wie jeder Neapolitaner liebte er den alten Brocken.

Er passierte mehrere der Villen und erreichte die Nummer zehn. Beeindruckt sah er an dem von ausladenden Pinien umrahmten Gebäude empor. Vor drei Jahren hatte Cariello in einem anderen Stadtteil gewohnt. Nicht bescheiden, aber durchaus nicht so verschwenderisch. Das massive grüne Tor in der Mauer aus hellen Steinen war mit Eisenzacken bewehrt wie die Pforte einer Festung. Camarata fühlte sich klein vor dem unerwartet luxuriösen Gemäuer. ‚*Accidenti*! Manche Leute kommen aus armen Familien und manche aus reichen.'

Er läutete und wartete, bis sich Schritte näherten. Ein Riegel wurde zurückgeschoben und eine weißhaarige Frau mit faltigem Gesicht schaute durch den Spalt, die Stimme schnarrend und voller Abweisung. „Sie möchten?"

„Ich will den Professor sprechen."

„Erwartet er Sie?"

„Er kennt mich. Camarata. Carabinieri."

Adleraugen musterten ihn, dann trat die Frau zurück. Seine breite Gestalt und sein Alter überzeugten sie wohl mehr als die Uniform, die sie geflissentlich ignorierte. „Der Herr Professor ist gerade aufgestanden. Bitte."

Camarata sah sich um und war nahe daran, wieder umzukehren, so sehr schüchterte ihn die Umgebung ein. Die verschwenderisch renovierte Villa stammte aus dem 18. Jahrhundert, der Garten dahinter war ein Park mit Palmen und Bougainvillea. Es roch nach Buchsbaum und Rosen. Die Alte kommentierte weder seine gehobenen Brauen noch seinen offenen Mund und brachte ihn zu einer weitläufigen Terrasse.

Auf deren Schwelle blieb Camarata stehen. „Alle Achtung. Von hier oben kann man schaun, ob die Erde rund ist." Der Golf von Neapel erstreckte sich schier grenzenlos vor seinen Augen. Links im Dunst thronte die mächtige Silhouette des Vesuvs, rechts lag auf einer Halbinsel die Geisterstadt von Rione Terra. Ein Frangipani-Baum wucherte über die Brüstung, halb eingelassen in den marmornen Boden. Ein Meer von weißen Blüten, das ihm den Atem nahm.

„Gefällt Ihnen die Aussicht, Kolonel?"

Camarata drehte sich um. Er hätte Cariello nicht wiedererkannt. Er saß in helle Leinenhosen und einen roten Morgenmantel gekleidet an der Balustrade, die langen Beine übereinandergeschlagen, einen Cappuccino in der Hand. Seine Füße waren nackt und die schwarzen Haare glänzten in der Sonne. Mit dem markanten Gesicht und den scharfen Brauen wirkte er wie ein spanischer Grande.

Camarata versteifte sich. Er wusste, dass Cariello aus einer Diplomatenfamilie stammte. Sein früh verstorbener Vater war Botschafter in den Vereinigten Staaten gewesen und seine Mutter kam aus sizilianischem Adel. Mit dem zur Schau gestellten Reichtum hatte er trotzdem nicht gerechnet. „Schön haben Sie es hier, Professor. Haben Sie im Lotto gewonnen?"

Cariellos Blick wanderte ungeniert über Camaratas Bauch. „Kaffee?"

Camarata ließ sich ächzend auf einen der Korbsessel fallen. Er fühlte sich beklommen angesichts Cariellos eleganter Gelassenheit.

Cariello reichte ihm einen Espresso weiter, den seine Haushälterin brachte, und wartete, die Brauen gehoben, die Augen dunkel.

‚Natürlich hofft er auf Neuigkeiten über seinen Bruder.‘ Camarata fühlte sich schuldig, nicht damit dienen zu können. Er kam als Wissensdurstiger, nicht als Überbringer von Neuigkeiten. Vor drei Jahren, als er Cariello kennengelernt hatte, war dessen junge Frau gestorben und seinen Bruder verschwunden. Ihm war selten ein Mann begegnet, der so am Boden zerstört gewesen war wie er. „Ich weiß leider nichts Neues zu berichten", knurrte er. „Ich komme nur als Bittsteller …"

Cariellos Schultern senkten sich. Er rührte in seinem Kaffee. „Sie kommen wegen des Mannes in Herculaneum?" Die Sonne zeichnete Spiele von Licht und Schatten auf seine scharfgeschnittenen Züge. Er überschlug die Beine erneut in der für ihn charakteristischen Art und Weise und sah ihn abwartend an.

Camarata nickte. „Der Tote, den wir gestern im Tunnel gefunden haben, ist nicht einfach irgendjemand. Es handelt sich um einen bekannten Wissenschaftler. Er hat hier in Neapel im Labor Ihrer Universität gearbeitet. Sein Chef hat uns gesagt, er sei ein Genie gewesen. Gianni Perrone. Kennen Sie ihn?"

Cariello hob die Brauen. „Flüchtig. Er ist in der Tat bekannt. *Er* ist es, den man umgebracht hat? *Perrone?* Die Presse hat das nicht erwähnt. Was wollte er in dem Tunnel?" Cariellos Baritonstimme klang warm und angenehm.

„Das versuchen wir herauszufinden. Was wissen Sie über ihn?"

Cariello zuckte die Schultern. „Perrone ist ein Biochemiker, aber mir war er wegen seines historischen Wissens bekannt. Er wusste sprichwörtlich alles. Manchmal kam er bei mir im Büro vorbei, um meine Schriften zu kommentieren. Anmerkungen, Kritik, Anregungen. Er hatte immer recht." Ein spottendes Zucken schlich sich in Cariellos Mundwinkel. „Er entnervte mich mit seiner Besserwisserei, aber er war brillant. Haben Sie ihn erlebt?"

„Nur tot."

„Hm." Cariello trank seinen Kaffee aus und setzte die Tasse ab. „Perrone war ein übergewichtiger Riese mit durchschnittlichem Gesicht, aber wenn er begeistert war, blühte er auf. Dann predigte er über antike Politik und historische Weltanschauungen. Wir waren nicht befreundet und nicht einmal Kollegen, aber ich habe zuweilen mit ihm diskutiert." Er seufzte. „Unfassbar, dass er tot ist. Wieso hat man einen so brillanten Menschen in Herculaneum erschlagen?"

Camarata seufzte. „Das wollte ich von Ihnen wissen, Professor. Sie kennen die Ruinen. Man hat mir gesagt, Sie hätten lange in den alten Grabungstunneln gearbeitet und wären eine Koryphäe …"

„Eine Koryphäe. Hm. Ich kenne die Gänge, aber ob ich Ihnen deswegen in einem Mordfall weiterhelfen kann …? Die Tunnel sind speziell. Herculaneum wurde durch sie erforscht, bevor man es ausgrub. Bis heute ist nur etwa ein Viertel der Stadt freigelegt. Der Rest liegt im Tuff und ist nur durch die Stollen zugänglich oder gar nicht, inklusive seiner Tempel und bedeutender Villen."

„Die Atmosphäre in den Gängen ist beängstigend."

„Sicher. Im Freien sind Sie in einer Stadt, auch wenn sie zerstört ist. In den unterirdischen Stollen sind Sie in einer Tropfsteinhöhle. Eine Bergarbeitermine ist anheimelnder als das. Und dann gibt es dort Dinge ..."

„Dinge?" Camarata hob die Brauen.

Cariello setzte nichts hinzu.

Camarata ächzte. Dass Perrone sich für historisches Wissen interessiert hatte, war ein besserer Hinweis als seine Arbeit in der Biochemie. Aber wieso konnte ihn das in den Tunnel gelockt haben? Er versuchte es mit einer anderen Frage. „Professor, warum findet jemand ein Mordopfer dort unten drin um sechs Uhr früh?"

„Darf ich fragen, wer ihn gefunden hat?"

„Ein wirrer alter Einstein von einem Archäologen. Ein Kollege von Ihnen. Ein Professor. Er hat bezüglich der Gänge von einem Wunder gefaselt."

Lachfalten erschienen in Cariellos Augenwinkeln. „Sie reden von Professor Armando Manzoni, meinem alten Lehrer. Wenn Sie mich eine Koryphäe nennen, dann ist er ein Gott. Der wirre alte Einstein ist noch ganz klar im Kopf, keine Sorge. Er ist immer in aller Frühe dort unten in den Tunneln. Manzoni kann in seinem Alter nicht mehr schlafen und hat nichts Besseres zu tun. Er muss zwischen siebzig und achtzig sein. Ich habe seinen Lehrstuhl übernommen, als er gedrängt wurde, zu emeritieren. Das hat er mir nie verziehen, aber ich bereue das Zerwürfnis. Es gibt niemanden, den ich mehr bewundere als ihn, auch wenn ich ihn eine Weile nicht gesehen habe."

Camaratas Blick glitt über Cariello. Er musste Mitte vierzig sein. Ein eleganter Mann, der sich gewählt ausdrückte und mit seiner Statur und Noblesse beeindruckte. Er konnte sich vorstellen, dass es dem greisen Lehrer nicht gefiel, von ihm überholt zu werden. Es hätte ihm auch nicht gepasst. Es war schwer zu verdauen, wenn die junge Generation die alte in den Schatten stellte.

Camarata legte einen Hefter mit dem vorläufigen Tatortbericht, den er mitgebracht hatte, auf den Tisch, erhob sich und klopfte darauf. „Tun Sie mir den Gefallen, Professor. Ich weiß, dass wir Ihnen etwas schuldig sind, nicht umgekehrt. Ich habe weder Ihre Frau noch Ihren Bruder vergessen, aber im Moment sind wir es, die Hilfe brauchen. Wenn es nicht für uns ist, dann um der Ruinen willen. Schauen Sie sich die Sache an. Wir müssen wissen, was Perrone in dem Tunnel gewollt hat. Es eilt. Er war nicht zufällig vor Ort. Er wollte irgendwas ganz Bestimmtes und ich würde um Himmels willen gern wissen, was."

Der Geruch von Algen und Salz wehte vom Meer herauf und mischte sich mit dem Duft der Blüten. Camarata ignorierte ihn. Er sah Cariello an, bis dieser mit einem Nicken zusagte. Er nickte zurück und wandte sich mit dem Gefühl der Beruhigung zum Gehen.

Cariello stand nicht auf und begleitete ihn auch nicht hinaus, aber sah ihm stirnrunzelnd nach. Der schwerfällige, grauhaarige Carabiniere war ihm trotz seiner zuweilen eisigen Reaktion sympathisch. Trotzdem zögerte er, ob er in der Sache in Herculaneum eingreifen sollte. Er ahnte, wonach Perrone gesucht haben könnte, und seine Hand bebte, als er sich schließlich entschied und nach den Dokumenten griff.

Ein überraschendes Wiedersehen

Cariello fuhr am nächsten Morgen nach Ercolano, den Puls unruhig und die Lippen aufeinandergepresst. Der Mord in den Ruinen beschäftigte ihn mehr, als er Camarata eingestanden hatte. Insgeheim war er froh, dass er gebeten worden war, sich die Sache anzusehen. Er hatte viele Jahre in Herculaneum gearbeitet und ihm lag etwas an den Trümmern. Kaum eine archäologische Stätte war so faszinierend wie sie. Herculaneum lag tiefer vom Vulkan vergraben als Pompeji, zwanzig bis dreißig Meter unter der Erde in steinhartem Tuff. Aber es war im feuchten Stein bewahrt, als wäre es erst gestern vom kochend heißen Schlamm verschlungen worden. Man hatte erst Herculaneum gefunden, bevor man Pompeji entdeckt hatte. Seitdem hielten die beiden Stätten die Welt in Atem.

,Die Wenigsten ahnen, was sich noch dort verbirgt und das ist besser so. Wenn Perrone das gesucht hat, was ich vermute, ist die Sache brisant und in der Tat Eile geboten. Ich hoffe, dass ich mich irre.'

Eine Flut von Gedanken und lange unterdrückten Gefühlen bewegte Cariello. Er hatte seine Arbeit in der Universität und in den Ausgrabungen ruhen lassen, seit seine Frau sich das Leben genommen hatte. Er ging nicht oft in die Kirche, aber seit Lucrezias Tod hatte er die Motivation der Mönche nachvollziehen können, die sich in Reue mit Peitschen kasteiten. Er hätte über viele Monate hin das Gleiche tun mögen. Jetzt bestürzte es ihn, dass er dankbar war, dass Camarata ihn zurück ins Leben stieß. Und es bestürzte ihn auch, dass er die Schlagzeilen über den Toten in Herculaneum gelesen hatte und nicht von selbst gehandelt hatte.

Heißer Augustwind wehte ihm durch die geöffneten Fenster seines Land Rover ins Gesicht und trug den Gestank der Abgase herein. Die Autobahn war überfüllt, aber seine jahrelange Arbeit in den Ausgrabungen hatte ihn so oft dazu gezwungen, die Küstenstraße in den Süden zu nehmen, dass es ihn nicht mehr störte. Ein Wirrwarr von Emotionen lenkte ihn ab: die Schuldgefühle darüber, den Tod seiner Frau zu schnell ad acta zu legen, die Sorge um Herculaneum und die Angst vor einer Rückkehr dorthin, wo man ihn kannte und viel von ihm erwartete.

Als er Ercolano erreichte, riss ihn die Szene, auf die er traf, aus den Gedanken. Ercolano glich der Vorstellung, die er sich vom Fegefeuer machte. Der Verkehr war chaotisch, die Parks verschmutzt und die Gebäude voller illegaler Plakate, Satellitenschüsseln und Antennen. ‚Es wird jedes Jahr schlimmer‘, dachte er kopfschüttelnd. Ercolano war zerfressen von Armut und Abfällen. Mülltonnen standen auf der Straße, illegale Bauten verschandelten die Gassen und Drähte spannten sich von Dach zu Dach. Man hatte ihm versichert, dass die organisierten Verbrechergangs der Camorra in Ercolano ausgemerzt seien, aber an den Laternenmasten klebten noch immer Suchmeldungen der Polizei.

Als er bei Beginn seiner Arbeit in der Stadt seine Kollegin Stefania gefragt hatte, warum sie nicht im Ort wohnte und stattdessen jeden Tag eine Stunde zurück nach Salerno fuhr, hatte sie die Schultern gezuckt. „Wo will man denn hier wohnen?“ Cariello stimmte ihr zu, aber war trotzdem unerwartet erleichtert, Ercolano wiederzusehen.

Er nahm die Straße in Richtung der mit Mauern und Zäunen geschützten Ausgrabungen und ließ sein Fahrzeug auf dem asphaltierten Parkplatz der Angestellten stehen. Der Oleander war höher geworden, die Pinien breiter und der Straßenbelag löchriger. Ansonsten schien ihm alles wie immer.

Er ging als Erstes zum Labor, so wie Camarata es ihm am Morgen mit einer kurzen Nachricht vorgeschlagen hatte. Die Wachen der Anlage grüßten ihn, als sei er nie fortgewesen, und die Tatsache rief erneut ein dumpfes Gefühl der Schuld in seinem Magen hervor.

In der Tür des Laboratoriums blieb er stehen. Zumindest dieses hatte sich verändert: Es war geordnet, weiß und sauber, ganz anders als die chaotische Abstellkammer seiner Erinnerung. Eine junge blonde Frau in weißem Kittel war dabei, Kaffee in eine moderne Espressomaschine zu schieben und die Fenster zu öffnen. Er zögerte und fragte sich, ob er noch hierhergehörte. Der Raum war ihm fremd. Es war das erste Mal, dass er teures Seidenpapier an diesem Ort sah und trotz seiner Freude darüber, schreckte ihn der Luxus ab. Mit einem Räuspern machte er sich bemerkbar.

Die junge Frau wandte sich um und hob die Brauen. „Professor Cariello?!"

Die schmalen Züge mit den leuchtend hellgrauen Augen kamen ihm bekannt vor. „Wen haben wir denn da? Therese Urquiola, nicht wahr? Sie waren meine Studentin. Vor drei, vier Jahren, richtig?"

Die Wangen der jungen Frau röteten sich. „Sie erinnern sich an mich? Ich hoffe, Sie haben mir verziehen. Sie hatten damals die Kurse abgebrochen und wir haben bei einem anderen

Professor das Examen ablegen müssen. Ich konnte Sie nicht mehr sprechen."

Cariello fragte sich, was seine Studenten an der Universität von seinem Verschwinden gedacht hatten und warum er etwas zu verzeihen hatte. „Sicher." Er sah, dass Therese von dem unerwarteten Wiedersehen bewegt war, und wunderte sich, dass er sich an sie erinnerte. Ihr Gesicht war ungewöhnlich mit den hohen Wangen und den vollen Lippen, aber er hatte viele Studenten gehabt und es waren Jahre vergangen. „Ich bin wegen einer Auskunft in Herculaneum. Vielleicht können Sie mir helfen?"

„Für Sie immer, Professor." Das Strahlen der jungen Frau brachte ihn aus der Fassung.

„Die Carabinieri sind zu mir gekommen und wollten, dass ich ihnen sage, warum man letzte Woche einen Wissenschaftler in der Anlage erschlagen hat. Ich kannte den Mann kaum, aber würde auch gern wissen, was er nachts in den Tunneln von Herculaneum getan hat."

Therese stellte den Kaffee beiseite. „Sie kannten Gianni Perrone? Ich hatte den Eindruck, außer mir kannte ihn niemand."

„In der verstaubten Welt der Universität war er berühmt. Perrone wusste trotz seiner Ausbildung als Biochemiker mehr über den Inhalt historischer Archive als jeder andere … Und das ist es auch, was mir Sorgen macht. Was will ein Mann, der so gebildet ist wie er, nachts in einem Loch im Tuff? Es war nicht Perrones Art, auf Abenteuerjagd zu gehen. Er war mehr der studierende Typ, wenn Sie wissen, was ich meine."

Therese trat näher und ihr Blick huschte zur Tür, bevor sie sprach. „Ich weiß nur eins, Professor: Perrones Benehmen kurz vor der Tat war eigenartig … Er hat mich geradezu angepöbelt, als er hierherkam. Etwas war nicht normal. So beträgt man sich nicht."

Cariello wunderte sich nicht, dass Therese sich von dem fülligen Riesen Perrone belästigt gefühlt hatte. Perrone war rücksichtslos gewesen wie ein Panzer und aufdringlich wie ein Betrunkener. Er hatte ihn oft dabei erlebt, wie er sich aufgedrängt hatte, begeistert von irgendeinem historischen Detail, das er aufgestöbert hatte, aggressiv und in völligem Desinteresse für die Gefühle seiner Mitmenschen, auf deren Geduld er herumtrampelte. „Kennen Sie den Grund für seine Aufregung? Die Carabinieri haben mir gesagt, es gäbe ein Skelett, das Perrone interessiert hat?"

„Interessiert? Er war besessen davon!" Therese wandte sich um und nahm eine Schachtel aus einem der deckenhohen weißen Regale an der Wand. Sie war grau, aus Karton und an den Kanten abgestoßen. Staub lag darüber und es war ersichtlich, dass sie über Jahre in irgendeinem Fach geschlummert hatte. Ein Papierschild war auf einer der Seiten aufgeklebt, halb zusammengerollt und fleckig. Therese drückte ihm den Behälter in die Hände. „Schauen Sie selbst, Professor. Vielleicht war der Verstorbene hier drin jemand Besonderes?"

Cariello musste schmunzeln. Die energische Art seiner ehemaligen Studentin hellte seine finsteren Gedanken auf. „Oder vielleicht hat Perrones Großmutter ihren Mann umgebracht und im Karton versteckt?" Er öffnete die Schachtel und musterte den kalkweißen Schädel, der darin lag. Das Lächeln verging ihm.

Die Knochen waren nicht von der gleichen zerbrechlichen Beschaffenheit wie die Gebeine, die er aus den Bootshangaren am Strand kannte. Sie waren in der Tat anders und er fragte sich, was das zu bedeuten hatte. Das Skelett hatte Perrone anscheinend auf eine Fährte gelockt. Er hoffte, dass es nicht die war, an die er dachte. Und wenn es so war: Wer wusste davon und hatte man Perrone deshalb getötet? Cariellos Blick glitt beunruhigt über die langen, fahlen Oberschenkelknochen, gerundete Rippen und die fehlerhaften Zähne. Er sah hoch. „Ich kenne jeden der Toten von Herculaneum quasi mit Vornamen, aber der hier ist mir neu."

Therese blinzelte. „Sie denken also auch, etwas daran sei bizarr? Sie haben hier gearbeitet, nicht wahr?"

„Zehn Jahre lang. Mit Manzoni. *Dem* Manzoni. Er war mein Lehrer und ich bin mit ihm durch Ecken in den Ruinen gekrochen, durch die ich mit keinem anderen gekrochen wäre. Der alte Manzoni hat eine gewisse Gabe dafür, Druck auszuüben …" Sein Magen verkrampfte sich und seine Stimme brach. Er räusperte sich. „Trotzdem, er war mir wie ein Vater." Er stellte die Gebeine auf den Tisch und bemerkte Thereses betroffenen Blick. Eilig lenkte er ab. „Kennen Sie die alten Grabungstunnel aus der Zeit der spanischen Bourbonenkönige?"

„Die, in denen man Perrone gefunden hat?" Therese schüttelte den Kopf. „Ich weiß, dass sie aus dem 18. Jahrhundert stammen, aber bin noch nicht drin gewesen … Sie sind gesperrt."

„Besser ist es, sie sind kreuzgefährlich. Der Tuff, der über dem noch vergrabenen Teil der Ruinen lastet, wird immer instabiler. Der Meeresspiegel steigt und mit ihm das Grundwasser. Es untergräbt die alten Stollen. Das hat es schon früher getan, aber es wird immer beunruhigender. Ich war vor ein paar Jahren dabei, als einer der Tunnel dort unten im Tuff zusammengebrochen ist. Seitdem bin ich vorsichtig geworden. Manzoni nicht. Ich glaube, der alte Herr hofft darauf, sich einen exklusiven Grabplatz unter dem Vesuv zu sichern."

„Die Gefährlichkeit der Tunnel ist bekannt, oder?"

Cariello nickte. „Deswegen erstaunt es mich, dass Perrone im Dunklen dort hineingekrochen ist. Er muss um einen hohen Einsatz gespielt haben, um so etwas zu tun."

Therese biss sich auf die Lippen. „Professor, was hat Perrone dort gewollt?"

„Ich kannte ihn wenig, aber wenn er von etwas besessen war, dann war es etwas Wichtiges. Perrone hat sich nicht mit Kleinkram abgegeben. Wenn er zu mir kam, redete er in der Regel vom Schicksal der Menschheit oder ähnlichen außerordentlichen Besorgnissen."

Therese lehnte sich an einen der Tische. „Etwas ist außergewöhnlich an dem Skelett in Ihren Händen, Professor, und das wusste nicht nur Perrone. Nachdem die Carabinieri hier gewesen sind, bin ich zu meinen Vorgesetzten gegangen und habe ihnen Bericht erstattet. Den Direktor der Anlage hat das nur im Rahmen des zu Erwartenden interessiert, aber sein Stellvertreter ist ausgetickt. Er war genauso außer sich wie Perrone, als ich ihn das erste Mal gesehen habe. Wäre der Direktor nicht da gewesen, hätte dieser Pezzoli mich nicht wieder mit den Knochen aus der Tür gelassen. Ich hoffe, die Carabinieri finden heraus, was es mit diesem Skelett auf sich hat, bevor andere es tun."

Cariello hob die Brauen. „Wie heißt der Mann? Sie sprechen von einem Pezzoli? *Poldi* Pezzoli?"

„Mein neuer Vorgesetzter."

Cariellos Magen verkrampfte sich erneut und diesmal noch schmerzhafter. „Pezzoli ist hier? Und er wusste von dem Skelett?!"

„Ich habe davon geredet. Er ist bei meinem Bericht auf etwas aufmerksam geworden. Ich weiß aber nicht, auf was. Hätte ich nichts sagen sollen?"

Cariello spürte, wie ihm Ameisen der Unruhe in die Adern krochen. Sein Puls beschleunigte. „Wollen Sie mich begleiten, Therese? Ich habe gleich ein Treffen mit Manzoni, um den Tunnel anzusehen, in dem Perrone lag."

Therese nickte zögernd. „Bitte sagen Sie den Carabinieri nichts wegen Pezzoli. Vielleicht ist er nur ein unangenehmer Mensch. Ich kenne ihn kaum und ich will keinen Ärger … Er ist nicht sehr kommode."

Cariello machte eine unbeherrschte Geste. „Verdammt, Sie kennen Pezzoli nicht, Therese, aber *ich* kenne ihn. Sie sollten den Mann weiß Gott nicht unterschätzen. Und besser, Sie erzählen ihm von jetzt an nichts mehr …" Er wusste, dass er unhöflich zu Therese war, aber die Anwesenheit Pezzolis machte ihm Angst.

Hastig griff er sich einen Bleistift und ein Blatt Papier von einem der Tische und zeichnete Therese eine Skizze für den Weg zum Tunneleingang auf. Dann grüßte er und ging mit schnellen Schritten zu seinem Wagen zurück, um Lampen und Schutzhelme zu holen.

Es wurde Zeit, einzugreifen. Wo war er die letzten Jahre gewesen?

Der geheimnisvolle Tunnel

Die Anlage war wieder geöffnet worden und Gruppen von Touristen füllten die ockerfarbenen Gassen. Cariello ignorierte sie und eilte die Rampe zu den Ruinen hinunter. Unten angekommen, ging er zum Rand der Grube. Er hatte Mühe, den Eingang des Stollens zu finden, in dem Perrone gestorben war. Es gab unzählige der verfallenen Tunneleingänge. Manzoni hatte ihm geschrieben, er solle zuerst zum Haus des Argo gehen, das sich am Ende der freiliegenden Ruinen befand. Er folgte dem Rat und stieg dort über die hintere Mauer der verlassenen Villa, um der hohen Wand aus Tuff zu folgen.

Die Masse des Ascheschlamms, der die antike Stadt verschüttet hatte, bildete einen zwanzig Meter emporragenden graubraunen Wall. Oben, in der Höhe, beugten sich die Häuser des modernen Ercolano über den Abgrund, behangen mit Wäsche und verunziert von eisernen Ankern, die sie am Zerbrechen hindern sollten. Cariello ging bis zu demjenigen mit dem Ziergitter an den Balkonen. Ein paar Dutzend Schritte weiter fand er den Eingang des Tunnels. Er war durch das davor gespannte Absperrband erkennbar, sonst hätte er die von Oleander zugewucherte Öffnung in der Wand nicht bemerkt.

Ein knochiger Greis mit schlohweißer Mähne saß nicht weit davon auf einem Trümmerstück und erwartete ihn. Er war so braungebrannt, dass seine Haut wirkte, als sei sie aus Leder. In seiner Unbeweglichkeit verschmolz Manzoni mit dem Tuff in seinem Rücken. Seine faltigen Hände ruhten auf den Knien und sein Hals schaute wie der eines mageren Vogels aus dem offenen Hemd. Der Anblick versetzte Cariello einen Stich. Manzoni wirkte um Jahre gealtert.

Noch bevor er ihn erreichte, sah er, dass Therese bereits angelangt war. Sie musste alles stehen und liegen gelassen haben, um vor ihm eingetroffen zu sein. Seine ehemalige Studentin war ein Bild der Jugend im Vergleich zu dem verfallenden Greis mit ihrer frischen Haut und den leuchtenden Augen. Sie hatte ihren Kittel im Labor gelassen und stand in heller Bluse, halblanger Hose und Sandalen im Sand. Sie warf ihm einen hilfesuchenden Blick zu. Therese hatte sichtlich nicht erwartet, dass Manzoni, das berühmte Urgestein der Ausgrabungen, ein tattriger Alter sein würde, der grimmig durch sie hindurchblickte.

Manzoni erhob sich nicht, als Cariello sich näherte. Seine Augen musterten die Gasse in beunruhigend irrlichterndem Blau, ohne zu zeigen, dass er ihn auch nur bemerkt hatte.- Cariello gab sich Mühe, herzlich zu wirken. „Es freut mich, Sie zu sehen. Der von mir so hochverehrte Professor Manzoni!"

Manzonis Gesicht blieb steinern.

Cariello hatte mit so etwas gerechnet. Manzoni trug ihm noch mehr als zehn Jahre später nach, dass er seinen Lehrstuhl übernommen hatte. Trotzdem traf ihn seine Kälte. Er war in den letzten Jahren viel allein gewesen und Manzoni wusste, was seiner Frau geschehen war. Es hatte überall in der Presse gestanden. Manzoni war noch immer ein fester Punkt in seinem schwankenden All, aber hatte ihn weder kontaktiert noch ihm kondoliert. Cariello versuchte, seine Ressentiments zu unterdrücken, und sprach Manzoni in vertraulicherem Ton an: „Es muss eine Ewigkeit her sein, dass ich Sie gesehen habe. Wie geht es Ihnen, Professor?"

Der Alte erhob sich. Er war in den letzten Jahren kleiner geworden, älter und gebrechlicher. Krächzend zuckte er die Schultern: „Sie sind derjenige, der nichts mehr von sich hat hören lassen, Cariello, nicht ich. Sie haben meinen Lehrstuhl übernommen und haben ihn seit drei Jahren versauern lassen." Leise, aber für Cariello hörbar fügte er hinzu: „Inkompetente, sentimentale Brut."

Cariello zuckte zusammen. Eine heiße Welle von Wut durchflutete ihn. Er sah, dass auch Therese blass wurde, und die Tatsache störte ihn mehr als Manzonis Beleidigung. Er mochte es nicht, vor seinen Studenten bloßgestellt zu werden.

Manzoni ignorierte seine Reaktion und drehte sich zum Tunnel. „Ich habe den Toten hier drinnen gefunden. Wer auch sonst? Hier kriechen nicht so viele Leute durch die Gänge. Keiner kümmert sich. Und jetzt wollen Sie ihn sehen, den Ort des Geschehens, hem?" Er lachte knarrend und wirkte dabei wie ein bejahrter Lindwurm, den man in seiner Höhle stört. Aggressiv und unbeherrscht.

Therese warf Cariello hinter Manzonis Rücken einen geschockten Blick zu, aber trat dann näher und lächelte gezwungen höflich. „Professor Manzoni, wohin führt der Gang hier?"

„Er geht ein Stück in die Ruinen hinein, dann verzweigt er sich und man kommt zu verschiedenen Stellen der Villa der Papyri."

Es war das, was Cariello befürchtet hatte. Er holte tief Luft. „Der Tunnel führt von hier bis zur Villa?!"

Manzoni missverstand ihn und bellte: „Was denken Sie denn? Dass die Tunnel in die Kanalisation gehen? Seit wann sind Sie eigentlich nicht mehr hier gewesen? Sich die Hände schmutzig machen ist nicht das Ihre, Herr *Professor*, hem? Der tote Mann hat sich von irgendwem dabei erwischen lassen, wie er zum Rauben hier reingekrochen ist. Dazu sind sie immer da. Zum Stehlen. Und Sie? Sie waren nicht da! Sie haben sich in ihrer prächtigen Villa in Marechiare die Augen ausgeheult." Manzoni wandte sich endlich um und seine blauen Augen flackerten so sehr, dass er Cariello Angst machte. Er hatte nicht damit gerechnet, seinen alten Lehrer in so einem Zustand vorzufinden. Manzonis Züge waren ausgemergelt, als habe er seit Wochen kaum etwas zu sich genommen. Wut blitzte aus seinen Augen.

Manzoni wandte sich ab und starrte an ihm vorbei auf Therese, die Wangen hohl und tiefe Schatten unter den Augen, gezeichnet vom Alter. „Schon Elbeuf, der die Ruinen vor dreihundert Jahren gefunden hat, hat Statuen weggeschleppt. Eingehüllt in Tücher, damit der König nichts merkt. Dann haben die Behörden die Sache spitzbekommen und der nächste König hat Zwangsarbeiter durch die Brunnenschächte getrieben, krank vor Gier, auf der Suche nach Schätzen. Männer, Frauen, kleine Kinder, wer immer wollte oder auch nicht, ist durch die nasse Tiefe gekrochen, hat Gänge in den Tuff gekratzt und hat weggeschleppt, was wegzuschleppen war. Der König hat sich bedient und Raubgräber haben sich bedient, und dieser Tote von letzter Woche wollte sich auch bedienen. Er war nur einer von vielen." Manzoni spuckte auf den sandigen Boden und seine brüchigen Lippen kräuselten sich dabei. „Raubgräber. Grabräuber. Das sind sie alle. Und wenn es Not tut, erschlägt einer den anderen. Viehzeug! Diebe!"

Er machte eine unbeherrschte Geste, stieg über das Absperrband und zwängte sich in das Loch in der Wand. Eine

Sekunde später sah Cariello nur noch seine Schuhsohlen. Er bemerkte, dass sie abgestoßen waren und rissig. Manzoni hatte einst Wert auf gute Kleidung gelegt und die Tatsache, dass das nicht mehr der Fall war, beunruhigte ihn genauso wie das ausgemergelte Aussehen des Greises.

Er war drei Jahre nicht mehr vor Ort gewesen und realisierte, dass auch das Leben anderer sich verändert hatte. Ohne es ihm eingestehen zu wollen, begann er Manzonis Zorn gegen sich zu verstehen. Manzoni hatte ihn als seinen Sohn betrachtet, genau wie er ihn als seinen Vater ansah. Und er hatte seinem Lehrer nicht nur seinen Lehrstuhl entwendet, sondern ihn auch allein gelassen. Vergraben in seinen eigenen Problemen. Ein tiefes Gefühl der Scham überkam ihn. Er hatte seine Frau enttäuscht, seinen Bruder, und nun auch seinen Lehrer. Schweigend setzte er den Schutzhelm auf, kniete nieder und folgte seinem alten Mentor in den Stollen. Ein Schwall von Sand begrüßte ihn, begleitet vom ihm so wohlbekannten Geruch nach Moder.

In der Erwartung, Beklemmung in ihren Zügen zu sehen, wandte er sich zurück zu Therese, der er auch einen Helm gegeben hatte, aber sie zwängte sich bereits, ohne zu murren, in ihrer hellen Kleidung hinter ihm in den Gang. Er hätte es vorgezogen, wenn sie die Szene zwischen ihm und Manzoni nicht gesehen hätte, und tat so, als sei nichts gewesen.

Von da an hörte er nur noch das Keuchen Manzonis, das leise Schimpfen Thereses und das Zerreißen seines Hemdes, das über die Steine schliff. Je weiter sie krochen, desto dunkler und enger wurde der Stollen. Er war froh, dass er sich umgezogen hatte. Die Gänge waren nicht alle so eng und verfallen wie dieser, aber keiner von ihnen war sauber und bequem. Nach einer gefühlten Ewigkeit wurde der Tunnel höher und an einer seiner Seiten tauchte eine antike Mauerwand auf.

Manzoni erhob sich, umzittert vom Licht seiner Lampe, das über den brüchigen Tuff tanzte. Er keuchte und bebte so sehr, dass Cariello sich beunruhigt fragte, ob sein alter Lehrer an Parkinson litt. Er wollte ihm helfen, aber Manzoni stieß seine Hand fort. Bebend klammerte er sich an die Wand, die Stimme ein Krächzen: „Der Tote hat hier gelegen. Recht geschieht es ihm. Ha! Was will er auch hier drinnen mitten in der Nacht. Der Hundesohn."

Therese kannte Manzoni nicht von früher und nahm Anstoß an seinen Worten. Ihre Stimme klang empört hinter Cariello aus der Finsternis. „Kannten Sie Gianni Perrone denn?"

„Wen?"

„Den Toten. Er hieß Gianni Perrone."

Manzoni schüttelte unwirsch den Kopf. „Woher sollte ich den kennen? Der lag hier. Ich hatte den Kerl noch nie zuvor gesehen, bis ich fast über ihn gefallen bin." Er keuchte und rieb sich das faltige Gesicht. „Hierher sollte niemand kommen. Das ist ein Grab. Jeder kriecht hier herein, als hätte er ein Recht dazu. Grabschänder. Selbst wir Archäologen sind nicht besser." Seine Stimme schnappte über und er fuchtelte mit der runzligen Hand. „Die Villa am Ende dieses Ganges birgt noch immer das größte Geheimnis der Welt. Wie kann man sie einfach so ungeschützt lassen?" Seine Augen bohrten sich in die Cariellos. „Du weißt es, Adalgiso! Du weißt, wovon ich rede! Wo warst du alle diese Zeit?"

Cariello erwiderte betroffen den stechenden Blick des Alten. „Das meinten Sie also, als Sie den Carabinieri von einem

Wunder erzählt haben, Manzoni. Sie sprachen von den verborgenen Stockwerken der Villa der Papyri?!"

Manzonis Augen wurden glühend. Er wollte sich gegen die Wand lehnen, aber zuckte zurück und besah mit bebenden Lippen den Tuff. Cariello folgte seinem Blick und realisierte, dass darauf Blut zu sehen war. Der Anblick fuhr Manzoni sichtlich genauso unter die Haut wie ihm.

Cariello spürte Thereses Hand auf seinem Arm. Sie raunte ihm zu: „Was sind das für Stockwerke?" Das Weiß ihrer Augen leuchtete im Licht der Taschenlampen und ihre schmale Schulter berührte in dem beengten Raum die seine.

Er dämpfte seine Stimme nicht, als er antwortete, zu aufgebracht vom Austausch mit Manzoni. „Kennen Sie die Villa der Papyri, Therese? Wissen Sie, was das ist?"

Sie nickte. „Sie liegt am Rand der Anlagen im Tuff, einer der berühmtesten Paläste der Welt und mit Sicherheit der unzugänglichste. Jeder hier kennt sie, aber keiner will davon reden. Ich sehe nur Gesten und höre Andeutungen."

„Man behauptet, sie habe dem Schwiegervater Cäsars gehört, Lucius Piso, aber wer sie im Moment ihres Untergangs im Jahr 79 besaß, ist ein Rätsel. Alles, was man weiß, ist, dass es jemand Bedeutendes gewesen sein muss."

„Aber man fand doch Papyri?"

„Pisos Bibliothek. Piso war eine widerliche Kanaille, aber ein Anhänger des Philosophen Epikur. Daher konnte man ihm die Schriften zuordnen. Der Besitzer der Villa hat wohl nach Pisos Tod dessen epikureische Papyri an sich gebracht, gekauft oder geerbt. Es ist die einzige erhaltene Bibliothek der Antike. Lassen Sie sich das auf der Zunge zergehen – die einzige! Man hat neben ihren Resten außerordentliche Mengen wertvoller Statuen in der Villa entdeckt. Die wichtigsten Gegenstände, die man in Herculaneum gefunden hat, stammen aus der Ruine am Ende dieses Tunnels. Aber das wissen Sie, oder?"

„Ich kann mich erinnern, dass wir das bei Ihnen gelernt haben." Therese lächelte. Ihre Zähne leuchteten weiß im Dämmerlicht.

Auch Cariello zwang sich, trotz seiner Erregung zu schmunzeln, bemüht, die Tatsache zu ignorieren, dass auf dem nassen Boden unter ihm ein Mensch gestorben war. Er hatte das Gefühl, als er röche er Blut oder stünde mit den Füßen darin. Thereses Anwesenheit störte ihn, aber war ihm zugleich auch angenehm.

Therese versuchte in der Dunkelheit den weiterführenden Stollen zu ergründen. Ihre Lampe reichte nicht aus. „Was ist mit der Villa? Man leerte sie aus, nicht wahr? Dort ist doch nichts mehr?"

„Das dachte man, aber vor ein paar Jahren kam die Überraschung. Wir haben einen Testgraben entlang des antiken Strandes ausbaggern lassen und es stellte sich heraus, dass die ersten Ausgräber zwei Stockwerke der Villa übersehen hatten. Wenn Sie das Museum Gettys in Los Angeles ansehen, das der Villa nachempfunden ist, sehen Sie, dass man über Jahrhunderte hin meinte, das Gebäude sei einstöckig gewesen."

„Man könnte also jetzt …?"

Cariello schüttelte den Kopf. „Denken Sie noch nicht mal dran. Die Villa liegt unter mehreren erkalteten Lavaströmen und ist tiefer begraben als der Rest Herculaneums. Die unteren Stockwerke lagen auf der Höhe des Strandes und nicht auf einer Klippe, wie die Stadt selbst. Gase verpesten die Gänge, die man zu ihr gegraben hat. Einmal ist einer der Tunnel explodiert. Unzählige Leute starben bei den Grabungen und der Tuff, der das Gebäude umgibt, ist steinhart, aber auch bedrohlich instabil. Die Mauern der Villa sind von den Erdbeben und der Last der Lava zerbrochen. Auch wir haben die Grabungen an ihr einstellen müssen."

Therese stampfte leise auf. „Aber am Ende des Ganges hier befindet sich eine großteils unausgegrabene Villa, in deren Garten man bereits wahre Schätze gefunden hat?"

Cariello nickte. „Man könnte denken, Perrone sei auf Schatzjagd gewesen, aber das würde mich wundern: Er war kein Mensch, den Geld interessiert hat. Er hat Rätsel geliebt und historische Weisheiten, Gold und Edelsteine waren ihm egal."

„Ihm vielleicht, aber anderen nicht. Niemand hat über all die Jahre an die Villa gerührt?"

„Man vergaß sogar, wo sie lag. Sie war nur durch die Tunnel erreichbar, die zugeschüttet wurden, um die Vulkangase nicht in die darüberliegenden Wohnhäuser zu leiten. Es hatte Todesfälle in der Bevölkerung gegeben. Alles wurde versiegelt und der Rest der Villa im Tuff belassen. Der Rest der bedeutendsten Villa der Welt … deren untere zwei Stockwerke gut und gern noch mit Möbeln und Gütern gefüllt sein können bis zum Rand."

„Aber es muss doch eine Lösung geben, um sie zu erforschen? Um hineinzugehen?"

Cariello seufzte. „Wir dachten das Gleiche, als wir die vordere Fassade teilweise freigelegt haben, aber haben aufgeben müssen wie alle vor uns. Das Grundwasser steht meterhoch, der Tuff ist spröde und es liegen bewohnte Häuser über den hinteren Strukturen. Wir haben keine Erlaubnis, weiterzuarbeiten. Der Testgraben liegt brach … Und es laufen Pumpen, damit kein See daraus wird."

Manzonis Stimme klang wie ein harsches Krächzen aus der Dunkelheit. „Halten Sie endlich den Mund, Cariello. Sie labernder Idiot! Die Tunnel sind brüchig und voller Gase. Die Mauern halten nicht. Keiner sollte die unteren zwei Stockwerke betreten. Karl Weber, der die Villa entdeckte, hat seinen Wagemut mit dem Leben bezahlt. Unzählige Leute sind in ihr gestorben. Krepiert. Verreckt. Tot. Und jetzt machen Sie, dass Sie rauskommen. Sonst geht es Ihnen ebenso."

Cariello biss sich auf die Lippen. Er musste versuchen, Manzoni zu beruhigen. Mit gesenkter Lampe trat er näher zu ihm und raunte ihm drängend zu: „Es kann sein, Perrone war dem auf der Spur, was wir schon lange in der Villa vermuten. Manzoni! Bitte! Begraben wir unseren Streit."

Der Alte schnappte: „Papperlapapp. Es gibt dort nichts und Sie sollten die Villa nicht anrühren. Ich verbiete es Ihnen! Raus hier!" Manzoni wandte sich um und schlurfte trotz des begrenzten Raums heftig gestikulierend zurück nach draußen, spuckend, schimpfend und außer sich.

Cariello war besorgt. Manzoni war so fahrig und dünn geworden, dass er sich erneut fragte, wie krank er war. Er musste in den letzten drei Jahren dreißig Kilogramm verloren haben. So erregt und aggressiv hatte er ihn noch nie erlebt. Sein Zustand schmerzte und wunderte ihn zugleich. Hatte er sich geirrt, als er Camarata versichert hatte, Manzoni sei noch völlig klar?

Therese berührte erneut flüsternd seinen Arm. „Verzeihung, Professor. Was vermuten Sie? Was hat Perrone gesucht?"

Cariello winkte ab, unter Druck und nicht geduldig genug für ihre Fragen. „Perrone war offenkundig auf dem Weg zur Villa der Papyri. Und ich glaube nicht, dass er dort um Mitternacht nach DNA-Proben suchen wollte. Er muss etwas herausgefunden haben." Mehr sagte er nicht. Sein Herz hämmerte unruhig gegen seine Brust und er beeilte sich, Manzoni zu folgen. Seine Studentin hatte nicht alles zu wissen. Je weniger Personen von der Sache hörten, desto besser.

Als sie das Sonnenlicht erreichten, stand Manzoni steif neben einer fülligen, in blaue Uniform gekleideten Frau. Sie hatte die schwarzen Haare in einen spartanischen Knoten gebunden und große, dunkle Augen. Ihre untersetzte Gestalt wirkte plump, ihre Züge jedoch nicht unfreundlich. „Ich bin von der Wache. Adriana Ferretti. Ich habe Sie hier reinkriechen sehen. Sie haben Ihren Ausflug mit den Carabinieri abgesprochen?"

Cariello nickte. „Kolonel Camarata hat mich darum gebeten, einen Blick auf den Tatort zu werfen. Professor Cariello."

Die Aufseherin nickte reserviert. „Ah ja, ich kenne Sie. Lassen Sie mich wissen, wenn Sie Hilfe benötigen. Und informieren Sie mich das nächste Mal. Die Tunnel sind gefährlich." Sie drehte sich um und ging, die Uniform gespannt von ihren vollen Schenkeln und den breiten Schultern.

Cariello hatte Manzoni nicht aus den Augen gelassen. „Professor, noch etwas: Im Labor oben befindet sich ein

Skelett, das ich nicht kenne. Es liegt in einem Karton, getrennt von den anderen, die man über die Jahre gefunden hat. Der Mann, der letzte Woche hier im Gang umgekommen ist, hatte sich dafür interessiert."

Manzonis Augen weiteten sich.

„Laut den Carabinieri hatte er auch ein Papier bei sich, auf dem ein Wort, das Wort ‚Tänzerin', geschrieben stand. Kennen Sie das Skelett? Können Sie mit dem Wort etwas anfangen?"

Der Effekt der Frage war unerwartet: Manzoni wankte. Einen Augenblick schien er wie vom Schlag getroffen. Seine Lider zuckten, er hielt sich an der Grubenwand fest und riss Augen und Mund auf wie ein Erstickender.

Cariello griff nach seinem Arm. „Was ist los, Armando? Ist alles in Ordnung? Soll ich einen Arzt rufen? Sie sind krank!"

Manzoni stieß ihn mit seinen knochigen Händen fort. „Nichts ist. Mein Blutdruck ist zu hoch. Kümmere dich um deinen eigenen Mist, Adalgiso. Und komm nicht noch mal hierher. Du bist hier nicht willkommen." Er drehte sich um und hastete nach einem bösen Blick auf Therese davon. Ein tatteriger, wütender Greis.

Cariello biss die Zähne zusammen, erneut getroffen von Manzonis eisiger Zurückweisung.

Der Kolonel trifft einen ersten Verdächtigen

Nachdem er seinen Morgen in eilig anberaumten Dienstbesprechungen verbracht hatte, erreichte Camarata die Höhen des Vomero, als die Glocken Mittag schlugen. Er hörte das dunkle Brummen des Doms von San Gennaro unter ihnen heraus. Außer Atem blieb er stehen und hörte zu. Seinerzeit hatte er in dem Gotteshaus seine erste Frau geheiratet. Die Ehe hatte nicht gehalten, aber die Erinnerung war ihm lieb und teuer. Er warf einen Blick über die Brüstung. Gelber Nebel hing über den Häusern in der Tiefe. Trotz des Dunstschleiers konnte er bis nach Procida und Capri sehen. Er liebte die Aussicht über den Golf und das malerische Chaos von Neapel, aber hatte keine Zeit für seine Nostalgie und Schönheit.

Er war in den Vomero gekommen, um seinen ersten Verdächtigen zu verhören. Es war ihm erst am Morgen aufgegangen, dass er den Namen des Kunsthändlers, den Perrones Mutter erwähnt hatte, nicht zum ersten Mal gehört hatte. Laut den Aufzeichnungen seines Vorgängers war Francescatis Name den Carabinieri bekannt. Er war ein Kunsthändler, dessen Reputation nicht ohne Flecken war, auch wenn man ihm nie ein dunkles Geschäft hatte nachweisen können. Camarata war wie so oft zu neugierig gewesen, und hatte sich selbst auf den Weg gemacht.

Ächzend wischte er sich den Schweiß von der Stirn. Der Weg von seinem Büro war kurz gewesen, aber das zu ausgiebige und zu frühe Mittagessen, das er sich unterwegs in einem kleinen Restaurant geleistet hatte, lag ihm auf dem Magen. Er hatte frische Ravioli mit Kürbiscreme und

Hackfleisch gegessen, dazu reichlich zerlaufene Butter. Jetzt fragte er sich, ob er nicht einen Arzt aufsuchen sollte, um sich von seiner Fresssucht heilen zu lassen. Beim Anblick des Essens hatte ihn geradezu Gier erfasst. „Zum Teufel mit dem alten Tonio und seinen Schlemmereien. Ich werde nicht nur alt, sondern zunehmend fett. Ich bin ein alter, übergewichtiger Staatsdiener mit wenig Geld, aber beeindruckenden Schulterstücken."

Eine Siesta wäre eine erfreuliche Option gewesen, aber auf der Gasse stand noch nicht einmal eine Bank. Nur ein Gemüsehändler hatte an einer Straßenecke seine Ware auf breiten Holztischen ausgelegt. Der Duft von Melonen und Tomaten drang zu ihm herüber.

Ein Mann stand ein paar Meter von den Auslagen entfernt auf der Straße. Camarata realisierte, dass er auf ihn wartete. Es musste der Kunsthändler sein, den er zu treffen beabsichtigte und den Mathis für ihn angerufen hatte. Mit den schneeweißen, in sorgsame Wellen gelegten Haaren und dem teuren anthrazitfarbenen Anzug stand der Mann auf der Gasse wie ein Dirigent vor dem Anschlag. Er war um die sechzig, aber noch immer athletisch. Mit seiner Größe über dem neapolitanischen Durchschnitt, teuren braunen Lederschuhen und einer goldenen Kette am Handgelenk wirkte er steif vor elitärem Hochmut, der wenig zu den abgestoßenen Mietshäusern des Viertels passte. Camarata überspielte sein aufkommendes Minderwertigkeitsgefühl mit einem lauten Räuspern.

Der Wartende drehte ihm mit steinerner Miene den Kopf zu. „Sie sind der Carabiniere?"

„Der Chef des Carabiniere. Kolonel Francesco Camarata."

Spott zuckte in den Mundwinkeln seines Gegenübers. „So ein hoher Offizier will mich sehen? Was verschafft mir die Ehre?"

„Wir reden drinnen, richtig?" Camarata sah, dass er nicht willkommen war, aber drängte sich trotzdem wie ein Panzer durch die offene Tür im Rücken des Kunsthändlers. Bei Verdächtigen war es ihm egal, ob sie ihn als grob empfanden.

Das abgegriffene Mietshaus entpuppte sich im Inneren als Schatzkammer. Teure Teppiche, Gemälde und Amphoren befanden sich überall. Der Hausherr, der hinter ihm herkam, knirschte hörbar mit den Zähnen angesichts von Camaratas interessierten Blicken. Mit ostentativem Schweigen lotste er seinen ungebetenen Gast in den Garten hinterm Haus. Dabei winkte er im Gehen einem jungen Mann ab, der mit Kaffee und Wasser herbeieilte. „Der Herr bleibt nicht lange." Seine Stimme klang schneidend.

Camarata bereute, allein gekommen zu sein. Unverhüllte Feindseligkeit lag in der Luft. Er fragte sich, was ein Biochemiker wie Perrone bei einem Mann getan hatte, bei dem ein Carabiniere sichtlich alle Alarmglocken in Bewegung setzte. Ein unbändiges Verlangen, Francescati eine Hausdurchsuchung auf den Hals zu schicken, ergriff ihn noch mitten im Hausflur. Er wusste, dass es eine unschöne Charaktereigenschaft war, sich für Minderwertigkeitsgefühle mit Strafmaßnahmen zu rächen, aber machte zuweilen mit Genuss von der ihm diesbezüglich verliehenen Staatsgewalt Gebrauch.

Der weißhaarige Hausherr schien seine Anwandlung zu spüren. Er drängte ihn in den Garten und zeigte dort auf einen von zwei Korbstühlen unter einem ausufernden Jasmin, dann warf er sich in den anderen. Seine emporgezogenen Lippen enthüllten ein aggressives Wolfsgebiss. „Was wollen Sie? Machen Sie es kurz."

Camarata ließ sich bedächtig sinken und gab sich Mühe, den Platz mit seiner massigen Figur auszufüllen. In solchen Momenten war er für jede Kordel und jedes Ehrenzeichen auf seiner Uniform dankbar. „Sie sind Filipo Francescati?"

Sein Gegenüber nickte.

„Ich bin im Castel Sant' Elmo stationiert. Kolonel der Carabinieri, wie gesagt. Zuständig für illegalen Kunsthandel, Raubgräberei, Schatzsucher und Dilettanten."

„Wollen Sie mich als Dilettanten bezeichnen?" Francescatis Augen glitzerten kalt.

Camarata ließ seine Blicke unverschämt und auffällig über ihn wandern. „Interessant, dass Sie das Wort Raubgräber nicht ärgert." Er fragte sich, wie er aus diesem hochmütigen Gecken eine Information herauslocken sollte.

Francescati saß stocksteif vor ihm, die Kaumuskeln hart und die Pupillen glühend. Seine lange Spinnenfinger machten eine ungeduldige Rührgeste. „Was wollen Sie? Mein Geschäft ruft. Ich habe keine Zeit für Geplänkel. Gibt es etwas Konkretes, das Sie herführt?"

Camarata schob den Bauch voran und gab sich formell. „Sonnabendmorgen in aller Frühe hat man einen toten Mann aus einem der Tunnel Herculaneums gezogen. Übel zugerichtet. Mehr als das: Geradezu hergerichtet in einer bizarren Art und Weise. Seine Mutter hat uns informiert, dass er mit Ihnen zu tun hatte. Er heißt Gianni Perrone."

„Ich kenne keinen Perrone. Nie gehört."

„Sie sind Kunsthändler, Francescati. Perrone liegt tot in einer römischen Ruine und war kurz vor seiner Fahrt nach Herculaneum bei Ihnen ... Sein Handy hat sich am Freitagmorgen in die hiesige Funkzelle des Mobilfunknetzes eingebucht. Oder haben Sie eine Tochter und er war bei ihr?"

Francescatis Augen blickten düster und seine Stimme schnarrte. „Ich kenne den Mann nicht und habe auch keine Tochter. Was wollen Sie? Mir den Toten in die Schuhe schieben? Wenn der Herr in der Gegend war, wer sagt Ihnen dann, dass er nicht seine Tomaten im Laden nebenan gekauft hat? Exzellente Tomaten im Übrigen ..." Er zögerte und seine Pupillen wurden schmal. Francescatis Lippen zitterten. „Sie sagen, der Tote war hergerichtet. Was meinen Sie damit?"

Camarata begann, sich zu wundern. Francescati stand bei all seiner Arroganz Angstschweiß auf der Stirn. Bangte ihm vor seinen Fragen oder vor etwas anderem? Er machte sich noch breiter. „Gianni Perrone wurde auf dem Rücken liegend gefunden, den Kiefer aufgebrochen und den Rachen mit Vulkanasche gefüllt, die Hände zertrümmert. Er sah aus wie die Opfer vom Strand Herculaneums ..." Insgeheim fragte er sich, ob der affektierte Kunsthändler dazu fähig wäre, einen Mann für morbide Nachstellungen zu benutzen. Er hätte ihm schlimme Sachen zugetraut, aber das? Wozu?

Francescatis Lider zuckten, dann verschloss sich sein Gesicht. „Herculaneum ist eine der bedeutendsten historischen Stätten Italiens. Ihr toter Mann wird mit den Wachleuten zusammengestoßen sein. Mich geht das nichts an. Ich kenne ihn nicht." Er erhob sich.

Camarata wurde wütend ob des demonstrativen Hinausschmisses. Selbst in seinen eigenen Ohren klang seine

Reaktion wie das Bellen eines bissigen Hundes. „Francescati –
was wollte Perrone in Herculaneum?! Was suchen *Sie* dort?"

Die Antwort kam zischend und nicht weniger aggressiv:
„Sie haben ja keine Ahnung, was dort vor sich geht. Eine
Katastrophe steht bevor und Sie vergeuden Ihre Zeit bei mir.
Reden Sie lieber anderen Leuten ins Gewissen! Perrones Tod
war eine Verschwendung. Und jetzt machen Sie, dass Sie
rauskommen!" Er ging voran, nicht bereit, mehr zu sagen.

Als Camarata durch die teppichbedeckten Korridore zurück
zur Straßenseite des Hauses stapfte, fluchte er auf sich selbst.
Er war stolz gewesen, grob zu sein, aber hatte sich nur
benommen wie ein Elefant im Porzellanladen. ‚Kein Wunder,
dass dieser Francescati mich nach drei Minuten rausschmeißt.
Soll ich ihn auf die Wache bringen lassen oder lieber unter
Beobachtung stellen?' Er fragte sich, was Francescati mit
Katastrophe meinte.

Sein Blick fiel im Gehen auf das Innere eines der Räume.
Der junge Mann mit dem Kaffee hatte vergessen, die Tür zu
schließen. Ein römischer Bronzeschild stand in einer Vitrine,
golden angeleuchtet und fast makellos. Camarata spürte, wie
sich ihm die Haare im Nacken aufstellten. Er blieb stehen und
wandte sich steif zu Francescati. „Ein Prachtstück. Alle
Achtung. Ich sehe, Sie sind gut im Geschäft."

Francescatis Augen sprangen aus den Höhlen. „Das ist
nichts. Raus hier!" Er drängte Camarata zur Tür. Es fehlte
nicht viel und er hätte ihn gestoßen. Francescati bereute
sichtlich, ihn hereingelassen zu haben.

Camarata grinste in seinem Grimm. ‚Und dabei hatte er
doch extra auf der Straße gewartet.' Er fixierte den
Kunsthändler drohend. „Lohnt es sich noch, mit Kunst zu

handeln, Francescati? Heute spielen wir doch alle lieber am Computer und wenn dann noch ständig die Carabinieri hinter einem her sind ... Und das sind Sie, das versichere ich Ihnen."

Francescatis Brauen zuckten und seine bleichen Wangen bedeckten sich mit roten Flecken. „Die Armen werden immer dümmer und fader und stieren auf ihre Smartphones. Aber das eine Prozent der Menschheit, das mehr besitzt als alle anderen zusammen, kauft sich für Unsummen gepflegte Kultiviertheit. Und wo es ums Geld geht, gibt es Kollateral-schäden. So wie diesen mir unbekannten Perrone. Es tut mir leid um ihn." Francescatis Augen huschten von rechts nach links als suche er einen Fluchtweg, dann verlor er die Beherrschung. Er trat näher und zischte Camarata an: „Sie Leute von den Behörden irren sich, wenn Sie denken, Sie seien besser als wir. Sie sind Banausen, die Sachen verwalten, die sie besser anderen überlassen hätten. Sind Sie stolz auf Ihre überfüllten Lagerhallen ohne Inventar und Überwachung? Auf die ungeschützten Fresken, die in Regen und Sonne bleichen? Oder etwa auf die Ausstellungen mit Hunderten von Cäsarenköpfen schön in Reihe aufgestellt? Sie sind nur Staatsdiener, die aus Verpflichtung auf etwas ,aufpassen', das Ihnen eigentlich völlig egal ist."

Sie tauschten Blicke aus und Camarata begriff: Francescati war ein Schatzjäger, aber auch ein Liebhaber. Er stahl, um zu besitzen, und verachtete Banausen wie Behörden. Und Perrone war in der Tat mit ihm in Kontakt gewesen ... Francescatis Erregtheit sprach Bände. Der Tod Perrones ging ihm ans Mark. Camarata fragte sich, ob Francescati mit Perrone gemeinsame Sache gemacht hatte und auch um sein eigenes Leben fürchtete ... Oder, ob er ihn umgebracht hatte.

Eins war offensichtlich: Francescati war mittlerweile leichenblass.

Camarata nickte ihm zu und trat auf die Straße. Seine Leute würden sich diesen Francescati genauer ansehen müssen. Und das besser, bevor dieser die Gelegenheit bekam, noch einmal nach Herculaneum zu fahren. Und bevor es zu der von ihm angekündigten Katastrophe kam.

Der Professor hat eine Spur

Camarata kehrte müde und ausgelaugt in sein überhitztes Büro zurück. Perrone war nach einem Treffen mit dem Kunsthändler nach Herculaneum gefahren, um einer Katastrophe zuvorzukommen. Aber was sollte das heißen? Er hatte nichts bei sich gehabt und der Tunnel war leer. Camarata ließ sich hinter den von Papierbergen bedeckten Schreibtisch fallen und warf seine Uniformjacke über einen Stuhl. Dann schielte er zur Espressomaschine. Laura kritisierte ihn wegen seines übermäßigen Koffeinkonsums und wegen der Haufen von Zucker, die er in die kleinen Tassen schwarzen Suds gab. ‚Aber an irgendeinem Gift muss man ja sterben.'

Mühsam fischte er in seinem Büroschrank nach einer neuen Packung Kaffee. Wo die alte war, wusste er nicht. Sein weitläufiges Amtszimmer war ein Chaos. Es lag im Anbau der alten Sant' Elmo Festung und war hoch, aber unrenoviert. Putz schälte sich von den mit Regalen und Ordnern bedeckten Wänden und es roch nach Staub. Das Büro war so vernachlässigt wie halb Neapel. ‚Aber das entschuldigt nichts. Vor allem, wenn es eine Putzfrau gibt und ich sie regelmäßig aus dem Raum jage.'

Um die späte Mittagszeit war es in dem Festungsgebäude still. Ein unerwartetes Rascheln ließ Camarata zusammenzucken. Jemand saß mit dem Rücken zu ihm in einem seiner Besuchersessel, die langen Beine übereinandergeschlagen und der rechte Fuß auf- und abwippend.

Camarata lehnte sich vor und sah, dass es Cariello war. Er hob die Brauen. ‚Das war schneller als gedacht.' Er wunderte sich, dass Cariello schon am Montag bei ihm vorbeischaute, und fragte sich, wie er hereingekommen war, auch wenn er die Antwort kannte. Der junge Mann am Empfang hatte die unangenehme Angewohnheit, ihm vertrauenswürdig erscheinende Besucher einfach ins Büro zu schicken, ob er da war oder nicht. Camarata versprach sich, dem Rekruten die Leviten zu lesen.

Cariello reagierte nicht auf sein Schnaufen und blieb ins Studium der Zeitung vertieft, die er aufgeschlagen in den Händen hielt. Nur ab und an zuckte sein Mundwinkel. Er trug einen maßgeschneiderten grauen Sommeranzug, um den Camarata ihn im Stillen beneidete. Er gab Cariello mit der Sonnenbräune und den schwarzen Haaren die Erscheinung eines Ausflüglers in die Thermen des vergangenen Jahrhunderts.

Camarata war an sich über die Anwesenheit Cariellos erfreut, aber die Zeitung, die er in der Hand hielt, hob seinen Adrenalinspiegel. Reißerische Artikel füllten die erste Seite – man sprach von einem Schatz in den Eingeweiden Herculaneums. Sein Konterfei prangte direkt daneben und es war wie befürchtet das Bild eines alternden, fetten Carabiniere mit Tränensäcken unter den Augen. ‚Die Journalistin hätte statt meiner Cariello fotografieren sollen.‘

Cariello hatte zu seinem Ärger das schlimmste Produkt der italienischen Presseszene erworben und studierte es mit ironischer Leidenschaft. Camarata kommentierte sein Studium lauthals. „Ein Schatz! Stupidaggini. Diese Schreiberlinge haben wie üblich keine Ahnung, wovon sie reden … Immer soll es ein Schatz sein. Solchen Leuten sollte man nicht die öffentliche Meinung zur Beute überlassen. *Vaffan* …" Er beendete das grobe Schimpfwort nicht. Cariellos Augenbrauen waren unmerklich nach oben gewandert.

Camarata stand auf und durchquerte mit großen Schritten den Raum. ‚Zum Teufel mit der Gesundheit.' Er ließ den Kaffee durch die Espressomaschine laufen, die er zwischen die Aktenberge seines Büros geklemmt hatte. ‚Wieso ist Cariello so erheitert? Weil ich auf dem Bild lächerlich aussehe oder weil er sich in mein Büro geschlichen hat?'

Er bereitete zwei Tassen zu und stellte eine davon knallend auf den Kaffeetisch vor seinen unerwarteten Gast. „Haben Sie noch etwas anderes herausgefunden als das, was in der Zeitung steht, Professor?" Seine Bassstimme klang ihm selbst zu laut und zu verärgert. „Warum war dieser Perrone in Herculaneum?"

„Zum Stehlen", sagte Cariello gelassen und die Falten um seine Augenwinkel vertieften sich.

Camarata knurrte und trat näher an ihn heran. Er hätte ihn anstoßen wollen, aber der Respekt vor dem bekannten Akademiker hielt ihn zurück. „Nun machen Sie schon. Spannen Sie einen braven Diener des Staates nicht auf die Folter."

Cariello hob die Hände und sah spöttisch lächelnd auf. „Guten Tag, Kolonel. Es freut mich, Sie zu sehen. Ich brauche die Testberichte der antiken Gebeine, an denen Perrone gearbeitet hat."

„Hm. Kennen Sie sich mit solchen biochemischen Analysen aus?"

„Das gehört zu meinem Beruf." Cariello entledigte sich der Zeitung und wurde ernst. „Hören Sie, Kolonel. Wie Sie wissen, hat Perrone am Tag des Mordes eine junge Archäologin im Labor von Herculaneum besucht. Wegen eines Skeletts. Er wollte alles darüber wissen und ist dann wenige Stunden später in den Tunnel gekrochen, in dem er starb. Haben Sie bemerkt, wohin der Gang führt?"

Camarata zuckte die Schultern. „Man hat mir gesagt, es gäbe dort nichts. Alles sei leer."

„Mitnichten! Die Ruine am Tunnelende ist eines der bedeutendsten Villengebäude der Welt. Sie war übervoll mit Kunstwerken, als man sie vor fast dreihundert Jahren gefunden hat – ein Wunder –, und sie ist bis heute nur zur Hälfte erforscht. Wenn Sie in Herculaneum nach Schätzen suchen wollen, suchen Sie dort. Es kann gut sein, die Schreiberlinge Ihrer Zeitungen haben recht. Und ich denke, es könnte sein, dass dort drinnen noch etwas weitaus Wichtigeres liegt als Fresken und Juwelen."

Camarata fuhr sich übers Gesicht. „Wozu so ein Professor der Archäologie alles gut ist." Er verstummte, sauer über seine eigene Ignoranz, obwohl er sich hätte freuen sollen, einen Experten zu Rate gezogen zu haben. Natürlich hatte er schon von der Villa der Papyri gehört, aber hatte nicht darauf Acht gegeben, wie viel noch von ihr übrig war. Er nahm einen Plan Herculaneums aus einer der Akten und legte ihn vor Cariello aus. Es kostete ihn Überwindung, die Karte nicht mit wütendem Schwung auf den Tisch zu werfen.

Cariello tippte auf den linken Rand. „Hier ist die Villa und hier ist der Gang, der zu ihr führt. Einer der Gänge □ es gibt viele. Der größte hat eine Verbindung zu den offenliegenden Ruinen, andere nehmen auf dem Boden von privaten Brunnen in der Oberstadt ihren Anfang. Ich muss wissen, was für eine Entdeckung das Skelett Perrone beschert hat, dass sie ihn in diesen einen Tunnel im Tuff gelockt hat. Und Sie sollten darüber nachdenken, wer außer Perrone und der Laborangestellten von diesen Knochen wusste und Perrone gefolgt sein könnte … Und das besser schnell."

Cariellos Worte verursachten bei Camarata ein dumpfes Gefühl der Sorge. Er musste an seinen Besuch bei Francescati denken. „Ein Schatz. Das hat mir gerade noch gefehlt." Er holte zwei Ordner von einem Stapel Akten, der ordentlicher als die anderen an der Wand aufgehäuft lag. Mit einem unangenehmen Geräusch warf er sie vor Cariello auf den Tisch und zerdrückte dabei die darunterliegende Karte und die Kaffeebecher. „Bedienen Sie sich. Hier ist ein Großteil der letzten Arbeitsergebnisse von Perrone. Viel Spaß beim Lesen. Ich habe kein Wort verstanden. Unsere IT-Experten haben sie aus seinem Computer ausgedruckt, aber für mich könnte es auch Chinesisch sein, was da steht."

Cariello griff die Ordner, blätterte sie kurz durch und nahm sie unter den Arm. Dann stand er auf, grüßte und wandte sich zum Gehen. Die Tür fiel eine Sekunde später krachend hinter seiner athletischen Silhouette ins Schloss.

Camarata seufzte. Er würde am Nachmittag erneut nach Herculaneum fahren. Es schien, er hatte eine Spur: die Villa der Papyri.

Therese erlebt Eigenartiges

Therese hatte den Zug der Circumvesuviana genommen, aber bereute es. Bei ihrer Einfahrt auf dem Hauptbahnhof Neapels schlug ihr feuchtheiße Luft entgegen, begleitet von infernalischem Lärm. Sie hätte ihren klapprigen Fiat vorziehen sollen. Er war zwar alt und besaß keine Klimaanlage, aber zumindest war sie in ihm allein. Ihre helle Bluse klebte an ihrem Rücken und ihr Mund war ausgetrocknet. Um sie her wimmelte es von Menschen, von denen jeder in eine andere Richtung drängte.

Sie stieg aus und machte sich durchs Gewühl auf den Heimweg. Dabei konnte sie sich des Gedankens nicht erwehren, dass Perrone noch vor wenigen Tagen über die gleichen Stufen aus dem Gebäude getreten war wie sie.

Was in den Tunneln geschehen war, raubte ihr die Ruhe. Und wie auch nicht? Sie war noch nie von einem Mord betroffen gewesen. Zudem musste sie an ihren ehemaligen Professor denken. Es hatte sie völlig unerwartet getroffen, ihn wiederzusehen. Cariello war ein Divo und von den Studenten bewundert wie ein Allvater. Ihr Herz klopfte noch immer vor Aufregung, dass er sie im Labor besucht hatte, auch wenn sie sich dabei lächerlich vorkam. Sie fragte sich, was er von ihrer Arbeit und von ihr selbst gedacht hatte, aber verbot sich, zu genau darüber nachzudenken, was sie selbst von ihm hielt.

Cariellos Emotionen bei der Erwähnung seiner Frau und sein leidenschaftlicher Austausch mit Manzoni hatten sie erschüttert. In Anbetracht von Manzonis Ruf hatte sie nicht erwartet, in ihm einen so unausstehlichen Wüterich vorzufinden. ‚Irgendetwas hat den Greis über alle Stränge schlagen lassen. Es wirkte fast wie ein Hilferuf. Als wolle er Cariello zu etwas provozieren.'

Therese hatte beschlossen, auch ihrerseits zu versuchen, hinter das zu kommen, was Perrone in Herculaneum gewollt hatte. Trotzdem hoffte sie, dass sie keinen Fehler begangen hatte, als sie das Skelett, das Perrone so sehr fasziniert hatte, mitgenommen hatte. Die Angst, die rätselhaften Gebeine könnten verschwinden, hatte sie nicht losgelassen und jetzt lagen sie in dem Rucksack, den sie über der Schulter trug.

‚Ich bin verrückt. Es ist strengstens verboten, Artefakte aus dem Labor mit nach Hause zu nehmen. Man kann mich für so etwas entlassen.' Aber nach Cariellos Warnung sorgte sie sich, ihr Vorgesetzter, Poldi Pezzoli, könnte die Knochen an sich nehmen. Sie hätte gern gewusst, was Cariello über Pezzoli wusste. Der neue stellvertretende Leiter der Anlagen war ein affektierter Mann, der sich bei den Angestellten bisher nicht beliebt gemacht hatte. Mehr als das wusste sie nicht, nur dass Pezzoli sie behandelte wie ein Schulmädchen, voller Verachtung und Hochmut. Es war ihr recht, zu tun, was Cariello ihr empfahl, aber Pezzolis Arroganz allein konnte es nicht sein, was Cariello so gegen ihn aufbrachte. Es fiel ihr schwer, sich gegen die Leitung der Anlage zu stellen, aber sie hatte das Gefühl, dass sie, solange sie auf Cariellos Seite stand, auf der richtigen war.

Als sie die belebten Straßen im Zentrum Neapels durchquerte, hatte sie den Eindruck, dass ihr jemand folgte, und wandte sich um. Hinter ihr befanden sich jedoch nur anonyme Fremde. ‚Ich bin paranoid. Niemand weiß, dass ich die Knochen habe.'

Nichtsdestotrotz beschleunigte sie den Schritt, während sie den chaotischen Verkehr durchquerte, umgeben von Gerüchen von Abgasen und Essen. Sie kam aus dem Norden. Neapel war für sie ein Monstrum, aber mittlerweile begrüßte sie die kleine verlassene Kapelle, an der sie jeden Tag vorüberging, als alte Bekannte. Ihre barocke Fassade schmückte das Graffito einer Madonna, das ein unbekannter Künstler an ihre vom Verfall zernagte Fassade gesprüht hatte. Die Maria schien ihr ermutigend zuzunicken.

Die allgegenwärtigen Motorroller der Einheimischen knatterten krachend an ihr vorüber und umschifften in waghalsigen Manövern die Auslagen der Geschäfte, die vor den hohen Häusern ohne Bürgersteige standen. Passanten und Vespas stritten sich um den Platz zwischen Ständen mit Früchten, Blumen und Terrakotta-Figuren.

Therese brauchte eine Viertelstunde, um zu dem ergrauten Barockhaus zu gelangen, in dem sie seit ihrer Studentenzeit wohnte. Die Gassen wurden bereits finster und auch die monumentale Wendeltreppe im Hof war düster, als sie eintrat. Sie ließ die schwere Pforte hinter sich ins Schloss fallen und wollte aufatmen. Stattdessen hielt sie inne.

War jemand hinter ihr durch die Tür gekommen? Erneut hatte sie das Gefühl, nicht allein zu sein. Sie hörte Atmen. In Neapel hatte sie gelernt, Instinkte ernst zu nehmen und lauschte. Sie hatte recht. Jemand bewegte sich. Es roch zudem nicht wie sonst nach Reinigungsmitteln, sondern nach dem erkalteten Rauch von Zigaretten. Sie hämmerte auf den Lichtknopf, aber wie so oft funktionierte er nicht. Panik stieg in ihr auf. „Ist da jemand?"

Niemand antwortete. Therese musste an Perrone denken, dann reagierte ihr Körper schneller als ihr Verstand. Sie stürzte zu der ausgetretenen Treppe und sprang über Unrat und Fahrräder, die die Nachbarn im Hausflur verstaut hatten.

Auch der zweite Lichtschalter, den sie tastend betätigte, funktionierte nicht. Ihr Fuß verfing sich im Riemen ihres Rucksacks. Sie warf sich voran und nahm laut rufend mehrere der ausgetretenen Steinstufen auf einmal. Angst würgte sie. Das Gebäude war weitläufig. Was, wenn niemand sie hörte?

Etwas war hinter ihr. Sie konnte den keuchenden Atem eines Verfolgers hören. Eine Sekunde lang schien ihr, dass eine Hand nach ihrer Bluse griff, dann öffnete zu ihrer Erleichterung ein Nachbar die Tür.

Sie fuhr herum.

In dem aus der geöffneten Wohnung strömenden Licht war niemand zu sehen. Schatten lungerten in den Nischen, aber der langgestreckte Flur mit dem roten Teppich und die abgenutzte Treppe dahinter waren leer. Sie hätte sich ohrfeigen können. ‚Ich bin lächerlich! Wie ein kleines Kind davonzurennen.'

Kleinlaut entschuldigte sie sich bei dem älteren Herrn, der ihr zu Hilfe geeilt war. Trotzdem bebten ihre Hände, als sie ihre Wohnungstür im sechsten Stock aufschloss. Sie schlug sie hinter sich zu, verriegelte sie und lehnte sich gegen die Wand, außer Atem und mit heißen Wangen. Das letzte verblassende Sonnenlicht strömte durch die hohen Fenster in ihr Appartement. Was geschehen war, wirkte auf einmal irreal.

‚Die Sache mit Perrone beschäftigt mich so sehr, dass ich um Hilfe schreiend meine Nachbarn rufe, anstatt mich umzusehen. Ich ticke schon völlig aus. Ist mir wirklich jemand wegen der Knochen gefolgt oder habe ich mir einen Verfolger eingebildet? Mich kennt doch niemand.' Trotzdem raste ihr Puls und ihre Gedanken formten einen Malstrom in ihrem

Kopf. ‚Ich muss wissen, was es mit dem Skelett auf sich hat, und besser schnell.'

Sie ließ den Rucksack fallen und griff nach dem Telefon. Erst zögerte sie, aber dann sandte sie Cariello, der ihr seine Nummer gegeben hatte, eine Textnachricht. „Hätten Sie Zeit für einen Kaffee morgen früh?" Etwas in ihrem Magen flatterte dabei. Sie hatte das Gefühl, dem bekannten Professor zu nahe zu treten und sich aufzudrängen. Wer von den Studentinnen hätte schon jemals gewagt, Cariello zum Kaffee einzuladen? ‚Aber ich brauche seine Hilfe wie er meine. Und dieser Kolonel, dieser Camarata, ist mir noch fremder in seiner Brummigkeit als Cariello in seiner Distanz.' Sie seufzte. ‚Und wenn der Carabiniere die Sache mit den mitgenommenen Knochen herausbekommt, kann ich einpacken.'

Sie schloss das Skelett in ihrem Kleiderschrank ein und setzte sich mit einem Glas Wein auf ihren schmalen, an der Hauswand entlanglaufenden Balkon. Es roch nach Abend und die Geräusche des Verkehrs waren leiser geworden, Essensgerüche drangen zu ihr herauf. Die Nachbarin im Appartement gegenüber stritt mit ihrem Ehemann. Ihr breiter neapolitanischer Dialekt gab der Szene etwas Leidenschaftliches.

Therese fühlte sich eigenartig. Alles war so alltäglich, als ob es Herculaneum und den Tod Perrones nie gegeben hätte. Sie holte tief Luft, um sich zu beruhigen, und spürte die Abendluft bis in die Lungenspitzen. Eine Sekunde fühlte sie sich trotz allem, was geschehen war, glücklich. Glücklich, ihrerseits lebendig zu sein. Jung, gesund und heil. Und mit Verfolgern, die sie sich nur einbildete und einem Sicherheitsschloss an der Tür.

Den Kopf in den letzten Strahl der Abendsonne an der Hauswand gelehnt, dachte sie erneut an Cariello. Sie hatte ihn schon immer gemocht und war oft in Vorlesungen anderer Semester gegangen, um ihn zu sehen. Wie hunderte anderer Kommilitonen. Und jetzt hatte sie ihn gefragt, mit ihr einen Kaffee zu trinken. Vielleicht sollte sie doch darüber nachdenken, was sie von ihm hielt? Bewunderung? Verehrung? Oder …

Ein lautes ‚Klack' ertönte. Therese fuhr zusammen. Das Geräusch kam von der Pforte des Hauses und zeigte an, dass jemand sie von innen mit Gewalt geöffnet hatte, der keinen Schlüssel besaß. Sie wagte nicht zu atmen und lauschte.

Krachend schlug die Tür zu. Jemand war gegangen.

Sie hatte sich nicht getäuscht gehabt: Jemand war hinter ihr her gewesen.

Feinseliges Zusammentreffen

Die Sonne schien rotglühend auf die Mauern Herculaneums, die Pinien und den Vesuv. Camarata trat vor das flache Verwaltungsgebäude und atmete durch. Über der Besprechung war der Abend gekommen. ‚Wenigstens ist es nicht mehr so heiß wie vor zwei Stunden.' Er wippte auf den Zehenspitzen auf und ab, die Hände hinterm Rücken verkreuzt und den Bauch vorangestreckt. Ein Schwarm Spatzen hatte sich auf dem Fußweg eingerichtet. Ihr Tschilpen klang über die staubige Gasse herüber. Einer von ihnen badete lärmend im Sand. Camarata beobachtete das Federbündel voller Missmut.

‚Was hat mir diese Versammlung gebracht? Was für eine gottverdammte Zeitverschwendung. Es kommt mir vor, als ob jeder mauert. Was wissen diese Leute über die Villa, das man mir nicht sagen will?' Es schien, er hatte den wunden Punkt in dem Fall gefunden, aber keiner wollte darüber sprechen. ‚Was befindet sich dort drin, das Cariello als etwas so ungemein Wichtiges beschreibt, aber nicht weiter erläutern will? Es kommt mir vor, als ob auch er mir nicht alles sagt, was er weiß. Wenn Perrone nur einfach irgendetwas gesucht hat, dann hätte er weder Skelett noch DNA gebraucht.'

Der kahlgeschorene Direktor Herculaneums hatte ein ums andere Mal die Stirn krausgezogen, wenig erfreut über den Bericht Camaratas. Ansonsten war er zwar freundlich und kompetent gewesen, aber hatte nicht mehr zur Ermittlung beitragen wollen als die Bestätigung, dass die Villa der Papyri zum Großteil unausgegraben im Tuff lag. Seine Untergebenen hatten es ihm nachgetan, die Köpfe gesenkt und die Blicke abgewendet.

Camarata wollte endlich nach Hause fahren, aber der Anblick eines braungebrannten, teuer gekleideten Mannes, der den Weg aus den Ruinen heraufkam, hielt ihn zurück. Der stellvertretende Leiter der Anlagen, Poldi Pezzoli, schritt auf der noch immer erhitzten Rampe herauf, die Schultern hochgezogen und in Eile, als hoffe er, dass man seine Rückkehr aus den Trümmern nicht bemerke.

Pezzoli stand auf Camaratas Liste der Anzuhörenden, seit Perrones Mutter ihn erwähnt hatte. Dementsprechend freute es ihn, so schnell die Möglichkeit zu bekommen, ihn zu befragen. Seine Untergebenen Asta und Romero hatten Pezzolis Hintergrund überprüft und Camarata Informationen gesendet, aber Pezzoli war zu Camaratas Leidwesen keine beeindruckende Mördergestalt. Er war klein, mit krausen schwarzen Haaren und dunklen Augen. Sein teurer grauer Anzug wirkte übertrieben. Das Gesicht mit den schmalen Wangen und dem elegant geschnittenem Kinn war gefällig, nur um seinen Mund lag ein Zug, der Camarata nicht gefiel. Er hatte ihm Pezzoli schon unsympathisch gemacht, als er ihn neben dem Direktor im Versammlungssaal gesehen hatte. Vielleicht war er voreingenommen, aber jetzt fragte er sich erneut, was er von dem Mann halten sollte. Sah so jemand aus, der einen riesigen Kerl wie Perrone mit einem Stein erschlug? ‚Aber warum ist dieser Pezzoli direkt nach dem Erhalt der Informationen über Perrone aus der Versammlung verschwunden und in die Ruinen gehastet? Was kann man um diese späte Stunde dort unten wollen? In die Villa der Papyri kriechen?'

Pezzoli erreichte seine Höhe und Camarata trat aus dem Schatten, der ihn verborgen hatte. „Dottore, machen Sie einen Abendspaziergang ...? Sie hatten uns vorhin in der Direktion nichts zu sagen?"

Pezzoli zuckte zusammen. „Ich? Ich weiß nichts, was Sie interessieren könnte. Woher soll ich erraten, was der tote Mann dort in dem Gang gewollt hat?" Das Weiß seiner Augen blitzte auf. Er war nervös.

Camarata rief sich in Erinnerung, dass er mit einem Mitglied der Leitung Herculaneums sprach, und reagierte formell. „Wir hatten gehofft, Sie wüssten mehr ... Wo Sie doch jetzt noch einmal dort unten waren ... Es scheint, Herculaneum ist noch nicht vollständig ausgegraben?"

Pezzoli zuckte die Schultern. Seine Augen musterten ihn mit einem Ausdruck, den Camarata nur unter ‚feindselig' einordnen konnte. Frech, ausweichend und feindlich. „Das Publikum sieht von Herculaneum nur einen kleinen Teil. Der größere, verfaulende Rest liegt noch im Tuff ... Alte Reiseführer vom Beginn des 20. Jahrhunderts haben vor den großen Freilegungsarbeiten geschrieben, ‚es sei nicht viel zu sehen', und haben den Leser nach Pompeji weitergeschickt. Das ist genau das, was ich Ihnen auch sagen würde, Kolonel. Die Stollen sind eiskalt und die unausgegrabenen Ruinen im steinharten Tuff verschlossen. Dort steht das Grundwasser knietief und die Stimme hallt von der Decke wider wie in einer Gespensterbahn. Keine Ahnung, was dieser Perrone dort wollte. Wenn er denn etwas wollte, was mir keineswegs sicher scheint. Vielleicht versteckte er sich nur vor jemandem?"

„Tja, was er wohl gewollt haben könnte, dieser eigenartige Perrone, der seiner Mutter von Ihnen erzählt hat, und den Sie laut seiner Telefonnachrichten vor zwei Wochen auf einen Kaffee in die Büros der Direktion eingeladen hatten …"

Pezzolis Augen funkelten aggressiv. Er lachte, aber in sein Lachen mischte sich ein scharfer Unterton der Angst. „Das haben Sie herausgefunden? Alle Achtung. Es stimmt. Er schlich hier herum."

Camaratas Stimme wurde drohend. „Was hat Perrone Ihnen zu erzählen gehabt, Herr Pezzoli? Sie kannten sich. War das nicht der Erwähnung wert?"

Pezzoli wich zurück. „Zu erzählen? Nichts. Dieses plumpe Riesenbaby sagte mir, er habe in einem alten Archiv Erzählungen eines Adeligen gefunden, und kaute auf der Information herum, als sei es eine Schlagzeile wert."

Camarata näherte sich Pezzoli erneut, bis er ihn fast berührte. „Erzählungen?"

Pezzolis Augen huschten gestresst von rechts nach links. „Unsinn. Nichts. Nicht der Rede wert. Ist ja schon gut."

„Was für Erzählungen?!"

„Über Herculaneum. Von einem Prinzen."

„Und, was sagt er, der Prinz?"

Pezzolis Augenlider flatterten. „Ich sage Ihnen doch: Nichts von Bedeutung. Der übliche Unsinn von antiken Geheimnissen. Damit kommt man uns ständig. ,Uhu. Ich habe eine Karte mit einem Kreuz drauf gefunden. *X marks the spot*.' Hören Sie nicht drauf."

Camarata machte sich noch breiter und versperrte Pezzoli den Weg. Der kleine Mann wirkte wie eine in die Ecke getriebene Ratte, die verzweifelt versuchte, den Fängen der Katze zu entkommen. „Was war das für ein Prinz, von dem

Perrone gesprochen hat? Nur zu, Herr Pezzoli. Hat er einen Namen?"

Pezzoli stieß mit dem Fuß gegen einen Stein, der knallend gegen ein Geländer flog. Seine Stimme schnappte über und brach. „Ich habe nicht zugehört. Es war irgend so ein Alchimist und Freimaurer … Ich muss jetzt gehen. Guten Abend, Kolonel." Pezzoli umrundete ihn hastig und eilte Richtung Ausgang, sichtlich auf der Flucht.

Dumpfe Wut brodelte in Camarata. Er mochte es nicht, wenn man ihn für dumm verkaufte und Poldi Pezzoli wusste etwas. Er hatte offenkundlich befürchtet, sich verraten zu haben, als er die Schriften erwähnt hatte. ‚Besser, ich beeile mich, diese Erzählungen zu finden und die Ruinen wie meinen Augapfel zu überwachen. Pezzoli hat genau wie Francescati etwas in ihnen vor. Ich werde eine Wache vor die Tunneleingänge stellen lassen und um zusätzliche Kameras bitten. Etwas ist hier faul.' Camarata schnaufte. Es schien, der Tod Perrones war nur ein Anfang in dieser Geschichte.

Was vor langer Zeit geschah

Cariellos Bariton klang warm und professoral aus der Freisprechanlage von Camaratas Fahrzeug. „Ich lese in den Dokumenten Perrones, die Sie mir gegeben haben, Kolonel. Ich habe eine Überraschung für Sie. Sitzen Sie?"

Camarata schloss das Fenster seines klapprigen Fiat, um Cariello trotz des Lärms der Straße zu hören. „Ich befinde mich im Auto auf dem Weg heraus aus Herculaneum und stehe im Stau."

Cariellos Lachen ertönte voll und angenehm. „Dann haben Sie ja Zeit. Hören Sie, was ich gefunden habe: Ihr Skelett im Labor in Herculaneum gehört keinem römischen Patrizier …"

Camarata setzte sich auf. „Wie?"

„Es ist nicht antik."

„Es ist neu?"

Wieder das warme, rollende Lachen. „Ich teile Ihr Erstaunen, Kolonel, aber vor mir liegen die Analysen, die Sie mir vorhin gegeben haben. Und nein, neu ist es nicht." Das Geräusch von raschelndem Papier erklang. „Der DNA-Test zeigt, dass es sich bei dem Toten um einen europäischstämmigen Mann handelt, die Radiokarbonprobe datiert seinen Tod zwischen 1760 und 1770 und die Isotopen beweisen, dass er in Frankreich geboren und aufgewachsen ist. In handschriftlichen Anmerkungen hat Perrone dazu notiert, dass er dem Toten nach Besichtigung der Knochen ein Alter zwischen zwanzig bis dreißig Jahren geben würde und schätzt, dass er wohlgenährt und gesund gewesen sei, als er starb. Ich wäre zu dem gleichen Schluss gekommen."

Camarata zog die Augenbrauen zusammen, bis ihm die Stirn schmerzte. „Verstehe ich Sie richtig: Der Tote ist ein junger Franzose, der bei den ersten Bourbonengrabungen umgekommen ist? Das ist sicher originell, aber was hat Perrone daran so wichtig gefunden, dass es ihn zu nächtlichen Ausflügen getrieben hat? Wenn er herausgefunden hätte, dass es frische Knochen sind, könnte ich die Aufregung verstehen. Aber 1770?"

Cariello schnalzte mit der Zunge. „In den Tunneln sind viele Leute umgekommen. Selbst der Chefausgräber Weber hat sich dort unten Skorbut und eine Lungenentzündung geholt. Französische Adelige haben damals im Rahmen der ‚Großen Tour' Herculaneum besichtigt, aber ich wäre erstaunt, wenn der Tote ein Prinzensspross wäre … Wer er war und warum jemand sein Skelett versteckt hat … Wenn ich das wüsste … Warten Sie, Camarata, ich habe einen anderen Anruf in der Leitung." Eine Sekunde später war Cariello wieder am Apparat. „Camarata, können Sie umkehren und nach Sorrent fahren?"

„Hm, jetzt? Warum?"

„Der Mann, der mir gerade auf meine Nachricht geantwortet hat, ist ein deutscher Historiker, Herbert van Heyne. Ein Unikum, aber auch eine wandelnde Enzyklopädie. Er hat akzeptiert, aus seinem Urlaubsort unterhalb von Amalfi herauf nach Sorrent zu fahren und mich dort zu treffen. Seine Frau wird fluchen. Sie fürchtet die weinseligen Gelage ihres Mannes genauso wie ich. Aber wenn Sie wollen, dann mache ich Sie bekannt … Wenn einer etwas über tote Franzosen wissen könnte, dann er. Der Mann hat ein Gedächtnis, das größer ist als das des gewöhnlichen Homo sapiens."

Camarata brummte zur Bestätigung, legte auf und lenkte sein Fahrzeug mit kreischenden Reifen herum. Hinter ihm hupte gellend ein Lastwagen ob seines abenteuerlichen Manövers, aber er hupte nur grimmig zurück und klebte sein Blaulicht aufs Dach. Es gab keine andere Gegend, in der die Einwohner so halsbrecherisch fuhren wie in Neapel, und bei aller kleinbürgerlichen Artigkeit und seiner Stellung als Kolonel war Camarata ein Sohn der Stadt. Er hatte seine Hand von da an mehr auf der Hupe als auf der Gangschaltung und manövrierte sich an den umherschwirrenden Vespas vorbei, die sich gehorsam zur Seite retteten und ihm den Weg auf die Küstenautobahn freimachten.

Er öffnete erneut das Fenster, um sich Luft zu verschaffen, und der Geruch von Salz, Meer und Abgasen wehte herein. Irgendwo in dem Gemisch lag die Erinnerung an frohe Stunden am Strand mit seinen Kindern, an Bäder im Meer und Sand unter den Füßen. Er wäre gern nach Hause gefahren, aber der Gedanke an das, was in Herculaneums Ruinen passieren könnte, wenn er Zeit verlor, ließ ihn Richtung Süden fahren. Francescati und Pezzoli saßen ihm im Nacken und sowohl die Presse als auch sein Chef, General Valers in Rom, hatten ihm bereits Nachrichten gesendet, die ihm Druck machten. ‚Laura wird böse auf mich sein, dass ich erneut spät dran bin und sie sich wie so oft allein um alles kümmern muss, aber was soll ich tun?'

Er schoss an heruntergekommenen Industriebauten und Slums vorbei und hätte die Aussicht auf die ihm so wohlbekannten Strände, die dahinterlagen, vorgezogen. Leise fluchte er vor sich hin: ‚Wie kann man eine so reiche und so schöne Gegend wie die hier so verfallen lassen? Andernorts hätte man Grundstücke am Meer für Millionen verkauft, in Neapel baut man verkommene Baracken darauf.'

Als er sein Ziel erreichte, sank bereits die Nacht auf die Küste. Es war eine Weile her, dass er zuletzt in Sorrent gewesen war, aber er fand seinen Weg ins Zentrum ohne Mühe. Die Stadt war nicht groß. Zitronenhaine erstreckten sich an den steilen Hängen dahinter. Luxuriöse Hotels rivalisierten mit überfüllten Restaurantterrassen auf den Klippen vor dem im letzten Abendschimmer glitzernden Meer. So musste einst auch Herculaneum ausgesehen haben. Für eine Sekunde blitzte die Vorstellung von herabflutenden Schlammwellen vor Camaratas innerem Auge auf und er verdrängte sie eilig.

Er zwängte sein Fahrzeug ohne Rücksicht und Scham auf den Bürgersteig und warf sein Carabinieri-Zeichen unter die Windschutzscheibe. Dann sah er sich um. Er fragte sich, wie er Cariello und seinen Historiker finden sollte, als eine mächtige Pranke auf sein Autodach donnerte und seine Frage schneller beantwortete als gedacht. „Sie sind der Carabiniere?" Ein Riese lehnte sich ins Fenster.

Camarata sah dem Giganten verblüfft in die blauen Augen. Er hatte nicht erwartet, dass man ihn so schnell finden würde. Sein Gegenüber war glühend rot im Gesicht und lachte bis zu den Ohren. Sein Bauch war noch umfangreicher als Camaratas und mit den roten Haaren wirkte der Mann wie ein Leuchtturm in der Brandung. Er erinnerte Camarata an den Schauspieler Gert Fröbe als Goldfinger, nur korpulenter, mit ausgebeulten Hosen und alten Sandalen.

Camarata schälte sich aus seinem Fahrzeug, um den Mann zu begrüßen, als ein teurer schwarzer Land Rover neben ihm auf den Bürgersteig rollte. Es war Cariello. Er hatte sich einen hellen Anzug und ein weißes Hemd angezogen. Sein Anblick erzeugte bei Camarata ein unangenehmes Unterlegenheitsgefühl. Er selbst trug noch immer seine verschwitzte Uniform.

Cariello lehnte sich aus dem Fenster. „Van Heyne, da sind Sie ja. Gott sei Dank, ich dachte, ich müsste Sie in diesem Tohuwabohu suchen. Ihr Handy hat nicht geantwortet." Er parkte und stieg aus.

Der rothaarige Riese gab ihm einen Prankenschlag auf die Schulter. „Ohne Essen und ein volles Glas rede ich halt nicht mit dir, altes Haus. Tut das gut, dich zu sehen!" Sein Bass dröhnte in so lautem Lachen über die Straße, als er Cariello umarmte, dass die teuer gekleideten Passanten sich nach der Szene umdrehten. Camarata zog den Kopf zwischen die Schultern. Das Gelächter wirkte wie Löwenbrüllen. Er fragte sich, woher sich zwei Männer wie Van Heyne und Cariello kannten. Sie hätten nicht verschiedener sein können.

Van Heyne ließ ihm keine Zeit, sich zu wundern. Er nahm sie beide am Arm und zog sie mit sich zu einer Seitenstraße. „Wir gehen ins ‚Caruso', eins der besseren Etablissements vor Ort. Etwas anderes hätte Cariello auch nicht von mir erwartet." Er grinste. „Ich bin nicht nur ein Gourmand, sondern auch ein Gourmet und ein großer Weinliebhaber vor dem Herrn. Hat er Ihnen das gesagt, Herr Kolonel? Hat er Ihnen auch gesagt, dass er uns einlädt?" Noch einmal das donnernde Lachen.

Camarata fühlte sich überrollt. Der mächtige Historiker wirkte wie ein Gegenpol zu Cariello. Riesig, fett und ausufernd herzlich, während Cariello verschlossen daherschritt. Die beiden Wissenschaftler tauschten Komplimente über Dinge aus, von denen Camarata nichts verstand, und er trat daher schweigend hinter ihnen ins

Restaurant, das aufgrund der Ferienzeit auch am Montag geöffnet und gut besucht war. Camarata lauschte mehr auf das Geigenschluchzen, das ihm entgegenklang, als auf den Austausch der Höflichkeiten. Man spielte die Toselli-Serenade … ‚*Come un sogno d'or* □ Wie ein gold'ner Traum …' Die Mär vom verlorenen Glück und vergangener Liebe.

Cariello hielt so plötzlich inne, dass Camarata auf ihn auflief. Cariello war von einer Sekunde zur anderen blass. Er zögerte, als überlege er, umzukehren. Sichtlich erkannte er die Melodie und der Gedanke an seine tote Frau traf ihn mitten in dieser Atmosphäre von weintrunkener Fröhlichkeit. Camarata verstand. Im Leben holte man sich so manche Wunde und die von Cariello saßen tief.

Van Heyne bemerkte Cariellos Zögern ebenfalls und zog ihn kurzentschlossen mit sich in den dunkel getäfelten Gastraum mit den historischen Fotografien. Das Murmeln der Passanten wogte durch die offenen Fenster herein, begleitet vom Duft nach Wein und Thymian. Weiße Tischdecken und dreifache Bestecke kündigten eine höhere Preislage an. Camarata hoffte im Stillen, dass auch er eingeladen war. Seine Eingeweide verkrampften sich vor Hunger, als ein Kellner einen gegrillten Fisch an ihm vorbeitrug, bedeckt von Zitronenscheiben und schwarzem Meersalz. Er hätte ihm das Tablett entreißen wollen, aber fürchtete, den beabsichtigten Schaden nicht bezahlen zu können.

Van Heyne ließ sich schwerfällig und breitbeinig an einen der Tische fallen und orderte eine Flasche Falerner. Er drängte sie, sich ebenfalls zu setzen und zog Cariello dabei am Ärmel als fürchte er, dass dieser flüchten könnte. Noch bevor sie Speisen bestellt hatten, hatten sie volle Gläser vor sich stehen.

Der Historiker wartete, bis sie es sich bequem gemacht hatten, und griff dann nach dem Wein. Er drehte sich zu Cariello, die tiefe Stimme ernst. „Es ist eine Weile her, alter Freund, dass wir uns zuletzt gesehen haben. Mehr als drei Jahre, nicht wahr?" Sein sonnenverbranntes, fülliges Gesicht verwandelte sich. Die Lachfalten verschwanden und die Stirn glättete sich. Der seriöse Mensch erschien, der sich unter den Massen verbarg.

Cariello schwieg, das Gesicht düster. Camarata wurde verlegen und eine Gänsehaut huschte ihm über den Rücken.

„Ich erinnere mich noch gut daran, wie wir gefeiert haben. Am Meer. Und ich dir gesagt habe, du sollst das Mädchen heiraten." Van Heyne wischte Cariellos Geste der Abwehr mit einer Handbewegung beiseite. „Bevor wir fachsimpeln und über alte Geschichten reden, heb das Glas mit mir auf eine junge blonde Frau, die es nicht verdient hat, dass wir nicht an sie denken. Es tut mir leid, was Lucrezia geschehen ist. Es tut mir leid um sie und um dich."

Cariello griff nach seinem Glas, aber seine Finger bebten und er schien sich erneut zurückziehen zu wollen. Sein Rücken drückte sich gegen die Stuhllehne. Es war das erste Mal seit ihrem Wiedersehen, dass Camarata wieder diesen Ausdruck von Bitternis und Qual um Cariellos Mundwinkel sah. Er fühlte sich wie ein Eindringling in der Szene.

Van Heyne hob das Glas höher. „Auf den kurzen Augenblick, den wir über diese Erde wandeln. Darauf, dass wir im Moment beisammen und unter den Lebenden sind, und auf jedes Kind, das heute geboren wird, um uns nachzufolgen. So jung wie heute sehen wir uns nicht wieder." Er leerte sein Glas bis auf den Grund und sah es in einer Art und Weise an, dass Camarata fürchtete, er würde es gegen die

Wand werfen. Aber er setzte es vorsichtig zurück auf die weiße Tischdecke. „Also: Was führt euch beide her? Du bist in Sorge, hast du geschrieben?"

Auch Cariello setzte sein Glas ab. Seine Züge wirkten steinern. Die Kerzen auf dem Tisch flackerten und die samtig warme Stimme Enrico Carusos drang zu ihnen herüber. Cariello räusperte sich schließlich und hob an, seinem Freund die Geschichte des Skeletts aus dem Labor zu erzählen. Seine Stimme klang rau dabei.

Ein Kellner brachte Teller mit Meeresgerichten und Van Heyne bediente sich, während er Cariellos Worten lauschte. Auch Camarata griff dankbar zu. Der Falerner wärmte ihm angenehm den Magen und trotz der tragischen Untertöne begann ihm, die zuvor so gefürchtete Orgie zuzusagen.

Als Cariello geendet hatte, legte Van Heyne sein Besteck beiseite und wischte sich mit einer Stoffserviette über den Mund. „Tote Leute in den bourbonischen Ausgrabungen. Ich habe mich schon lange gewundert, warum mich nie jemand nach der Sache fragt. Sie ist bizarr …"

Camarata ließ sein Besteck fallen. „Das sagt Ihnen etwas?"

Van Heyne musterte ihn durchdringend und Camarata fühlte sich wie ein unwissender Schüler unter dem azurblauen Blick des Riesen.

Van Heyne nickte. „Auf eure Frage habe ich lange gewartet, und es wundert mich, dass niemand eher auf die Sache gestoßen ist. Ich weiß nicht, ob ich helfen kann, aber ich kann euch eins sagen: Als euer Franzose gestorben ist, ging die Sage von einem Fluch, die mich immer neugierig gemacht hat."

„Ein Fluch?"

Van Heyne machte eine abwertende Geste. „Was man einen Fluch nennt: Mehrere Menschen, die in den Tunneln gearbeitet haben, starben kurz nacheinander. Das war einer der Gründe, warum die Bourbonenkönige die Grabungen in der Villa der Papyri anhalten ließen. Eine der wichtigsten Personen, die in Herculaneum gearbeitet hatten, wurde sogar ermordet. Es muss damals etwas geschehen sein, das auch euren Franzosen betroffen haben kann …"

„Und keiner weiß davon?"

„Es wundert mich auch, dass bis heute niemand dieser mysteriösen Angelegenheit nachgegangen ist. Aber ihr seid die Ersten, die mich danach fragen."

Ein Kellner öffnete auf Van Heynes Fingerzeig hin eine neue Flasche und wischte umständlich den Staub von deren gewölbten Körper, um ihm das Etikett zu zeigen. Einen Moment sprachen sie nicht und man vernahm nur Caruso und das Klappern von Geschirr aus der Küche. Die laue Nachtluft zog mit dem Duft von Zitronen herein. Fledermäuse huschten am Fenster vorbei und Cariellos Blick folgte ihren schüchternen Schatten.

Als der Kellner gegangen war, beugte Camarata sich heftig zu Van Heyne. „Wer wurde ermordet? Erzählen Sie, verdammt noch mal! Man hat vor ein paar Tagen einen Biochemiker, der sich für das Skelett des Franzosen interessiert hat, erschlagen. Glauben Sie, der Mord hat etwas mit dieser alten Geschichte zu tun?"

Van Heyne rieb sich das Kinn. „Ich glaube gar nichts, aber vor 250 Jahren, kurz vor dem Ende der ersten Ausgrabungen, starben mehrere Leute auf sehr merkwürdige Weise. Karl Weber, der Chefausgräber, zwei seiner wichtigsten

Vorarbeiter, und – der berühmteste – Johann Joachim Winckelmann, der Archäologe des Papstes und erste Ausgräber Roms. Die ersten drei starben an mysteriösen Krankheiten und man munkelte, sie seien besagtem Fluch zum Opfer gefallen. Aber auch Winckelmann starb und tat es nicht friedlich – bei ihm war es ein Messer, das sein Leben beendete."

Schweigen senkte sich über den Raum, als teilten Kellner, Caruso und selbst die Passanten vor den Fenstern Camaratas Verblüffung. Er knurrte: „Ich dachte, Gianni Perrone sei der einzige in Herculaneum Ermordete. Dieser, wie heißt er, Winckelmann wurde dort erstochen? *Accidenti*!"

Van Heyne trank einen mächtigen Schluck aus seinem Glas und schnaufte. „Der Mord an Winckelmann geschah nicht in Herculaneum, aber er ereignete sich in dem Jahrzehnt, aus dem euer mysteriöses Skelett stammt. Man sprach damals von einem Zusammenhang zwischen den vier Todesfällen. Vielleicht gab es einen gemeinsamen Grund, warum alle diese Menschen so plötzlich gestorben sind, die drei Ausgräber, Winckelmann und euer Skelettmann als Nummer fünf."

Er füllte die Gläser auf, diesmal mit dem Gragnano aus der Gegend, den der Kellner ihnen empfohlen hatte. Dann leerte er sein Glas erneut in einem Zug. Sein Weinverbrauch begann Camarata zu beunruhigen. Cariello hatte ihn zwar gewarnt, aber der Historiker trank doch mehr, als er für möglich gehalten hatte. Er schob vorsichtig sein eigenes Glas beiseite. Er wollte lieber nicht wissen, was seine Frau dazu sagen würde, wenn er betrunken mit dem Auto nach Hause käme, er, Kolonel der Carabinieri in Dienst und Uniform.

Van Heyne räusperte sich, als er sah, dass Camarata ihn noch immer fragend ansah. „Winckelmann war deutscher

Archivar und Archäologe, er arbeitete für den Papst in Rom und hat auch über Herculaneum geschrieben. So weit können Sie folgen?"

Camarata nickte.

Van Heyne drehte sein Glas in der Hand. „Die erste wirkliche Erforschung Herculaneums wurde von Karl III. veranlasst, dem Herrscher Neapels, der später König von Spanien wurde. Seine Leute holten unermessliche Schätze aus dem Untergrund und man beneidete ihn schnell. Alle möglichen Diebe, Möchtegern-Schatzjäger und Entsandte anderer Fürstenhöfe schwirrten schon bald wie Fliegen um die sorgsam bewachten Brunnen Resinas, durch die man in den Untergrund gelangte. Herculaneums dunkle Tunnel waren der Honigtopf, der alle anzog. Ganz Europa war gefangen vom Mysterium der Katastrophe unter dem Vesuv."

Cariello nickte und murmelte: „Das ist bekannt."

„Im Frühsommer 1768, eine gute Weile nachdem der Chefausgräber, Weber, plötzlich gestorben war und man die Ausgrabung der Ruinen gestoppt hatte, kam es zu dieser skandalumwitterten Geschichte um Winckelmann."

„Winckelmann war bedeutend?"

Van Heyne grinste. „Winckelmann begründete die Archäologie. Ohne ihn wäre Cariello arbeitslos …"

„Verzeihung. Ich bin Militär."

„Schon gut. Wie auch immer, Winckelmann, der auch versucht hatte, Herculaneum zu erforschen und den die königlichen Behörden daran gehindert hatten, reiste eines Tages überraschend aus Italien nach Deutschland, brach die Reise unterwegs ab und kehrte wieder um. Auf dem Rückweg nach Rom machte er in Triest Station und gab sich dort als

‚Signor Giovanni' aus. Warum er so eilig halb Europa durchquerte, umkehrte und dann seine Identität verbarg, weiß man nicht."

„Und?"

Van Heyne warf ihnen einen vielsagenden Blick zu und sprach leiser. „Während Winckelmann in Triest auf sein Schiff wartete, traf er im Hotel auf einen vorbestraften Koch und Hochstapler, Francesco Arcangeli, der geradezu auf ihn gewartet zu haben schien. Der homosexuelle Winckelmann ließ sich auf seine Avancen ein, was er besser nicht getan hätte. Arcangeli versuchte, ihn bei einem der amourösen Treffen mit einem Strick zu erdrosseln. Als das nicht gelang, stach er mit einem Messer auf ihn ein. Winckelmann konnte um Hilfe rufen, aber zu spät – er verblutete. Er war noch einige Stunden ansprechbar und nannte den Täter beim Namen. Winckelmann gab an, der Mann habe seine Medaillensammlung stehlen wollen, die wohl recht wertvoll war – aber es gab schon damals Zweifel, ob das stimmte. Sein Verhalten war eigenartig. Er benahm sich, als verberge er etwas."

Camarata brummte: „Weswegen hätte der Hochstapler ihn sonst ermordet?"

Van Heyne beugte sich über den Tisch zu ihm und Cariello, behindert von seiner mächtigen Wampe. „Man sagt, Winckelmann habe etwas gewusst, was er nicht hätte wissen dürfen, und wäre zum Schweigen gebracht worden. Und dieses Etwas habe mit Herculaneum zu tun gehabt." Er rieb sich die rotgeäderte Nase. „Die Tatsache, dass Winckelmann inkognito reiste, hat das Mysterium natürlich vergrößert."

Cariello murmelte: „Und wie erklärt man der Öffentlichkeit im Jahr 1768, dass der Beauftragte des Papstes sich in einer

Kleinstadt mit einem verdächtigen männlichen Subjekt im Bett amüsiert."

„Auch das. Homosexualität war ein Verbrechen …" Van Heynes Augen funkelten. Er fuhr sich durch die roten Haare und goss sich Gragnano-Wein nach. Die Heftigkeit, mit der er das tat, bezeugte, wie sehr Camaratas Unruhe auch ihn angesteckt hatte. Seine breite Brust wogte und ein Teil des Weins schwappte auf den Tisch.

„Winckelmanns Ermordung wurde aufgeklärt?"

Van Heyne machte eine relativierende Handbewegung. „Der Täter konnte gefasst werden und auch er gab an, er habe getötet, um sich die Reisebörse seines Opfers anzueignen. Man bezweifelte das, aber niemand konnte das Gegenteil beweisen. Und vielleicht wagte auch niemand, es zu beweisen. Die Spuren hätten zu weit nach oben führen können."

Camarata trommelte auf den Tisch. „Was heißt, zu weit nach oben?"

Van Heyne deutete mit dem Zeigefinger an die Decke. „Es heißt, sie führten in den Vatikan."

„In den Vatikan?"

Cariello zog die Stirn kraus. Er legte die Hand über sein Weinglas, um den Freund davon abzuhalten, es erneut zu füllen. „Sie glauben an einen Auftragsmord durch die Kirche, Van Heyne? Wegen Herculaneum?"

Van Heyne zog die Lippen kraus. „Ich habe schon immer vermutet, dass der Grund für den Mord an Winckelmann in den Ausgrabungen zu suchen ist. Was das tödliche Geheimnis war, um das es ging, und warum so viele Personen, die in den Tunneln forschten, auf einmal gestorben sind, weiß ich nicht … Aber vielleicht ist euer toter Biochemiker jüngst dahintergekommen?!"

Camarata knurrte: „Was soll der Vatikan mit Perrones Tod zu tun haben? Früher hat sich der Papst für die Bewahrung der Funde eingesetzt, aber heute einen Mord zu veranlassen … Ist das nicht absurd?"

Auch Cariello schüttelte zweifelnd den Kopf. „Winckelmann war ein grundehrlicher Mann, aber kein bequemer Zeitgenosse. Er prangerte die schludrigen Ausgrabungen in Herculaneum an. Man hatte eine Quadriga eingeschmolzen, Fresken absichtlich zerhackt, Papyri zerbröselt und weggeschmissen. Vielleicht wollte sich jemand für seine öffentliche Anklage rächen? Oder aber er hatte noch Schlimmeres erfahren, das man ihn nicht erneut sagen lassen wollte?"

Van Heyne ächzte. Er knetete seine weißen, rotbehaarten Hände mit dem simplen Ehering und den breiten Fingerkuppen, als wolle er ihnen eine Antwort entlocken. Bedächtig ließ er den Blick über die leergegessenen Teller vor sich gleiten und arrangierte ein Krabbenbein, einziger Überrest seiner Orgie. Dann schlug er sich mit einer Geste der Endgültigkeit auf die breiten Schenkel. „Vielleicht. Fakt ist, dass Weber, Winkelmann und andere starben. Weswegen? Ts, wer weiß? Aber wenn Winckelmann ermordet wurde, weil er etwas über Herculaneum wusste, frage ich mich, warum er das nicht gesagt hat, als er im Sterben lag. Wenn ihn jemand verfolgte, warum nannte dann auch er trotz dessen ein falsches Motiv für den Mord?" Er schob die Unterlippe vor und schwieg.

Die laue Abendluft füllte den Raum und die Lichter der Kerzen vor den drei Männern flackerten. Es war spät geworden in Sorrent.

Raubgräber

Camarata saß in seinem dröhnenden Fiat auf dem Heimweg nach Neapel, den Blick auf den noch immer stockenden Verkehr gerichtet. Die Uhr zeigte bereits weit nach Mitternacht. Es war eine Weile her, dass er den Abend in Gesellschaft verbracht hatte, und er fühlte sich belebt von der Trinkerei mit Cariello und dem rothaarigen Riesen. Das Radio brachte Nachrichten von einem Brückeneinsturz und er hörte dem Sprecher mit halbem Ohr zu, bis er den Apparat abschaltete. In Italien stürzten in letzter Zeit viele Brücken ein. Das Straßensystem war veraltet, so wie der öffentliche Dienst, die Universitäten und vieles mehr. Und niemand hatte mehr Kinder. ‚Die Italiener bekommen keine Sprösslinge mehr, sondern bauen Seniorenheime und jedermann kümmert sich nur noch um sich selbst. Je reicher die Leute werden, desto frustrierter und einsamer sind sie.' Die laue Nachtluft strömte durch das halb geöffnete Fenster herein und wehte ihm ins Gesicht.

Was er an diesem Abend erfahren hatte, geisterte ihm durch den Kopf. Winckelmann, so schien es, war ein bedeutender Mann gewesen. So wie Cariello und Van Heyne von ihm gesprochen hatten, musste er geradezu eine Berühmtheit gewesen sein. ‚Stille Einfalt, edle Größe …' Das stammte von ihm und Camarata hatte das natürlich schon einmal gehört. Er hatte über Winckelmann im Internet nachgelesen, bevor er sich auf den Heimweg gemacht hatte, und es stimmte. Der Begründer der Archäologie war von einem Prostituierten ermordet worden. Aber was hatte das mit Herculaneum und seinem angeblichen Fluch zu tun? Heutzutage. Und warum war Winckelmann vor seinem Tod hin und her gereist, als schlüge er Haken und befände sich auf der Flucht? ‚Soll ich jetzt glauben, zwischen Perrones Tod und dem Vatikan könnte es eine Verbindung geben? Ts. Wenn man an Legenden von geheimen Machenschaften der Kirche glaubt, dann haben die Außerirdischen Kennedy entführt. Irgendwas steckt hinter der Sache, aber was verdammt noch mal hat das mit der Villa der Papyri zu tun? Und was war mit dieser Schrift, die Pezzoli erwähnte?'

Er fuhr das Fenster weiter herunter. In den engen Gassen der Küstenstädtchen, die er durchquerte, herrschte Stau. Die Feiernden der Metropole kehrten nach Neapel zurück. Der Geruch nach Espresso und Parfüm wehte herein. Junge Frauen in paillettenbedeckten Kleidern liefen wie Nymphen an den Armen ihrer Verehrer vorüber. Es hämmerte in seinem Kopf. ‚Wer zum Teufel war dieser skelettierte Franzose? Hat man schon mal jemanden in dem Tunnel umgebracht, in dem Perrone gestorben ist?'

Er rief noch einmal Cariello an, da er hinter ihm auf der Straße rollte. Er sah die Lichter seines Land Rover im Rückspiegel.

Cariello antwortete sofort. „Camarata, gut, dass Sie noch mal durchklingeln. Ich habe über das, was van Heyne gesagt hat, nachgedacht und mir ist etwas eingefallen: Ich erinnere mich daran, in den Tagebüchern der ersten Ausgrabungen von einem Franzosen gelesen zu haben, der sich damals in den Gängen der Villa der Papyri verlaufen hatte und durch Grubengase umgekommen sein soll. Man hat, soweit ich weiß, den Leichnam nie geborgen. Ich habe Ihnen außerdem gerade ein Bild gesendet, das mich verwundert. Wenn Sie können, schauen Sie drauf."

Camarata öffnete sein Telefon trotz der Fahrt. Das Bild, das er erhalten hatte, zeigte das Äußere des Kartons, in dem das Skelett gefunden worden war. Cariello schrieb, dass er Therese darum gebeten hatte, die Schachtel für ihn zu fotografieren. ‚*Bas. non.*' stand auf dem kleinen Etikett, das darauf geklebt war, geschrieben mit blauem Füllfederhalter. Camarata las laut Cariellos Kommentar unter dem Bild vor: „*Bas. non.* bedeutet ‚Basilica Noniana'."

Cariello erklärte: „Die Basilika ist ein noch unausgegrabenes Versammlungsgebäude, das man nur durch Tunnel erforscht hat. Es liegt über einen Kilometer von der Villa der Papyri entfernt am anderen Ende der antiken Stadt."

Camarata knurrte: „Ich verstehe nicht, Cariello: Sie meinen, ein Franzose sei in der Villa der Papyri verschwunden und man hat in der Tat die Reste eines Franzosen hunderte Jahre später gefunden, aber das geschah nicht in der Villa, sondern einen Kilometer weiter. Ist das derselbe Mann oder ein zweiter?"

„Das ist die Frage. Ich weiß auch nicht, wie verlässlich das Etikett auf dem Karton ist. Es ist keine ordentliche Beschriftung, wie wir sie sonst benutzen und nichts besagt, dass man nicht einfach einen alten Karton weiterverwendet hat."

„Cariello, kann der Franzose unter Tage einen Kilometer weit durch die Tunnel gekrochen sein?"

„Möglich ist es."

Camarata ächzte. „Inwieweit hat das Skelett etwas damit zu tun, dass ein berühmter Archäologe im 18. Jahrhundert des Landes geflohen ist und bei seiner Rückkehr ermordet wurde? Und warum stirbt vor einer Woche unser Biochemiker in einem Tunnel, erneut nahe der Villa. Meinen Sie nicht, dass das alles nur Zufälle sind?"

„Es gibt leider eine Antwort, die Ihr Rätsel erklären würde", antwortete Cariello, unterbrochen von den Hintergrundgeräuschen der Straße. „Was, wenn der Franzose ein Raubgräber war und Perrone ahnte, was er beiseitegeschafft hatte, als er dort unten sein Leben ließ? Vielleicht suchte Perrone nach dem, was er in der Villa vermutete, weil der Franzose es dort ursprünglich gefunden hatte?"

„Und Sie meinen, dieser Winkelmann starb auch deswegen?"

„Wer weiß? Vor allem frage ich mich eins: Was kann so wichtig sein, dass man Perrone noch heutzutage dafür umgebracht hat? Ich habe da eine Idee, aber frage mich, wer davon gewusst haben kann ..."

„Was für eine Idee? Wovon?" Camarata hörte das Freizeichen seines Telefons. „Cariello ...!" Er hatte kein Netz mehr. Die Bergketten, die an der Küste entlangliefen, schnitten es ab. „Verdammter Mist. Nicht nur die Brücken, sondern auch unser Telefonnetz ist lausig."

Er fluchte und schimpfte, aber bekam keine Verbindung mehr. Er war verloren in einem historischen Puzzlespiel und frustriert, allein nicht weiterzukommen. Dabei hatte er Cariello noch von der Schrift des Freimaurer-Prinzen erzählen wollen. Missmutig versprach er sich, ihn am nächsten Morgen erneut anzurufen.

Im Moment war es Zeit, er kam nach Hause. Seine Frau hatte ihm bereits drei Nachrichten hinterlassen. Er tippte eine kurze Antwort: „Bin auf dem Weg." Er wusste nicht, ob sie ankommen würde, aber zumindest konnte er beweisen, dass er sie geschrieben hatte. Dann holte er einen Kaugummi heraus, in der Hoffnung, die Spuren des Falerner-Weins zu verwischen.

Es reichte, wenn Van Heynes Frau sauer war.

Morgendämmerung

Nur wenige Stunden später ließ das Morgenrot die Umrisse der bewaldeten Küste erneut hinter Neapel aus der Dämmerung treten. Die Lichter der Straßenlaternen und der Häuser verblassten auf der anderen Seite der Bucht und die erste Fähre nach Capri zog im gleißenden Gegenlicht an der Villa am Hang von Marechiare vorüber. Ihre Warnhörner waren begleitet vom Geschrei der bettelnden Möwen und vertrieben die Fischerboote, die die Nacht auf dem Wasser verbracht hatten.

Cariello setzte sich im Bett auf, als habe man ihn gerädert. Die Sonne, die durch die übermannshohen, offenen Fenster von der Terrasse hereindrang, stach ihm in die Augen. Er versuchte, mit geschlossenen Lidern den Weg unter die Dusche zu finden und seinen Kopf unter kaltem Wasser vom darin hämmernden Schmerz zu befreien. Hinter seiner Stirn dröhnte ein Mühlrad. Er hatte zu viel getrunken und nicht genug geschlafen. „Zum Teufel mit Van Heyne. Ich bin derartige Trinkereien nicht gewohnt und das ist besser so."

Trotzdem hatte es ihn berührt, dass der rothaarige Historiker an Lucrezia gedacht hatte. Sein emotionaler Trinkspruch war ihm die ganze Nacht nicht aus dem Kopf gegangen. Konfuse Träume hatten ihn gequält, in denen roter Wein, blutige Tunnel und seine Frau auf den Klippen am Meer vorgekommen waren. Als er aufgewacht war, war ihm ein Detail vor Augen geblieben, das nichts mit dem Falerner Wein zu tun hatte.

Er schlang sich ein Handtuch um die Hüften und griff zum Telefon. Manzoni antwortete ihm sofort, als habe er seinen

Apparat in der Hand gehalten. Schon nach wenigen Worten bellte eine eisige Auskunft aus dem Hörer: „Es stimmt, ein Franzose ist in der Villa verschwunden." Sein alter Lehrer hustete am anderen Ende der Leitung so krächzend rau, dass Cariello sich erneut Sorgen um seine Gesundheit machte. „Aber man hat seine Überreste nie entdeckt. Die Ausgrabungen sind 1980 wieder aufgenommen worden und alle Tunnel sind dabei geöffnet worden. Man hat nichts gefunden und auch in den Tunneln der Basilika, die man zwanzig Jahre später wieder geöffnet hat, hat man nie irgendwelche Gebeine gesehen."

„Sind Sie sicher, Professor?"

Manzonis Antwort kam schneidend. „Ich bin bei allen diesen Tunnelgrabungen der letzten Jahrzehnte dabei gewesen, Cariello. Es gab weder in der Villa noch in der Basilika einen Toten. Nur im augusteischen Tempel daneben liegt noch der Wärter in seinem Bett hinter der Tür, aber der hat sich seit zweitausend Jahren nicht von dort wegbewegt." Er lachte scheppernd über das, was er für einen guten Scherz hielt. Dann raunzte er aggressiv: „Wollen Sie an meinen Worten zweifeln?"

„Das würde ich nie wagen. Vielen Dank, Professor, und verzeihen Sie die Störung." Cariello legte auf.

Die Falten, die sich auf seiner Stirn gebildet hatten, widersprachen seiner ehrfürchtigen Versicherung. Er war nun vollends wach. Es hatte Zeiten gegeben, da hatte er Manzoni geglaubt, als verkünde er des Pastors Wort von der Kanzel. Jetzt glaubte er ihm nicht.

‚Manzoni verheimlicht mir etwas. Die Knochen müssen irgendwie ins Labor gekommen sein und wenn sie nicht vom

Strand sind, können sie nur aus den Tunnelgrabungen stammen. Was weiß Manzoni von ihnen?' Er bereute, dass das alte Vertrauen zwischen ihnen nicht mehr bestand, und rieb sich die schmerzenden Schläfen.

Die Carabinieri suchten nach demjenigen, der wusste, was Perrone im Tunnel vorgehabt hatte und für eine Sekunde fragte er sich, ob dieser jemand sein Lehrer war. Dann schüttelte er den Kopf. ‚Manzoni ist der ehrlichste Mensch, den ich kenne. Stur und rechthaberisch, aber gleichzeitig völlig uninteressiert an Geld und Reichtum. Manzoni kann nichts mit dem Mord zu tun haben. Absurd." Er fühlte sich schuldig, Manzoni viel zu oft in den Rücken gefallen zu sein, auch wenn er es nie beabsichtigt hatte. ‚Ich hatte damals keine Wahl, als seinen Lehrstuhl anzunehmen. Hätte ich ihn nicht genommen, wäre es Fasani gewesen. Aber bis heute stehe ich in Manzonis Schuld. Ich sollte mich um ihn kümmern, statt ihn zu verdächtigen. Der alte Mann ist allein und sichtlich krank." Er seufzte. „Trotzdem scheint es mir, dass Manzoni etwas von dem Skelett weiß und es mir nicht sagt.'

Cariello zog sich einen hellen Sommeranzug an und rief sich ein Taxi. Er hatte Therese zugesagt, sie in einer Bar an der Uferpromenade Neapels zu treffen, bevor er in der Universität erwartet wurde. Es hatte ihn gewundert, dass sie ihn gebeten hatte, ihn zu treffen, aber er war nicht unglücklich darüber. Sie hatte ihn bereits beeindruckt, als er sie vor Jahren zum ersten Mal in seinem Hörsaal gesehen hatte. Erst als er Herculaneum verlassen hatte, hatte er sich daran erinnert, warum Therese sich bei ihm entschuldigt hatte: Er hatte sich damals mit ihr in einer seiner Vorlesungen einen zynisch-ironischen Schlagabtausch geliefert. Es war um die Rolle der Johanna von Anjou als Herrscherin Neapels gegangen und Therese hatte die von den diversen männlichen Thronprätendenten bedrängte Gattenmörderin entgegen seiner moralischen Kritik an ihrer Tat verteidigt. Nach dem Verlassen des Hörsaals hatte er tagelang gehofft und zugleich gefürchtet, dass Therese in sein Büro kommen würde, um die Sache beizulegen. Er hatte sie schon damals anziehend gefunden und nur seine Liaison mit Lucrezia hatte ihn davon abgehalten, seinem Interesse nachzugeben und Therese seinerseits zu kontaktieren. Er schämte sich, an Therese zu denken, statt allein an seine tote Frau. Lucrezia hatte es nicht verdient, dass er sie so schnell vergaß. Trotzdem stieg er in besserer Laune als sonst in den Wagen, der vor seiner Tür hielt, um in die Stadt zu fahren.

Das Taxi hatte Mühe, durch den Stau zu kommen, und Therese hielt bereits einen Kaffee in der Hand, als er bei ihr anlangte. Ihr Haar war wie zuvor zu einem Knoten gesteckt und sie trug eine einfache Leinenbluse über engen Jeans. Sie sah gut aus, mit den vollen Lippen und dem schmalen Gesicht, auch wenn sie ihm unerwartet ernst vorkam, mit dunklen Ringen unter den Augen, die die Sommerbräune kaum maskierte.

Die Bar, die sie ausgewählt hatte, lag an der Uferpromenade bei der Festung des Maschio Angioino, das sich klobig und hässlich im Hafen erhob ☐ ein mächtiger Steinkasten ohne Fenster, verziert mit schmalen Schießscharten. Das Meer davor wogte wie flüssiges Blei um Luxusjachten und Fischerboote, die sich den Platz an den hölzernen Molen teilten. Es roch in einer eigenartigen Mischung nach Kaffee und den Fischen, die derbe Männer am Quai aus ihren Netzen klaubten und unterhalb der Bar in abgenutzte Blecheimer warfen. Die Morgensonne und Möwengeschrei gaben dem Tag etwas erleichternd Ätherisches.

Cariello setzte sich zu Therese und hielt ihr die Zeitung vom Vortag entgegen. Die Schlagzeile ‚Ein Fluch hängt über dem Schatz von Herculaneum' prangte auf der ersten Seite.

Therese zog eine Grimasse und lächelte spottend.

„Keine Sorge. Ich behaupte nicht, dass Perrone von einem Geist ermordet wurde, aber die Geschichte der Tunnel von Herculaneum zieht die Journalisten an. Und seit gestern denke ich, es könnte etwas an ihren Schlagzeilen über Fluch und Schatz dran sein. Bei den ersten Ausgrabungen sind mehrere Menschen dort unten auf recht eigenartige Weise gestorben."

Thereses Mundwinkel zuckten erneut in Heiterkeit. „Das Graben der Tunnel war gewagt. Die Ausgräber wurden von der Dunkelheit blind, bekamen Skorbut und Staublungen. Sicher ließen sie ihr Leben, aber das war keinem Fluch geschuldet. Nur der Gier …"

Cariello nahm den Cappuccino entgegen, den eine junge Angestellte der Bar ihm brachte und den er im Kommen bestellt hatte. Er fühlte sich von Thereses Geruch nach Orangenblüten und Jasmin aus der Fassung gebracht, aber versuchte, distanziert zu bleiben. „Sicher. Die Tunnel lagen halb unter Wasser und hatten kaum Luftversorgung, dunkle Grotten tief unter der Erde …"

„… und der Einzige, der sich dort jemals wohlgefühlt hat, ist der hochverehrte Armando Manzoni."

Cariello schmunzelte. Therese gab ihm schon wieder contra. Ihre Blicke trafen sich für den Bruchteil einer Sekunde und er sah eilig weg. „Das meine ich nicht", fuhr er fort. „Zwischen 1764 und 1768 gab es plötzlich eine ganze Reihe von Todesfällen, die nicht allein mit den Zuständen erklärt werden konnten. Deswegen wollten Sie mich doch sehen, oder? Sie wollten wissen, was hinter dem Mord an Perrone steckt." Er schob Therese einen Hefter zu, den er mitgebracht hatte. „Lesen Sie das hier."

„Was ist das?"

„Perrones Testergebnisse."

Therese griff nach dem Hefter und vertiefte sich darin.

Nachdem er ihr einen Augenblick gelassen hatte, fügte er hinzu: „Ich denke, dass hinter den vermehrten Todesfällen im Augenblick des Ablebens von Karl Weber keine Krankheit und kein Fluch steckte, sondern ein Raub. Ihr Gerippe im Labor könnte einem der Raubgräber gehören und Perrone könnte dessen verborgener Beute nachgespürt haben, als er ermordet wurde."

Therese runzelte die Stirn. „Wenn das wahr ist, muss es um etwas außerordentlich Wichtiges gehen. Was soll das sein?"

Eine Möwe setzte sich kreischend auf einen der Cafétische und schlug mit den weit ausladenden Flügeln, als wolle sie Therese zustimmen. Cariello nahm ein Stück Brot und warf es ihr zu. Sie fing es ohne Mühe aus der Luft und flog davon. Er nickte. „Ich befürchte, dass es um etwas Wichtiges geht, Therese. Und ich habe sogar eine gewisse Vorstellung davon, worum."

Therese drehte ihre Tasse in den Händen. „Bevor wir weiterreden, muss ich Ihnen etwas sagen." Ihre Stimme klang belegt und sie sah ihn nicht an. „Ich habe das Skelett versteckt. Bei mir zu Hause." Sie war sichtlich verlegen, die Regeln gebrochen zu haben und es ihm einzugestehen.

Cariello hatte in seinen Vorlesungen stets auf der Einhaltung der Gesetze bestanden, aber er verstand, warum Therese gegen die Regeln gehandelt hatte. Er hatte noch nie

Gesetze über Moral und Verantwortungsbewusstsein gestellt und lachte. „Bravo, Watson."

Es war, als hätte er mit einem Zauberstab jegliche Schüchternheit und Verlegenheit aus Thereses Gesicht gewischt. Sie hob den Blick. Ihre Augen funkelten und ein keckes Lächeln entblößte ihre weißen Zähne. „Zu Diensten, Mister Holmes."

Sie redeten noch lange über Perrone, bevor Cariello schließlich aufstand und zur Universität ging. Er tat es mit seinen Gedanken bei den Ereignissen in den Tunneln von Herculaneum. Und bei Therese.

Unangenehme Anrufe

Camarata rieb sich die Stirn. Nach dem Trinkgelage vom Vorabend quälten ihn Kopfschmerzen. Die Altstadt döste unter einer morgendlichen Dunstglocke vor den weit geöffneten Fenstern seines Büros dahin und der Dreck ihrer Straßen drang begleitet von Gluthitze herein. „Als säße ich in der Sahara. Ich sollte in die Verliese im Keller umziehen. Die sind kühler."

Er legte die Füße auf den Tisch und schob die herumliegenden Papiere mit dem Bein beiseite. Er hatte sich noch einmal die Berichte zum Tod Perrones vorgenommen und studierte den druckfrischen Report der Gerichtsmedizinerin, aber hatte Mühe, sich zu konzentrieren. Er kochte vor Wut und Frustration. ‚Manchmal glaube ich, dass ich an Alzheimer leide. Ich habe vergessen, meine Söhne zur Schule zu fahren, habe mein Telefon im Auto liegen lassen und vor allem anderen habe ich beim Aufstehen verpasst, Cariello sofort zu fragen, was er mir gestern Abend sagen wollte. Und jetzt ist sein Telefon abgestellt. Was bin ich für ein Ermittler? Zu langsam, zu alt. Ich hätte ihn einfach zwei Uhr morgens anrufen sollen, als ich zu Hause angekommen bin.'

Er starrte auf die Papiere in seiner Hand, ohne daraus schlauer zu werden. Perrone war weit nach Mitternacht in dem Gang erschlagen worden, der zur Villa der Papyri führte. Camarata hatte den Tunnel erneut in jedem seiner Winkel überprüfen lassen. Seine Kollegen hatten ihn gefilmt, fotografiert und sogar in 3D virtualisiert. Der Bericht, den er vor sich hatte, konstatierte nur nassen, modrigen Tuff und ein paar Ziegel. ‚Wenn dort ein Schatz herumgelegen hätte, dann hätten wir das doch bemerkt.' Der Tuff war steinhart und Perrone hatte kein Werkzeug dabeigehabt. Was also hatte er tun wollen? ‚Mit den Fingernägeln im Dreck kratzen? Wir übersehen etwas. Warum hat Francescati von einer Katastrophe geredet und warum war Perrone so sehr in Eile, dass er im Anzug in den Tunnel gekrochen ist? Hat er einen Wettlauf ins Nirgendwo gewinnen wollen? Und dann seine Wunden …'

Das Läuten des Telefons unterbrach Camaratas Grübelei. Es war sein Vorgesetzter aus Rom. Sein Magen verkrampfte sich. Er war mit seinem von ihm angeforderten Bericht überfällig und die Zeitungen bauschten die Sache in Herculaneum auf, als passiere sonst nichts in der Welt. Grimmig griff Camarata zum Hörer. Er hasste die Attacken seines neuen Brigade-Generals. Valers war jünger als er, ein heuchlerisch schmeichelnder Politiker und Emporkömmling. Für ihn war er ein Rivale, seit er ihm mehrfach widersprochen hatte. Irgendwann würde Valers die Oberhand gewinnen. ‚Er wird mich versetzen und sucht nur noch einen Außenposten in Ostafrika. Habe ich ein Glück, dass wir keine Kolonien mehr besitzen.'

Valers Stimme erklang bedrohlich süß aus dem Hörer. „Ich grüße Sie, mein lieber Kolonel. Sie können sich sicher denken, warum ich anrufe. Gibt es eine vernünftige Erklärung, warum Sie noch immer keinen einzigen Verdächtigen in diesem Fall in Herculaneum verhaftet haben?"

„Mein lieber General. Wie schön, von Ihnen zu hören. Ist das nicht ein wunderbares Sommerwetter?"

„Ich habe etwas gefragt."

„Bah, wir tun, was wir können. Jedermann ist auf Deck."

„Sie werden es wie immer nicht hören wollen, Camarata, aber weder Ihr Ermittlungsansatz noch Ihre Leitung in diesem Fall stellen mich zufrieden. Sie haben Ihr Wochenende am Strand vertan, was? Ich hoffe seit drei Tagen auf Ergebnisse. Brauchen Sie Nachhilfe? Sie sind mit Ihrem Posten überfordert, zu alt, zu nahe der Rente?"

Camarata musste sich auf die Lippen beißen, um nicht pampig zu werden. An sein Alter hatte er gerade selbst gedacht, aber Valers hatte keine Ahnung von seinem Ermittlungsansatz. Es schmeichelte lediglich seinem Ego, ihn ungestraft beleidigen zu dürfen. Camaratas Stimme wurde scharf: „Hören Sie, General: Der Sachverhalt ist vielschichtig. Wir müssen den einzelnen Indizien in aller Ordnung nachgehen. Die Gerichtsmedizinerin hat in ihrem gerade hereingekommenen Bericht vermerkt, die Würgemale am Hals des Toten seien von so knochigen Händen erzeugt, dass sie an die Spuren von Skelettfingern erinnerten. Sie hat sogar eine Art Metallkralle für möglich gehalten. Es ist schwierig, damit etwas anzufangen. Das ist ein sehr außergewöhnlicher Hinweis, den wir nicht einfach außer Acht lassen können. Gut Ding will Weile haben."

Valers fauchte. „Wollen Sie mir auch erzählen, Perrone sei von einem Tunnelgeist attackiert worden? Skeletthände! Hat die Presse Sie inspiriert?"

„Schön wäre es." Camarata lachte in die Weite seines Büros hinein, aber rieb sich heftig das Kinn. „Dann ist ein Gespenst schuld und ich kann den Fall ad acta legen. Es war der Fluch von Herculaneum, der Perrone erwischt hat und den die Schreiberlinge so wortreich beschreiben ... Meine Frau wird sich freuen."

Valers schnappte: „Ich kann nicht mit Ihnen lachen, Kolonel. Sie wissen, dass ich stets verantwortungsvoll handle und nichts außer Acht lasse. Ich bin ein sehr kompetenter und pflichtbewusster Mensch. Sie jedoch anscheinend nicht. Sonst hätten Sie bereits Erfolge zu verbuchen. Ich hoffe, Sie verstehen mich. Bis morgen haben Sie den Mörder oder das hat Folgen für Sie." Es klickte. Valers hatte aufgelegt.

Camarata war übel. „Blödmann. Was bin ich? Ein D-Zug? Einen Mörder in vier Tagen!"

Er verfluchte sich dafür, unfähig zu sein, dem General zu schmeicheln. Seine Referenz an das Sommerwetter war plump gewesen und hatte Valers nur sauren Spott abgerungen. Valers selbst war ein Meister in der Kunst der Speichelleckerei. ‚Deswegen schaffen es immer nur Leute wie er nach oben. Nur wer kein Rückgrat hat, kann den Rücken ohne Limit krumm machen.'

Camarata seufzte. Dabei war, was er Valers gesagt hatte, erschreckend wahr. Die Techniker der Carabinieri hatten die Überwachungskameras des Geländes von Herculaneum überprüft und niemanden anderen als Perrone entdecken können. Und auch die Gerichtsmedizinerin hatte keine Antwort auf die Frage nach der Herkunft der eigenartigen Male am Hals des Toten. „Dort war niemand und Perrone kroch allein durch die Ruinen. Es bleibt nur eins: Der Mörder ist ein Geist." Ein Schauer lief ihm über den Rücken, den er eilig verjagte. „Jetzt fang ich schon selbst mit dem Nonsens an."

Er griff nach der Karte, die man bei Perrone gefunden hatte und die auf seinem Tisch unter einem Stapel von Dokumenten vergraben lag. Man hatte das Wort darauf kurz nach dem Fund entziffert. ‚Tänzerin.' Es hatte sich herausgestellt, dass die Schrift nicht die Perrones war. Ein fremder Fingerabdruck war daneben gefunden worden, aber bisher wusste man nicht, wem er gehörte. Negri kümmerte sich darum.

„Was heißt das? Was zur Hölle ist das für eine Tänzerin?" Camarata trommelte auf das Papier, ungeachtet dessen, dass er dabei war, es zu zerknittern. Er scherte sich wenig um die Vorwürfe von Mathis, der versuchte, statt seiner Ordnung zu halten. Manchmal musste er Indizien in den Händen halten, um sie zu verstehen.

Das erneute Klingeln des Telefons unterbrach ihn. Er nahm ab und ein Wortschwall schlug ihm entgegen. Der Anrufer sprach seinen Namen unverständlich aus, mit einem eigenartigen Tonfall und gekünstelter Wortwahl. Camarata hätte noch nicht einmal schwören können, dass er es mit einem Mann zu tun hatte.

Die helle Stimme klang ungewöhnlich herrisch durch den Hörer: „Ich bin Mitglied der päpstlichen Kommission Ecclesia Dei und rufe Sie aus dem Vatikan an. Im Namen der Kommission bitte ich Sie dringlich, von weiteren Untersuchungen im Zusammenhang mit dem Tod Gianni Perrones abzusehen."

Einen Moment war Camarata sprachlos, dann begann eine Ader schmerzhaft auf seiner Stirn zu pulsieren. Er bellte: „Was? Woher rufen Sie an? Aus dem *Vatikan*? Wie heißen Sie? … Wie? … Ich habe Ihren Namen noch immer nicht verstanden. Wir haben nichts mit dem Vatikan zu tun und bekommen auch keine Anweisungen von der Kirche. Was soll das? Wollen Sie mir verbieten, Ermittlungen in einem Todesfall durchzuführen? Lächerlich."

„Es ist nicht lächerlich, mein Sohn. Gott wird es Ihnen lohnen." Camaratas Gesprächspartner zögerte, dann setzte er mit Betonung hinzu: „Und wir werden natürlich auch mit Ihrem Vorgesetzten sprechen." Es klickte. Der Anruf war beendet.

Camarata sank rot vor Zorn auf seinen abgenutzten Schreibtischsessel. Ihm war in seinem Berufsleben schon so manches passiert, aber dass man ihn unverhohlen aufforderte, Nachforschungen fallen zu lassen und ihn dafür aus dem Vatikan anrief … das musste ein Scherz sein.

Er schlug knallend mit der Pranke auf den Tisch. „Ich lasse das Telefon für heute abklemmen. Erst Valers, dann das. Und einen Teufel werde ich tun." Wutschnaubend griff er erneut nach dem Hörer und rief den Bediensteten am Empfang der Carabinieri an. „Enzo, überprüfen Sie mir die Nummer, von der gerade der Anruf gekommen ist."

Er hatte es am Vorabend nicht glauben wollen, aber es schien, sie hatten in der Tat ein Problem mit dem Vatikan. Oder mit jemandem, der sie glauben machen wollte, dass das der Fall sei. ‚Und wenn Valers davon hört, wird er mir den Fall tatsächlich entziehen. Egal, ob ein Pfaffe hinter diesem Anruf steckt oder nicht.' Er erhob sich. In solchen Momenten brauchte er einen gekühlten Kaffee von der Bar nebenan und einen Amaro mit Eiswürfeln dazu. Oder besser zwei Amaro, auch wenn es erst elf war. „Und dann kümmere ich mich um das mit dem Vatikan! Die werden schon sehen!"

Schwere Rückkehr

Der Raum war in blassem Holz getäfelt, die Büropflanzen üppig, aber staubig. Die Sonne drang durch die hohen Fenster und malte Schattenspiele auf die Wand. Wie oft hatte er hier gesessen? Manchmal gestresst und in Anspannung und manchmal seiner selbst sicher, souverän und lächelnd, um sich Lob und Preis abzuholen.

Cariello musterte die neue Rektorin. Sie war eine seiner älteren Professorenkolleginnen, die man erst im Vorjahr auf ihren Posten gewählt hatte. Er kannte sie seit Jahren. Ihre weißen Haare waren asketisch zu einem einfachen Zopf zusammengenommen. In ihrer Jugend musste sie eine gutaussehende Frau gewesen sein, bevor übermäßige Sonnenbäder ihr die Haut verbrannt und die Augen gekostet hatten. Seitdem trug sie eine dunkelgetönte Brille, über deren Rand sie nur ab und an scharfe Blicke warf. Er hatte sie nie ohne gesehen.

„Es ist gut, dass Sie zurück sind, Professor. Ich dachte schon, ich müsste Ihre Vorlesungen erneut Fasani geben. Der Mann ist ein Speichellecker. Er wird es weit bringen, aber sicher nicht in der Lehre."

Cariello versuchte zu lächeln, aber brachte es nur zu einem stummen Nicken. Ihm fehlten die Worte. Schwer zu beherrschende Emotionen tobten in ihm, die nichts mit der Rektorin zu tun hatten. Sein Inneres brannte und das Blut pulsierte hinter seinen Schläfen, als wolle es sich einen Weg nach draußen bahnen. Es hatte Tage, ja Monate gegeben, in denen er sich geschworen hatte, nie wieder in der Universität zu erscheinen. Sich abzuriegeln von der Außenwelt. In einer dunklen Kammer. Ohne Geräusche und ohne Menschen. Und jetzt saß er hier, kaum fähig zu atmen, der Mund trocken und die Handflächen nass.

„Es tut mir leid, was geschehen ist. Die ganze Universität hat Anteil genommen, glauben Sie mir. Man hat viel von Ihnen gesprochen. Wie geht es Ihnen?"

Cariello musterte die Wand. „Wie man so allgemeinhin sagt: den Umständen entsprechend. Und es wäre mir lieb, nicht mehr darüber zu reden."

„Manchmal ist es gut, über etwas zu reden, Cariello. Wenn Sie jemanden suchen, mit dem Sie sprechen können, bin ich für Sie da."

„Sicher."

„Gut, wollen Sie lieber, dass wir Lehraufträge, Vorlesungen und Examen diskutieren?"

„Ich stehe zu Ihrer Verfügung."

Die Rektorin sah ihn über den Rand ihrer Brille an, dann nickte sie. „Es freut mich, dass Sie zurück sind."

Auf der Spur des Vatikans

„*Buongiorno Italia, buongiorno Maria*", sang Toto Cotugno rau aus den Lautsprechern des Autoradios. Camarata brüllte die Worte in dröhnendem Bass mit, während Mathis das Fahrzeug in den Schatten einer Platane rangierte. Es störte Camarata nicht, dass er falsch sang. Niemand hörte ihn außer Mathis, der aus Hierarchiegründen verpflichtet war, zu schweigen. Der Dienstwagen taugte besser für seine Brüllereien als die heimatliche Dusche, wo Laura nach einer Weile an die Wand schlug. Valers hatte versucht, ihn erneut anzurufen, aber er hatte den Anruf weggedrückt. „Ich will noch nicht mal wissen, was der Kerl mir zu sagen hat, dieser elendige Emporkömmling. Wahrscheinlich hat der Vatikantyp ihn jetzt wirklich angerufen."

Camarata sah durchs Fenster zu der Kirche, vor der sie hielten. ‚Vielleicht kann mir die Madonna weiterhelfen. Nötig wäre es und es ist doch schließlich ihre Pflicht, ihre Untergebenen zur Ordnung zu rufen und sie davon abzuhalten, Carabinieri im Dienst zu belästigen.'

Es war etwas animalisch Verinnerlichtes, das die Süditaliener mit der Muttergottes verband. Die Armut der Region, die Gefahr der Erdbeben und die brennende Sonne ließ die Leute abergläubischer werden als ihre Landsmänner im kühleren Norden. Ein Neapolitaner bekreuzigte sich, wenn er ein Heiligenbild sah, und küsste seine Hand in Ehrerbietung vor dem Höheren. Auch Camarata. Er traute der Maria mehr Vernunft und Gerechtigkeit zu als seinem Chef. Seufzend stieg er aus dem Dienstfahrzeug und blickte zu dem monumentalen Gebäude im moderneren Teil der Stadt, vor dem sie gehalten hatten. Bei der Kirche der Madonna von Pompeji handelte sich um eine Marien-Wallfahrtskirche, die man Ende des 19. Jahrhunderts gebaut hatte, um das Rosenkranzbeten zu fördern.

Camarata war kein Rosenkranzbeter. Seine Mutter hatte ihn immer wieder ermahnt, dass ein ruhiger Geist nur beim Beten von Ave-Marias käme, aber ihm fehlte die Geduld. Alle Religionen der Welt hatten Ähnliches erfunden. Die Juden schüttelten die Körper an der Klagemauer, die Muslime warfen sich rhythmisch auf Gebetsteppiche, Buddhisten meditierten.

Er trank Kaffee.

Möglicherweise half Beten besser, um sich zu beruhigen, aber es dauerte ihm zu lange und es wurde weniger toleriert in der Wache der Carabinieri. ‚Und man muss dazu auch nicht in Gebäude gehen, die aussehen wie Sahnetorten.' Er zog eine Grimasse. Er hätte eine kleinere Kirche vorgezogen, aber diese hier war mit ihrer barockisierenden Fassade, den grünen Kuppeln und dem Glockenturm wie ein fünfstöckiger Hoch-zeitstortenaufsatz das Familienheiligtum der Perrones und noch dazu eine päpstliche Basilika.

„Ich komme gleich wieder", seufzte er zu Mathis und machte sich auf den Weg. ‚Es muss doch herauszubekommen sein, was der Vatikan mit der Villa der Papyri und Perrones Tod zu tun hat. Und es muss noch heute herauszubekommen sein.'

Ihm war noch immer übel bei dem Gedanken an seinen Chef. ‚Valers will mich von dem Fall abziehen, weil er lieber sein Bild in der Zeitung sehen würde als meins. Missgunst, Neid, Rache. Lächerlich. Wer weiß, was der auf den Anruf von dieser ecclesiastischen Kommission hin tun wird.' Unwillkürlich lief er schneller.

Im Inneren der Kirche begrüßte ihn andächtige Stille, obwohl das Gotteshaus unerwartet gut besucht war. Schweigende Gläubige saßen in den Bankreihen und nur dann und wann klirrte ein Schlüsselbund oder knarrte eine Kirchenbank. Ein junger latein-amerikanischer Priester war dabei, ein Weihrauchfass zu schwenken. Helle Wolken traten aus dem zierlichen Gefäß und betörten die Sinne mit dem Versprechen vom Paradies.

Camarata holte tief Luft. In Kirchen gab es keine Vorgesetzten und keinen Alltag. Erfreulicherweise. Seine Mutter sagte Weihrauch eine bannende Wirkung gegen die Macht des Bösen nach und er sah ihre braungefleckten, gefalteten Finger vor sich, so oft er den schwelenden Harz roch. Hier drinnen war Valers ein Niemand. Er brannte eine Kerze an und bekreuzigte sich. „Madonna Santa, ich muss noch heute einen Mörder fangen. Etwas Hilfe wäre willkommen. Und wenn Valers einen Herzinfarkt erleiden könnte, wäre ich auch nicht böse.“

Dann richtete er seine Schritte durch das goldstrotzende Kirchenschiff zur Sakristei. Ein älterer Herr, den nur der Kragen seines Hemdes als Geistlichen auswies, erwartete ihn. Er nickte ihm diskret zu. Sein graues Haar war kurzgeschnitten, das Gesicht glattrasiert und ernst. Camarata musterte seine schlanke, unauffällige Gestalt. Er hatte sich dem Geistlichen bereits am Telefon erklärt und hatte auf die Dringlichkeit des Falles hingewiesen. Der Priester bat ihn daher ohne Zögern mit einer stummen Geste in sein Büro, das mit Glastüren vom Kirchenschiff abgetrennt war. Jeder

Außenstehende hätte vermutet, dass Camarata ihm folgte, um seine Sünden zu beichten.

Er setzte sich behäbig dem Mann gegenüber, während dieser seinen schwarzen Anzug zurechtstrich und Papiere ordnete. „Die Perrones kenne ich gut", fing der Geistliche ohne Gruß und Einleitung mit leiser Stimme an. „Sie sind eine Familie mit vielen Mitgliedern, die schon seit Ewigkeiten in der Gegend wohnt. Die Großmutter ist eine resolute Frau gewesen, die die Ihrigen zusammengehalten, aber sie auch tyrannisiert hat. Illaria ist vor Kurzem gestorben. Sie war der demonstrativ gottesfürchtige Typ – immer in Schwarz gekleidet und jeden Tag in der Messe. Die Mutter von Gianni war auch nicht besser. Sie wissen, wovon ich rede?"

Camarata nickte.

„Unter ihrer Aufsicht hat Gianni schon mit fünf Jahren in dieser Kirche hier den Katechismus eingebläut bekommen … damit er nur ja ins Paradies kommt und seine Nächsten liebt." Der schmale Priester mit dem faltigen, sorgenschweren Gesicht zuckte die Schultern. „Giannis Großmutter und seine Mutter haben den Kleinen und seine zwei Brüder in die Messe gezwungen, in die religiösen Treffen, in den Betverein."

„Er bekam eine strenge Erziehung?"

Der Priester machte eine abwertende Geste. „Wenn das Kirche ist, will bald keiner mehr in die Kirche gehen. Man kann nicht jeden Tag Sünden bereuen und Knie über den Steinboden schrammen."

„Aber Ihr Gotteshaus ist doch gut besucht …"

Camaratas Gegenüber verzog den Mund. „Haben Sie draußen unseren neuen Pfarrer gesehen? Wir haben viele Afrikaner und Latein-Amerikaner hier, aber kaum noch

Europäer. Keiner will mehr im Zölibat leben und immer die gleichen Verse von Jungfräulichkeit und Engeln singen, während Raumschiffe die entfernten Galaxien ergründen." Er räusperte sich, bewusst, dass seine Worte als Kritik an seiner Obrigkeit ausgelegt werden konnten. „Wie auch immer, ich versichere Ihnen, dass Gianni Perrone zwar kirchlich erzogen worden ist, aber sich später vom Katholizismus losgesagt hatte. Er wollte nicht bis zum Tod die Sünden Adams bereuen." Der Geistliche zögerte. „Es ist schade, dass Gianni tot ist. Ich bedaure, das zu hören. Er war kein taktvoller Mensch, aber ein ehrlicher und trotz allem ein Mann guten Willens."

Camarata nickte. „Perrone wurde Wissenschaftler □ aber wurde er auch ein Feind der Kirche? Ein Feind des Vatikans? Hätte er etwas getan, um ihm zu schaden?"

Der grauhaarige Priester hob die Brauen. „Perrone war kein Kirchenfeind, im Gegenteil. Er verzweifelte nur an unserer Unfähigkeit, uns zu erneuern."

„Wie meinen Sie das?"

Der Priester malte mit den Fingern Anführungsstriche in die Luft. „Wenn er mich besuchen komme', hat er mir gesagt, ‚beginne er, an Zeitreisen zu glauben. Die Menschheit habe über Jahrtausende zu Gott gebetet, um von Hungersnot, Krieg und Pest erlöst zu werden. Es erstaune', so Perrone ,dass zu Gott noch immer genau gleich gebetet werde, wo die Kühlschränke doch jetzt voll seien und kleine weiße Pillen die Pest ausgemerzt hätten.'" Der Geistliche lachte, aber es klang nicht heiter.

Camarata seufzte, die Beine breit, die Hände auf den Knien und die Stirn in Falten gelegt. Die Probleme der Kirche waren seit Jahren in der Presse. Er konnte verstehen, dass der Geistliche an den modernen Zeiten verzweifelte. „Perrone hat Sie kritisiert, aber er hatte nicht völlig unrecht, nicht wahr?"

Der Priester blinzelte und schüttelte den Kopf. „Perrone meinte, wir würden verkennen, dass bisher durch Darwins Evolution immer das Chaos der Erzeuger gewesen sei und es erst in Zukunft zum ersten Mal einen zielgerichteten Schöpfer geben werde – den Menschen. Der Mensch werde nach Plan schaffen und kreieren, Gene verändern, Organe multiplizieren. Er war Biochemiker. Seine Kollegen sind bereits dabei."

„Das gefiel ihm?"

„Im Gegenteil. Gianni hatte Angst davor …"

Camarata nickte. „Der Mensch sollte vorsichtig sein, die Hände nach Dingen auszustrecken, die er nicht beherrscht, nicht wahr?"

Der Geistliche seufzte. „Perrone war kein Feind der Kirche. Er meinte schlicht, der Mensch werde Gott ersetzen, und hatte noch mehr Angst davor als unsereiner. Er hatte Angst vor der Brutalität der Gottlosigkeit. Angst vor dem totalen Egoismus. *Homo homini lupus* ⬜ Der Mensch ist dem Menschen ein Wolf." Der Pater zögerte, dann lehnte er sich zu Camarata über den Tisch. Sein Blick war plötzlich wach. „Gianni Perrone war besorgt, dass die moderne Gesellschaft die Menschen *unglücklich* machen könnte. So unsinnig es klingt: Perrone suchte nach einem Rezept für das irdische Glück. Sein ganzes Leben lang."

Camarata deutete mit dem Finger zur Decke. „Perrone wollte Gott auch im Paradies ersetzen und suchte das selbstgemachte Eden?"

„Perrone redete von einem alten Philosophen. Der habe ein Rezept, wie man das Glück ohne himmlisches Paradies erlange, und das suchte er."

„Ein Philosoph? Welcher ist das?"

Der Geistliche zuckte die Schultern. „Irgendeiner von den ganz alten. Ich lese mehr in der Bibel als in Philosophiebüchern. Aber Perrone kannte sich damit aus."

Als der Geistliche ihm nichts Weiteres sagen konnte, sprach Camarata ihn auf etwaige Verbindungen der Familie Perrones zum Vatikan an. Der Priester bewegte zweifelnd den Kopf, wieder ganz sein diskretes Selbst. „Ich habe nie etwas davon gehört, dass die Perrones Beziehungen zu höheren kirchlichen Kreisen gehabt hätten. Das ist Fußvolk. So wie ich … Der Vatikan soll etwas mit Perrones Tod zu tun haben? Das scheint mir absurd."

Camarata nickte, dankte und stand auf. Sein Puls war ruhiger geworden, auch wenn er sich wunderte. ‚Perrone suchte ein Rezept, wie eine Gesellschaft, die der unseren ähnelt, trotz all ihrer Sorgen glücklich werden kann, ohne dabei an ihrem Individualismus oder Egoismus zu Grunde zu gehen. Ts. Wieso tat er das in der Villa der Papyri?'

Beim Verlassen der Sakristei stieß er mit dem lateinamerikanischen Geistlichen zusammen, den er zuvor gesehen hatte. Dessen Mandelaugen glänzten im Halbdunkel der Kirche. Er musste ihm zur Sakristei gefolgt sein. „Kolonel, Sie hier?"

„Cesare?" In der Soutane hatte Camarata ihn kaum beachtet, aber jetzt ging es ihm auf, dass er den kleinen Mexikaner kannte. Der junge Mann war einer der Seelsorger, der sich in Zivil gekleidet um die Straßenstrichs der Vorstädte

Neapels kümmerte. Er war ihm mehrfach des Nachts begegnet. Camarata war noch immer in Gedanken bei Perrone und der Kirche, frustriert, dass der alte Geistliche nichts zu seiner Ermordung sagen konnte. Einer plötzlichen Eingebung folgend, griff er in die Tasche und holte das Bild Perrones hervor. „Kennst du diesen Mann, Cesare?"

Cesare hielt das Bild ins diffuse Licht der Kerzen. „Ich kenne ihn hier aus der Kirche, sicher. Er kam ab und an vorbei. Und ich habe ihn auch vor gar nicht langer Zeit auf einer der Lustmeilen Neapels gesehen, Via Gianturco. Er half einem der Straßenkinder dort aus. Nicht wie ich, beruflich. Er brachte nur Kleidung und Essen. Aus Mitleid."

Camarata klopfte auf das Bild. „Der Mann ist ermordet worden. Ist dir irgendwas aufgefallen?"

Cesare runzelte die Stirn. „Ermordet? Meine Herren …" Er grübelte, dann zog er einen Stift hervor, drehte das Bild Perrones um und schrieb mit der linken Hand etwas darauf. „Das ist der Name eines obdachlosen Jugendlichen, mit dem sich dieser Typ getroffen hat. Keine sechzehn Jahre alt. Kommt irgendwo aus dem Osten. Es hat vor zwei Wochen einen heftigen Streit gegeben. Der besagte Jugendliche ist mit einem seiner Freier in Konflikt geraten und der Mann hier, der den Freier kannte, hat dem Jungen aus der Bedrängnis geholfen. Es heißt, der Jugendliche wäre trotzdem einen Tag später übel zugerichtet in einem Straßengraben gefunden worden. Schwer verletzt, aber immerhin noch am Leben. Ob auch sein Helfer für seine Wehrhaftigkeit bezahlt hat, ist mir nicht bekannt. Aber prüfen sollten Sie es."

Camaratas Magen rebellierte. Er hatte in Richtung der kunsträuberischen und kirchlichen Aktivitäten Perrones ermittelt, aber hatte andere Facetten seines Lebens

vollkommen außer Acht gelassen … War er sträflich
nachlässig gewesen?

Ereignisse in der Nationalbibliothek

Nach einem Tag voller Hitze sank der Abend nur wenig kühler auf die Stadt. Die Sonne beschien in glühendem Orange die Menschenmenge, die sich vom Hafen in Santa Lucia zur Altstadt Neapels bewegte und die Piazza vor dem Palast der Könige Neapels überschwemmte wie brechende Wogen. Das rote Renaissancegebäude diente als Fels in ihrer Brandung. Die weißen Herrscherstatuen an der Fassade überwachten das Geschehen, ohne etwas gegen das Wirrwarr ausrichten zu können. Sie waren umringt von Baustellen und Barrieren. Die Passanten waren gezwungen, durch ein Labyrinth hässlicher Wände aus weißer Plastik zu manövrieren, Kinderwagen und Einkaufstaschen voran. Man baute eine neue Metro und die Zone war ein Chaos.

Cariello, der unter der Erde einen griechischen Tempel gefunden hatte und an den Verzögerungen nicht unschuldig war, überquerte mit langen Schritten den Platz. Seine Ausgrabungen waren lange her und er wunderte sich, dass sich noch immer nichts bewegt hatte. Hastig ging er an den Barrieren vorbei und betrat den Palast, in dem sich auch die Nationalbibliothek befand, froh, nicht zu spät zu kommen, und vom Lauf außer Atem.

Nach den Anstrengungen des langen Tages war er erschöpft. Er hatte viele Stunden an der Universität zugebracht. Der Besuch in Herculaneum hatte ihn realisieren lassen, wie sehr ihm seine Arbeit fehlte, aber die Verhandlungen der Lehrpläne des beginnenden Semesters hatten ihn Beherrschung gekostet. Er war den verhassten Verwaltungsaufwand nicht mehr gewohnt. Zudem hatten ihn die immer wieder in ihm hochkochenden Emotionen ausgelaugt. Es war, als könne er seine Knochen unter den Muskeln fühlen.

Trotz der späten Stunde beeilte er sich, nun noch vor der Schließung der Bibliothek die Tagebücher der ersten Grabungen von Herculaneum zu konsultieren. Wie er Camarata gesagt hatte, hatte er in einem der Blätter aus dem 18. Jahrhundert von einem Franzosen gelesen. Besser, er verlor keine Zeit und sah in den Aufzeichnungen nach, bevor sich die Spuren verwischten und er von der Wiederaufnahme der Lehre an der Universität verschlungen wurde.

In der Pforte zum Lesesaal hielt er wie so oft inne, erschlagen von den Mengen der Bücher, die sich in deckenhohen Regalen stapelten. Alte ledergebundene Folianten, verbrämt mit Gold und bedeckt mit Staub, füllten die holzverkleideten Prachthallen. Er ließ den Blick über die mit Studierenden gefüllte Halle gleiten. ‚Besser, ich hole mir Hilfe, oder ich bin in einer Woche noch hier.'

Trotz der vergangenen Jahre fand er die Person seiner Wahl schnell. Graziella Davidde war eine ältere Bibliothekarin, die er seit Jahrzehnten kannte. Sie saß in einem Sommerkleid hinter einer der Theken, an denen die Forschenden Bücher ausleihen konnten, die graublonden Haare zum unordentlichen Dutt gedreht, eine Brille auf der Nase und vertieft in ihren Computer. Ihre Wangen waren faltiger geworden und hagerer, aber ansonsten war sie die Alte. Er hatte oft mit ihr zusammengearbeitet und mit ihr Kaffee getrunken. Er hätte sie umarmen mögen, aber lehnte sich nur schmunzelnd über die Absperrung. „Graziella, das ist eine Ewigkeit her, dass ich Sie gesehen habe."

Sie schaute auf und die Falten in ihren Augenwinkeln vertieften sich in ihrer Freude. Ihr Blick spiegelte seine Zuneigung wider. „Professor Cariello. Drei Jahre! Sie haben noch nicht einmal den neuen Computersaal besucht. Es tut mir so leid, was Ihnen geschehen ist." Sie rieb seinen Handrücken. „Was kann ich für Sie tun? Für Sie immer und alles, das wissen Sie, richtig?"

Cariello ignorierte ihre Beileidsbekundung, auch wenn sie ihn berührte. Er drückte nur dankend ihre Hand und lächelte. „Ich interessiere mich nicht für Computer, das wissen Sie, meine Liebe. Ich wollte die Tagebücher von Weber und Alcubierre ausleihen. Seien Sie so lieb, helfen Sie mir. Es eilt."

„Die Tagebücher sind weggekommen."

Cariello spürte Ameisen durch seine Adern huschen. „Weggekommen?"

Graziellas schmale Lippen pressten sich aufeinander und ihre blauen Augen rollten entnervt. „Jemand hat sie ausgeliehen und dann mitgehen lassen. Eigentlich sollte sie niemand außer Haus bringen … Die Carabinieri sind schon dagewesen. Eine Schande. Wie manche Leute sich benehmen!"

Zu den Ameisen gesellte sich ein flaues Gefühl im Magen, verstärkt durch die Erschöpfung des Tages. „Haben Sie den Namen dessen, der sie genommen hat? Seien Sie so gut, unter uns."

„Warten Sie." Graziella schaute im Computer nach. „Ein Gianni Perrone. Er ist auch an Ihrer Universität."

„Perrone bringt Ihnen die Bücher nicht zurück, Graziella. Er ist ermordet worden."

Graziellas Augen weiteten sich. „Ermordet? Warum haben mir die Carabinieri das nicht gesagt? Doch nicht wegen der Tagebücher? Was Sie nicht sagen."

Sie lehnte sich vor, um mehr zu erfahren, aber Cariello stillte ihre Neugier nicht, es eilte ihm zu sehr. „Haben Sie keine Kopien? Die Tagebücher sind vollkommen verloren?"

Graziella winkte ab. „Natürlich haben wir Mikrofilmkopien. Ich habe sie gestern schon an jemanden anders herausgegeben. Eigenartig, dass Sie alle die gleichen Bücher zur gleichen Zeit wollen, nicht?" Graziella lächelte und Cariello musste sich zwingen, ruhig zu bleiben. Gestern! Wer war außer ihm noch auf den Spuren Perrones unterwegs?

Bevor er nachfragen konnte, war Graziella bereits aufgestanden und in die Archive verschwunden. Sie kam schneller wieder als erwartet. Statt zu ihm zurückzukehren, lief sie jedoch mit aufgeregten Gesten zu ihren Kollegen. Eine Schar Angestellter stürzte sich eine Sekunde später mit erschütterten Gesichtern hinter ihr her in die Regalreihen. Cariello zögerte nicht. Er hob die Schranke an und folgte ihnen. Ihre erregten Mienen verhießen nichts Gutes.

Was er in den Archivräumen vorfand, ließ sein Herzschlag in ein Stakkato übergehen. Sie waren ein Chaos. Bücher und Computer waren durcheinandergeworfen und das gut ausgezeichnete Mikrofilmlager war mit einem Feuerwehrbeil zerschlagen worden, das auf dem Parkettboden lag. Eine der Anzeigen blinkte noch. Papiere bedeckten Tische und Böden. Die Angestellten standen sprachlos um die zerstörten Regale herum.

Cariello fasste die mit ihrem Unglück beschäftigte Graziella an der Schulter. Seine Geduld war nach dem langen Tag am

Ende. „Gibt es keine anderen Mikrofilmkopien? Ich brauche die Tagebücher. Graziella. Es eilt. Ich brauche sie *jetzt*." Er hörte, wie drängend seine Stimme klang.

Die Archivarin sah ihn mit weit aufgerissenen, tränengefüllten Augen an. „Man hat alles zerschlagen. Gerade eben erst … und wir haben es noch nicht einmal gehört. Wie ist das möglich?"

„Graziella. Die Tagebücher! Perrone wurde *ermordet*!"

Sie erwachte aus ihrem Stupor. „Natürlich haben wir eine zweite Sicherheitskopie. Gehen Sie zu den Lesesälen, Professor. Ich bringe Sie Ihnen." Sie rieb sich die Stirn. „Man hat dreimal nach den Aufzeichnungen gefragt. Das Original und die erste der Kopien sind verschwunden."

„Wer hat sich dafür interessiert?", hakte Cariello heftig nach. „Haben Sie außer Perrone noch andere Namen? Wer war *gestern* da?"

Graziella blinzelte verwirrt. „Was? Ich … Ein stämmiger blonder Mann hat zuerst gefragt, dann ein kahlköpfiger älterer Herr und nun Sie." Sie zögerte. „Wenn ich darüber nachdenke, da war noch jemand … Ich werde kurz anrufen. Warten Sie. Ich gebe Ihnen die Kopien und suche dann die Namen heraus." Sie drehte sich um und hastete davon.

Der Name des Franzosen

Das blaue Licht des Rechners hatte seine Augen überanstrengt. Cariello rieb sich die Lider und ließ den Blick erneut über die deckenhohen Regale streichen. Sie waren bis zum Überquellen mit goldverbrämten Bänden gefüllt und schon bei ihrem Anblick hatte er den Geschmack von Staub auf der Zunge. Er mochte sie trotzdem mehr als moderne Technik. ‚Der Bildschirm hier ist leblos und bar jeglichen Charmes. Wie viel mehr ich die alten Schwarten dort drüben liebe. In denen spürt man noch den Menschen, der sie geschrieben hat.' Er seufzte. ‚Zumindest muss ich mir mit diesen Mikrofilmen nicht mehr die Finger schmutzig machen und kann die Schrift vergrößern. Aber sie sind trotzdem das Ende unserer prachtvollen Bibliotheken.'

Er hatte zwei Stunden damit zugebracht, die Dokumente auf dem Bildschirm zu lesen. Jetzt war er endgültig am Ende seiner Kräfte, aber ein gelbliches Papier aus dem Herbst des Jahres 1764 leuchtete vor ihm. Es war mit krakeliger Schrift bedeckt und enthielt den Brief eines französischen Grafen an den ersten Minister am neapolitanischen Königshof, Bernardo Tanucci. Tanucci war ihm kein Unbekannter, genauso wenig wie Graf Caylus, der ein einflussreicher Sammler aus dem Pariser Hochadel gewesen war.

Caylus hatte sich darüber geärgert, dass Karl von Spanien in Neapel die Grabungen von Herculaneum schützte, und Cariello hatte wie schon vor Jahren gelesen, dass Caylus am Ende trotz der verbissenen Kontrollen einen Erfolg verbucht hatte. Die Brunnenfigur einer Kuh aus Herculaneum, die sich seitdem in Paris in der französischen Nationalbibliothek befand, stammte aus seinem Nachlass. Irgendwo war eine schwache Stelle in den Mannschaften in den Tunneln gewesen. Heute, vor dem schmalen silbernen Rechner der Bibliothek sitzend, fand er die Antwort, wie der Adelige an die Kuh-Statue gekommen war. „Der französische Graf hat einen falschen Ausgräber in die Tunnel geschmuggelt."

Ein junger Franzose, von dem Caylus in seinem Brief schrieb, wurde von ihm vermisst. Er hieß Gilbert Amoury de Marsily. Marsily war auf sein Geheiß in Herculaneum gewesen und dort verschwunden.

„Voila, unser Franzose!"

Cariello beugte sich über den mit zittriger Hand geschriebenen Text. Caylus war zweiundsiebzig Jahre alt gewesen, als er den Brief verfasst hatte:

> *„Exzellenz, ich bin zutiefst beunruhigt über das Schicksal eines jungen Schützlings. Er hat sich von Neapel aus auf den Weg nach Portici gemacht, um an den neuerlichen Grabungen in Herculaneum teilzunehmen. Dies ist im Gefolge des Herrn Kurators Camillo Paderni geschehen. Nach ersten Briefen hat der Junge keine Nachricht mehr gegeben. Wollen Eure Exzellenz die Güte haben, zu eruieren, wo Gilbert Amoury de Marsily sich befinden könnte?"*

‚Dass Caylus die Existenz Marsilys zugibt, muss heißen, dass er kaum noch Hoffnung hatte, ihn wiederzusehen. Er vermutete seinen Dieb in irgendeinem Gefängnis oder auf einer Galeere.' Cariello schürzte die Lippen. ‚Und dieser Marsily hat Camillo Paderni begleitet. Das erklärt so einiges!'

Paderni war der damals formell amtierende Kurator Herculaneums gewesen und ein Tunichtgut. Er hatte mit selbstgemalten Fresken gehandelt, die er als echt ausgegeben hatte, und hatte Papyrus-Rollen aus den Ausgrabungen gestohlen. Der Kurator hatte dem Kunstsammler Caylus einen gut bezahlten Gefallen getan und hatte dessen Handlanger Marsily die Türen der Tunnel von Herculaneum geöffnet. ‚Wie hätte der Franzose sonst im Morgengrauen in die gut bewachten Gänge steigen können? Und was sonst hätte er dort vorhaben können, wenn nicht stehlen?!‘

Cariello fingerte in der Jackentasche nach seinem Telefon und sandte eine Nachricht an Therese und Camarata, bevor er den Computer herunterfuhr und sich erhob. „Mit größter Wahrscheinlichkeit heißt unser Franzose Marsily und war ein Dieb im Auftrag des französischen Hochadels. Wenn das stimmt, sind wir einen Schritt weiter."

Als er das Bibliotheksgebäude verließ, schaute er noch einmal nach Graziella, sah sie jedoch nirgendwo. Ihr Computer hinter der Theke am Eingang war erleuchtet, ihre blaue Strickjacke hing über dem Stuhl, aber sie selbst war abwesend. Er wandte sich zum Gehen, ohne sie noch einmal gesprochen zu haben, auch wenn es ihm leidtat. Er hätte ihr gern für ihre Hilfe gedankt. Nach dem Zwischenfall im Lager war es nicht selbstverständlich gewesen, dass sie sich um sein Anliegen gekümmert hatte. Zudem hätte er auch gern mehr über den Mann gewusst, der am Vortag die Mikrofilme konsultiert hatte, konnte jedoch nicht auf Graziella warten. Der Wächter am Eingang bedeutete ihm, dass die Bibliothek schloss und seine Erschöpfung trieb ihn zusätzlich nach Hause. Er würde die sympathische Archivarin am Morgen anrufen müssen.

Auf der Straße angelangt, schlug ihm lauer Wind entgegen. Die Nacht war gekommen und die Wachen des Gebäudes begannen, die Eingänge zu schließen. Die Fußwege waren überfüllt von Müßiggängern. Die Stunde der Passeggiata hatte begonnen. Vor dem nahen Theater San Carlo standen Menschengruppen in glitzernden Pailletten. Man gab den Troubadour. Ein Geruch von Parfum, Meer und Sommer biss Cariello mit den scharfen Zähnen der Nostalgie in die Eingeweide.

Es war lange her, seit er zum letzten Mal in einem Theater oder in der Oper gewesen war, begleitet von einer jungen Frau, der er Champagner auf die Opernterrasse balanciert hatte. Ein von Schuldgefühlen getrübter Durst nach Leben und Festlichkeiten überkam ihn.

Sein Blick glitt von der Oper über die Straße und blieb an dem kleinen roten Alfa Romeo hängen, in dem Graziella ihm so oft Bücher gebracht hatte. Er wunderte sich erneut, dass sie noch immer arbeitete, obwohl er sie nicht gesehen hatte und es spät wurde, aber begründete ihre Überstunden mit dem Angriff in den Archiven. Ermüdet, aber nicht unzufrieden, machte er sich auf den Weg zurück nach Marechiare.

Der Kolonel fürchtet Konsequenzen

Camarata saß mit düsterem Gesichtsausdruck an seinem Schreibtisch, die Arbeitsplatte verschmutzt von leeren Plastikbechern und die Haare zerrauft. Seine Uniformjacke hing unachtsam über einer Stuhllehne und sein dicker Bauch wölbte sich unter dem weißen Hemd, dass er sich normalerweise geschämt hätte. Aber wer sah ihn schon um diese Zeit? Er hatte nur die Schreibtischlampe angeschaltet und draußen war es längst dunkel. Er fühlte sich wie gelähmt. ‚Ich bin von der Ministerin getadelt worden. Das ist das erste Mal in meiner ganzen Karriere. Und völlig unverdient.‘ Er hoffte, dass es niemand von seinen Kollegen erfuhr.

Der Mord an Perrone war keine Woche her, noch war nichts bekannt, was in Herculaneum gestohlen worden sein könnte, und trotzdem hatte ihn die Kulturministerin aus Rom angerufen und kurz danach auch das Innenministerium, dem die anderen Carabinieri der Ermittlungen unterstanden. ‚Valers hat seine Drohung wahr gemacht. Er hat nur auf so eine Gelegenheit gewartet. Ich wusste es und habe nichts getan. Vielleicht hätte ich einfach irgendjemanden einbuchten sollen, um Zeit zu gewinnen?‘

Camarata hatte im Lauf des Tages keinen offiziellen Verdächtigen für den Mord an Perrone präsentiert und Valers hatte nicht bis zum nächsten Morgen gewartet. Er hatte sich über ihn beschwert. Seine genauen Worte wollte Camarata sich besser nicht vorstellen. Die Botschaft seiner Ministerin war klar gewesen. Man wollte einen Mörder für den Erschlagenen. Und das bald oder er hatte mit Konsequenzen zu rechnen.

Camarata blies die Wangen auf und verdrehte die Augen. ‚Konsequenzen! Ha!‘

Seine Untergebenen hatten seit vier Tagen bis spät in die Nacht Listen von Raubgräbern, Kleinkriminellen und Kunsthändlern durchforstet. Seine Kollegen vom Morddezernat hatten Obduktionsergebnisse, Faserproben und DNA überprüft und ihr arroganter Chef, Negri, hatte ausnahmsweise tadellos kooperiert. Eine Dienstbesprechung hatte die andere gejagt.

Nichts. Camarata warf die Hände empor. „Nichts. Nichts bleibt nichts. Soll ich wie Valers Schaum schlagen? Wir treten auf der Stelle wie Schuljungen, aber wir können nur jedes Detail umwenden, bis wir den Haken finden." Die Einzigen, die bisher etwas Entscheidendes beigetragen hatten, waren Cariello und dessen Kollege Van Heyne. „Aber es gibt trotzdem keine Person, die verdächtig genug ist, um sie festzunehmen. Basta. Wer weiß, wer diesen Perrone erschlagen hat." Camarata brummte gereizt und gequält von Minderwertigkeitsgefühlen und Hilflosigkeit.

Er lehnte sich zurück und starrte einen Moment die Wand an. Seine Gedanken blieben immer wieder bei Cariello hängen. Dessen Bemerkungen, sein zeitweiliges Schweigen, das Telefonat am Abend des Trinkgelages mit Van Heyne. ‚Cariello sagt mir nicht alles. Er vermutet etwas Bestimmtes in der Villa, aber schweigt darüber. Verdammt noch mal!‘ Da war etwas, was Cariello ihm genauso wenig sagen wollte wie Manzoni. Und wie Pezzoli. Und der Direktor der Anlagen. Irgendetwas, dass mit der Villa der Papyri zu tun hatte und das man den Carabinieri vorenthielt. Er wusste mittlerweile, dass das Skelett einem Franzosen gehörte und Perrone in der

Schrift eines Prinzen davon gelesen hatte. Aber wer sein Mörder war, blieb ein Rätsel.

Camarata seufzte. Er begriff Cariello nicht. Es gab Momente, in denen er nonchalant Thesen aufstellte oder ihm Informationen zuspielte und dann wieder stand in den elegant-brillanten Kulissen ein großes Schweigen. ‚Wie locke ich ihn aus seiner Reserve? Was wollte Perrone und wer wusste davon?'

Camarata raufte sich die Haare. Der Archäologe Manzoni, die Chefin der Wachen Adriana Ferretti, vor der Perrone angeblich Angst gehabt hatte, der Direktor der Anlagen und sein Stellvertreter Pezzoli, alle Wächter, alle Nachbarn, sogar die junge Laborantin Therese Urquiola ☐ alle hatten die Carabinieri überprüft. Aber selbst die Überwachung Francescatis hatte nichts ergeben. Der Kunsthändler ging aus und ein, empfing Gäste und flanierte durch den Vomero. Ansonsten – nichts. Die Kunsträuberszene war ruhig, die Camorra in den Ferien.

Camarata zuckte zusammen. Eilig fingerte er den Notizzettel aus der Tasche, auf dem er sich die Namen aufgeschrieben hatte, die Perrones Mutter ihm genannt hatte. Ihm wurde mit Schrecken klar, dass er eine der genannten Personen vergessen hatte. Robert Hemmings.

Er sah auf die Uhr. Es war neun Uhr abends, zu spät, um noch zu Verhören zu fahren. Bleich vor Scham und Zorn nahm er seine Jacke, stand auf und verließ das Büro. Hilflose Wut tobte in seinem Bauch. Bevor er ging, steckte er trotz dessen den Kopf ins Büro seiner Untergebenen. Die junge Luisa Asta saß noch immer vor ihrem Bildschirm, die Brille grundschul-lehrerhaft auf der hübschen Nase. Der hünenhafte Romero telefonierte. Der kahlköpfige Giovanni Mathis hielt sich ein

Dokument vor die Augen. Camarata war sich sicher, dass er das erst seit einer Sekunde tat und vorher in den Tag geträumt hatte. Man hörte seine Schritte auf dem Parkett, wenn er sich dem Büro seiner Mitarbeiter näherte. Es war ihm egal. Auch sie waren so erschöpft und frustriert, wie er selbst.

Er bellte: „Mathis, sehen Sie einen Robert Hemmings nach. Er ist angeblich Engländer. Wir fahren morgen zu ihm. Wo auch immer der steckt. Aber dalli." Er nickte den dreien zu und ging ohne weitere Erklärungen, sich bewusst, dass er sich scheußlich benahm.

Missmutig und ohne das Licht anzuschalten, lief er die ausgetretene Treppe zum Ausgang der alten Festung hinunter. Es roch wie jeden Abend nach einer Überdosis von Desinfektionsmitteln auf den abgenutzten Stufen. Zwei Frauen in blauen Kitteln schwatzten beim Reinigen und grüßten. Er knurrte nur. Alles übrige Personal war längst gegangen. Das Museum und die Bibliothek geschlossen.

‚Wieso bin ich noch hier? Zahlt man mir etwa mehr? Achtet man mich höher als andere? Mit diesem Valers, der mir im Nacken hängt? Ha.' Carabinieri gehörten zum Militär und waren immer im Dienst, so wie Priester und Mönche. ‚Aber wir bekommen keinen Platz im Paradies dafür wie Letztere. Wir bekommen nur Blechsterne auf die immer runder werdenden Schultern oder einen Tritt in den Arsch.' Camarata schmeckte Galle auf der Zunge. Er ärgerte sich, dass er diesen Hemmings übersehen hatte. Wie hatte das passieren können? War er so nutzlos, wie Valers behauptete?

Auf dem Weg durch die Gassen hinüber zum Viertel, in dem er wohnte, hielt er bei einem der Cafés an, in denen er oft einkehrte. Ein paar schlichte Eisenstühle standen auf dem Bürgersteig und Windlichter flackerten auf den kleinen

Keramiktischen, beschirmt von raschelnden Platanen. Zwei Pärchen saßen händehaltend längs der Hauswand und eine Schiefertafel neben ihnen pries hausgemachte dolci und den Hauswein an. Die zwei Tische an der Straßenseite waren frei. Der Gehweg dazwischen wimmelte von Passanten, die sich durch die Tischreihe schoben. Die laue Nachtluft, die sie begleitete, trug Düfte und Klänge aus der Altstadt herauf, Gerüche nach Essen, Zigaretten und Blumen und Melodien von tragischen Liebesliedern. *Davanti a me c'é un altra vita - Vor mir liegt ein anderes Leben* ...

Camarata beneidete die jungen Leute. ‚Wie lange ist es her, dass ich Laura händehaltend den Hof gemacht habe? Zwanzig Jahre? Ich hätte auch gern ein andres Leben vor mir. Eins, in dem ich nicht mehr Carabiniere bin und mir die zwei Jahrzehnte meiner Ehe noch mal geschenkt werden, damit ich mir mehr Zeit für meine Frau nehme, ihr mehr Blumen nach Hause bringe und mir bewusster mache, dass wir nur ein Leben haben und es nicht mir Ärgern verschwenden sollten. Perrone war mit seiner Suche nach dem Glück weiser als ich.'

Ächzend ließ er sich auf einen der schwarzen Stühle fallen. Er brauchte eine Pause, bevor er heimging, sonst würde er seine Frau anknurren. Vielleicht wollte er auch nur etwas von der Sorglosigkeit abhaben, die allen anderen außer ihm gegeben zu sein schien. Er winkte dem kahlköpfigen Wirt mit den weißen Bartstoppeln zu, den er seit Jahrzehnten kannte. „Tonio, ein Glas von eurem Roten."

Die Schultern hochgezogen, die Ellenbogen auf den Tisch gestützt und den Mund zusammengepresst, langte er nach dem Käsegebäck, das der Alte ihm hinstellte. Einen Moment musterte er stumm die offenen Cabrios und die Motorroller, die ohne Pause vorüberfuhren. Es war die Stunde der

Passeggiata und die Einheimischen fuhren immer wieder den gleichen Weg ab, um gesehen zu werden, zu feiern und ein paar Worte mit Bekannten auszutauschen.

Junge Männer mit geölten Haaren pfiffen Frauen hinterher. Hübsche Mädchen trugen die kürzest möglichen Röcke, um bemerkt zu werden. Alte Matronen lehnten aus den Fenstern und ein bejahrter Herr hatte sich einen Stuhl vor die Haustür gestellt, um sich nichts von alledem entgehen zu lassen.

Camarata musterte die Greisinnen, die wie Raubvögel auf die Straße spähten. ‚Überwachungskamera auf Italienisch‘, nannte seine Frau sie. Normalerweise brachten sie ihn zum Lächeln, aber heute knurrte er nur. Er wurde seine Unruhe nicht los. Noch nicht einmal in dieser sorglosen Sommernacht. Wer weiß, wer dort in den alten Ruinen Herculaneums umging. ‚Ein Fluch und ein Schatz. Papperlapapp.‘

Abwegig war die Sache zu seinem Ärger nicht. Von den letzten Worten Cäsars bis hin zu den Berichten Pontius Pilatus’ über den Prozess um Jesus vermuteten die Spezialisten so ziemlich alles in den Papyri Herculaneums. „Und Perrone suchte nach einem Philosophen. Aber warum? Die Schriften kann ja keiner lesen …“ Und Statuen und Juwelen gab es auch noch.

Camarata nahm einen großen Schluck Wein. Er schmeckte herb und angenehm warm nach Tannin und Brombeeren. Das Glas war schneller leer, als er beabsichtigt hatte, und Tonio trat unaufgefordert zu ihm, um nachzuschenken. „*Guai*? – Ärger?“, fragte er und krauste das faltige Quasimodo-Gesicht.

Camarata nickte. „*Guai*. Chefs. Politiker. Ignoranten.“

Tonio lächelte sein zahnloses Lächeln und zog eine der typisch neapolitanischen Grimassen. „Wenn etwas ärgerlich ist, du es aber nicht ändern kannst, dann versuche, es zu ignorieren", meinte er mit vom Rauchen krächzender Stimme. „Das Leben ist zu kurz, um es in Bitternis zu verbringen. Nimm, was du hast, und sei damit zufrieden."

Camarata nickte stumm.

Die Papyri aus der Villa in Herculaneum waren nicht lesbar. Jedenfalls nicht die, die man gefunden hatte und die in der Nationalbibliothek in einem besonders für sie gegründeten Forschungsinstitut lagerten. Sie waren verkohlt. Was hatte Perrone also im Tunnel gesucht? Besser erhaltene Papyri? Woher sollten die kommen? ,Steht das vielleicht in den Schriften des Prinzen, den Pezzoli erwähnt hat? Aber wieso sollte man Perrone deswegen erschlagen? ... Was die Leute so interessiert zu lesen, was mal jemand vor zweitausend Jahren geschmadert hat.' Camarata wurde sich, noch während er das dachte, bewusst, dass auch er eine Bibel und einen Horaz auf seinem Nachtisch liegen hatte. Er seufzte. „Wer zum Teufel wusste auch nur, dass dieser Perrone dort in den Tunneln herumstöbert? Francescati und Pezzoli? Urquiola? Vielleicht ist der Biochemiker ja schon in Begleitung seines Mörders in die Gänge gestiegen?"

Er hatte sich so ziemlich jeden angesehen, der in den Ausgrabungen oder in der Universität umherlief und Perrone gekannt haben konnte.

Therese Urquiola hatte er als Erste ausgesondert. Sie war am Abend des Mordes mit Freunden in einer Bar gewesen und es gab zwanzig Zeugen dafür, dass sie nicht vor fünf Uhr morgens gegangen war. ,Eine Frau wie sie geht in Neapel nicht unbemerkt aus und ein.'

Aber es gab Andere. Zuerst hatte er Manzoni verdächtigt. Der alte Forscher mit dem wilden Einstein-Haarschopf kannte die Tunnel und war ständig darin unterwegs, aber zu Camaratas Leidwesen legte die Chefin der Wachen ihre Hand für ihn ins Feuer. Sie bestätigte, dass er gegen sechs am Abend der Tat durch den Hauptausgang gegangen war und erst kurz vor der Entdeckung der Tat zurückgekehrt war. Zudem war er gebrechlich. „Ein unwahrscheinlicher Mörder", hatte Camarata sich eingestehen müssen und hatte das Blatt mit dem Lebenslauf des Archäologen beiseitegelegt.

Gian Giacomo Poldi Pezzoli, der stellvertretende Leiter der Ausgrabungsstätten, war ein besserer Kandidat. Der schmale, sonnengebräunte Mailänder hatte sich bei ihrem Zusammentreffen in Herculaneum eigenartig benommen. Verklemmt und nervös. Mehr noch, Pezzoli war schon einmal vor drei Jahren in einen Fall verwickelt gewesen, in dem es um einen Raub gegangen war. ‚Und Pezzoli kannte Perrone.' Camarata versprach sich, noch einmal Pezzolis Alibi nachzuprüfen.

Ferretti, die Chefin der Wachen Herculaneums, war ebenfalls auf seiner Liste. Sie war in der Nacht, in der Perrone gestorben war, in der Anlage verblieben. Aber welches Interesse hätte sie gehabt, Perrone zu erschlagen? ‚Vielleicht hat sie im Affekt gehandelt und der beim Stehlen erwischte Perrone ist vor ihr geflohen? In den Tunnel rein und sie hinterher?' „Absurd." Er brummte laut. „Die Frau hat einen Hintern wie ein Brauereipferd." Zugegebenermaßen war Perrone nicht viel schlanker gewesen. „Trotzdem oder gerade deswegen …" Er seufzte frustriert. „Zwei Leute von dem Kaliber hätten dort nicht reingepasst."

Ferretti, Pezzoli, Manzoni … oder vielleicht doch der Kunsthändler Francescati? Oder der ihm noch unbekannte Hemmings!?

Camarata leerte auch das zweite Glas in einem großen Zug, der ihm die Adern wärmte, aber seine Frustration nicht wegwusch. Dann rollte er die Dokumente auf seinem Schoß zusammen. Bis jetzt blieb der Mörder von Herculaneum ein Phantom, auch wenn er eine Reihe von Verdächtigen hatte. Und vor allem einen, den er sträflich vernachlässigt hatte. Er stand auf, zahlte und ging heim.

Erschütternde Ereignisse

Am nächsten Morgen hatte sich Camaratas Laune gebessert. Er hatte die Frühstückszeitung vor sich in der Sonne auf dem Küchentisch ausgebreitet und war umgeben vom Geruch nach Kaffee und dem Lärm des Hupens vorbeifahrender Vespas, der durch das offene Fenster hereindrang. Sein Hemd stand offen, ungeachtet der Tatsache, dass sein Bauch sich unansehnlich über den Hosenbund wölbte. Sein Löffel stieß rhythmisch gegen den Rand der Cappuccino-Tasse, in der er seit zehn Minuten rührte. Mathis hatte ihm bestätigt, dass er Hemmings identifiziert hatte und die Nachricht hatte ihn erheblich beruhigt.

Er wachte erst aus seinen Gedanken auf, als Laura seine Hand festhielt, gestört vom Geräusch seines Löffels. Er legte ihn beiseite, seufzte und zuckte die Schultern, bevor er sich erneut in die Zeitung vertiefte, zumindest zufrieden mit der ihn umgebenden privaten Welt.

Laura trug eine Bluse für die Arbeit, sie hatte ihr Haar hochgedreht und die Lesebrille auf die Stirn geklemmt. Sie musterte ihn, das Kinn in die Hand gestützt. „Was liest du so angespannt?"

„Die Fußballergebnisse."

„Du liest so angespannt 1 : 2 oder 2 : 3? Seit einer halben Stunde?"

„Ich habe die Wahl, ansonsten zu lesen, was ein alle drei Tage ausgetauschter Politiker geschwafelt hat oder was die Presse von meiner Inkompetenz hält. Ich schließe daher lieber die Augen für alles Unerwünschte und lese die Fußballergebnisse. So laut wie die Nachbarn gestern geschrien haben, hat Neapel gewonnen."

Lauras Augen blitzten erheitert. „Das heißt, du liest seit einer halben Stunde Ergebnisse, die du bereits kennst?"

„Hm. Hat mir der alte Tonio im Café neben meinem Büro empfohlen. Ich solle meine Wünsche und Begehren dem anpassen, was ich habe, und mich einen Dreck um den Rest scheren. Nur so werde man glücklich."

Laura lachte. Sie schob ihre blondgefärbten Haare zurück in den Nacken und ihre braunen Augen funkelten. „Ich werde mich an Tonios Rat halten. Ich werde mir einen Mann wünschen wie dich, Kinder wie die meinen und die Arbeit, die ich habe. Und ich werde mir *nicht* wünschen, dass sie endlich die Metro in Gang bringen, die Müllabfuhr ihren Streik beendet und es nicht mehr in der Straße nach Abfällen stinkt."

Camarata grunzte und ein Lächeln schlich sich in seine Augenwinkel. „Sehr weise und besser ist es. In der Straße stinkt es immer nach Abfällen, egal, ob du dir das Gegenteil wünschst. Halt dir die Nase zu und tu so, als wäre es das, was du schon immer hast tun wollen."

„Und die Metro?"

„Da musst du mit Cariello reden. Wenn ich ihn richtig verstanden habe, hat er dort unten einen Tempel entdeckt und seitdem bewegt sich nichts mehr." Er schmunzelte grimmig. Er hatte Cariello bereits wegen seiner Ausgrabungen aufgezogen.

Seine Nase war noch immer in der Zeitung vergraben, als sein Telefon läutete. Er seufzte und stieß die Kaffeetasse um, als er danach griff. Mit einem Fluch lauschte er in den Hörer und schimpfte dann noch lauter. „*Managgia! Cap e´ cazzo!*"

Seine Worte tönten laut und hundert Prozent neapolitanisch durch den Raum. Zwei Minuten später stürzte er die Treppen vor seinem Haus hinunter und warf sich in den durchgesessenen Sitz seines Fahrzeugs. Dessen Reifen kreischten auf, als er sich in Richtung Innenstadt auf den Weg machte. Er fuhr geradewegs in einen Stau, der die engen Gassen verstopfte. „Verdammte Sch…"

Camarata fluchte zum dritten Mal und von da an immer wieder. Sein Herz hämmerte in der Brust. Sein ruhiger Morgen war zu einem jähen und unerwartet entsetzlichen Ende gekommen. Die Presse und Valers würden ihn in der Luft zerreißen und auch er selbst verwünschte sich. Es war eingetreten, was er nicht für möglich gehalten, aber im Innersten nicht vollkommen ausgeschlossen hatte: Ein weiterer Mord war geschehen und Negri, der grobschlächtige Leiter der Mordkommission, den Camarata seit Jahren kannte und verabscheute, hatte zu allem Überfluss am Telefon gemeint, er denke, es handle sich um den gleichen Täter wie dem aus Herculaneum.

Als Camarata sein Ziel erreichte, hatte er Probleme, sein abgestoßenes blaues Fahrzeug zu parken. Vor dem Palast mit der Nationalbibliothek hatte sich ein Menschenauflauf gebildet. Angestellte und Besucher verließen in Scharen das mächtige rote Gebäude und Carabinieri standen auf den schmalen Treppen davor, bemüht, die Gaffer zu verjagen. Der Verkehr blockierte die Zugangsstraßen und man begann, Absperrbänder zu spannen. Camarata ließ seinen Wagen mit dem aufgesetzten magnetischen Blaulicht auf dem Bürgersteig zurück und hastete zum Eingang.

Seine Gedanken bildeten ein Wirrwarr in seinem Kopf. ‚Ich hatte gedacht, Serienmörder gäbe es nur im Fernsehen oder bei perversen Triebtätern. Aber in alten Ruinen und Königspalästen?'

Im Bibliothekstrakt herrschte mehr Ruhe als auf der Straße, aber überall befanden sich Carabinieri. Anspannung lag in der Luft. Negri stand auf der Freitreppe zum ersten Stock und nickte ihm stumm zu. Ihm glänzte Schweiß auf der Stirn. Ein junger Offizier erkannte Camarata und brachte ihn nach drinnen. Die Spurensicherung war bereits angekommen und man reichte ihm einen Schutzanzug. Der Bibliothekssaal, in den sein junger Kollege ihn führte, lag totenstill. Camarata zog den weißen Anzug über die Uniform und ging weiter in das Archiv, zu dem er ihm den Weg wies. Er tat es mit schweren Schritten, gelähmt von der Vorahnung dessen, was man ihm zeigen würde.

Die Leiche lag hinter einem der Holzregale, lang ausgestreckt auf dem Rücken, bedeckt von Blut. Um sie her herrschte Chaos. Computer lagen umgestoßen und zertrümmert auf dem Boden, Papiere waren überall verstreut. Ein prachtvoll gebundenes historisches Buch steckte in einem Schredder und hatte das Gerät blockiert. Camarata trat näher und warf einen Blick auf die Tote. Hastig drehte er sich um und schnappte nach Luft. Der schwüle Geruch von Blut nahm ihm den Atem. Das Fenster stand offen und Fliegen erhoben sich schwirrend.

Als er sich gefangen hatte und eine nach Kampfer riechende Maske, die man ihm reichte, vors Gesicht gebunden hatte, wandte er sich erneut zu der Leiche. Es handelte sich um eine ältere, graublonde Frau. Er schob seine massige Gestalt an den umherliegenden Büchern vorbei, um sich nicht in der

Blutlache zu beschmutzen, die ihren Körper umgab, und kniete neben der Leiche nieder. Die Tote war schlank und trug ein geblümtes Kleid aus dünnem, billigem Stoff, welches ihre knochige Hüfte in all ihrer schmerzverzerrten Verdrehung hervortreten ließ. Das Gesicht der Frau war fast unkenntlich und sie hatte den Mund weit aufgerissen. Unnatürlich weit. Ihre Brille war zertrümmert und ihre blauen Augen starrten ihm in einem Blick des Entsetzens entgegen. Der Rachen war gefüllt mit zerkleinertem Papier, das von dem Buch im Schredder zu stammen schien.

Der Mörder hatte ihr die Kehle aufgeschlitzt und es sah aus, als habe sie in einer letzten Bewegung des Sterbens mit dem Kopf hin und her geschlagen, als ihr der Hals schon durchtrennt worden war. Ihr Blut hatte alles um sie her bedeckt. Es glänzte rot auf dem Kleid, auf dem Boden, den Papieren und Regalen. Die beiden pulsierenden Halsschlagadern hatten weite Halbkreise an die Wände gemalt.

Camarata kniete stumm neben der Leiche. Sein Verstand war wie betäubt und sein Herz hämmerte. In seinem Magen hatte sich ein Gefühl ausgebreitet, als sei er seekrank. Erst als ihm einer der Männer von der Spurensicherung auf die Schulter tippte, riss er sich zusammen, stand mühsam auf und zog sich zurück. Im Gehen warf er einen Blick auf das Buch im Schredder. ,Die Papyri von Herculaneum.'

Ihm war speiübel. Seine Leute und er hatten seit Tagen Zeugen vernommen, technische Berichte studiert, das Leben Perrones von allen Seiten beleuchtet – und hatten versagt. Wer immer Perrone getötet hatte, der Tote im Tunnel von Herculaneum war nicht sein einziges Opfer geblieben. Der aufgebrochene Mund der Toten sprach Bände.

Der Fundort des Franzosen

Der erste Tag im September hatte den vor einer Woche noch so stillen Boulevard am Rand der Altstadt Neapels verwandelt und ein menschliches Durcheinander versperrte dem Dienstwagen der Carabinieri den Weg. Gruppen von Studenten standen auf dem Bürgersteig, Zigaretten und Bücher in der Hand. Aus den hohen Pforten des Universitätsgebäudes ergoss sich ein lärmender Schwarm junger Leute, der sich beeilte, den Freunden Gesellschaft zu leisten.

Camarata musterte die Menge mit grimmigem Blick und ließ Mathis den Dienstwagen nahe der Freitreppe vor der Universität parken. Das Gebäude war klassizistisch nüchtern und weitläufig. Auch er hatte hier studiert und frohe Erinnerungen durchmischten seine tristen Gefühle. Ihm war noch schlecht von seinem Besuch in den Archiven, aber er versuchte, seine Gefühle zu ignorieren und stattdessen seine Fehler wiedergutzumachen. Wenn er eine Qualität hatte, dann war es die der Sturheit.

Cariello hatte ihm vor einer Stunde eine Nachricht gesendet, die er erst jetzt gelesen hatte. Es schien, sie hatten einen Namen für den skelettierten Franzosen aus Herculaneum. Camarata war erfreut darüber, aber etwas anderes war ihm im Moment wichtiger: einen Besuch bei Robert Hemmings zu organisieren. Er brauchte endlich einen handfesteren Verdächtigen als Francescati oder Pezzoli. Mathis meinte, er wisse nicht, wo der von ihm gesuchte Hemmings sei, aber Cariello kenne ihn und könnte es wissen. Camarata war sich bewusst, dass er Cariello in den letzten Tagen fast ständig konsultiert hatte, aber solange sich der

Professor nicht weigerte, hatte er die Absicht, es erneut zu tun, um seinen vergessenen Engländer zu finden … Nur dass er im Moment auch keine Ahnung hatte, wo Cariello steckte.

Sein Auge fiel schließlich auf ein Knäuel, das sich um einen elegant gekleideten Mann gebildet hatte, der mit der Anzugjacke über dem Arm groß und athletisch auf der Treppe vor dem Tor der Universität stand. Junge Mädchen und Männer versuchten, ihm die Hand zu schütteln oder ihm Fragen zu stellen. Camarata moserte spottend: „Sieh an. Cariellos Haushälterin hat mir die richtige Auskunft gegeben. Unser Herr Professor ist zurück in seinem Element." Er freute sich trotz aller negativen Gefühle dieses Tages, dass Cariello in die Lehre zurückgekehrt war, und stieß Mathis in die Seite. „Fahr hin."

„Eh, Kolonel, das tut weh. Es hat nicht jeder so ein Polster auf den Rippen wie Sie." Mathis ließ den Motor an, während Camarata aus dem Fenster des schwarzen Alfa Romeo mit der weißen Carabinieri-Aufschrift winkte, um Cariellos Blick auf sich zu lenken. Es war jedoch offensichtlich, dass dessen Aufmerksamkeit anderweitig gefangen war. Es gab keinen zweiten Kurs der Archäologie, den man ins große Amphitheater verlegen musste, um alle Hörer aufzunehmen, und bei dem der Lehrende im Geleitzug hinausbegleitet wurde. Cariello war mit seinen Studenten beschäftigt und sie mit ihm. Niemand beachtete den Wagen der Carabinieri. Camarata lehnte sich schließlich zu Mathis und hieb mit seiner Pranke auf die Sirene. Die Menge stob ob des Geheuls auseinander.

Cariello drehte nur den Kopf und hob die Brauen, aber schließlich verabschiedete er sich von seinem Geleitzug und kam herüber. „Kolonel, Sie schon wieder. Sie wollen wissen, ob ich Ihnen nach meiner Nachricht heute Morgen noch mehr zu dem Franzosen sagen kann, richtig? Ein Name reicht Ihnen nicht …" In seinen Augen lag ein amüsiertes Funkeln. Er zog den Kragen seines blauen Hemdes gerade und richtete die Seidenkrawatte.

Camarata winkte ab. „Schon, aber im Moment brauche ich auch noch eine andere Auskunft von Ihnen. Kennen Sie einen Robert Hemmings?" Camarata hätte hinzufügen wollen, dass er auch noch einen alten Philosophen und eine prinzliche Schrift suchte, aber verbiss es sich im Moment.

Cariello zögerte und nickte dann. „Hemmings arbeitet im Norden von Neapel in einem Dorf, in dessen Kirchgarten man eine Tempelanlage aus vorchristlicher Zeit entdeckt hat. Es ist ein Stück Weg, aber wenn Sie hinfahren wollen …" Er hielt inne und überlegte. „… Wäre das sogar eine gute Idee. Vielleicht könnte er mit einem Detail weiterhelfen, das mich beschäftigt."

Camarata lehnte seinen breiten Bärenschädel aus dem Fenster des Wagens. „Um welches Detail geht es?"

„Robert Hemmings ist ein Engländer, der vor Jahren mit Manzonis Team gearbeitet hat. Ich habe ihn dort kennengelernt. Er ist länger geblieben als ich und war bei den Konsolidierungen der Tunnel der Basilika dabei. Meines Erachtens ist er ein zwielichtiger Typ, aber ich denke, er könnte wissen, wo man das Skelett gefunden hat, das im Karton im Labor liegt, und wer es dorthin gesandt hat. Wenn Manzoni mir etwas verheimlicht, können Sie Hemmings fragen. Die beiden sind sich spinnefeind."

„Ihr Professor Manzoni ist kein sehr harmoniebedürftiger Zeitgenosse, richtig?"

Cariellos Lippen wurden schmal. „Ich habe für Armando Manzoni den höchsten Respekt. Der Mann ist aufrichtig und das kann man nicht von vielen Menschen sagen." Er zögerte, dann schlich sich ein Schmunzeln in die Falten um seine Augen. „Aber Sie haben recht. Der heißverehrte Herr Professor kann unausstehlich sein."

Camarata lachte und machte Cariello Zeichen, einzusteigen. Seit sie zusammen bei Van Heynes Trinkgelage eingeknickt waren, fühlte er weniger von seiner tiefgehenden Lehrer-Angst aus Schulzeiten vor ihm.

Cariello zögerte. „Ich habe zwar heute keine Vorlesung mehr, aber ich muss vor fünf zurück sein. Es steht noch eine Besprechung an. Meine Rückkehr in die Universität kam in letzter Minute und das Semester muss umgeplant werden. Und … auch ich bin kein großer Freund von Robert Hemmings."

„Seien Sie nicht so ein kleinlicher Papierschubser. Sie helfen der Staatsmacht und tun Ihre bürgerliche Pflicht." Camarata brummte erfreut, als Cariello nachgab. Insgeheim schämte er sich, ihn am ersten Tag seiner Vorlesungen zu bemühen, aber der Fall um Perrone saß ihm im Nacken. Er erwähnte vorerst nicht, dass Perrone Hemmings frequentiert hatte, um Cariellos Urteil nicht zu beeinflussen.

Kurz darauf durchquerten sie die hässlichen Industriebauten Neapels in Richtung Norden. Camarata bekam von der Fahrt wenig mit, da Negri ihn anrief und fast die gesamte Zeit am Hörer hielt. Er fluchte. Es interessierte ihn mehr, Hemmings zu besuchen und Cariello auszufragen, als Negris Bericht über Fingerabdrücke zuzuhören, vor allem, da es schien, dass Negri vorerst nicht weiterkam. Mathis folgte indessen auf Cariellos Anweisung hin eine gute Stunde die

Küste entlang den Schienen der Circumflegrea und bog dann hinter dem fast verschwundenen und in der Antike so berühmten Lukriner See ins Inland ab. Sie fuhren an alten Bauernhöfe auf flachen strohfarbenen Hügeln vorbei, aufgelockert von Zitronen- und Orangenhainen.

Camarata war froh, als er schließlich auflegen konnte. Er drehte sich um und sah, dass Cariello nach draußen blickte, die Lippen schmal und der Blick abwesend. Bei dem Anblick der Felder überkam Camarata ein Gefühl von Heimat, das er lange nicht mehr gefühlt hatte. Es roch durch die offenen Fenster nach Erde und Hitze. Er räusperte sich. „Professor, da Sie mir diesmal nicht weglaufen können, sage ich es offen: Ich denke, Sie haben eine Ahnung, was in der Villa der Papyri verborgen liegt. Manzoni scheint diese Ahnung auch zu haben, sonst hätte er nicht von einem Wunder gesprochen. Rücken Sie damit heraus: Was vermuten Sie dort drin? Ein Geistlicher hat mir gestern gesagt, Perrone habe ein Rezept für das Glück auf Erden gesucht. Wieso kroch er dazu in den Gang?"

Cariello blickte weiterhin nach draußen. Erst nach einer unerträglich langen Minute drehte er sich zu Camarata: „Wissen Sie, Kolonel, seit man weiß, dass es zwei bis dahin unbekannte Stockwerke der Villa gibt, hat man darüber gerätselt, was sich darin befinden könnte. Auch ich. Ich habe in der Tat eine gewisse Vorstellung, was das sein könnte. Aber das ist völlige Spekulation … Als Wissenschaftler habe ich etwas dagegen, mit Vermutungen hausieren zu gehen. Wer weiß schon wirklich, was dort drinnen liegt, bevor man den Tuff durchbrochen hat."

Camarata krauste die Nase. „Jetzt spekulieren Sie einfach mal für mich. Sie könnten damit einen weiteren Mord vermeiden. Heute Morgen hat sich unsere Ermittlung erheblich zugespitzt und es ist einfach keine Zeit mehr für Geheimniskrämerei."

Cariello presste kurz die Lippen zusammen, aber sein Gesicht blieb weiterhin verschlossen. Er deutete nach draußen. „Ich glaube, wir sind da."

Camarata prustete verärgert, aber sie hatten in der Tat ihr Ziel erreicht. Er war zumindest froh, aus dem Wagen zu kommen. Mit seiner Fülle saß er nicht gern in dem kleinen Alfa Romeo der Carabinieri. Im Freien empfing ihn glühende Hitze. „Ich liebe Neapel, aber nicht im August", revidierte er seine heimatlichen Gefühle zynisch, zog die Uniformjacke aus und warf sie zurück ins Fahrzeug. „Zum Teufel mit den Vorschriften." Er hatte bei seinem Dienstgrad nicht mehr viele Vorgesetzte und das Risiko, dass ihn jemand anderes als Valers, der in Rom saß, an die Kleidungsregeln der Carabinieri erinnern würde, war gering. Mathis sagte nichts. Er war selbst schweißgebadet und folgte seinem Beispiel.

Camarata schloss sich Cariello an, in der Hoffnung, das abgebrochene Gespräch weiterzuführen und zugleich auch den englischen Freund Perrones zu treffen. Die Steinmauern des kleinen Kirchgebäudes, zu dem Cariello ihn führte, waren umgeben von ausgebrannten Äckern und stillen Bauernhäusern. Keine Menschenseele war zu sehen und die kleine Bar im Dorfkern daneben war verriegelt. Die Kirche ruhte verlassen und die Pforte verschlossen. Das bescheidene Gotteshaus schien seit Jahren außer Betrieb zu sein, so tot und vom Sommer ausgelaugt wie der ganze Ort. Camarata drehte sich um und bemerkte, dass Mathis hinter ihm her gerollt kam. Er winkte ihm zu. „Such dir einen Parkplatz im Schatten. Wir kommen gleich wieder …" Er stapfte los, noch immer verstimmt, dass Cariello ihn nicht in seine Geheimnisse einweihte und angesichts der Örtlichkeiten besorgt, sie könnten den Weg umsonst gemacht haben. „Sind Sie sicher, dass hier jemand ist, Cariello?"

Cariello umrundete das Kirchgebäude und sie fanden sich in einem verwilderten Garten wieder, an dessen Mauer abgenutzte weiße Plastiktische standen. Jasmin blühte überall, ein älterer VW-Polo stand darunter im Schatten und Camarata erspähte einen halbgeleerten Kasten Wasserflaschen unter einem Sonnenschirm. Die Flaschen waren sauber und ihre Hälse von Kondenswasser bedeckt. Camarata deutete das als ein willkommenes Zeichen von Leben.

„Hola, ist da jemand?" Cariello musste mehrmals rufen, bis jemand hinter ihnen hustete.

Ein blonder Mann mit braungebrannten Gesichtszügen stieg aus einem Loch im Boden und setzte sich im Gehen einen ausgefransten Cowboyhut auf, der ihm ein abenteuerliches Aussehen verlieh. Er trug Jeans und ein weißes T-Shirt, unter dem sich beneidenswerte Muskeln abzeichneten.

Cariello trat neben Camarata und musterte die heraufkletternde Gestalt. „Bob, sind Sie das?"

„*De profundis*, Cariello", grinste der Mann. Er sprach mit einem schweren englischen Akzent. „Was verschafft mir die Ehre, die größte Koryphäe Italiens den Boden meiner bescheidenen Ausgrabung beschreiten zu sehen?"

Seine Stimme klang ironisch und in seinem Blick funkelte etwas, das Camarata nur als Missgunst auslegen konnte. Er wirkte mit seinen Muskeln und dem provokanten Gehabe machohaft. Hemmings blieb vor ihnen stehen, wippte auf den Fersen und schob die Unterlippe vor. Camarata fragte sich, wo die anderen Mitglieder seines Teams waren. ‚Oder gräbt der Mann die Tempelanlage allein aus?'

Cariello ging zu einem der Plastiktische und zog drei halb zerbrochene Stühle heran. „Bob Hemmings. Das muss gute zehn Jahre her sein, dass ich Sie gesehen habe. Ich komme wegen einer Auskunft und dachte, Sie seien der Richtige, um Sie mir zu geben." Er setzte sich und überschlug die langen Beine. Camarata platzierte sich ächzend neben ihn und ließ im Moment Cariello reden.

Hemmings zündete sich eine selbstgedrehte Zigarette an, stellte mit der Linken eine Wasserflasche und drei Plastikbecher auf den Tisch und setzte sich. „Schießen Sie los. Was wollen Sie?"

Cariello ignorierte das Wasser. „Es geht um Ihre Arbeit mit Manzoni. Der alte Herr verschweigt mir etwas und ich dachte, Sie wären weniger diskret."

„Der alte Herr kann mich mal."

Cariello lächelte diplomatisch. „Im Labor von Herculaneum liegt ein Skelett in einem Karton, dessen Aufschrift besagt, dass es aus der Basilika Noniana stammt. Haben Sie damals 2003, als die Tunnel der Basilika wieder geöffnet wurden, ein Skelett dort drinnen gefunden?"

Hemmings musterte Camarata. „Und Sie sind wer? Die Obrigkeit?"

Camarata nickte, schob seinen Bauch voran und schwieg. Er ließ es offen, welcher Art ‚Obrigkeit' er angehörte, seine Uniform, so hoffte er, übernahm trotz der fehlenden Jacke die Erklärung für ihn.

Hemmings zögerte, aber nickte dann ebenfalls. „Ich kann mich gut an die Grabungen erinnern. Da waren wir noch jung und hübsch, was, Cariello? Man hat damals in der Tat ein Skelett gefunden. Es lag, sagte man mir, unter einem Haufen Schutt in einem der Gänge. Mich hat das gewundert. Man hätte es im Tuff vermutet, da, wo der Mensch vom Schlamm des Vesuvs verschüttet worden ist, richtig? Aber die Knochen lagen anscheinend einfach so auf dem Tunnelboden."

Camarata lehnte sich vor. „Was ist damit geschehen?"

Hemmings blies den Rauch durch die Nase und begann mit dem Mund Kringel zu formen. „Man hat sie wohl eingesammelt und ins Labor gesandt. Ich war nicht dabei. Ein paar Tage später wollte ich einen Blick drauf werfen, aber man wusste nicht mehr, wo sie waren. Normalerweise ist ein Skelettfund eine große Sache. Wenn ich heute Skelette finde, halte ich alles an. Schon, weil auch die Polizei informiert werden muss. Es könnte ja jemandes Ehefrau sein, richtig?" Er grinste und zeigte dabei tadellose Zähne.

Cariello zog die Brauen empor. „Aber damals hat man das Skelett einfach ins Lager geschafft? Warum?"

Hemmings zuckte die Schultern und drehte seine Zigarette in den Fingern hin und her.

„Hat Professor Manzoni von den Knochen gewusst?" Camarata erriet die Antwort, bevor er fragte.

Hemmings sah ihn stechend und voller Genugtuung an. „Na, aber sicher. Er war doch der Leiter der Ausgrabungen. Er war der Erste, den man informierte."

„Manzoni hat das Skelett nicht untersuchen lassen und ins Lager gesendet?"

„So scheint es." Hemmings grinste. „Herr ‚immer perfekt' Manzoni hat sich nicht korrekt benommen. Wie mich das freut."

Camarata runzelte die Stirn. Der Greis wusste von dem Skelett und hatte es Cariello verschwiegen. Mehr noch – er selbst hatte es versteckt. Warum? Warum hatte ein weltbekannter Archäologe vor vielen Jahren menschliche Überreste aus modernen Zeiten verborgen und leugnete es, wenn man ihn danach fragte? Camarata räusperte sich und wurde förmlich: „Dort in den Tunneln ist letzte Woche Gianni Perrone ermordet worden. Wussten Sie das? Sie kannten ihn, nicht wahr?"

Hemmings nahm seinen Hut ab und fächelte sich damit Luft zu. „Ich habe davon gehört. Perrone hat ab und an mit mir zusammengearbeitet. Weswegen ist er umgebracht worden? Wegen dem Buch?"

„Welchem Buch?" Camaratas und Hemmings Blicke trafen sich und nun war es Hemmings, der schwieg. Seine Augenlider zuckten wie ein kurzer Flügelschlag und ein flüchtiges Lächeln glitt über seine Lippen.

Camarata hätte ihn schütteln und festhalten wollen, aber Hemmings stand auf. „Wenn ich Sie wäre, würde ich mich ranhalten. Sie scheinen bisher ja nicht viel zu wissen." Er nickte und kehrte ohne weitere Abschiedsworte zu seinen Grabungen zurück.

Camarata sprang auf. „Von welchem Buch reden Sie? Und wie gut kannten Sie Perrone?!"

Hemmings winkte im Gehen ab. „Ich hatte Perrone schon lange nicht mehr gesehen. Und er hat immer mal von einem Buch geredet. Aber an sich weiß ich keine Details. Ich kann Ihnen da leider nicht helfen."

Camarata sah zu Cariello. Dieser schwieg. Sein Gesicht war finster und seine Augenbrauen wölbten sich tief über den glühenden Augen. Seine Lippen bebten vor Wut gegen Hemmings. Camarata runzelte die Stirn. „Cariello, wussten Sie das? Man hat mir gesagt, Perrone interessierte sich für einen antiken Philosophen. Er hat dessen Buch gesucht?"

Cariello antwortete nicht. Er stand auf, wandte sich wortlos ab und stapfte durch das hohe, verdorrte Gras zurück zum Fahrzeug der Carabinieri, die Arme hinterm Rücken verschränkt und schweigend.

Camarata tobte innerlich, aber folgte ihm dann. Er war verwirrt und ratlos. Das Wort ‚Tänzerin' stand auf einer Karte, die man bei Perrone gefunden hatte, aber dieser Hemmings sprach von einem Buch, das den Erschlagenen interessiert haben sollte. Und Cariello wusste über alles das etwas, das ihn wütend machte, aber er schwieg. Camaratas Kopf schmerzte. ‚Wie hängt das alles zusammen?' Er beschloss, Robert Hemmings im Detail überprüfen und sein Telefon abhören zu lassen. Und als Erstes würde er feststellen lassen, wann Hemmings sich wo befunden hatte.

Als er hinter Cariello den schwarzen Dienstwagen erreichte, vibrierte das Handy in seiner Tasche und er holte es heraus. Als er wieder auflegte, war auch sein Gesicht finster. Er zögerte, bevor er sprach. „Cariello – ich hatte Ihnen nichts weiter davon gesagt, aber wir haben heute Morgen in der Nationalbibliothek eine tote Frau gefunden. Schrecklich zugerichtet. Ermordet. Man hat sie identifiziert und ich fürchte, Sie kennen sie."

Cariello sah fragend auf und blieb stehend.

„Es ist eine Graziella Davidde."

Cariello erbleichte und taumelte einen Schritt zurück.

Camarata fluchte innerlich. ‚Und ich sage ihm das am ersten Tag seiner Rückkehr in die Universität!'

Das Geheimnis der Villa

Der nächste Morgen brach mit strahlender Heiterkeit an, die im zynischen Kontrast zu den Ereignissen des Vortags stand. Eine laue Brise hatte sich seit dem Sonnenaufgang erhoben und machte Camarata den Weg zu Cariellos Villa in Marechiare leichter. Unter ihm lag spiegelglatt das Meer, nur ab und an überzittert von einem Schauer von Wellen, die der Wind vor sich hertrieb.

Er hatte ein schlechtes Gewissen, nach dem Tod Graziella Daviddes erneut bei Cariello aufzutauchen, aber am Vortag war seine Frage nach dem Geheimnis der Villa unbeantwortet geblieben und diesmal beabsichtigte er, nicht aufzugeben. Negris Mordkommission durchforstete seit Stunden die Daten des Telefonnetzes. Er selbst hatte vor, in Cariellos Hirn zu stöbern.

Als er ankam, saß Cariello barfüßig auf der Terrasse am üblichen Tisch unter dem Frangipani-Baum, das helle Leinenhemd offen, Stapel von Papieren vor sich und sein Smartphone obenauf. Sein Gesicht war düster und die Haare zerrauft. Camarata machte sich Sorgen, ihn so unwohl zu sehen. Er kam als Störenfried. „Guten Morgen, Professor."

Cariello blickte nicht auf. „Meine Haushälterin hat Sie eingelassen? Sie bringt Ihnen Kaffee?"

„Mit Milch." Camarata ließ sich in einen Korbstuhl fallen. Er hatte mit der Megäre seinen Frieden geschlossen und sie kam hinter ihm her, einen Cappuccino in der Hand. Er verstand, warum. Sie war froh, dass er ihren Professor beschützte. Er war sich nicht sicher, ob er ihre Dankbarkeit verdiente, aber sagte nichts. Der Mord an Graziella Davidde war überall in der Presse. Mit einer Grimasse verzichtete er auf den Zucker und würgte das bittere Gebräu ohne ihn hinunter. Ihm war nach Selbstkasteiung zumute.

Cariello tippte auf die Papiere, die den Tisch bedeckten. „Ich lese in den Beschreibungen des Ausbruchs des Vulkans im Jahr 79 n. Chr. Ich bin zu feige, stattdessen die Familie Graziella Daviddes anzurufen. Ich kenne ihren Sohn und ich schäme mich, seine Mutter nicht beschützt zu haben."

„Es war nicht Ihre Schuld."

„Das sagen Sie …" Cariellos Augen waren glühende Kohlen.

Camarata brummte. Auch ihm ging der Tod der Bibliothekarin nahe, aber Cariello sichtlich noch mehr als ihm. Camarata sah das gequälte Gesicht der Toten noch vor sich und das übliche dumpfe Gefühl erfasste ihn, das ihn überkam, wenn er sich schuldig fühlte. Es war seine Verantwortung gewesen, den Mörder zu finden, aber er hatte versagt. In der Nacht hatte er deswegen kaum geschlafen. Ächzend versuchte er, abzulenken. „Und? Was suchen Sie in den Papieren? Einen Mörder oder einen Schatz?"

„Sie wollten doch wissen, was sich in der Villa befindet, nicht wahr?"

Camarata setzte sich auf. Er hatte nicht zu hoffen gewagt, dass ihm Cariello die erbetene Auskunft geben würde, aber der Tod der Archivarin hatte augenscheinlich seine Meinung geändert.

Cariello sah noch immer nicht auf. „Ich hatte in der Nationalbibliothek nach den Aufzeichnungen der ersten Entdecker der Villa gesucht und denke, man ermordete Graziella ihretwegen. Es wird Zeit, wir bekommen heraus, was Perrones

Tod mit den alten Grabungen zu tun hat. Und das möglichst, bevor noch jemand stirbt. Graziella war mir eine liebe Freundin, egal, dass ich sie lange nicht gesehen hatte. Sie hatte es nicht verdient, für diese Sache umzukommen und ich werde das nicht einfach so stehen lassen."

Camarata zog eine Grimasse. „Das wäre mir auch recht. Mein Chef droht mir, mich den Wölfen zum Fraß vorzuwerfen, wenn ich nicht bald jemanden verhafte, und ich würde auch gern vermeiden, Sie als nächsten mit aufgeschlitzter Kehle vorzufinden."

„Ich redete nicht von mir." Cariello hob den Blick. Seine Nasenflügel weiteten sich abfällig. „Sie denken, ich sei in Gefahr?"

„Cariello, tun Sie nicht so, als hätten Sie nicht schon an die Möglichkeit gedacht."

Cariellos Lippen zuckten in einer Mischung zwischen Ablehnung und Spott. „Ich habe den Wagen der Carabinieri gesehen, der seit gestern vor meinem Tor steht. Sie hüten Ihre Schäflein."

„Unsere Hubschrauber haben Sie auch auf dem Plan. Wenn einer vorbeikommt, winken Sie."

Cariellos Oberlippe zuckte voller Ironie.

„Also? Was wissen Sie über die Villa? Sie sagten gestern, dass es zwei noch unberührte Stockwerke gibt?"

„Viele antike Quellen zum Untergang Herculaneums gibt es nicht, aber der Neffe des Admirals und Naturforschers Plinius, der dabei starb, hat zwei Briefe hinterlassen. Der Erste berichtet, wie die Küste unter der Lava versank und der Admiral dabei umkam. Ich denke, er spricht von

Herculaneum, auch wenn er den Namen der Stadt nicht nennt."

„Dieser Neffe ist Plinius der Jüngere?"

Cariello nickte.

„Den Brief kenne ich noch aus der Schule. Er wurde direkt nach der Katastrophe geschrieben?"

„Dreißig Jahre später auf Bitte des Historikers Tacitus hin. Plinius der Jüngere war selbst beim Tod seines Onkels nicht dabei und berichtet vom Hörensagen, was man ihm erzählt hat, als er achtzehn war. Das Original des Briefes ging verloren. Der damals gemeinhin benutzte Papyrus hält sich nicht lange. Alles, was wir von den ursprünglichen Zeilen haben, sind vier uralte, verfallene Abschriften. Das ist nicht viel."

Camarata krauste die Nase. „Hm. Und die sind verlässlich?"

Cariello blätterte in den Dokumenten. „Nicht mal im Ansatz." Seine Stimme klang bitter.

„Erklären Sie sich."

„Die derzeit übliche Übersetzung beginnt damit, dass eine gewisse Rectina Plinius um Hilfe gerufen habe. Haben Sie schon mal einen Admiral gesehen, der mit seiner Flotte den Kaiser behütet und dann mal eben so entscheidet, dass er jetzt stattdessen lieber seiner Freundin zu Hilfe kommt?"

Camarata hob die Brauen. Er hatte den berühmten Text nie infrage gestellt. „Ich kenne mich nicht mit den Gewohnheiten römischer Admirale aus, aber als Militär muss ich eingestehen …"

Cariello warf ihm einen funkelnden Blick zu. „Unser Wissen über Geschichte ist geprägt von Übersetzungsfehlern und Missinterpretationen. Die lateinischen Texte sind in Großbuchstaben ohne Punkt, Komma oder Abstand geschrieben. Man amüsierte sich damit, ständig Abkürzungen zu benutzen. Plinius der Jüngere schreibt nur ‚S‘, um Tacitus zu grüßen – ‚Salutem‘. Irrtümer sind vorprogrammiert.“

Camarata zuckte die Schultern. „Aber im Großen und Ganzen stimmt, was wir wissen?“

Cariellos Stimme wurde scharf. „Nein.“ Er machte eine entschuldigende Bewegung und dämpfte den Ton. „Nehmen Sie das Wort ‚*Rectina*‘. Eine Abschrift des Plinius-Briefes sagt ‚*recti netasci*‘, eine andere ‚*recti necasci*‘, eine weitere ‚*Rectinae Nasci*‘.“

Camarata brummte: „Das klingt widersprüchlich.“

„Ich denke, die kursierenden Interpretationen sind Unsinn. ‚*Rectina*‘ war keine Frau, sondern der Ort direkt neben Herculaneum. Das moderne Ercolano hieß früher Resina und bereits Winckelmann sprach davon, dass es einst die ‚Villa Rectina‘ gewesen sei. Es ist auch zu erwarten, dass der jüngere Plinius einen Ortsnamen angeben würde, um zu beschreiben, wohin sein Onkel fuhr.“

Camarata runzelte die Stirn. „Heißt das, der weltberühmte Hilferuf an Plinius kam aus der Villa der Papyri? *Accidenti*. Wer wohnte dort?“

Cariello sah ihn mit ernsten Augen an. „Das ist es, worauf ich hinauswill. Es muss jemand ausgesprochen Bedeutendes gewesen sein.“

„Wie bedeutend?“

„Genug, um die kaiserliche Flotte in Bewegung zu setzen. Und genug, um Brieftauben zu besitzen, die der Flotte in Misenum gehörten. Oder haben Sie so was in der Hosentasche?"

„Der Brief an Plinius wurde mit Tauben gesendet?"

Cariello zuckte die Schultern. „Von Herculaneum hätte man den gesamten Golf überqueren müssen, um den Brief per Hand zu überstellen, und das gegen den Wind. Es bleiben nur Tauben."

Camarata lehnte sich vor. „Machen Sie mich schlau, Professor. Welcher unglaublich bedeutende Mensch saß ihrer Meinung nach in der Villa, als sie verschüttet wurde?"

„Man spricht in den Übersetzungen von Rectina und ihrem Ehemann Tascus oder Cascus, aber das halte ich, wie gesagt, für Unsinn."

„Wer dann?"

„Plinius der Jüngere gibt in Wahrheit keinen Namen an. Er schreibt nur ‚jemand aus Rectina', aber eine kleine grammatikalische Wendung im Text sagt uns, dass dieser jemand in der Tat eine Frau war."

Camarata trommelte ungeduldig auf den Tisch. „Cariello □ angesichts der Funde in der Villa ist offensichtlich, dass ihr Bewohner steinreich war. Und wenn ihm dann noch die Flotte gehorchte, war das nicht irgendjemand. Und dann auch noch eine Frau?"

„Ich denke, es ist entscheidend, zu wissen, wem die Villa anfänglich gehörte: Es gibt die These, dass sie einst von Cäsar konfisziert wurde und Lucius Pisos Bibliothek befindet sich darin. Eins plus eins macht Calpurnia."

„Wie?"

„Cäsars letzte Ehefrau Calpurnia war Pisos Tochter. Es kann gut sein, sie bewohnte ursprünglich die Villa und besaß die Papyri ihres Vaters."

„Cäsars Ehefrau? Hola. Nicht nur Pisos, sondern auch Teile von Cäsars Nachlass befanden sich in der Villa, als sie unterging?!"

Cariello hob beruhigend die Hand. „Das ist Spekulation und Calpurnia starb lange vor dem Vulkanausbruch, aber es ist immerhin denkbar, dass die Villa nach ihrem Tod in der kaiserlichen Familie blieb. Meist blieb Grundbesitz aus der Familie des Ehemannes in dieser, wenn er starb. Das heißt, der Familie der Julier, die mit Nero unterging und dessen Güter an Vespasian und seinen Sohn Titus fielen."

„Accidenti!"

„Wenn das so ist, und das ist natürlich mitnichten sicher, gehörte die Villa zum Zeitpunkt des Vulkanausbruchs dem Kaiser und dort befand sich eine Person, die Teil der kaiserlichen Familie war. Das würde erklären, warum sich Militär und Brieftauben in ihr befanden und warum Plinius nicht zögerte, zu Hilfe zu eilen, sich sicher, dass der Kaiser das gutheißen würde …"

Camarata fühlte Ungeduld in sich aufsteigen. „Cariello! Haben Sie eine Idee, wer?"

„Ich kann nur spekulieren, aber es ist meines Erachtens ein wichtiges Detail, dass Plinius der Jüngere bei richtiger Übersetzung seines Textes keinen Namen nennt. Plinius der Ältere wusste, wer sich dort befand. Sein Neffe, Plinius der Jüngere, wusste es noch dreißig Jahre später nicht oder wollte es zumindest nicht erwähnen."

„Es handelt sich um ein *geheimes* Mitglied der kaiserlichen Familie?"

Cariellos Lippen umspielte angesichts von Camaratas Erregung ein spöttisches Lächeln. „So eigenartig es klingt, aber ich denke, der Bewohner der Villa war in der Tat geheim. Und es gibt eine spektakulär wichtige Person, die man genau zu dieser Zeit in der Gegend versteckte."

„Wen?"

Cariello zögerte, seufzte, aber gab dann nach: „Sie zitieren mich um Himmels Willen nicht damit, aber ich denke, es war die Geliebte des neuen Kaisers. Eine steinreiche Königin, über die man 40 Opern schrieb, aber von der niemand weiß, wohin sie ganz plötzlich verschwand."

Camarata riss die Augen auf. „Die Villa beherbergte eine Königin? Hatte Rom denn eine?"

„Es hätte beinahe eine bekommen. Ich denke, es könnte die mit so schwerem Herzen nur einen Monat vor dem Vulkanausbruch aus Rom verstoßene Geliebte des Kaisers Titus sein, die sagenhaft reiche Königin Berenike von Judäa."

„Von Judäa? War Titus nicht derjenige, der Jerusalem niederbrannte?"

„Er tat es mit Unterstützung des judäischen Königshauses. Berenike war in Rom aufgewachsen wie er."

Camarata hieb sich aufs Knie. „Ha! Politiker!"

„Titus wurde gezwungen, die Königin aufzugeben, um als Nachfolger seines Vaters Vespasian Kaiser von Rom zu werden. Nach dem Skandal um Kleopatra war die orientalische Königin den Römern suspekt. Ganz gleich, ob Berenike vor dem Gesetz als Römerin galt und ihre Familie ins

Haus der Julier aufgenommen worden war: Noch eine Kleopatra wollte man nicht."

„Und man weiß nicht, was aus dieser Berenike wurde?"

„Die einflussreiche Königin und Enkelin des Herodes der Bibel verschwand im Sommer der Kaiserkrönung von Titus, 79 n. Chr., und man hat nie wieder von ihr gehört. Sie verschwand spurlos im Dunkel der Geschichte. Aber ihre Ankunft würde die Instandsetzungsarbeiten in der Villa und die überall im Garten herumstehenden Kunstschätze erklären. Es waren nicht die ihren, sondern die des Kaisers. Man ließ für Berenike renovieren, weil die Villa bei einem vorhergehenden Erdbeben beschädigt worden war."

Camarata pfiff. „Titus versteckte seine heikle Geliebte an einem unglücklich gewählten Ort, aber ganz nahe seiner eigenen Villa in Baia."

„Und Plinius eilte ihr, ohne zu zögern, zu Hilfe, als sie in Gefahr war. Der vierzigjährige Kaiser liebte sie trotz ihres Alters von bereits 51 Jahren und Plinius war des Kaisers enger Freund. Es ist sehr wahrscheinlich, dass er in die Versteckspielerei eingeweiht war."

Camarata seufzte. „*Accidenti*! Das heißt, die Villa ist ein viel heißeres Terrain, als ich dachte. Kaiserliche Schätze, der Nachlass von Cäsar und die Enkelin von Herodes."

„Die gut und gern noch in der Villa liegen kann. Sehen Sie, Camarata, warum ich den Mund halte? Alles das sind reine Vermutungen. Aber wenn man zu sehr davon redet, kommt plötzlich die gesamte Weltpresse gerannt …"

„Papperlapapp." Camarata schnaufte. „Und Plinius? Liegt der auch in der Villa? Er starb doch bei der Sache, oder?"

„Plinius' Tod war von allen Opfern der Katastrophe der größte Verlust. Er war ein Gigant und seine Naturkunde das Standardwerk Roms. Seinen Leichnam sucht jeder Archäologe wie den Heiligen Gral. Aber er starb nicht in Herculaneum und Sie werden ihn dort nicht finden. Er erreichte die Küste nie."

„Aber die Menschen erwarteten ihn doch in den Bootshangaren?"

„Plinius hat sein Bestes getan, um anzulanden, aber das Meer war in Aufruhr und voller Lava. Einer seiner Männer wurde am Strand gefunden, neben seinem umgestürzten Boot. Man identifizierte ihn anhand der Legionärswaffen. Plinius selbst rettete sich mit brennenden Segeln nach Süden, gefangen vom Wind, gegen den die römischen Schiffe noch nicht kreuzen konnten. Er erstickte am Strand von Stabiae an den Gasen des Vulkans."

„Und auch er verschwand?"

„Man hat mir jüngst einen Schädel gebracht, der der seine sein könnte. Mit einer fremden Kinnlade, die einem Afrikaner gehörte … Man hat die Knochen vor hundert Jahren in Stabbiae entdeckt, die zwei Schädelteile und das Gold der Grabbeigaben genommen und den Rest wieder verscharrt."

Camarata seufzte. „Ich beginne zu verstehen, warum der alte Manzoni die Plünderung der Römerstädte anklagt. Man hat alles herausgerissen. Statuen, Fresken, Stühle, Betten …"

„… und selbst die Ketten vom Hals der Toten. Man hat den Fehler erst erkannt, als die Mauerwände leer waren."

„Pf." Camarata strich sich über den Bauch. „Vielleicht hätte man das alles nie anrühren sollen, so wie die zwei unteren Stockwerke der Villa der Papyri."

„Die Villa zerfällt, zerfressen vom Grundwasser. Im Winter stehen die beiden unteren Geschosse unter Wasser. Es wird jedes Jahr schlimmer. Das Klima wandelt sich und das Meer steigt. Unsere Pumpen kommen nicht mehr nach. Ist das besser?"

Camarata schlug mit der Hand auf den Tisch. „Kommen wir zur Sache, Cariello. Was suchte Perrone in der Villa. Sie denken, es sei Berenikes Schatz?"

Cariello schüttelte den Kopf. „Perrone suchte mit Sicherheit kein Gold. Er war gequält von der heutigen Zeit. Perrone wiederholte bei seinen Besuchen bei mir wie eine Gebetsmühle, dass man früher zu Gott gebetet oder das Vaterland verteidigt habe, aber dass das heute alles nichts mehr wert sei. Er fragte sich, wofür wir heute einstehen. Perrone meinte, wir wären da, wo das überreiche Rom stand, bevor es zusammenbrach: haltlos, gottlos, bindungslos. Eine zerbrechende Gesellschaft."

„Bah. Nicht ganz falsch. Ein interessanter Vogel, dieser Perrone. Sein Pfarrer sagte mir in der Tat, dass er nach dem Glück suchte."

Cariello nickte. „Damit kam Perrone mir oft. Er meinte, wir seien eine Gesellschaft von überfütterten Individualisten, die gedankenlos an Genomen und Klonen feile und sich dabei selbst mit Robotern und Algorithmen ersetze."

Camarata grummelte: „*Panem et Circensis*. McDonalds und Computerspiele, damit die Leute stillhalten, bis sie überflüssig sind."

Cariello nickte. „Und ich glaube, ich sagte das schon einmal: Perrone war der Typ Mensch, der die Welt retten wollte."

„Nicht weniger als das?"

„Er suchte eine Antwort auf die Frage des Erhalts unserer Zivilisation. Perrone war besessen von dieser Idee: dass unsere Welt untergeht, unsere Gesellschaft sich mangels Zusammenhalts zersetzt und wir wie andere große Kulturen vor uns ins Nichts zergehen. Und dass die alten Römer damals am gleichen Abgrund gestanden hatten, an dem wir heute stehen. Vielleicht dachte er, dass einer der antiken Philosophen den Weg zur Rettung gekannt hat und der Vesuv diesen Fingerzeig zur Rettung begraben habe …"

„Warum erzählen Sie mir das alles erst jetzt, Cariello? Ich sprach schon gestern von einem Philosophen und Hemmings erwähnte ein Buch."

Cariellos Antwort kam heftig. „Je weniger davon wissen, desto besser! Wenn es nicht für Graziella wäre, würde ich den Mund halten."

„Und Perrone wollte den Weg zur Rettung unserer Gesellschaft in der Villa finden? Im Ernst?"

Cariello sah Camarata lange an und lehnte sich dann in seinem Stuhl zurück. Er legte die Fingerspitzen aneinander und es dauerte, bis er sprach. „Ich denke, in der Villa befindet sich etwas viel Wichtigeres als Gold und Edelsteine, Camarata. Etwas, dass eine kaiserliche Villa, in der die Witwe Cäsars wohnte und in der man eine Königin versteckte, notwendigerweise gehabt hätte. Im alten Rom hatte das jede reiche Person, die etwas auf sich hielt. Die Villa war ein Palast. Dort gab es das notwendigerweise."

„Was?!"

„Eine Sammlung von Büchern."

„Die hat man doch schon gefunden."

„Ich denke, es gibt eine *zweite*."

Camarata blies die Wangen auf, immer mehr außer sich über Cariellos Enthüllungen. „*Cavolo*! Sie denken, es gibt eine zweite Bibliothek voller Papyri? So eine wie die, über die alle Welt redet und für die man ganze Forschungseinrichtungen gegründet hat?!"

Cariellos Augen glitzerten. „Ich denke, die zweite Büchersammlung könnte noch viel wertvoller sein als die Erste. Wenn ich recht habe, wesentlich wertvoller."

Camarata schnaufte ungeduldig. „Wieso?"

Cariello blinzelte in die Sonne. „Was man fand, war eine griechische Spezialsammlung, ein bizarres Unikat, die wohl ursprünglich von Philodemus von Gadara, einem epikureischen Philosophen, zusammengestellt worden war und viele seiner Werke, teils auch in Duplikat, enthielt. Sie lag in einem kleinen Anbau im Obergeschoss der Villa und Gadara starb etwa 120 Jahre vor dem Vulkanausbruch. In anderen Räumen fand man jedoch auch einige jüngere griechische und auch lateinische Papyri. Das ist ein sicheres Indiz, für etwas, das mir evident erscheint: dass es in der Villa auch eine umfassendere Bibliothek gegeben haben muss als Gadaras Privatsammlung. Ihre eigentliche Bibliothek, die in den Haupträumen gelegen haben muss. Cäsar, Seneca, Ovid, Epikur. Die großen Stimmen der Vergangenheit. Es ist höchstwahrscheinlich, dass im Tuff alle ihre verlorenen Bücher liegen. Und möglicherweise sogar die Originale. Alles, was wir immer gesucht haben. Die gesamte Weisheit der Antike."

Camarata brauchte einen Moment, um die Information zu verarbeiten. Sein Herz tat weh. Schließlich sammelte er sich. „Fehlen uns viele berühmte Texte, die wir dort entdecken könnten?"

Cariello warf die Hände in die Luft. „Fast alle! Die wertvollsten Handschriften der Antike, die man sorgsam in den römischen Bibliotheken verwahrte, waren auf Papyrus geschrieben. Papyrus hat unter normalen Verhältnissen eine Lebensdauer von ein oder zwei Jahrhunderten, bei schlechten Wetterverhältnissen ein bis zwei Jahren. Nur die Werke, die später auf Pergament kopiert wurden, haben zumindest inhaltlich überlebt, aber das sind extrem wenige." Er lehnte sich heftig über den Tisch. „Die Papyri, die in Herculaneum im nassen Tuff eingeschlossen lagen, überlebten auch, nur, dass diejenigen, die man im Obergeschoss der Villa fand, durch die Hitze des Vulkans verkohlt worden sind."

„Aber im Untergeschoss könnte es sein …?!"

Cariello antwortete nicht, aber sein Gesicht sprach Bände.

Camarata spürte, wie immer mehr Adrenalin in ihm hochstieg. „Wenn das Ministerium davon erfährt! Eine Bibliothek antiker Papyri. Erhalten. Im Haus von Cäsars Frau. Das ist in der Tat ein Wunder, das der Mühe wert wäre. Das weiß niemand? *Sie* wissen es! Warum hat mir das keiner gesagt?" Er war verwirrt und außer sich, immer mehr erregt, je mehr er realisierte, wie enorm Cariellos Behauptung war. Er verstand, warum Cariello vermied, sie laut auszusprechen. Einen Mann mit seiner Reputation hätte man beim Wort genommen und es hätte unweigerlich Schlagzeilen in allen Medien der Welt gegeben.

Cariello knetete seine schlanken, athletischen Finger und sprach leise, aber eindringlich. „Die Sache ist sensibel und hat bereits böse politische Streitigkeiten verursacht. Es gab eine Expertenkonferenz zu dieser These und seitdem will man nicht mehr darüber sprechen, da die Öffentlichkeit sonst verlangen würde, dass man die Villa ausgräbt. Aber das ist hochgefährlich und würde Millionen kosten. Man weiß, dass nicht nur Papyri, sondern auch Möbel, Textilien und Menschen dort unten in den geschützteren Stockwerken liegen. Wir haben bereits eine Truhe voller bestens erhaltener Stoffe gefunden und wieder eingegraben. Ich habe sie selbst gesehen."

„Sie haben sie wieder eingegraben? Und dort liegen auch Menschen?"

„Denken Sie nach: Wo wären Sie hingelaufen, wenn über Ihnen in der Höhe ein Vulkan heißen Schlamm ausspuckt? Die Toten aus den Bootshangaren Herculaneums sind aller Wahrscheinlichkeit nach nicht die einzigen Opfer. Wir dachten, die Einwohner der Stadt hätten sich retten können, weil die Häuser auf den Klippen leer sind. Aber dann hat man beim Versuch, das steigende Grundwasser einzudämmen, den antiken Strand erreicht ..." Er rieb sich übers Gesicht. „Auch die unteren Stockwerke der Villa der Papyri liegen auf Strandhöhe."

Camaratas Stimme wurde laut. „Wer weiß von der zweiten Bibliothek? Wenn man im 18. Jahrhundert diesen Winckelmann deswegen umbrachte, hat es bereits damals jemand gewusst. Aber warum verbarg man das? Und wie kann man so etwas heute noch verbergen wollen? Wie zum Teufel kann man so etwas tun?!"

Cariello rieb sich die Schläfen. „Schreien Sie nicht so, Camarata. Ich frage mich seit Tagen, was das für Bücher sind, wegen denen man jemanden erschlägt. Und ich habe keine Antwort darauf."

Die rätselhafte Karte

Therese trat auf Cariellos Terrasse, die Haare offen und die nackten Arme voller Papierrollen. Die Szene, auf die sie traf, ließ sie innehalten. Cariello brütete finster vor sich hin und Camaratas Gesicht glühte hochrot. „Störe ich?"

Camarata fuhr herum und blaffte: „Das sehen Sie doch. Wir haben zu tun. Ich bin in einer Ermittlung." Er sah von ihr zu Cariello und schürzte grimmig die Lippen.

Thereses Blick huschte zu dem reglos in seinem Korbsessel lehnenden Cariello, der den tobenden Camarata düster beäugte. Sie verstand nicht, was vor sich ging und hatte das Gefühl, sie müsse sich rechtfertigen. „Ich bringe Ihnen die verlangten Kopien der Karten der Villa der Papyri, Professor. Die von den ersten Ausgrabungen, von denen Weber schrieb, er habe sie blind in der Dunkelheit gezeichnet." Sie wollte ihm die Rollen reichen, aber der Stapel auf ihren Armen gab nach und sie fielen über den Tisch und auf den Boden. Sie fühlte sich lächerlich.

Cariello hob die Karten auf und berührte dabei ihre Hand. Er fasste sie mit kurzem Druck, was ihr endgültig die Fassung raubte. Cariello hielt eine der Karten Camarata hin. „Blaffen Sie nicht Therese an, Kolonel, sondern schauen Sie lieber das hier an: Ich denke, es ist wichtig, dass Sie das sehen. Diese Karte hier suchte alle Welt, als der Chefausgräber der Bourbonen, Karl Weber, starb. Weber hatte sie versteckt."

Camarata ächzte, sichtlich bemüht, sich zu beruhigen. „Ihre Villa verblüfft mich immer aufs Neue. Ihr Ausgräber hatte ihre Karte versteckt? Sind da etwa die verborgenen Stockwerke drauf?"

„Nein, aber es gab damals trotz dessen einen Wettlauf danach. Das ist nur eines der vielen eigenartigen Details in der Geschichte der Ruine. Diese Aufzeichnungen zeigen alle Tunnel im Tuff, ob offen oder verschlossen, alle Mauern und alle Orte, an denen man Kunstwerke gefunden hat. Wenn auch nur die auf den oberen Etagen."

Camarata beugte sich über die gelb-rote Zeichnung. „Und das soll uns helfen, herauszufinden, wer Perrone erschlagen hat?"

Therese, die noch immer stand, nahm sich zusammen, auch ihrerseits bemüht, ihre Fassung wiederzugewinnen. „Mit ihr können wir zumindest versuchen zu erraten, was er gesucht hat."

Camarata rieb sich schnaufend die breite Brust. „Wir haben schon ohne Karte eine gewisse Vorstellung davon. Der Professor sprach gerade von einer zweiten Bibliothek."

„Alle Achtung! Ist es das, was Perrone finden wollte?" Therese war versucht, wie Camarata ‚Accidenti' zu rufen, aber zögerte. „Mich wundert das. Warum stand dann auf seiner Karte das Wort ‚Tänzerin'? Sagten Sie das nicht?"

Camarata blies die Luft heraus und raufte sich die Haare. „Hm. Gute Frage. Vorschläge?"

Therese schoss etwas durch den Kopf, aber sie wagte nicht, es auszusprechen. Was ihr eingefallen war, schien ihr zu offensichtlich, als dass es wahr sein konnte. Leise murmelte sie dann doch: „Was ist mit den eleusischen Tänzerinnen? … Das ist nur eine Idee, aber …"

Camarata hob die Brauen.

Therese räusperte sich und sprach lauter. „Das sind fünf schwarze Bronzestatuen. Sie stehen im Nationalmuseum und

Sie kennen sie sicher, Kolonel. Fünf übermannsgroße Statuen mit hellen Augen?"

„Schon. Aber wie Sie gerade sagen, stehen die im Museum. Sicher aufbewahrt und hübsch angeleuchtet. Und?"

Cariello unterbrach ihn mit einer erregten Geste. „Ich weiß, wovon Sie sprechen, Therese! Wie kann ich das übersehen haben!"

Camarata knurrte: „Wovon, zum Teufel reden Sie beide?"

„Camarata, die fünf Tänzerinnenstatuen sind weltbekannte Meisterwerke. Weber fand sie in den Säulengängen des Gartens der Villa, aber ich denke seit Langem, dass sie dort nicht hingehörten. Wie ich schon sagte: Die Villa befand sich zum Zeitpunkt ihres Untergangs im Umbau."

„Und?"

„Und die Podeste der Statuen sind hinten gerundet", fügte Therese hinzu. „Genau wie die Nischen am langgestreckten Regenbecken im oberen Patio der Loggia des Hauptgebäudes …" Sie hielt inne und setzte dann hinzu: „Und dort gibt es nicht fünf, sondern sechs Nischen."

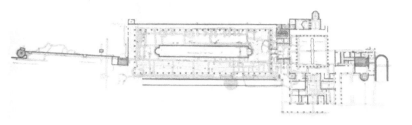

Der Plan der Villa der Papyri von Karl Weber.

Camarata grummelte: „Nun setzen Sie sich doch erst mal hin, Mädchen. Sie meinen, es fehlt die Statue einer Tänzerin in der Villa? Sie beide rauben mir den Verstand. Was hat das mit den Papyri zu tun?"

Therese ließ sich in einen der Korbstühle sinken und griff sich mit Cariellos Zustimmung ein leeres Glas und Wasser, das danebenstand. „Keine Ahnung, was das mit Papyri zu tun hat, aber die Karte Perrones sagt: ‚Tänzerin', und hier ist eine, die fehlt. Ich ärgere mich, dass ich nicht früher an sie gedacht habe. Professor Cariello erwähnt die sechste Statue in seinem Buch über Herculaneum."

Cariello machte eine Handbewegung. „Nicht jeder teilt meine Meinung, aber ich bin überzeugt, dass es sechs Tänzerinnen gab. Wissen Sie, Camarata", er trommelte unruhig auf den Tisch, „man wusste schon immer, dass in der Villa der Papyri Statuen fehlen. Schon Weber wusste das. Die Villa war das heiß begehrte Juwel der antiken Stadt und jemand hatte sich bereits vor Weber bedient."

Camarata brummte: „Wie will man das wissen?"

„Man fand alte Tunnel im Tuff. Kratzspuren. Leere Podeste. Der damalige Kurator, Camillo Paderni, von dem ich wenig halte, schrieb in einem Brief, dass es die alten Römer gewesen wären, die die verschwundenen Statuen geborgen hätten. Kaiser Titus hatte in der Tat eine Kommission eingesetzt, um die Güter der Opfer aus den verschütteten Städten zu retten. Der Historiker Suetonius beschreibt sie und in den Caracalla-Thermen fanden sich Statuen mit der Aufschrift ‚ex abditis locis‘ ‚Aus verborgenen Orten‘. Aber …"

Therese nickte. „Aber schon Weber hat Padernis Behauptung angezweifelt. Er hat überall in den Gartenarkaden Gänge gegraben. Überall. Wie ein Maulwurf." Sie fuhr mit dem Finger über die Karte, die Camarata aufgerollt hatte, und zeigte ihm die schattierten Bereiche.

„Aha. Also Perrone suchte entweder Papyri oder Statuen?" Camarata kaute auf seinen Lippen herum. „Ich weiß nicht, ob ich das erwähnt hatte □ es war nicht Perrones Handschrift, mit der das Wort ‚Tänzerin‘ geschrieben worden war, und daneben befand sich ein fremder Fingerabdruck."

Cariello zog die Brauen zusammen. „Erinnern Sie sich an die Worte von Hemmings? Sie sagen, dass Perrone und Hemmings sich kannten. Hemmings sprach von einem Buch und das ist es, was auch ich vermutet hätte. Perrone hätte ein Buch gesucht."

Therese machte eine ungeduldige Geste. „Es kann sein, Perrone suchte eine zweite Bibliothek, aber vielleicht hatte jemand anderes ihm die Karte mitgegeben und hat die Statue gewollt?"

Camarata seufzte. „Er war bei diesem Kunsthändler. Francescati. So eine Karte hat nicht jedermann." Dann brummte er: „Aber warum interessierte Perrone bei all dem das Skelett des Franzosen?"

Therese fasste ihn am Arm. „Perrone muss etwas gesucht haben, das Marsily gestohlen und im Tunnel versteckt hat. Es kann sich nicht um etwas Unbekanntes handeln, sondern nur um etwas, das irgendwo in einem Papier erwähnt worden ist und dessen Existenz das Skelett bestätigt. Woher sonst hätte Perrone davon wissen können und warum sonst hätte das Skelett ihn interessiert? Als er zu mir ins Labor kam, interessierten ihn nur die Gebeine. Wie ein Fährtenhund, dem man einen Knochen hinhält."

„Ich weiß auch, wo er die Information gelesen hat", unterbrach Camarata sie grimmig. „Im Text eines Prinzen, den er irgendwo in den Archiven gefunden hatte. Pezzoli hat sich verplappert."

Cariello schnappte: „Pezzoli weiß davon?"

Camaratas Gesicht wurde noch finsterer und er fluchte. „Ich habe euch immer gesagt, dass es eilt. Und ich denke, Pezzoli ist nicht der Einzige, der auf dem Laufenden ist. Hemmings weiß es und dieser Kunsthändler Francescati weiß es auch. Und der hat sogar etwas von einer dräuenden Katastrophe gefaselt. Ich sollte jedem Verdächtigen in dieser Affäre eine elektronische Fußfessel anlegen lassen. *Che merda*! Jemand schnüffelt bereits an Ihrer zweiten Bibliothek, Professor!"

Cariello rieb sich übers Gesicht und stand schließlich mit einem Ruck auf, die Stirn in Falten gelegt und eine tiefe Furche zwischen den markanten Brauen. „Sie sollten jetzt gehen. Ich habe noch einen dringenden Ausflug zu erledigen und melde mich in ein paar Stunden."

Camarata knurrte: „Einen Ausflug? Jetzt? Wir haben keine Zeit!"

Cariellos Augen loderten. „Seien Sie versichert, dass ich mich um die Angelegenheit kümmere, Camarata. Der Tod Graziella Daviddes hat mich erschüttert, aber mir auch die Augen geöffnet. Die Frau stand mir nahe und ihren Tod verzeihe ich nicht. Seien Sie so gut, lassen Sie mich allein. Es ist Zeit, ich prüfe etwas nach."

Familienbande

Das Krankenhaus San Giovanni Bosco war ein enormes hässliches Betongebäude nahe dem Capodichino-Flughafen von Neapel. Es erzeugte mit seiner abgenutzten gelblichen Fassade den Anschein von fortschreitendem Verfall. Seine Strukturen stammten aus den sechziger Jahren und waren seitdem nicht renoviert worden. Der steril-weiße Eingang der psychiatrischen Abteilung, in die Cariello trat, roch nach Desinfektionsmitteln und schalem Frühstückskaffee.

Die Ereignisse der letzten Tage hatten an seinen Nerven gezehrt und der Tod Graziellas hatte ihm in der Nacht endgültig den Schlaf geraubt. Er hatte Camarata versprochen, sich ‚zu kümmern‘, aber in Wirklichkeit war er sich nicht sicher, was er zu tun hatte. Die Bitte, ihn allein zu lassen, war eine Kurzschlussreaktion gewesen. Seine Gefühle waren ein Chaos und er fragte er sich, ob es richtig gewesen war, dass er sich in den Fall in Herculaneum eingemischt hatte. Er hatte schon genug Unheil angerichtet in seinem Leben und sich deshalb über drei Jahre in seinem Haus eingeschlossen. Was, wenn nun auch Graziellas Tod seine Schuld war?

Bevor er sich in einen Strudel von Unternehmungen stürzte, wollte er seine Mutter um Rat fragen, auch wenn ihm der Ort missfiel, an dem sie sich befand. Das Krankenhaus war einer jener Orte, an denen sich keiner gern aufhielt und an denen kurze Besuche noch schwerer fielen als lange Anwesenheiten. Er war seit zwei Wochen nicht vor Ort gewesen und konnte sich nicht dagegen wehren, den üblichen dumpfen Schmerz beim Anblick der weißen Flure zu empfinden. Sie waren so anders als seine Mutter. Aurora Cariello war einst eine schöne, aufsehenerregende Frau gewesen. Ein verkommener Plattenbau, der nach Urin und schlechtem Kaffee stank, passte genauso wenig zu ihr wie der laminatbelegte Boden und das billige Essen auf zerkratzten Plastiktabletten. Das Schicksal seiner Mutter war einer der vielen Punkte auf der Liste dessen, für das er sich schuldig fühlte.

Er meldete sich an der Rezeption an und ließ seinen Namen ins Besucherbuch einschreiben. Die dickliche Frau hinter der Theke gab ihm einen Plastikausweis. Ihre Finger erinnerten ihn dabei an Regenwürmer und er hatte Mühe, seine Abscheu zu verbergen. Die Zimmernummer kannte er schon, er dankte der Frau daher nur kurzangebunden und ging zum Aufzug. Der Lift war innen mit abgegriffener Werbung für uralte Medikamente beklebt. Seine Brust verkrampfte sich. Warum wagte er, zu Vorlesungen, weintrunkenen Abenden und archäologischen Rätseln zurückzukehren, während seine Mutter an so einem Ort verkam?

Als er in ihr Zimmer trat, traf er sie in Schwarz gekleidet auf dem Bett liegend an. Ihr Anblick traf ihn. Sie trug ein Kleid und Straßenschuhe, als wolle sie zu einer Beerdigung, die einst pechschwarzen Haare von grauen Strähnen durchzogen und die schönen Züge, die sein Großvater einst mit denen der Callas verglichen hatte, schmaler, die zuvor so schönen Augen matt. Leise setzte er sich zu ihr, griff ihre Hand und drückte ihr einen Kuss auf die Stirn. „Mamma, wie fühlst du dich? Verzeih mir, dass ich erst heute komme."

Sie drehte ihm den Kopf zu. „Addo!? Bist du allein?"

„Wen soll ich denn mitbringen? Natürlich bin ich allein."

„Ist deine Schwester nicht mitgekommen? Und Avelardo? Lucrezia?" Seit der Nacht vor drei Jahren schien seine Mutter sich an nichts mehr zu erinnern oder wehrte sich zumindest, sich ihre Erinnerung einzugestehen. Er drückte sie an sich. Sie hätte nicht hier sein sollen.

Unter seiner Umarmung schienen die Gedanken seiner Mutter klarer zu werden und sie setzte sich auf. „Warum bist du hier, Addo? Du bist blass. Was ist passiert?"

„Ich musste dich sehen, um dich um Rat zu fragen." Er rieb sich über die Schläfen. „Ich habe mich entschieden, dass es Zeit ist, ins Leben zurückzukehren. Mein Vertrag an der Universität war dabei auszulaufen und wenn ich in diesem Semester nicht erneut zur Lehre zur Verfügung gestanden hätte, wäre ich genötigt gewesen, zu gehen."

„Ich hatte dir schon lange gesagt, dass du wieder arbeiten sollst. Es ist nicht gut, dich mit deinen Sorgen zu begraben, als wäre dein Leben zu Ende."

„Aber ich fühle mich schuldig dabei, so zu tun, als wäre nichts gewesen."

„Die Zeit heilt auch tiefe Wunden. Manchmal bereue ich das, aber es ist besser so. Du quälst dich mit mehr als nur dem."

„Ein entfernter Kollege ist in Herculaneum ermordet worden. Ich habe den Carabinieri beratend zur Seite gestanden und nun ist auch eine mir nahestehende Archivarin getötet worden. Mehr oder weniger unter meinen Augen. Es ist, als ob der ganze unheilvolle Strudel von vor drei Jahren erneut beginnt."

Seine Mutter griff nach seiner Hand. „Du weißt, dass das nicht stimmt. Auch Lucrezias Tod war nicht allein deine Schuld. Du hättest dich damals nicht in Dinge mischen sollen, die dich nichts angingen, aber es bist nicht du gewesen, der Lucrezia die Klippen hinuntergestürzt hat."

„Ich kann nicht glauben, dass sie Selbstmord begangen haben soll. Nie und nimmer. Und nun ist Graziella Davidde ermordet worden. Egal, dass es einen Mörder gibt, ich war dort und fühle mich wie vom Schicksal verfolgt."

„Ich kann dir nur einen Rat geben: Kümmere dich um die Menschen, die dir wichtig sind, und sei dir nicht so sicher, dass du eine Schuld hast. Prüfe es nach." Seine Mutter legte ihm die Hand auf den Arm. „Dich selbst zu zerstören, bringt niemanden zurück."

Er nahm sie bei den Schultern. „Mamma, was wird aus dir? Auch dein Leben sollte nicht hier enden."

„Ich bin in meinen Gedanken gefangen und verfluche mich selbst dafür. Aber du? Geh zurück ins Leben!"

Cariello seufzte und stand auf. Seine Mutter hatte recht. Er sollte sich um diejenigen sorgen, die ihm wichtig waren. Es war Zeit dazu. Und wenn er zurückkam, würde er seine Mutter ebenfalls zurück ins Leben stoßen müssen.

Ein gefährlicher Weg

„Therese, können Sie mich in Ercolano auf einen Kaffee treffen? Zur Mittagszeit?" Cariellos Stimme klang trotz der freundlichen Einladung drängend aus dem Hörer.

Therese stand im Labor und drückte den Apparat fester ans Ohr. „Sind Sie von Ihrem Ausflug zurück, Professor? Können wir zur Mittagszeit nicht besser etwas essen?"

„Verzeihen Sie mir, aber ich erkläre Ihnen das später. Wir treffen uns um zwölf in Pasquales Tabacco an der Via Roma." Das Freizeichen erklang. Cariello hatte aufgelegt.

Therese hob die Brauen. Cariellos Ton war ungewohnt kurzangebunden gewesen, fast hart, und Pasquales Tabacco war ein heruntergekommener Laden mit einer Handvoll Stühlen vor der Tür. Sie kannte die Bar, aber hätte sie nie für eine Einkehr in Betracht gezogen. Konsterniert warf sie das Telefon auf den Tisch, trotz allem ungeduldig, zu erfahren, was Cariello vorhatte. Er raubte ihr die Ruhe und sie fragte sich, ob er ernstere Absichten verfolgte, indem er sie einlud. Hatte er auch Camarata kontaktiert oder nur sie? Sie mochte Cariello mehr, als sie sich eingestehen konnte. ‚Aber welcher Student in der Universität hat ihn nicht angehimmelt?'

Die Anziehung, die Cariello auf sie ausübte, war emotional und unvernünftig. In ihrer Brust wohnten die berühmten zwei Seelen. Wenn Sie auf ihre Vernunft gehört hätte, hätte sie Abstand gehalten, der ganze Rest von ihm lief zu ihm hin, so wie es schon früher gewesen war. Wenn Cariello zu ihrer Studentenzeit mit seiner tönenden Baritonstimme gesprochen hatte, hatte man im Auditorium eine Stecknadel fallen hören können. Jeder hatte ihn bewundert. Aber trotz aller

Bewunderung hatte jeder der Anwesenden gefürchtet, Cariellos Aufmerksamkeit auf sich zu ziehen. Niemand wollte im Mittelpunkt seiner ironischen Spitzen stehen. Diesen Effekt erzeugte Cariello noch immer bei ihr, auch wenn er weniger zynisch wirkte, als er es damals gewesen war. Der Gedanke, mit ihm bei einem Tête-à-tête einen Kaffee zu trinken, machte sie nervös, egal, ob sie dazu in eine heruntergekommene Bar oder ein Edelrestaurant gingen, und egal, dass sie ihn schon zuvor allein am Maschio Angioino getroffen hatte. Aber sie dachte an den flüchtigen Druck seiner Hand auf seiner Terrasse am Morgen und ihr Herz beschleunigte. Ihr war nach Fortlaufen zumute und trotzdem zog Cariello sie an wie ein Magnet.

Als sie Punkt zwölf am vereinbarten Ort am Anfang der Via Roma anlangte, war Cariello nirgends zu sehen. Sie setzte sich an einen der Metalltische, die an die Wand des verfallenen Hauses gelehnt standen, in dem sich die Bar befand, immer noch verwirrt von Cariellos Wahl. Ihre Hände waren schweißnass. Sie sah über die dreckigen Tischplatten und die angeschlagenen Vasen darauf. Der Espresso, den sie bestellte, wurde kalt und unappetitlich vor sie platziert. Es war schwül, still und die Bar leer. Ihr Herz schlug unruhig.

Diskret warf sie einen Blick nach drinnen. Der Eigentümer des Tabacco war ein in zweiter Generation immigrierter Maghrebiner, der sicher nicht Pasquale hieß und sie von seiner Theke aus im Auge behielt, eine erloschene Zigarette im zahnlosen Mund. ‚Er wundert sich wahrscheinlich genauso sehr über mich wie ich mich.' Sie spürte, wie ihr die Anspannung die Haare im Nacken aufstellte.

Seit ihrer Ankunft vor sechs Jahren hatte sie Mühe, sich in der Gegend daheim zu fühlen. Neapel war anders als der Rest

Italiens. Zuweilen verkommen, vulgär und verarmt, aber dann wieder so echt, als flösse Blut in den Steinen. Seine Straßen verbargen keine Designergeschäfte und keine teuren Restaurants, aber sie atmeten eine Wärme aus wie ein Liebesdrama auf der Bühne. ‚Neapel sehen und sterben. Ein Satz der genauso zweideutig ist wie die Stadt und wie Cariello. Man weiß nie, was man von ihr und von ihm halten soll.'

Sie hatte bereits eine halbe Stunde gewartet, als Cariello in die wie ausgestorben liegende Straße trat. Seine Erscheinung verblüffte sie noch mehr als die Bar und ließ sie den Ärger darüber vergessen, dass er zu spät kam.

Er war in eine Art grün-braune Militärausrüstung gekleidet und ein derbes Kletterseil lag um seine Schulter. Auf dem Rücken trug er einen Leinenrucksack und an den Füßen kniehohe Einsatzschuhe. Ohne Erklärung oder Entschuldigung machte er ihr ein hastiges Zeichen, ihm zu folgen. Sie legte zwei Euro auf den Tisch und stand auf. Cariello hatte bereits mit langen Schritten die schmale Straße in Richtung Meer eingeschlagen. Sie folgte ihm verblüfft. Er sah sich um, als ob er seine Umgebung kontrolliere, und sie fragte sich, warum. Sein Gesicht blieb verschlossen und er schwieg.

Die Via Roma war eine verfallende Gasse, gesäumt von baufälligen Häusern, ohne Bäume und Schatten. Sie führte den steilen Grubenrand entlang, hinter dem sich in der Tiefe der Graben befand, der die Fassade der Villa der Papyri freigelegt hatte. Das Zentrum Ercolanos lag in entgegengesetzter Richtung. Am Ende der Straße gab es nichts, außer einem verkommenen Hafengelände und dem Meer.

Therese trat verwundert aus dem Schutz der Häuser. Links lagen keine Gebäude mehr, da man sie abgerissen hatte, als man den Zugang zur Villa ausgegraben hatte. Rechts standen heruntergekommene Wohnhäuser einschließlich einem verfallenden Palais der *Miglio d'Oro*, der ehemaligen Prachtmeile des Adels Neapels, von dessen Glanz nur abblätternder Putz geblieben war. Bretterwände trennten die Straße von der Grube, abgestoßene Fahrzeuge waren kreuz und quer geparkt und Wäschegirlanden überquerten die in ihrem Verfall pittoreske Passage. Niemand war zu sehen, außer Cariello, der ihr schweigend und angespannt voranging.

Therese war warm und sie hatte Hunger. ‚Ich hätte vor unserem gemeinsamen Barbesuch etwas essen sollen, scheint es.‘ Sie hatte aufgrund des frühen Treffens in Cariellos Villa nicht gefrühstückt und danach keine Zeit zum Essen gefunden. Ihr Magen knurrte.

An einem weißen zweistöckigen Haus, dessen eisernes Hoftor offen stand, hielt Cariello inne. Er sah sich erneut um, als ob er prüfen wolle, dass die Mittagshitze die Bewohner vertrieben hatte, dann verschwand er in dem gepflasterten Innenhof.

Das heruntergekommene Gebäude war einige hundert Jahre alt und an einer der Hofseiten befand sich ein kleiner Raum. Cariello ging darauf zu und verschwand darin. Therese musste sich beeilen, ihm zu folgen. Im Inneren fand sie sich völlig unerwartet vor einem Brunnen wieder. Die gemauerte Arkade, die ihn umschloss, war weniger als einen Meter breit und nur anderthalb Meter hoch, darüber war eine Art Fenster in der Hauswand angebracht, in dem ein Poller montiert war, der tiefe Kabelspuren aufwies.

Therese schluckte. Vorahnung ließ ihr den Atem stocken. Der Brunnenschaft aus dem 18. Jahrhundert führte steil in die Tiefe und sein Boden war nicht zu sehen. Sie erkannte den unscheinbaren Ort von Bildern. Es handelte sich um den Pozzo Cicceri, durch den man zum ersten Mal zur Villa der Papyri in den Eingeweiden der versunkenen Stadt vorgedrungen war. Es roch feucht und moosig aus ihm herauf, die aufsteigende Luft war beängstigend muffig. Irgendwo dort unten lagen die vergrabenen Mauern der berühmten Villa. ‚Wer hier verschüttet liegt, kommt nie wieder herauf. Kein Grab ist so tief wie dieses!'

Therese wurde mit Beklemmung klar, warum Cariello sie hergeführt hatte. Der übliche Eingang zur Villa der Papyri führte direkt von den offenliegenden Ruinen oder von den Verwaltungsgebäuden zu dem kleinen Teil ihrer ausgegrabenen Fassade. Cariello wollte durch den Brunnen einsteigen, um nicht gesehen zu werden. Sie erhob mit schwacher Stimme Widerspruch. „Das ist nicht Ihr Ernst? Sie wollen nicht wirklich hier runtersteigen?"

Cariello antwortete nicht. Er holte einen Schlüssel aus der Jackentasche und sperrte das Gitter auf. Dann brachte er Karabiner an und befestigte ein Seil. Schließlich reichte er ihr einen Klettergurt, den er aus seinem voluminösen Militär-Rucksack zog. „Ich hätte Ihnen vorher Bescheid geben sollen, aber dachte, es ist besser, ich überrasche Sie. Begleiten Sie mich auf einen Ausflug, Therese?" Seine schwarzen Augen funkelten im Halbdunkel des Brunnenhäuschens. „Ich hatte heute Morgen versprochen, mich zu kümmern, und gedenke das hier unten zu tun."

Therese spürte ein flaues Gefühl des Ärgers im Magen, dass Cariello sie in unpassender Kleidung und ohne Vorwarnung zu dem Brunnen gebracht hatte. „Sie haben nichts gesagt, weil Sie meinen Widerspruch befürchtet hatten, richtig?" Ihre Stimme brach.

Cariellos Antwort kam leise und warm: „Die Villa ist verlassen. Keine Sorge, Therese. Wegen des Mordes an Perrone sind alle Arbeiten in Herculaneum gestoppt worden. Wir werden allein sein." Er streckte ihr erneut den Gurt entgegen. „Verzeihen Sie mir. Aber wir haben alle Karten und Archive konsultiert, wenn wir noch weiter abwarten, verlieren wir Zeit und spekulieren nur haltlos ins Blaue. Nur wenn wir hier hinuntersteigen, werden wir vielleicht wissen, was sich in der Villa verbirgt. Kommen Sie. Bitte!"

Therese nahm zögernd den Gurt. Sie fühlte sich, als wäre sie ferngesteuert, so taub war alles in ihr vor Panik. Der Riemen war schwarz und fest. Sie hatte Mühe, mit den leichten Sommersandalen durch die Schlingen zu steigen und bemerkte, dass der Gurt weder neu noch sauber war. Sie trug helle Caprihosen. Trotzdem legte sie ihn an. Cariello hatte nicht Unrecht. Sie wussten vom Manuskript eines unbekannten Prinzen, aber hatten keine Ahnung, wo es sich befinden könnte. Perrone hatte ein Buch gesucht, aber wo dieses war, wussten sie ebenfalls nicht. Durch Raten und Abwarten würden sie das Rätsel der Villa nicht lösen. Trotzdem □ ein Abstieg in den Brunnen blieb halsbrecherisch.

Die Falten um Cariellos Augen wurden tiefer. Er schien erleichtert, dass sie Anstalten machte, ihn zu begleiten. Aufmerksam erklärte er ihr, wie man eine Abseilacht benutzte.

Therese wurde heiß, als er dazu ihre Hände in die seinen nahm und ihr half, das Seil durch das schwere Eisenstück zu ziehen. Seine Handflächen waren warm und trocken, seine

Finger gepflegt. Er roch nach seiner groben Armeekleidung, aber darunter lag ein Hauch von Minze, Vetiver und schwarzem Tee. Schmetterlinge breiteten sich in ihrem Bauch aus. Sie hätte gern länger mit ihm in dem Brunnenhaus gestanden. Viel lieber, als in die Tiefe zu steigen. Die Flügelschläge der Schmetterlinge wurden immer panischer, je mehr Karabiner er anbrachte.

Der kurze Moment der Vertrautheit dauerte nicht an. Cariello ließ sie los und stieg ohne weiteren Kommentar, Füße voran und mit dem von der Abseilacht gesicherten Seilende in der Hand, in den Brunnenschaft. Mit flackernder Stirnlampe verschwand er in der modrigen Dunkelheit. Für einen Moment hörte sie das metallene Klappern der Ausrüstung, die gegen die Steinwände schlug, dann war es still.

Sie bewunderte Cariello trotz des gebrochenen Zutrittsverbots. Die Tunnel in der Tiefe waren alt und brüchig. ‚Was, wenn er abstürzt?‘ Ihr wurde klar, dass er sie genau deswegen mitnahm, und schwankte zwischen Lächeln und Kopfschütteln. Insgeheim war sie trotz ihrer Furcht aufgeregt, bei dem Abenteuer dabei zu sein. Wenn sie an Cariellos glühende Augen dachte, wäre sie ihm so gut wie überall hin gefolgt.

Sie sah hinunter. Der Brunnen war stockdunkel und Cariello nicht mehr zu sehen, nur das rote Seil lag an der Wand an. Es begann zu zucken – wohl das Zeichen, ihm zu folgen. Seine aus der modrigen Finsternis heraufgerufenen Worte waren nicht zu verstehen. Ihr war übel. ‚Du bist verrückt, bei so etwas mitzumachen, selbst wenn es mit dem bekanntesten Professor der Universität ist.‘

Cariello hatte sein Kletterseil über den gemauerten Arkadenbogen gelegt. Sie griff trotz aller Bedenken danach und bemerkte, wie tief die Kerben waren, die von historischer Takelage in den Stein gegraben worden waren, die Karl Weber und seinen Arbeitern den Zugang zur Villa ermöglicht hatte. Zu einer Villa in zwanzig bis dreißig Metern Tiefe unter den Lavahängen des Vesuvs …

Vorsichtig kletterte sie auf den glitschigen Brunnenrand. Ihr war auf einmal kalt und ihr Herz schlug Tambourin. Sie befand sich im Hof eines Privathauses und stieg ohne Erlaubnis in dessen Brunnen, um in eine gesperrte archäologische Ausgrabungsstätte tief unter der Erde einzubrechen. Auf den Spuren von Weber, der dort unten sein Leben verspielt hatte. „Das ist ein völlig wahnwitziges Unterfangen."

Sie nahm das Seil, zog es durch die stählerne Acht und sprang in die Tiefe.

Abstieg ins Ungewisse

Alles war dunkel, feucht und glitschig. Der Eingang des Brunnens war so eng, dass sie an den Wänden anstieß. Therese schoss Angst in den Hals, als die gähnende Finsternis sie schluckte. ‚Wie zum Teufel haben die ersten Ausgräber Statuen und Standbilder durch dieses Loch nach oben bekommen?' Sie passte kaum hindurch und war weder groß noch füllig. Ihre Hose und ihre Haare schliffen über Moos und Steine. Ihre nackten Arme kratzten über schneidenden Tuff und ihre panisch gegen die Wand gedrückten Beine begannen zu zittern wie eine Singer-Nähmaschine. Stück für Stück ließ sie sich nach unten gleiten, gewürgt von der Furcht, das durch die Acht gezogene Seil könnte nachgeben. Sie fand an den Brunnenwänden keinen Halt und musste in ihrer Verzweiflung an ihre Eltern denken. Niemand wusste, wo sie sich befand.

Von unten griff eisige Luft mit Geisterfingern nach ihr und zog sie zum Mittelpunkt der Erde. Sie biss die Zähne zusammen und ließ das raue Seil durch ihre Hände gleiten, die von der Tortur zu bluten begannen.

Als ihre Beine auf frostiges Grundwasser trafen, atmete sie trotz der Kälte, die ihr wie Messerstiche in die Glieder fuhr, auf. Breiiger Schlamm drang in ihre Sandalen, aber sie hatte Boden unter sich. Eine Sekunde erfasste sie Schwindel. „Himmel, ich dachte, ich überlebe das nicht."

Cariellos Stimme erklang dunkel und voll aus der Finsternis. „Immer langsam mit dem Jubel. Noch sind wir nicht wieder oben."

Therese realisierte, dass er lachte. Sehen konnte sie es nicht. Nur Dunkel und das blendende Licht seiner Stirnlampe umgaben sie. Mit schmerzenden Fingern löste sie sich aus dem Gurt und sah sich um. Ihre Augen hatten Mühe, sich an die Düsternis zu gewöhnen. Der Brunnenboden war weiter als der Brunnenschaft und sie konnte stehen, auch wenn ihre Schulter die Cariellos berührte, der ihr das Seil abnahm und an einen Haken hängte. Neben ihr befand sich ein Loch, das fast zweieinhalb Meter breit und zwei Meter hoch war. Sie versuchte, zu scherzen. „Ich habe schon immer davon geträumt, im Sommer Eis zu baden und dabei Blinde Kuh zu spielen …"

Cariello lachte leise.

Thereses Herz hämmerte. Hier war sie, in der weltberühmten, dem Normalsterblichen unzugänglichen Villa der Papyri. Sie legte vorsichtig die Hand an die Brunnenwand, um ihre glitschige Präsenz zu fühlen. Dieser Moment war am nächsten an einer Zeitreise, wie sie jemals kommen würde. So verfallen dieser Ort auch war, hier war sie □ die Antike. Sie holte tief Luft und roch das lehmige Wasser, Algen und Moder. Es kam ihr vor, als würde sie Cäsars Aftershave riechen.

Cariello legte seine Hand auf ihren Arm. „Verzeihung. Ich mute Ihnen, glaube ich, viel zu. War das Ihr erster Versuch im Abseilen?" Er schien ihr plötzlich nahbar und ohne seine üblichen Barrieren der Distanziertheit, die ihm sonst so eigen waren.

Sie fühlte ihr Herz erneut beschleunigen. ‚Hat ihm das auch Manzoni beigebracht, erst in tiefen Stollen aufzutauen? Was für ein eigenartiger Ort für ein Stelldichein. Andere Männer laden ihre Angebeteten ins Kino ein, um ihnen einen

Horrorfilm zu zeigen, ich bekomme ihn live.' In ihrem Innersten zweifelte sie nicht daran, dass Cariello sie mochte. Da war etwas zwischen ihnen. Mehr als nur Anziehung.

Cariello zeigte mit einem Nicken seiner Stirnlampe auf den vor ihnen klaffenden Gang. „Wir befinden uns auf der ‚gruta derecha', der Verbindung zwischen dem Belvedere der Villa der Papyri und ihrem Garten, hinter dem das Hauptgebäude liegt. Die Entdecker der Villa um Karl Weber haben als Erstes diesen Aussichtspavillon mit seinem Marmorfußboden gefunden. Er liegt direkt unter Ihnen auf dem Grund des Brunnens."

„Der Marmorfußboden?"

„Der Pavillon. Der Fußboden liegt in Neapel in einem eigens für ihn geschaffenem Raum im Nationalmuseum." Cariellos Lichtstrahl huschte über das algenbedeckte Wasser.

Es fiel Therese schwer zu glauben, dass man von dieser Stelle einst eine blendende Aussicht übers Meer gehabt haben könnte.

„Das hier ist die am weitesten von den Ausgrabungen Herculaneums entfernte Stelle der Bourbonen-Tunnel. Von hier aus ist Weber dem gepflasterten Küstenweg zur Villa gefolgt. Immer geradeaus durch die Lava, auf Spanisch, der Sprache des Bourbonenhofes, ‚derecha'. Der Tunnel hier ist ungewöhnlich gut erhalten und ist zu einem früheren Zeitpunkt für Besucher mit Gipsputz verziert worden. Einige der historischen Gäste haben uns Grüße daran hinterlassen."

Therese leuchtete über die Wand und sah Inschriften. „Vielleicht kann man hier den Hinweis auf Marsily finden, den Perrone suchte?"

„Unser Franzose kann nicht hier entlanggekommen sein. Der Tunnel ist zwar heute offen, aber wurde von Weber schon früh wieder mit Ausgrabungsmaterial verfüllt. Was man nicht mehr brauchte, wurde weggeworfen. Manzoni hat den Gang vor vielen Jahren erneut aufgegraben, als er die Villa der Papyri wieder zugänglich gemacht hat. Schaufel um Schaufel."

„In Wasser und Dunkelheit?"

„Zu seiner Zeit war Manzoni ein Abenteurer. Man sieht es ihm heute nicht mehr an, aber er ist ein außergewöhnlich mutiger Mann. Viel mutiger als Sie glauben würden." Cariellos Stimme klang rau.

Therese verstand. Wenn es nach Cariello gegangen wäre, hätte Manzoni sie hierher begleitet. Die Geschichte zwischen den beiden Männern war in der Universität bekannt.

„Wie auch immer, Marsily muss durch einen anderen Eingang gestiegen sein. Kommen Sie." Cariello watete voran.

Therese folgte ihm, behindert vom Schlamm, der an ihren Sandalen zog. Ihr Herz machte immer wieder Sätze und sie musste sich zwingen, ruhig zu bleiben. Die Luft war feucht und kalt wie in einem tiefen Keller. Bedrückend wenig Sauerstoff erreichte ihre Lungen. Sie sah nur den Schein der Lampe Cariellos vor sich und die von ihrem eigenen Licht erhellten Wände an ihren Seiten. Der Geschmack von Schlick lag ihr auf der Zunge. Sie erinnerte sich daran, dass in alten Märchen der Zugang zur Totenwelt in Brunnen lag. Wenn sie das hier sah, verstand sie, wie man darauf gekommen war. Der enge Gang führte einige hundert Meter geradeaus, bis Ziegel und Mauern in seinen Wänden erschienen. Cariello watete durch einen im Tuff eingebetteten Torbogen.

„Willkommen im Garten der Villa der Papyri. Ich hoffe, die Blumen gefallen Ihnen."

Um sie herum lag schwarzer Tuff. Cariello zeigte auf Nischen in der Wand. „Hier haben die Arbeiter der Bourbonen Terrakotta-Lampen hingestellt, um sich Licht zu schaffen, aber trotzdem war alles nass, dunkel und eisig. Wer sich hier drinnen täglich aufhielt, überlebte das Jahr nicht."

Therese trat voran und stolperte über etwas Rundes. Der Schlamm des Vulkans hatte die um den Garten platzierten Pfeiler zum Einsturz gebracht. Sie ragten aus der Wand, zum großen Teil noch immer im Stein gefangen. Hinter dem verschütteten Torbogen gingen dunkle Gänge ab.

Cariello nahm den linken. Nach ein paar Schritten kauerte er neben Einbuchtungen im Boden nieder. „Schauen Sie, Therese. Das wollte ich Ihnen als Erstes zeigen. Zur Bourbonenzeit haben die königlichen Behörden auf Padernis Versicherungen hin angenommen, das seien die Spuren der Männer des Kaisers Titus. Wie ich heute Morgen schon sagte, weiß man, dass hier Statuen und Mosaike fehlen, aber es ist so gut wie unmöglich zu sagen, ob antike Retter oder modernere *Tombaroli* sie genommen haben."

Cariello benutzte das Wort *Tombaroli*. Grabräuber. Therese schauderte. ,Er hat recht. Wir sind in einem Grab … Die Bewohner der Villa hier sind auf schreckliche Art und Weise gestorben.' Sie hatte das Gefühl, als gefröre ihr das Blut bei dem Gedanken.

Cariello tippte auf den Boden. „Eine Handvoll Diebe wurden von den Bourbonen erwischt und zu Galeere oder Verbannung verurteilt, aber wer weiß, was vorher weggetragen wurde …"

„Die Leute stiegen den Ausgräbern nach?"

„Oder benutzten ihre eigenen Brunnen und gruben selbst Tunnel." Cariello zuckte die Schultern. „Die Schätze der Villa waren schon damals ein Vermögen wert. Die unbekannten Stollen stellten ein Problem für Karl Weber und seine Leute dar. Sie gruben Gänge in den Tuff und glaubten, er wäre stabil, aber er war durch die geheimnisvoll aus dem Nichts auftauchenden Stollen zerlöchert. Ich denke, dass auch Paderni, Marsily und ihre Kumpane ihren Anteil an dem Labyrinth hatten. Es muss eigenartig gewesen sein, plötzlich in der Stille auf so einen mysteriösen Gang zu stoßen. Wie auf Wurmlöcher von Gespenstern."

Therese rang nach Luft. Die Atmosphäre hier unten war unheimlich. „Bleibt die Frage, warum man den toten Marsily im Tunnel der Basilika gefunden hat und nicht hier."

Cariello nickte.

Sie folgten dem halbverfallenen Gang zur anderen Seite des antiken Gartens, auch wenn es schwer war, sich das in der nassen Finsternis vorzustellen. Als sie an einer zerbrochenen Stele vorbeikamen, roch es nach fauligen Eiern. Cariello griff sie am Arm und zog sie eilig voran.

„Was ist?"

„Wir sind unterm Vesuv. Hier dringen Gase ein. Seien Sie froh, dass wir den Schwefel riechen. Er ist nur eine Beimischung zum viel gefährlicheren Kohlenmonoxyd. Man nennt das Mofette, von lateinisch ‚stinken'. Wenn die Gase explodieren, dann ist das ein ‚Böses Wetter' und die Bergleute haben das berühmte Muffensausen, das heißt, sie machen sich vor Angst in die Hosen."

„Fantastisch ..." Therese drängte sich näher an Cariello. „Hätten wir nicht besser Sauerstoff mitnehmen sollen?"

„Verzeihung. Bei meiner Arbeit mit Manzoni habe ich mir angewöhnt, unvorsichtig zu sein. Sie haben recht, Therese. Und ich hätte Ihnen auch festeres Schuhwerk mitbringen sollen. Sehen Sie mir meine Fehler nach. Der Abstieg hierher war eine Kurzschlussreaktion und wir haben Glück, dass ich wusste, wo die Superintendanz die Kletterseile und die Brunnenschlüssel lagert."

Trotz der den Weg blockierenden Schutthaufen drangen sie zügig zu der Stelle vor, an der die berühmten Tänzerinnen der Villa gefunden worden waren. Cariello prüfte den Ort anhand der Karte von Weber. Therese kauerte sich auf den nassen Tuffboden, um auszuruhen. Ihre Beine schmerzten unerwartet heftig vom eisigen Wasser, durch das sie wateten. Es kam ihr vor, als ob die helle warme Außenwelt nicht mehr existieren würde. Sie räusperte sich mühsam, selbst die Stimme wie eingefroren. „Ich habe die Zeiten gecheckt. Weber hat die Statuen der Tänzerinnen gefunden, als er hier arbeitete. Paderni muss dabei die sechste Statue entdeckt und beiseitegeschafft haben. Anders kann es nicht gewesen sein. Marsily kam erst nach Webers Tod hierher. Er war ein Mittelsmann. Ist nur die Frage, ob Marsily auch etwas von einer zweiten Bibliothek wusste."

Cariello antwortete grimmig: „Ich denke, Weber suchte monatelang nach der fehlenden Statue und ist Paderni schließlich auf die Schliche gekommen ... Ich vermute, derselbige hat ihm daraufhin beim Sterben geholfen. Das ermöglichte ihm auch, an seine Karte zu kommen und die geplünderten Gegenstände zu verkaufen ... Paderni drohte im Fall der Entdeckung der Galgen."

„… und dieser Paderni verbreitete die Legende vom Fluch, um Kontrollen der Behörden von den Gängen fernzuhalten?"

„Das meine ich."

„Aber warum starb Marsily?"

„Die Gehilfen Padernis haben wahrscheinlich auch ihm ins Jenseits geholfen, als es zu brenzlig wurde … Es muss ein Problem gegeben haben. Eine Anzeige. Kontrollen. Einen Widersacher." Cariello stellte sich neben Therese und musterte die tropfsteinbedeckten Wände. Seine Augen blitzten ab und an weiß unter der Stirnlampe hervor. Die Schmieren auf seinen Wangen gaben seinem scharf geschnittenen Gesicht in der tiefen Nacht des Stollens das Aussehen eines Bergmanns. Mit anscheinend geistesabwesender Geste wickelte er sich ein dickes, grün geflecktes Armee-Tuch vom Hals und reichte es Therese.

Das Tuch war weich und warm zwischen ihren Fingern. Sie schlug es um ihre Schultern, angenehm berührt vom Duft nach schwarzem Tee, der ihr in die Nase drang. Er hatte etwas Beschützendes in der Dunkelheit. Sie vergaß ihr Frieren in dem flüchtigen Augenblick der Intimität. „Noch einmal: Warum ist Marsily in der Basilika gefunden worden und nicht hier?"

Cariello zuckte die Schultern und lauschte auf das nahebei tropfende Wasser. „Kurz bevor er starb, arbeitete Weber an seiner letzten Ausgrabung am Amphitheater. Man grub dort aus der Oberstadt eine enorme Rampe ins Theater, um große Funde bergen zu können. Die Basilika liegt gleich neben dem Theater und ist direkt damit verbunden."

„Das ist es." Therese stand auf. Ihre Lippen bebten und sie hörte ihre eigenen Zähne aufeinanderschlagen. „Skulpturen von der Größe einer griechischen Tänzerin hätten nicht durch den Brunnenschacht gepasst. Und da die meisten der Gänge der Villa bereits wieder verfüllt worden waren, musste Marsily die Statue zur aktiven Ausgrabungsstelle bringen. Zum Theater …"

Cariello schnalzte mit der Zunge. „Bleibt die Frage, ob Marsily am Tag seines Todes mit leeren Händen unterwegs war oder ob er Statue oder Bücher auch schon in diese Richtung bewegt hatte. Entweder liegt die sechste Tänzerin hier oder in der Basilika. Wenn sie denn existiert." Er wischte sich übers Gesicht. Die bedrückende Luft der Tunnel trieb ihm die Tränen in die Augen.

„Wenn wir die Statue finden, finden wir auch den Mörder Perrones. Wir sollten vorsichtig sein."

Cariello lachte. „Ich denke nicht, dass er hier unten auf uns wartet. So verrückt ist keiner …"

„Das dachte Perrone auch."

„Und ich denke weiterhin, dass es vor allem um Bücher ging. Die Statue ist nur Beiwerk."

„Ein teures Beiwerk. Sie muss Millionen wert sein."

Cariello warf Therese einen besorgten Blick zu. Er bemerkte ihr Zittern. Sie versuchte, ihr anhaltendes Beben zu überspielen, und begann, im flackernden Licht der Stirnlampen die Wände zu untersuchen. Noch während sie die Hände über den rauen Stein gleiten ließ, bemerkte sie, dass das Licht um sie schwächer wurde. Sie fuhr herum.

Cariello war verschwunden, der Stollen hinter ihr leer. Panische, völlig unverhältnismäßige Angst durchzuckte sie. Sie hatte keine eigene Karte und die weitläufige Villa war voller labyrinthischer Gänge. Sie hatte nicht damit gerechnet, allein gelassen zu werden. Ihr wurde schwarz vor Augen, stolpernd folgte sie der Richtung, in der sie Cariello vermutete, und hätte vor Erleichterung schreien mögen, als sie den Widerschein seiner Lampe hinter einem engen Loch entdeckte.

Sie stieg so hastig durch die Öffnung, dass sie sich am Tuff blutig stieß. Was sie dahinter vorfand, ließ sie verblüfft innehalten. Vor ihr lag ein weitläufiger Mosaikfußboden, unterbrochen von Mauerresten und flachen Gräben, die im Sonnenlicht lagen. Es wurde schlagartig warm und hell. Sie waren im dritten Stock des Hauphauses der Villa angelangt, dort, wo sich die erste Bibliothek der Papyri befunden hatte, und wo ein Teil der Fassade – eine Loggia □ im Freien lag. Sie atmete auf. Sauerstoff und Wärme durchfluteten sie, als würde eine Zauberhand sie wiederbeleben.

„Atmen Sie durch Therese, die Oberwelt existiert noch", spottete Cariello. Er kniete auf dem Boden und blickte in eine Vertiefung zu seinen Füßen, die mit einem Gitter versiegelt war. Hier, im Hellen, wirkte seine Ausrüstung spektakulär. Camouflagefarben, mit Seilen, Helm und Stirnlampe. Sie war bedeckt von Dreck, Spinnweben und Wassertropfen.

„Sie hätten auf mich warten können …" Therese klang ihre eigene Stimme wie die eines verschreckten Kindes im Ohr. Sie war nicht bereit, Schwäche zu zeigen, holte tief Luft und versuchte, sich zu beruhigen. „Was ist das?"

Cariello ignorierte ihren vorwurfsvollen Ton. „Unter dem oberen Niveau dieses Villengebäudes liegen die verborgenen Stockwerke: mindestens sechs Räume einer zweiten Etage und darunter ein Erdgeschoss. Außer einem Bereich nahe einem Fenster im ersten Stock hat niemand sie je betreten und niemand weiß, was sich darin befindet. Die vorderen Teile sind vom steinharten Vulkanschlamm verfüllt, aber wir haben diesen Treppenansatz hier gefunden. Die Stufen darunter sind nur durch wenig Tuff verschlossen und es könnte eine Luftblase geben. Wenn der Mörder Perrones und Graziellas ein Geheimnis in dieser Villa vermutet, dann sucht er es hier unten drunter. Zumindest, wenn er, wie ich denke, Papyri sucht. Nirgendwo anders gibt es einen Zugang. Kommen Sie."

Therese wollte sich weigern. Hier hatte man weder den toten Franzosen gefunden noch hätte Perrone durch den Tunnel, in dem er lag, hierher gelangen können. Bevor sie widersprechen konnte, hatte Cariello Handschuhe angezogen und das Gitter mit einem Brecheisen aus seinem Rucksack aufgestemmt. Mit einem knallenden Schlag durchstieß er das steinerne Konglomerat, das den Zugang in die Tiefe verhinderte.

Therese hatte das Gefühl, ihr Herz bliebe stehen. Sie schrie auf. „Es war nicht die Rede davon, Gitter aufzubrechen und Wände zu zerstören. Halten Sie an!"

Cariello hatte sich bereits eine Atemmaske über den Mund gezogen, warf ihr eine zweite zu und verschwand wie ein Panther in der Finsternis des Treppenschachts.

Thereses Herz hämmerte und sie fühlte sich benommen. Als sie sich über das von Cariello geschaffene Loch lehnte, sah sie, dass unter den Tuffbrocken ausgetretene steinerne Stufen in die Tiefe führten. Über die untersten von ihnen lief Wasser wie ein Bach. Sie warf ein Jahrzehnt beruflicher Ausbildung und alle archäologischen Grundregeln über Bord, als sie die Atemmaske aufsetzte und Cariello folgte. ‚Hoffentlich erfährt nie jemand davon, was wir hier tun.'

Eine atemberaubende Entdeckung

Ein simpler, von Fresken verzierter Gang erstreckte sich in der Tiefe über zwanzig Metern Länge. Seine Wände waren fahlweiß und feucht. Unter schwarzen Spuren, die sie wie Zungen überzogen, schimmerten tanzende Putten.

Der Korridor war abgesehen von den Hitzespuren fast völlig vom eindringenden Schlamm des Vulkans verschont geblieben. Eingeschlossene Luft hatte, wie von Cariello vermutet, genug Raum freigehalten, um sich darin aufrecht vorwärtszubewegen, auch wenn Wasser den Boden bedeckte und in Form von Stalaktiten eine Schrift des Verfalls über den uralten Flur geschrieben hatte. Die Wand auf der rechten Seite des Ganges war in Hüfthöhe von einem tiefen, horizontalen Riss durchzogen, der sie nach innen ausbauchte. Therese musterte ihn entsetzt. Sie stand im Korridor einer Luxusvilla aus dem antiken Rom, die kurz davorstand, bei der geringsten Änderung des bestehenden Gleichgewichts in sich zusammenzustürzen. Sie musste sich zwingen, die Gefahr zu ignorieren und weiterzugehen.

Mit zusammengebissenen Zähnen watete sie dem Lichtschein der Lampe Cariellos nach. Angsterfüllt und erneut frierend, voller Besorgnis, dass sie von den zerbrochenen Mauern der Villa begraben werden könnte. Wenige Schritte weiter hielt sie entgeistert inne.

Vor ihr öffnete sich ein weitläufiger Saal und sie waren nicht allein darin: In der Dunkelheit standen Menschen.

Sie sahen ihr im Schein ihrer Lampe mit großen geweiteten Augen entgegen, verschreckt und reglos, Krüge und Brot in den Händen und Lorbeer auf den Köpfen. Palmen und Lorbeersträucher um sich her. Ein Mann mit schneeweißer Toga und wallendem Bart blickte sie mit tiefschwarzen Augen an, als hätte er als Einziger geahnt, dass sie kommen würde.

Therese hatte Mühe, ihren Schock zu verarbeiten. Das Wasser um ihre Beine schien zu gefrieren und der Raum wurde dunkler und enger. Alles schwankte. Erst nach einer Minute begriff sie, was sie sah.

Sie stand vor Fresken. Auf dem Boden des Saals hatte sich Vulkanschlamm seinen Weg gebahnt, aber die Mauern waren von ihm unberührt. Nur der von feinen Rissen umgebene Knick in der Wand zeigte, dass die Macht der Lava die Villa wie ein Schlaghammer getroffen hatte. Die Figuren der Gemälde waren jedoch verschont geblieben und erhalten, als wären sie neu. Inschriften umgaben sie und Möbel standen davor, als wäre die Villa gerade eben erst untergegangen.

Therese versuchte, sich zu beruhigen und das durch ihre Adern tobende Adrenalin zu zügeln. Sie wandte sich zu dem neben ihr verharrenden Cariello. „Die Schrift! Ich habe noch nie eine so umfangreiche Beschriftung gesehen." Ihre Worte klangen banal im Angesicht der verfallenden Pracht, die vor ihnen lag.

„Ich schon. Sie war sogar noch länger." Cariello warmer Bariton klang ruhig und voll in die Stille. „Sie war in eine geheimnisvolle Tempelwand graviert in einem nur über einen Ziegenpfad erreichbaren verfallenen Ort weit hinten in der Türkei, weitab jeglicher Zivilisation. Die Inschrift des Diogenes von Oinoanda. Sie ist eine der eigenartigsten Quellen über den Inhalt der heute verlorenen Schriften des Epikur. Das Fresko hier ist ebenfalls diesem mysteriösesten aller Philosophen gewidmet. Schauen Sie – unter dem Bild des Mannes mit dem weißen Bart steht sein Name: Επικουρος."

„Das Fresko zeigt den Garten Epikurs in Athen? Nicht Cäsar, nicht Seneca, nicht Cicero? Epikur?" Therese hätte nicht erklären können, warum der hypnotische Blick des Greises sie so sehr verstörte, aber ihre Brust verkrampfte sich. Was tat das überlebensgroße Bild des Griechen hier unten in der Villa? Und wer hatte es in Auftrag gegeben?

„Epikur, der Philosoph des Glücks. Ts. Es scheint, der Maler hat dem Hauseigner einen Ort geschaffen, der unabhängig von aller Weltpolitik glücklich machen sollte." Cariello richtete seine Stirnlampe auf die Wand und begann das Altgriechisch zu übersetzen:

> *„Die Vorstellung, dass Götter das Weltgeschehen und die menschlichen Schicksale bestimmen und dass ihr Zorn zu fürchten sei, ist unsinnig.*
>
> *Falsch ist auch der Gedanke, dass sie durch Opfer und Gebete beeinflusst werden müssten oder könnten."*

Seine Augenbrauen zuckten. „Alle Achtung! Das ist einer der herausragendsten Sätze Epikurs, den man bei Plinius und Diogenes erwähnt findet. Die Götter kümmern sich nicht um uns Ameisen. Es nützt nichts, Tempel oder Kirchen zu bauen." Ein zynisches Lächeln schlich sich in seine Mundwinkel.

„Kein Wunder, dass Epikur sich damit Feinde gemacht hat und seine Schriften verbannt wurden."

„Ein paar Jahrhunderte später hätte er selbst auf dem Scheiterhaufen gebrannt. Richtig. Aber sowohl Plinius als auch Vespasian verehrten ihn. Vespasian hat noch im Sterben über den Götterglauben und die Vergötterung der Kaiser gescherzt:

220

Vae, puto deus fio, waren seine letzten Worte □ ‚Wehe mir, ich werde ein Gott.'" Cariello lachte.

Therese war nicht nach Lachen zumute. Sie leuchtete ihrerseits über einen der Texte und las stockend vor:

> *„Überwinde durch Entsagen die Unruhe, die dir aus Begierde erwächst.*
>
> *Die Lust am Leben sollst du stattdessen auskosten.*
>
> *Mit der Einsicht in die Unvermeidlichkeit des Todes und seine Bedeutungslosigkeit endet auch das unvernünftige Verlangen nach Unsterblichkeit."*

Cariello lachte erneut auf, ungewohnt begeistert, wie berauscht von ihrer außergewöhnlichen Entdeckung. „Epikur klingt sehr modern, nicht wahr?" Er breitete die Arme aus und rief mit lauter Stimme, die von den Wänden widerhallte: „Epikur, der unvergleichliche, fast verlorene Epikur hat uns eine Nachricht hinterlassen!"

Therese war von Cariellos Ausruf berührt. Sie glaubte nicht an Geister, aber der stumme Philosoph an der Wand schien sie zu beobachten. Waren sie auf das tödliche Geheimnis der Villa gestoßen? „Der Epikureer entsagt seinen Begierden, statt zu versuchen, sie zu erfüllen. Er betet nicht zu den Göttern, sondern akzeptiert, dass er ihnen egal ist und dass sein Tod das Ende seiner Existenz ist."

Cariello schmunzelte. „Und von da an lebt er sorglos, ohne sich um andere zu kümmern."

„Professor. Wenn man diesen Raum im 18. Jahrhundert gefunden hat, war er von tödlicher Brisanz. Er verneint die Kirche und fordert die Menschen dazu auf, sich nicht mehr um ihren Herrscher zu kümmern."

„Und er ist immer noch hochgradig beunruhigend. Was Epikur empfiehlt, ist der Lebensansatz vieler Leute von heute. Hauptsache, man selbst ist zufrieden. Zum Teufel mit Volk, Vaterland oder Kirche oder sonst irgendetwas Gemeinschaftlichem."

„Es klingt, als würde Epikur uns provozieren. Ich würde das ungern als antike Weisheit in der Presse bejubelt sehen."

Cariello sah sie an. „Seien Sie nicht ungerecht, Therese. Epikurs Philosophie hat ihr Gutes. Das Wasser und das Brot in der Hand der Figuren hier sagt vor allem eins: ‚Suche nicht weiter, wir stillen deine Begierde.' Dem Einzelnen wird ein Ausweg gegeben aus erdrückenden Hierarchien, einer politischen Situation, die ihn nicht befriedigt, aber die er nicht ändern kann, einem Leben, in dem er beruflich nicht weiterkommt ... Ist Ihnen nie danach gewesen, alles hinzuwerfen und sich nur noch um Ihre eigenen Belange zu kümmern? Einfach Ohren und Augen zuhalten und den Unsinn in Presse und Politik ignorieren?"

„Epikur empfiehlt, alle Wünsche nach einer besseren Welt und einer besseren Zukunft zu vergessen. Wir sollen allem Begehren nach Gerechtigkeit, Verbesserungen und Idealen den Rücken zu kehren. Nimm, was du hast. Ich finde das nicht empfehlenswert und es wundert mich, dass das hier Perrone gefallen haben soll."

„Hm. Epikurs Studium hat mir eine wichtige Erkenntnis gebracht: Glück ist subjektiv. Wenn wir aufhören, ständig mehr zu wollen, hören wir auch auf, uns zu quälen."

Therese bewegte ihre Beine, die von dem eisigen Wasser gelähmt wurden, und zog Cariellos Schal fester um sich. „Wenn man Epikurs Thesen folgt, hört der Einzelne auf, nach dem Vorteil aller zu streben, und sucht nur noch das eigene Glück."

„Das Rezept, wie man eine Gesellschaft ruiniert ...?" Cariello zwinkerte ihr zu.

Therese nickte, aber wurde über ihre eigene Emotionalität verlegen. „Ist das nicht eigenartig, dass der Homo sapiens als einziges Wesen auf der Erde fähig ist, sich über eine Lücke von 2000 Jahren Nachrichten zu senden?"

„Wer auch immer das hier geschrieben hat, diskutiert noch immer mit uns und hat es spielend geschafft, Sie aus der Ruhe zu bringen."

Therese fröstelte und ihre Füße gefroren. „Glauben Sie, dass die Kirche fürchtete, durch Epikurs Lehre ausgelöscht zu werden, und dass das hier das Geheimnis ist, das sie verbarg, als Winckelmann ermordet wurde? Haben Winckelmann und Weber diesen Raum gesehen und mussten sie dafür sterben? Epikur sagt, dass Kirchen überflüssig seien ..."

Cariello zog die Brauen zusammen. „Der Vatikan hat weder Epikur noch seine Worte gemocht. Plinius hat ihn noch befürwortet, aber zumeist verdammte man ihn. Dante versetzt ihn in seiner ‚Göttlichen Komödie' wegen seiner Leugnung der Unsterblichkeit und des liebenden Gottes in die Hölle. Epikur war der Kirche gefährlich und jeglicher Verehrung von Vaterland und König ebenso. Er macht die eigene Zufriedenheit zur einzigen Priorität. Selbst den heutigen

Politikern wäre seine Wahlverweigerung nicht recht. Im 18. Jahrhundert war dieser Raum Brennstoff."

Therese trat auf der Stelle, um sich die Füße zu wärmen und sie abwechselnd aus dem Wasser zu nehmen. Der beißende Schmerz in ihnen war kaum auszuhalten. „Die entscheidende Frage für das Bestehen der Kirche ist nicht nur, ob es Gott gibt, sondern auch ob ihn unser Schicksal interessiert und wir ihn durch Gebete beeinflussen können. Die Worte Epikurs hier sind kreuzgefährlich für den Vatikan. Als man die Villa fand, begann die Zeit der Aufklärung. Man gierte nach den Worten der antiken Weisen und Epikurs Worte wären rasend schnell in aller Munde gewesen, wenn man sie veröffentlicht hätte."

„Ts. Was für ein Dilemma für die Kirche: Wenn man Gott nicht beeinflussen kann, gibt es keinen Unterschied zwischen ihm und dem Urknall, nicht wahr?"

Therese stampfte auf und das Wasser spritzte ihnen bis zu den Knien. „Verzeihung. Mir ist kalt. Professor, dieser Raum hier ist gefährlich."

„Politisch war er es zumindest früher und im Augenblick ist er es immer noch für unsere Gesundheit. Es ist eisig hier unten." Cariello schmunzelte und auch er streckte seine Schultern, um sich aufzuwärmen. „Ich denke, Perrone hat nach Epikur gesucht. Kommen Sie." Er begann, die Halle mit ihren leuchtenden Fresken zu untersuchen und auszuleuchten. Therese war dankbar dafür, dass seine Stirnlampe nicht mehr den Griechen in der weißen Toga erhellte und sie dem Blick des unheimlichen Greises entkam. Sie war zunehmend benommen. In der Tiefe des verschütteten Saals hatte sie Mühe, zu atmen, und die Kälte machte es nicht besser.

Cariello rief sie wenige Augenblicke später zu sich. Er zeigte zur rechten Seite der Inschriften. Dort hatten ungeschickte Hände zwei Paragrafen hinzugefügt. Der Erste war in Latein in verblasster dunkelroter Farbe geschrieben worden, der zweite in Kohle in Italienisch.

„Hier war jemand." Cariello las den ersten Text vor:

> „Suchender, der du diesen Text liest, verbeuge dich vor der Weisheit des Epikur, dessen letzten Papyrus, geschrieben mit sterbender Hand, dieser Saal verbirgt.
>
> Die Wahrheit leuchtet uns.
>
> Den richtigen Weg leitet uns nun das letzte Wort des großen Weisen."

Cariello drehte sich zu Therese und jagte dabei mit seiner Stirnlampe bizarre Schatten über die Wände. „Am Ende steht der Name ‚Plinius'." Er pfiff durch die Zähne. „Plinius muss ein letztes Buch Epikurs gesehen haben. Womöglich das Buch, das auch Perrone gesucht hat?"

„Plinius war hier?!"

Cariello sah sie verblüfft an, dann lächelte er. „Es scheint, wir haben ein Autogramm gefunden."

Therese fühlte sich berauscht. Sie befand sich an einem Ort, an dem Plinius vor ihr gestanden hatte und den seitdem niemand verändert hatte. Vorsichtig leuchtete sie über die zweite Handschrift, die in Kohle auf die Wand gekritzelt worden war. Ihre geschwungenen Züge waren nicht unterzeichnet.

„In Eile und in Gefahr berge ich hier erneut den bedeutendsten Text der Menschheit, das Manifest des Epikur.

Entrissen dem Einen, versteckt vor den Anderen, unfähig, den Rat des Weisen zu befolgen.

Zurückgebracht 1769."

Ihre Begeisterung machte Verwirrung Platz. „Was soll das heißen? Jemand hat die Villa Jahre nach dem Ende der bourbonischen Ausgrabungen betreten und das Buch ‚zurückgebracht'? Woher zurückgebracht? Und wieso?" Sie sah sich um. Bis auf die Tische, die Bänke und die Lava war der dunkle Saal leer.

Cariello sprach leise. „Glauben Sie, das Buch Epikurs befindet sich in der zweiten Bibliothek und diese könnte irgendwo hier liegen?"

Therese sah erregt auf sein markantes Gesicht mit der Maske vor dem Mund und den glühenden Augen. Sie fühlte sich zunehmend surreal. „Das wäre unfassbar. Wenn sie hier wäre. Und das Buch mit ihr."

„Suchen wir nach. Wo verbirgt sich die bedeutendste Bibliothek der Welt?!"

In Lebensgefahr

Der Geruch nach Moder und kaltem Stein lag in greifbarer Dichte in der Luft. Es war totenstill. Therese hielt die Karte der Villa mit klammen Fingern ins Licht ihrer Stirnlampe. Es war diejenige, die Weber im Sterben vor seinen Mördern verborgen hatte. Sie musste einen Hinweis enthalten. Es konnte einfach nicht anders sein. Das dunkle Rot der Linien leuchtete wie Blut. „Wenn es eine zweite Bibliothek gibt, muss sie hier im ersten Stock liegen. Das Erdgeschoss liegt zu nahe am Meer. Niemand bringt eine Bibliothek am Strand unter."

Cariellos Gesicht war nass vom Grundwasser, das von der Decke tropfte. Die Luft im Raum war gesättigt von Feuchtigkeit. Seine Jacke, Hose und selbst die Haare trieften. Therese bewunderte seine Zähigkeit. Sie spürte ihre eigenen Kräfte schwinden. Ihr mangelte der Sauerstoff und sie fror erbärmlich, aber Cariello wirkte stoisch-unberührt von den Entbehrungen der Unterwelt. Er zog sie voran zur linken Wand des Saales. „Ich denke, die zweite Bibliothek könnte unter der ersten liegen."

Sie wateten durch den Raum und sahen im Licht ihrer Stirnlampen, was ihnen zuvor entgangen war: In der Mauer befand sich eine bemalte hölzerne Tür, verborgen von den darüber gemalten Fresken.

„Ein Durchgang!" Therese merkte, wie sehr ihre Stimme von der Kälte zitterte, aber ihr Puls machte gleichzeitig unregelmäßige Sätze der Aufregung. Selbst der bronzene Türknopf war noch dort, wo er sich in der Antike befunden hatte. ‚Hier sind einst Leute durchgegangen, so wie ich heute durch die Tür meiner Wohnung gehe. Ohne sich etwas dabei zu denken. Und ohne zu frieren.'

Cariello zog seine Jacke aus und legte sie um ihre Schultern. „Halten Sie durch, Therese. Wir sind fast da." Er trat näher und leuchtete über das Holz. „Ich denke, der Ort ist vielversprechend, aber wir sollten vorsichtig sein. Solche uralten Konstruktionen können zerbrechen, wenn man nur den Finger daran legt. Wenn Holz im Wasser liegt, kann es sein, es sieht nach zweitausend Jahren noch immer aus wie neu, aber der Schein trügt. Das Zellinnere wird durch die Feuchtigkeit ersetzt. Man fasst das Holz an und es gibt nach. Schlimmer: Wenn es trocknet, zerfällt es zu Staub."

Therese zog die Jacke um sich und schob ihre Atemmaske höher. Räume wie diese waren gefährlich. Pilze und Bakterien konnten eine tödliche Mischung bilden, wenn sie nicht völlig luftdicht abgeschlossen gewesen waren.

„Es geht die Legende, dass der Philosoph Philodemus von Gadara die Originale seines Lehrers Epikur aus Athen nach Italien brachte, als Epikurs Haus im Athener Melite-Viertel abgerissen wurde. Gadara, heißt es, habe bei Lucius Piso gewohnt und Gadaras Schriften wurden hier in der Villa gefunden. Aber nicht die wertvollen Originale Epikurs."

„Denken Sie, wir werden sie und auch die von Plinius erwähnte letzte Schrift Epikurs finden?"

Cariello zuckte die Schultern. „Ob wir sie finden, weiß ich nicht. Aber ich denke, sie ist das, was Perrone suchte, als man ihn erschlug. Jemand muss hier unten gewesen sein. Der zweite Paragraf, der den Fresken hinzugefügt wurde, ist in Italienisch. Jemand wusste von dem hier. Perrone muss eine schriftliche Aufzeichnung darüber gefunden haben und suchte das Buch des Griechen."

„Und die sechste Statue?"

Cariello schob die Unterlippe vor. „Vielleicht auch die. Für sich oder für andere." Er griff behutsam nach dem Türknopf. Seine Finger glitten so vorsichtig darüber, als berühre er Spinnweben. Das nasse Holz bewegte sich. Er hielt den Atem an und schob es vorwärts. Millimeter um Millimeter. Das Wasser darunter gurgelte leise.

„Himmel!"

Der Ausruf entfuhr Cariello so plötzlich, dass Therese zusammenzuckte. Sie riss sich zusammen, reckte den Hals und schaute vorsichtig an ihm vorbei. Hölzerne Regale füllten den Raum hinter der Tür. Sie reichten bis zur Decke und waren mit tausenden dunklen Bündeln gefüllt. „Papyri!" Sie war so beeindruckt, dass ihr Herz sich zusammenkrampfte. Es raste pochend gegen ihre Rippen und sie musste sich zusammenreißen, um nicht vom Schock benommen den Boden unter den Füßen zu verlieren. Sie fragte sich, warum sie sich so bizarr fühlte. Ihr war schwindelig.

Cariello schob die Tür weiter auf. Ein kleiner Marmorschrank mit geschlossenen Flügeln wurde sichtbar. Er stand in der Mitte der zweitausend Jahre alten Bibliothek und glänzte so weiß und unversehrt in der Finsternis, als habe man ihn gerade erst erschaffen. Der Marmor war über und über bedeckt mit fein ziselierten Skulpturen, die halb versunken aus dem Wasser schauten. Das kniehohe Möbelstück musste bereits bei seiner Herstellung ein Vermögen gekostet haben. In der Finsternis des Raums wirkte es wie eine Schatztruhe, die den Eindringling anzog wie der Gesang von Sirenen.

Therese fühlte, wie ihre Knie weich wurden, und sie Mühe hatte, zu schlucken. Vor ihnen lag ein uraltes Wunder. Sie war eine der privilegiertesten Personen der Welt, es sehen zu dürfen. Sie stützte sich an der Wand ab. Eine Sekunde hatte sie den Eindruck, diese gäbe nach und sie musste sich abfangen.

Cariello zögerte, dann trat er zu dem Marmorschrank und öffnete mit äußerster Vorsicht die daran angebrachte Sperre und die Türen.

„Verdammt!"

Therese zuckte erneut zusammen. Ihr war übel. „Was?" Sie sah Cariello über die Schultern. Nur Fingerkuppen-große Fetzen Papyrus lagen auf der schmutzig-weißen Ablage des fast vollständig mit Wasser gefüllten Möbelstücks, ansonsten war es gähnend leer.

Cariello griff nach einem der Stücke und hielt es ihr entgegen. Seine Finger bebten vor Erregung. „Wissen Sie, was das bedeutet?"

Therese starrte auf ein unberührtes gelbes Papyrusstück. Und leuchtend schwarze Schrift.

Sie wollte etwas sagen, aber plötzlich wurde es dunkel um sie her. Sie taumelte und brach zusammen.

Der verschwundene Papyrus

Cariello griff Therese am Arm und zog sie zurück auf die Beine, hinaus aus dem kleinen Raum in den größeren Saal. „Therese. Sie sind umgekippt. Wir müssen raus hier. Es gibt zu viele Gase und nicht genug Sauerstoff. Hören Sie mich?" Er schüttelte sie. „Wir sind in Gefahr. Sie sind unterkühlt und die Stoffmasken nützen nichts. Wir hätten mit Atemgeräten und Trockenanzügen kommen müssen. Ich mache mir Vorwürfe. Therese!?"

Er hatte Mühe zu verstehen, was sie stammelte: „Die Papyri. Sind sie lesbar?" Therese rang nach Luft.

„Nach den Fetzen zu urteilen waren sie nach dem Vulkanausbruch noch erhalten. Die Hitze hat sie nicht erreicht und Feuchtigkeit und Luftabschluss haben sie bewahrt. Wer das letzte Werk Epikurs gestohlen hat, hat einen Schatz aus dem Saal getragen, aber wenn die Papyri trocknen, zerfallen sie. Ein einziger Tag in Trockenheit genügt."

„Wir müssen sie finden."

„Als Erstes müssen wir vor allem raus hier." Auch Cariello hatte Mühe, in der bedrückenden Luft zu atmen. Die Maske, die ihn vor giftigen Pilzsporen schützen sollte, schnitt ihm den wenigen Sauerstoff ab, der noch vorhanden war. Er riss sich den Schutz vom Gesicht und schnappte wie ein Fisch auf dem Trockenen nach Rettung, aber alles was in seine Lungen drang, war modriger Gestank. Voller Bitterkeit verfluchte er sich für die Hast, mit der in die Villa hinabgestiegen war, anstatt einen sicheren Weg und bessere Ausrüstung zu wählen. Er hatte die Opposition der Leitung der Anlagen

Herculaneums gefürchtet und war vorangeprescht. Was, wenn sie dies jetzt das Leben kostete?

Noch während er sich selbst verdammte, erregte eine Kleinigkeit seine Aufmerksamkeit: ein Stück gepresste Erde von der Sohle eines modernen Schuhs. Trotz der dräuenden Gefahr griff er danach. ‚Ich wusste, dass wir nicht die Ersten sind, die den Saal in letzter Zeit wiederentdecken … Kein Wunder, dass ich den Tuff an der Treppe so leicht zerbrechen konnte.'

Er verstaute die Erde in einer Streichholzschachtel, die er in seinem Militärrucksack fand und deren Inhalt er in dessen Tasche ausleerte. Er hatte Mühe, den Rucksack zu öffnen und zu schließen. Mit Schrecken realisierte er, dass ihm seine Finger nicht mehr gehorchten.

Therese taumelte indessen vorwärts. Er sprang zu ihr, um sie auf den Beinen zu halten und zum Ausgang zu ziehen, aber der Schmerz des Verlusts stach ihn messerscharf in die Brust. Es war nicht sicher, dass er die Fresken in seinem Rücken jemals wiedersehen würde. Wenn die Superintendanz von seinem Alleingang erfuhr, konnte es sein, dass man ihn von Herculaneums Ruinen ausschloss. Und der Erste, der dafür sorgen würde, war Manzoni. Hastig nahm er sein Telefon heraus und fotografierte Bibliothek und Wände. Das grelle, eilige Blitzen ließ die Figuren der Gemälde wie Phantasmen aufleuchten und wieder in der Dunkelheit verschwinden. Wie von einer Viper gebissen zuckte er zurück. Für eine Sekunde hatte er den Epikur an der Wand für eine lebendige Person gehalten. Die Atmosphäre der aus dem Dunkel aufleuchtenden Gesichter war so surreal, als ob die Gestalten der Fresken lebendig würden und auf ihn zukämen.

Er griff Therese und zog sie zur Tür: „Verzeihen Sie mein Zögern. Raus. Ich fantasiere schon."

Therese lallte etwas, was er nicht verstand. Ihre Knie gaben erneut nach.

„Therese. Nur ein paar Schritte. Laufen Sie. Los." Mit einem Kloß des Schreckens im Hals schleppte er sich und Therese zum Ausgang. Er tat es im einsetzenden Delirium. Schwarze Schatten näherten sich von allen Seiten. Es war, als hätten sie den Keposgarten des Epikur betreten, statt nur seine Darstellung auf einem Fresko zu sehen, und als ob die Schüler des Griechen hinter ihnen herkämen. In seinen Beinen tobten von der Kälte erzeugte Schmerzen. Seine Augen tränten und er stolperte über erstarrte Tuffwellen, die unter dem Wasser verborgen lagen. Mit Therese in den Armen stürzte er zu Boden und für einen Augenblick bedeckte ihn das eisige Nass fast völlig. Hastig raffte er sich auf, zog Therese hoch und erreichte den Korridor umgeben von aufspritzendem Wasser und Schlamm.

Der enge Gang schien zu schwanken, sich zu drehen und vor seinen Augen die Richtung zu ändern. Als sie gekommen waren, waren sie nach wenigen Schritten in den Freskensaal abgebogen. Jetzt stellte er mit Entsetzen fest, dass er links und rechts nicht mehr auseinanderhalten konnte. Sein Gehirn war wie benebelt. Nirgends war Licht. Der Strahl seiner Lampe schien schwächer geworden zu sein und erratischer. Seine Stiefel hatten sich mit Sand und Wasser gefüllt. Mit letzter Kraft entschied er sich für eine Richtung und stürzte mühsam voran. Augen und Mund fest geschlossen, ließ er die Hand an der Wand entlanggleiten, um den Weg zu finden und die tanzenden Halluzinationen vor seinen Pupillen zu bändigen.

Keuchend erreichte er ein Loch. Er schnappte noch einmal nach Luft und riss die Augen auf – er stand vor den Stufen nach oben! Ihr Anblick gab ihm alle Lebensgeister wieder. Mit Gewalt zog er Therese hinauf. Ins Freie.

Die steinernen Treppen schlugen gegen seine Schienbeine, seine Füße glitten auf der Tropfsteinschicht, die darüber lag, aus. Tuffstücke rollten ihm entgegen.

Dann jedoch hatte er es geschafft. Licht blendete ihn. Sie waren an der Luft. Als sie auf der Loggia der Villa anlangten, ging er neben Therese in die Knie. Zu Tode erschöpft, aber erleichtert: Sie waren gerettet und lebendig. Die Geister der Villa hatten sie für heute verschont.

Unangenehme Enthüllungen

Der Temperaturunterschied zwischen dem Inneren des glitschigen Brunnens und dem sonnenüberströmten Hof des Hauses in der Via Roma war radikal. Die weißen, verfallenen Hauswände warfen das Sonnenlicht ohne Gnade zurück. Es schmerzte in den Augen und verwandelte den gepflasterten Patio in einen Brutkasten.

Therese schob sich hinter Cariello über den Rand des Brunnenschafts. Zerkratzt, nass und noch immer zitternd vor Kälte. Er zog sie den letzten Meter über den Stein. Ihre Hände hielten sie nicht mehr und sie ging auf dem Pflaster zu Boden. Die Haare feucht und strähnig, die Kleidung schmutzverkrustet. Schlamm hatte ihre Hose bis zur Hüfte verfärbt. Sie warf ihre Stirnlampe neben Seil und Karabiner, froh, sich ihrer zu entledigen. Ihre Bluse war von grüngrauen Schlieren überzogen und ihre Fingernägel, mit denen sie darüberfuhr, zerbrochen. Blut klebte an ihren zerschundenen Gelenken. Sie hätte sich vollends lang hinlegen mögen.

„Wir leben noch. Halleluja." Ihre Stimme klang ihr selbst fremd im Ohr. Sie schniefte und wischte sich mit dem Handrücken über den Mund, nahe daran, sich vor Erschöpfung zu übergeben. Mit geschlossenen Augen, die Handflächen auf die heißen Steine gelegt, wärmte sie sich auf, erleichtert, in die Wirklichkeit zurückzukehren. Die frostige Kälte der Tunnel war ihr bis ins Knochenmark gedrungen. Sie konnte sich nicht daran erinnern, jemals in ihrem Leben so ausgelaugt gewesen zu sein.

Als sie die Augen öffnete, erfasste sie trotz ihres Zustands Heiterkeit. „Das war alle meine Jahre des Studiums wert. Alle

Mühe, alles Lesen und Lernen." Sie spuckte den Schlamm aus, den sie auf der Zunge hatte, und lachte, sich bewusst, dass sie es aus Entkräftung tat. Ihre Hysterie war gemischt mit Euphorie. Unter ihren Füßen, 30 Meter tief im Untergrund, lag eine antike Bibliothek, eine Inschrift von der Hand des Plinius und Fresken von nie gesehener Lebendigkeit. „Das alte Rom als wäre es nie untergegangen. Und wir waren dort!"

Sie spürte Cariellos warme Hand auf ihrer noch immer zitternden Schulter. Er hatte sie den gesamten Rückweg über festgehalten und vorangezogen, besorgt, dass sie noch einmal zusammenbrechen könnte. „Geht es?"

„Ich lebe noch."

„Es tut mir leid. Ich hätte das alles besser vorbereiten sollen. Glauben Sie mir, ich bin beschämt, Ihnen das hier angetan zu haben. Mit den Zuständen unter dem Boden der Loggia hatte ich nicht gerechnet, aber ich hätte damit rechnen müssen. Zu allem Überfluss gibt es schlechte Neuigkeiten. Das Tor zur Straße ist verriegelt. Die Besitzer des Hauses haben es verschlossen und ich habe keinen Zweitschlüssel dafür. Ich habe an die Fenster geklopft, aber niemand antwortet. Es bleibt uns nichts übrig, als zu warten, bis das Eisengitter zur Straße erneut geöffnet wird. Verzeihen Sie mir." Cariellos Stimme klang ruhig und warm, so professoral dunkel, wie sie es aus seinen Vorlesungen gewohnt war. Auch er war zurück in der Realität. Zurück in seinem Panzer der gepflegten Distanz.

Sie sah ihm in die Augen. Er wandte den Kopf ab und erhob sich, die Lippen heftig aufeinandergepresst. Sie hatte nicht erwartet, ihn so beschämt zu sehen, auch wenn sie verstand, dass es ihn noch nachträglich entsetzte, dass er sie in Lebensgefahr gebracht hatte. Sie war zu erschöpft, um sich über seine Distanz und die schlechten Nachrichten zu ärgern. Sie lehnte sich an den Brunnen, um auszuruhen. In ihrer Brust breiteten sich gemischte Gefühle aus. Sie war nass, abgekämpft und hungrig, aber gleichzeitig in Hochstimmung.

Sie wartete, ob Cariello zurückkehren würde, und sah sich schließlich nach ihm um. Er hatte sich hinter ihr im Schatten an die Hauswand gelehnt und blätterte durch die von ihm angefertigten Fotos, ordnete Seile und zählte Karabinerhaken. Mit seinen langen Gliedern und der verschlossenen Miene wirkte er, als störe es ihn nicht, dass er zum Warten und Hoffen verdammt war. ‚Als ob kein Mörder vor uns das Geheimnis der Villa unter uns entdeckt hätte und als ob die Papyri der zweiten Bibliothek nicht in Gefahr wären. Und als ob zwischen uns nichts wäre.' Ihr ehemaliger Professor hatte ihr an diesem Tag ein ganz anderes Bild von sich gezeigt als in der Universität, und sie mochte es. Es schien, nicht nur Manzoni war ausgesprochen waghalsig.

Cariello war so verdreckt und nass wie sie selbst, aber die grüne Farbe seiner Kleidung verbarg das Ausmaß der Verschmutzung besser als ihre Sommerkleidung.

Sie schüttelte den Kopf. ‚Hätte ich geahnt, was mir der Tag bringen würde, hätte ich weder Sommerbluse noch Sandalen angezogen.' Sie begann, sich zu erholen und aufzuwärmen, Hunger meldete sich in ihren Eingeweiden. Cariello schien davon unberührt. Allen anderen Männern, die sie kannte, war Essen prioritär. Wichtiger als ihr. Aber nur ihr Magen schien wie ein Wachhund zu knurren. Dazu gesellte sich Durst. Die Kälte der Tunnel hatte sie ausgelaugt.

Cariello klappte sein Telefon zu und setzte sich in den Halbschatten neben sie.

Sie nickte ihm provozierend zu. „Und, hat unser Ausflug Sie zum Epikureer gemacht?"

Cariello schmunzelte. Seine Wangen und die Stirn waren schmutzverschmiert. Striemen von Moder verstärkten sein abenteuerliches Aussehen. „Es hilft der Moral, sich wie Epikur in frustrierenden Situationen, wie etwa vor verschlossenen Hoftoren, bei Appetit auf ein Abendbrot oder auf glühend heißen Pflastersteinen, zu überzeugen, dass alles, was unabänderlich ist, ignoriert werden sollte. Aber leider funktioniert das bei näherer Betrachtung nicht."

Therese lachte. „Der Hunger bleibt?"

Ein belustigtes Funkeln trat in Cariellos Augen. „Dinge können schwer zu ändern sein, ohne dass man sie hinnehmen kann. Die von Epikur empfohlene blinde Akzeptanz der bestehenden Situation kann unsinnig und, in ernsteren Momenten, tödlich sein … Sie haben nicht zufällig Haarnadeln bei sich, um sie als Dietrich zu verwenden?"

„Nur einen völlig unnützen Haargummi, fürchte ich."

Cariello beugte sich vor, langte nach seiner Armeejacke, die über seinem Rucksack lag, und legte sie zusammen. Er gab sie ihr, sodass sie sich daraufsetzen konnte. Sie bedankte sich stumm und fühlte, wie ihre Wangen heiß wurden. Seltsamerweise störte es sie nicht, in seiner Gegenwart so durchnässt und verdreckt zu sein. Im Gegenteil. Es verband sie miteinander.

Cariello blinzelte in die Sonne. „Diese Sache mit Epikur verblüfft mich. Ich hatte weder dieses Fresko noch die Referenz zu einem letzten Buch in der Villa erwartet. Das ist es also, was Perrone suchte. Das letzte Buch des Philosophen des Glücks. Ich hätte darauf kommen müssen."

„Ein Philosoph des Glücks. Das ist ein großer Begriff.“

„Epikur empfahl seinen Jüngern, ihren Begierden zu entsagen, sich vom öffentlichen Leben zurückzuziehen und sich dem lustvollen Leben ohne Wünsche und Sorge hinzugeben. Der Sinn des Lebens sei das individuelle Glücklichsein.“

„Wenn ich mir die auserlesenen Fresken in der Villa ansehe, scheint es, dass seine Ansicht auch in der Villa Anhänger hatte. Was denken Sie, wer hat das bezahlt?“

„Piso oder Cäsars Frau Calpurnia? Wer weiß. Gemeinhin war es das frustrierte Bildungsbürgertum und nicht die römischen Mächtigen, die Epikur verehrten. Cicero zum Beispiel hasste Epikurs Verachtung der Politik. Aber welcher Politiker mag es schon, wenn man ihm den Rücken zukehrt?“ Cariello grinste. „Leider hat der Mangel an Teilnahme am öffentlichen Leben die Epikureer letztendlich das historische Überleben gekostet. Geduld und wunschlos-glückliche Zurückgezogenheit verteidigen keine Interessen. Die Natur begünstigt den Aggressiven.“

„Epikur steht im Widerspruch zu den Gesetzen der Evolution?"

Cariello nickte. „Der Stärkste überlebt und nicht der Geduldigste. Die Epikureer wurden verteufelt und verdrängt, ihre Bücher verbrannt. Was sagt uns das für unsere auf das persönliche Glück orientierte Gesellschaft von heute, die im Grunde Epikurs Theorien auslebt?"

„Dass wir von Stärkeren verdrängt werden?“ Therese musterte Cariello. „Aber warum hat Perrone dann das Buch Epikurs gesucht?“

„Wenn ich die Inschriften richtig interpretiere, suchte er ein letztes, noch unbekanntes Buch. Ich spekuliere, aber vielleicht enthielt es eine Revision von Epikurs Philosophie, das heißt, möglicherweise den nächsten Schritt zur Entwicklung unserer Gesellschaft?"

„Ein Allheilmittel gegen den Untergang des Abendlandes?" Therese schmunzelte, schüttelte den Kopf und atmete tief durch. „Hat Epikur seine ursprünglichen Grundsätze wenigstens selbst umgesetzt und war er damit glücklich?"

Cariello grinste noch mehr und zeigte strahlend weiße Zähne. „Natürlich nicht. Wie viele Christen halten tatsächlich die andere Wange hin und wie viele Buddhisten leben tatsächlich ohne Lüste? Epikur hat begierdeloses Leben gepredigt, aber hat seinen Jüngern anbefohlen, seinen Geburtstag als Feiertag zu begehen. So ein Ansinnen wird nicht aus Begierdelosigkeit geboren, sondern aus der Sucht nach Anerkennung." Die Lachfalten um Cariellos Augen vertieften sich. „Der Mensch bleibt, was er ist. Motiviert von Gier und Geltungssucht. Er wird nur dann asketisch, wenn nichts anderes zu haben ist."

„Epikur zeigt uns, wie wir auch ohne Erfüllung unserer Wünsche glücklich sein können. Immerhin offeriert er uns einen Ausweg für Notfälle." Therese lachte und setzte sich bequemer an die Wand des Brunnengebäudes. „Epikur fällt aus dem Rahmen, nicht wahr? Die meisten anderen Philosophien propagierten Wege, um den gierigen Menschen dazu zu bringen, mit anderen zu teilen."

„Auch Religionen taten das. Sie sind nicht so nutzlos, wie wir heute gerne glauben."

„Und Epikur meinte, wir kümmern die Götter nicht und sollten uns auch nicht um sie und um andere Menschen kümmern? Denken Sie nicht, dass es dann doch besser ist, eine Kirche zu haben, um statt jeder in Eigensucht, alle in Hingabe für den Nächsten zu leben?"

Cariello zuckte die Schultern. „Es muss nicht Religion sein, was uns an unseren Nächsten denken lässt. Man glaubt, was man glaubt."

„Aber es ist gefährlich, wenn eine Gesellschaft keinen ‚Klebstoff' hat und jeder nur an sich denkt, richtig?"

Cariello nickte. „Eine Gruppe ist stärker als der Einzelne. Bisher hat jede Kultur der Welt für eine gemeinsame bindende Idee optiert, ob man sie nun ‚Religion', ‚Ideologie' oder ‚Nation' nannte. Es gab immer einen allseits akzeptierten Grund, der alle zusammenschweißte. Ein ‚Wir'. Er ist genauso erfunden wie Geld, Flaggen oder Hymnen. Aber der Mensch verteidigt ihn mit beträchtlicher Emotionalität."

„Beschäftigte das Perrone? Dass Ideologien in der heutigen westlichen Welt nicht mehr modern sind? Es geht nur noch um globale Interessen oder aber um die eigene Erfüllung."

„In einem hat er recht, Therese: Der Mensch ist egoistisch. Er denkt an seinen eigenen Vorteil. Wenn es nur noch ein ‚Ich' gibt oder ein gesichtsloses ‚Jedermann', kann das sehr gefährlich werden. Wir brauchen etwas, das uns an unseren Nächsten denken lässt. Nur in einer Gruppe sind wir überlebensfähig."

Therese fuhr sich durch die Locken und ließ den Blick über den sonnenverbrannten Hof schweifen. Die Steine unter ihr brannten selbst durch Cariellos Jacke hindurch. „Epikur hat sein ganzes Leben gegrübelt. Ich frage mich, ob ihm das

Problem der Auswirkung seiner Philosophie klar geworden ist. Die Gefahr, die sie darstellte – wenn jeder nur noch an sich selbst denkt. Meinen Sie, Epikur hätte die Frage wirklich in seinem letzten Buch beantwortet? Die Frage, wie sich individuelles Streben nach Glück und das Überleben einer Gemeinschaft vereinen lassen? Auch heutzutage?"

Cariello lachte und seine klaren schwarzen Augen blickten sie auf einmal sehr direkt an. Er flüsterte verschwörerisch und zwinkerte ihr zu: „In diesem Fall wäre das Buch weltverändernd."

Therese spürte, wie ihr erneut heiß wurde. Cariello machte sie nervös. Sie war froh, als er sich seinem Rucksack zuwandte, ein Streichholz herauszog und zwischen die Zähne steckte. Sie hätte auch gern etwas gehabt, um ihren Hunger und ihre Ungeduld zu beruhigen. Wenn möglich, mehr als ein Streichholz … Sie räusperte sich. „Was auch immer im letzten Buch Epikurs geschrieben steht, ein Mörder besitzt es. Denken Sie, der Vatikan hat das Buch an sich gebracht?"

Cariello lachte. „Der Vatikan? Wenn die Kirche das Buch früher gekannt hat und es verbergen wollte, hätte sie Winckelmann exkommuniziert oder verhaftet. Der Vatikan ist vielleicht informiert, aber dass er dafür früher und sogar noch heute morden sollte …?" Er schüttelte den Kopf. „Das scheint mir absurd. Eine einzelne Person vielleicht."

Therese machte eine heftige Geste. „Das Benehmen dieses Poldi Pezzoli hat mich in den letzten Tagen beschäftigt. Meinen Sie, dass er den Papyrus hat? Ich habe Ihnen noch nicht davon erzählt, aber er ist gestern ins Labor gekommen und hat mich bedroht."

Cariello hob die Brauen. „Das sagen Sie erst jetzt? Warum haben Sie das Camarata heute Morgen nicht erzählt?"

„Ich will keine Probleme mit Pezzoli bekommen. Ich habe nur einen zeitweiligen Vertrag und er entscheidet darüber." Sie blinzelte. „Aber eine Spezialistin hat am Skelett des Franzosen die Spur einer Messerwunde gefunden. Pezzoli hat mir die Ergebnisse der Untersuchung gebracht und gemeint, ‚in dunklen Tunneln würde sich auch schnell ein Messer für mich und einen gewissen Professor finden'."

Cariello runzelte die Stirn. „*Das* hat er gesagt?"

„Sie haben erwähnt, dass Sie ihn kennen. Was wissen Sie über Pezzoli?"

„Sie haben Angst vor ihm?"

Therese zuckte die Schultern, da es ihr widerstrebte zu nicken und zuzugeben, dass sie sich Sorgen machte.

Cariello schloss die Augen und lehnte den Kopf an die Steinwand hinter sich. Sein Adlerprofil bildete eine scharfe Silhouette vor der weißen Mauer. „Ich habe viel über diesen Pezzoli gehört und was Sie mir da erzählen, macht es nicht besser. Pezzoli war vorher in Sizilien beschäftigt. Sie wissen das?"

Therese nickte.

„Es hat damals in Palermo einen Kunstraub in einer bedeutenden Kirche gegeben und der Bischof, der sich anfangs dafür stark gemacht hatte, dass man die Kunstwerke wiederfinden sollte, der Himmel und Hölle bewegt hatte, um der Kirche wieder zu ihrer schönen vergoldeten Madonna zu verhelfen, hat eines Tages plötzlich nichts mehr zu dem Thema gesagt. Wer immer ihn dazu befragt hat, dem hat er keine Antwort mehr geben wollen. Der Bischof hatte auf einmal Angst."

Therese musterte Cariellos steinerne Miene. „Poldi Pezzoli hat den Bischof bedroht?"

Cariello kaute auf seinem Streichholz herum, bis es brach. „Pezzoli war damals der örtliche Verantwortliche für Kulturgutschutz. Er war es, der mit dem Bischof gesprochen hat, bevor dieser schwieg. Der Geistliche war mit Prostituierten gesehen worden. Von Pezzoli. Und von da an schwieg der Mann." Cariello seufzte. „Dieser Bischof war ein guter Bekannter von mir und ursprünglich ein Schulfreund meines Vaters. Abgesehen von den Versuchen, seine Einsamkeit entgegen den Regeln der Kirche zu erleichtern, war er ein sehr korrekter Mensch. Er hat mir das alles letztes Jahr in Andeutungen erzählt, kurz bevor er starb. Soweit ich es verstanden habe, deutete er die Sache als seine persönliche Strafe Gottes."

„Er hatte mehr zu befürchten als Pezzoli, wenn seine Sünden bekannt gemacht worden wären?"

Cariello nickte. „Pezzoli bekam unerklärlicherweise kurz danach eine Beförderung. Für seine ‚Bemühungen' und ungewiss auf wessen Bitte hin. Aber Sie können sich denken, wessen Bitte das war …"

„Der Mafia?"

Cariello hob den Kopf und blickte über den Hof. „Und irgendjemand in Rom. Die örtliche Superintendanz war deswegen heilfroh, Pezzoli loszuwerden und ihn nach Herculaneum abzuschieben. Die meisten Leute sind auch dort ehrliche Leute." Cariellos Gesicht blieb undurchdringlich, aber seine Augen glitzerten unter den dunklen Brauen.

Therese war beklommen zumute. „Dann könnte es sein, dass mein eigener Chef Perrone ermordet und die Papyri gestohlen hat?!"

Die Wache

Camarata hatte Cariellos Nachricht gelesen und war außer sich. Seit Jahren hatte er nicht mehr auf alle Heiligen geflucht, aber in diesem Moment tat er es. Er hätte brüllen mögen vor Frustration. Es gab zwei Morde und nun erwies sich, dass ein bedeutender Papyrus verlorengegangen war. Der Fall entglitt ihm. Was sollte er tun? Die Nachricht verheimlichen? Sie als Ermittlungserfolg veröffentlichen?

Stöhnend zerraufte er sich die Haare. Er hatte seit dem frühen Morgengrauen in seinem Büro über Papieren gesessen, um der Sache mit dem Vatikan nachzugehen. Allein die Vorahnung davon, was sein vorgesetzter General Valers dazu sagen würde, wenn er erfuhr, dass die Kirche ihn aufgefordert hatte, die Ermittlungen einzustellen, hatte ihn auf Trab gehalten. Nun schien es ihm, als ob eine mächtige Sanduhr seine Zeit immer schneller ablaufen lasse. Dazu kam der Gedanke an den Hinweis des mexikanischen Geistlichen, der gemeint hatte, Perrone habe sich mit einem Freier gestritten. Negri ging ihm nach, aber bisher hatten sie den jugendlichen Prostituierten nicht gefunden, der in die Sache verwickelt gewesen war.

Camarata wischte mit der Pranke über den Tisch. Lebensläufe und Führungszeugnisse flogen beiseite, begleitet von Listen mit Indizien und Hinweisen auf Personen. Er zögerte. Perrone hatte Angst vor der Wache Herculaneums gehabt. Wenn Perrone vorgehabt hatte, unerlaubt in die Tunnel einzudringen, um den Papyrus zu suchen, war das erklärlich. ‚Aber wenn er das einen Tag vorher seiner Mutter erzählt und am nächsten Tag sichtlich ungeplant und im

Anzug in den Gang kriecht, dann steckt da vielleicht mehr dahinter. Wieso dachte Perrone, dass die Wache ihn bereits im Auge hatte?'

Camarata griff nach den Angaben über Adriana Ferretti, der Chefin der Wachen. Die bieder aussehende Aufseherin war eine vielschichtigere Person, als er anfänglich gedacht hatte. Sie war Tochter einer drogenabhängigen Prostituierten, die diese nach einer Serie von Misshandlungen im Alter von neun Jahren in einem kirchlichen Heim abgegeben hatte. Ferrettis Dankbarkeit dafür, ihre Mutter losgeworden zu sein, schien grenzenlos und Mitgliedschaften in kirchlichen Vereinigungen, Missionsverbünden und Gruppierungen bereicherten laut ihrer Papiere ihre Jugendjahre. Zudem hatte Ferretti für Italien an der Olympiade im Diskuswerfen teilgenommen.

Camarata brummte: „Eine kirchentreue Fanatikerin und Leistungssportlerin. Und Chefin der Wache seit siebzehn Jahren. Der Wache, die jederzeit in die Nähe der Villa gehen könnte, um dort Runden zu laufen. Ich sollte mir die Frau nochmal ansehen. Was, wenn sie Perrone überwachte, vielleicht sogar zusammen mit diesem Pezzoli, und Perrone in der Nacht erschlagen hat, um den Papyrus an sich zu nehmen?" Laut der Wachpläne der Anlagen hatte Ferretti kein Alibi. Sie war in der Tatnacht getrennt von ihren Untergebenen durch die Ruinen gegangen und jemand war in die Villa eingestiegen, auch wenn nicht sicher war, wann.

Camarata stand auf und machte sich auf den Weg. Schon wenig später drückte er sich in den Sitz des Dienstwagens, erneut auf dem Weg nach Herculaneum. Es war noch früh, aber sein Unterfangen war schwerer als gedacht. Die Alleen Neapels erwiesen sich als hoffnungslos verstopft, die

Bürgersteige überfüllt. Dunst lag so dicht in der Luft, dass er das Atmen in der Hitze schwer machte. Der Grund des Chaos waren Abfallhaufen, die sich an den geschwärzten Häuserecken stapelten und an denen Straßenhändler rücksichtslos ihre Karren vorbeischoben, umtobt vom heillos überbordenden Verkehr und dem wütenden Hupen der Vespas. Ein Streik der Müllfahrer und der öffentlichen Verkehrsmittel hatte die Stadt überrollt.

Camarata saß neben Mathis und versuchte fluchend, im Autoradio an Hinweise zu kommen, wo noch ein Durchkommen war. Seine Mühe erwies sich als vergeblich. Die Nachrichten, die er aufschnappte, klangen katastrophal. „Ganze Stadtviertel sind isoliert, und vielleicht bleibt das den ganzen Tag so", knisterte es aus dem überalterten Apparat des Alfa Romeo. Die Sprecherin schimpfte, unterbrochen von der dazwischenfunkenden Melodie eines anderen Senders.

Camarata brummte missmutig und fuhr Mathis an. „Verdammt, nun fahr schon. Benutz das Blaulicht, scheiß die Leute an. Ich hab nicht ewig Zeit." Er war zermürbt vom Schlafmangel und sein Puls schien stündlich schneller zu schlagen. Mathis nickte nur, den Blick gebannt auf die Straße gerichtet. Ächzend sandte Camarata dann doch eine Nachricht an seine Kollegen, um sie über die fehlenden Papyri zu informieren, aber war sich im Klaren, dass, wenn Ferretti sie in ihrem Spind versteckte, Flughafenkontrollen nicht weiterhelfen würden.

Als der Dienstwagen Herculaneum erreichte, erwartete Ferretti ihn bereits pflichtschuldig. Wie sie dort vor den Verwaltungsgebäuden stand, wirkten ihre dicken Beine wie Pfeiler und ihre breiten Schultern plump. Camarata konnte sich nicht erinnern, dass sie bei ihrem ersten Zusammentreffen so steif ausgesehen hatte, mit nervösen Fingern, die an ihrer Uniformjacke zogen, und unruhigen Lippen. Er war sich jedoch nicht sicher, ob er in ihre Haltung etwas hineindeutete, weil er einen Verdacht hatte. Mit einer platten Geste lud sie ihn in ihr asketisch leeres Büro ein, wo sie sich ihm förmlich gegenübersetzte, die Hände gefaltet, die Züge steinern.

Camarata ließ sich auf den Stuhl vor ihrem Schreibtisch fallen, holte ein Taschentuch heraus und wischte sich den Schweiß von der Stirn. Er verdammte seinen Hang, selbst ermitteln zu gehen, statt seine Untergebenen zu schicken, wie er es als Kolonel hätte tun sollen, aber er brauchte den Geruch der Straße, um seine Unruhe zu bekämpfen. Trotzdem wusste er, dass sein Verhör der Frau riskant war. Wenn er von dem Papyrus sprach, erfuhr sie, dass er davon wusste.

Sein Blick glitt über Ferrettis Gesicht. ,Diese Frau ist weiß Gott keine Schönheit. Und die Baracke, die sie umgibt, ist noch weniger attraktiv. Sie bräuchten beide eine Renovierung.' Das Gebäude stammte aus den sechziger Jahren. Hinter Ferretti hingen Schlüssel an einem Brett mit Nägeln und handgeschriebenen Zetteln. Selbst die Carabinieri hatten eine bessere Ausrüstung. An einem der Haken stand ,Villa d. Pap.' und ein billiger Einheitsschlüssel hing dahinter. Was würde Ferretti mit Papyri machen, wenn sie sie hätte? Sie verkaufen, sie verstecken?

Ferretti räusperte sich und unterbrach seine Musterung. „Kann ich Ihnen eine Flasche Wasser anbieten?"

„Danke. Der Weg aus Neapel war anstrengend."

„Ich wohne auch nicht hier und habe heute Morgen zwei Stunden gebraucht. Die Streiks sind ein Albtraum."

Camarata nahm die Flasche, die sie ihm reichte, sich bewusst, dass er Ferretti wegen ihrer Aufmachung unterschätzt hatte. Ihre großen, südländischen Augen wirkten deplatziert in den einfachen Zügen. Die Brauen waren dicht und ungezähmt, die schwarzen Haare ungeschickt mit silbernen Einheitshaarklemmen zum Knoten gesteckt. Er hatte solche Klemmen schon seit Jahrzehnten nicht mehr gesehen, aber was hieß das schon. Trotz der groben Gesichtszüge erweckte sie in ihm den Eindruck von Durchschlagskraft. ‚Kraft gepaart mit Fanatismus?' Er musterte das silberne Kreuz an ihrem Hals und das Holzkruzifix an der Wand. Er hätte auch unterm Tisch nach den Papyri sehen wollen, aber wagte es nicht. Im Stillen fragte er sich, ob Ferretti im Alleingang gehandelt hatte oder in Absprache mit der Kirche.

Ferretti räusperte sich erneut. „Was kann ich für Sie tun, Kolonel?"

„Sind Sie schon lange die Chefin der Wachen?"

„Schon ewig."

„Gab es jemals Probleme?"

„Es gibt immer was. Kritzeleien an den Wänden, Raubgräberei, Touristen, die in die Ecken pinkeln."

„Aber nichts Ernstes?"

Sie schüttelte den Kopf. „Früher gab es mal einen Raubüberfall aufs Labor und antike Juwelen sind weggekommen, aber das ist lange her."

„Ich bin hier, um Sie zum Tod Perrones zu befragen."

„Sicher. Einer Ihrer Untergebenen hatte mich schon besucht und ist zweimal wiedergekommen. Bitte …"

Camarata lehnte sich über den Tisch, gehindert von seinem feisten Bauch, breit und bullig. „Ich habe eine Frage: Könnte es sein, dass in der Villa der Papyri noch antike Schriften liegen? Wissen Sie etwas davon?"

„Das ist möglich, aber es sind derzeit keine Ausgrabungen genehmigt und ich bin nur die Wache."

„Was, wenn Perrone nach lesbareren Schriften gesucht hätte als denen, die man schon kennt ...?"

„… dann hätte er dazu keine Erlaubnis gehabt." Ferrettis Gesicht blieb steinern. „Gibt es etwas, das die Carabinieri uns mitteilen wollen?"

Camaratas Blick traf den Ferrettis und ein kurzes Zucken ihrer Lider ließ ihn aufmerken. Ihr Blick huschte nervös zur Seite. Er fixierte sie. „Sie wissen doch, dass es in der Villa der Papyri eine zweite Bibliothek geben soll …?"

Ferretti knetete die Hände. „Der Direktor hat uns verboten, davon zu sprechen. Das ist Spekulation … aber ja, ich weiß davon. Es gab mal eine Expertenkonferenz, die viel Aufregung verursacht hat."

„Suchte Perrone vielleicht diese angeblich noch im Tuff liegende Bibliothek? Mit den Originalen Epikurs?"

Ferretti blies die Wangen auf. „Epikur ist Unsinn! Die Kirche lehnt ihn ab und ich denke nicht, dass es gut wäre, dass seine Bücher veröffentlicht würden." Sie biss sich auf die Zunge, zögerte, aber raffte sich dann auf. „Die Villa liegt im Tuff. Was immer dort drinnen liegt, steckt fest wie Kieselsteine im Beton. Dort ist nichts zu holen und Perrone wäre an nichts herangekommen."

Camarata beugte sich vor. „Aber Sie haben ihn bedroht. Er hatte bereits Tage vor seinem Tod Angst vor Ihnen. Warum haben Sie uns das verschwiegen?"

„Ich bedrohe jedermann, der ohne Erlaubnis in Tunnel kriecht, Fresken anfasst oder Barrieren überklettert. Das ist mein Job. Ich tue das hundertmal pro Tag."

„Sie haben mit Perrone gesprochen, aber haben uns gesagt, Sie würden ihn nicht kennen, als wir ihn aus dem Gang im Tunnel gezogen haben."

„Ich habe kein Personengedächtnis und mit so viel Blut im Gesicht … Ich kenne den Mann nicht. Wenn er irgendwo herumstand, habe ich ihn vielleicht angeblafft, aber solange es zu keinem ernsten Zwischenfall gekommen ist, haben wir die Personalien nicht aufgenommen."

„Sie waren die ganze Nacht in den Anlagen und außer Ihnen war niemand bei dem Tunnel."

„Es gibt zwei meiner Untergebenen …"

„… die bezeugen, dass sie in jener Nacht getrennt von ihnen Runden gelaufen sind, weil ein vierter Kollege krank war. Frau Ferretti, nehmen Sie es mir nicht übel, aber wir möchten bitte die Überwachungsbänder der drei vorhergehenden Wochen, die die Zugänge zur Villa der Papyri gefilmt haben. Perrone war bereits die Tage vor seinem Tod mehrfach in den Ruinen und jemand ist auf ihn aufmerksam geworden. Er hatte Angst, er war in Eile. Jemand war hinter ihm her und das nicht erst seit fünf Minuten." Er schürzte die Lippen. „Und wir schauen natürlich auch, ob dass Sie waren."

Ferretti stand auf. „Was soll das? Wollen Sie sagen, ich hätte diesen Mann erschlagen? Ich habe eine funktionierende Waffe und einen Schlagstock, aber habe trotzdem Tuffbrocken vorgezogen? Lächerlich. Wenn Sie nur Vermutungen haben und nichts Konkretes, sollten Sie jetzt gehen. Ich habe noch

Arbeit zu tun. Die Bänder lasse ich Ihnen raussuchen." Sie öffnete die Tür.

Camarata nickte und erhob sich. „Wir sehen uns die Videos an, aber wenn Sie uns gleich etwas dazu gestehen wollen, wäre das besser für Sie. Ich brauche Ihnen nicht zu sagen, dass Sie bitte im Lande bleiben."

Wut glänzte in Ferrettis Augen, als Camarata sich zum Gehen wandte.

Cariello erinnert sich an ein Detail

Das Büro in den veralteten Räumen der Universität war unerträglich dunkel und bieder. Zwei hohe Fenster gingen auf den Innenhof hinaus und wenn man aus ihnen hinaussehen wollte, musste man aufstehen. Staub glitzerte im hereindringenden Morgenlicht. Der Schreibtisch war dreißig Jahre alt und die Myriaden von Büchern im Regal verstaubt. Viele stammten noch von Manzoni. Flecken bedeckten die grünen Besucherstühle. Sie waren ihm früher nicht aufgefallen, aber jetzt entnervten sie ihn. Es war drei Jahre her, dass er zuletzt hier gewesen war □ es fühlte sich an, als wären es Jahrzehnte. Der Schlüssel an seinem Schlüsselbund hatte noch immer gepasst und die Tatsache hatte ihn befremdet.

‚Was tue ich in diesem verstaubten Gemäuer? Als wenn die Erde stehengeblieben wäre und sich keinen Zentimeter weitergedreht hätte. Und als hätte ich nichts Besseres zu tun, als Staub zu wischen □ nach allem, was gestern geschehen ist.'

An sich musste er die anstehende Vorlesung vorbereiten, aber seine Gedanken irrten ab. Die Ereignisse des Vortages spukten ihm durch den Kopf. Die wertvollen Papyri waren gestohlen worden und jede Minute konnte ihre Zerstörung bedeuten. Unter dem Siegel der Verschwiegenheit hatte er Camarata über den Ausflug in die Villa informiert und wusste, dass der Kolonel trotz seiner wutschäumenden Tadel nicht untätig bleiben würde. Unruhe und Machtlosigkeit fraßen ihn trotzdem auf. Er konnte nicht einfach auf seinem Stuhl sitzen und abwarten. An die Vorbereitung von Vorlesungen war nicht zu denken.

Auch der Gedanke an Therese beschäftigte ihn. Sie hatten sich erst kurz vor Mitternacht aus dem Hof in der Via Roma retten können. Er hatte sie nach Hause gefahren und es hatte sich seltsam vertraut angefühlt. ‚Ich sollte ihre Kleidung bezahlen. Es war rücksichtslos von mir, sie in den hellen Sachen zu dem Ausflug in den Brunnen zu überreden.‘ Sie hatte ihre zerrissenen Sandalen in der Hand getragen, als sie in der Tür verschwunden war. Den Kopf erhoben, aber über und über schlammbedeckt. Er hatte sich zutiefst geschämt, ihr das angetan zu haben und sie in Lebensgefahr gebracht zu haben.

Trotzdem, in der verstaubten Eintönigkeit seines Büros vermisste er ihre Energie. Hätte er ihr am Vorabend hinterhergehen sollen? ‚Was hätte sie davon gehalten?‘ Bilder von Thereses nasser Bluse, die sich an ihren Körper schmiegte, spukten durch seine Vorstellung. Er verfluchte sich selbst. Lucrezia war kaum gestorben und er schaute bereits nach einer anderen. Die Bitternis der letzten Jahre kehrte als Woge zurück und drückte ihm die Kehle zu. Eilig verdrängte er den Gedanken an seine ehemalige Studentin und zwang sich, erneut an Papyrus und Tänzerinnen-Statue zu denken. Wenn er schon unfähig war, sich mit den Pflichten seiner kaum wieder erlangten Professorenstellung zu befassen …

Van Heyne hatte ihm auf seine Bitten hin eine Nachricht gesendet, in der er ihn informierte, dass Marsilys Vater, Diel de Marsily, Kunsthändler in Rom gewesen sei. Paderni hatte zuvor als Maler dort gearbeitet. Daher kannten die beiden sich. Der junge Marsily war 22 Jahre alt gewesen, als er verschwunden war, und sein Auftraggeber Caylus hatte ihn nie getroffen. Das Bild eines jungen Mannes auf der Suche nach Reichtum und Abenteuer erschien vor Cariellos innerem Auge. ‚Wenn ich dieser junge Marsily gewesen wäre □ was hätte ich getan, wenn mich mein Vater in den tiefsten italienischen Süden gesendet hätte, um dem neapolitanischen König Skulpturen zu stehlen? Ich hätte mich sicher angestellt wie ein vollkommener Idiot, hätte mir die falschen Freunde gesucht und hätte Dinge ausgeplaudert, über die ich lieber den Mund gehalten hätte.'

Er rieb sich die Stirn und schrieb van Heyne zurück: „Die Carabinieri sagen mir, dass einer der Verdächtigen von der Schrift eines ‚Freimaurer-Prinzen' gesprochen habe, die Marsily erwähnt. Können Sie weiterhelfen?"

Er seufzte. Zur Zeit der Bourbonen hatten sich in Neapel die ersten Vorläufer der Camorra gebildet, Ca' Morra nach dem Glücksspiel der ‚Morra'. Es gab Tunichtgute und Kriminelle aller Couleur. Freimaurerlogen, Zweifler und Aufklärer. Dazu kam der ausländische König, der erst seit Kurzem die Zwei Sizilien erobert hatte und dem ein Hofstaat aus Intellektuellen, Emporkömmlingen und Anhängseln der spanischen Bourbonenfamilie gefolgt war.

Wenn Marsily in Bedrängnis geraten wäre, wo hätten er oder sein Vater um Hilfe gebeten? ‚In Paris', dachte Cariello. ‚Der Einzige, der bei Schwierigkeiten hätte helfen können, war der mächtige Ankäufer der Resultate ihrer Hehlerei, Graf Caylus. In Neapel hatten die Marsilys keine Freunde außer Paderni, der möglicherweise gerade die Person war, die dem jungen Mann ans Leder wollte. Aber Marsily musste besser eine überzeugende Nachricht nach Frankreich senden, um etwas bei seinem alternden Auftraggeber zu bewegen. Am besten begleitet von einem schönen Fundstück.' Seine Gedanken verloren sich in Erinnerungen an seine Studienzeit in Paris, an Bibliotheken und an ein Detail, das er bei seinem Ausflug in die Nationalbibliothek gelesen hatte.

„Die Kuh!"

Cariello hustete, so plötzlich entfuhr ihm der Ausruf. Er hätte sich in diesem Moment für seine eigene Blindheit ohrfeigen können. ‚Graf Caylus besaß diese Kuhstatue aus Herculaneum. Und das, obwohl es unmöglich war, legal eine Statue aus den Ruinen zu erwerben. Die Kuh war Marsilys erstes, von Paderni erworbenes Fundstück … und Marsily hat sie vielleicht zusammen mit einer Nachricht zu Caylus gesendet.' Cariello rieb sich die Schläfen, verzweifelt bemüht, sich zu konzentrieren. ‚Aber warum reagierte Caylus nicht auf einen Hilferuf, wenn es ihn denn gab, wenn er sich doch sichtlich Sorgen machte? Er schrieb an den ersten Minister und fragte nach Marsily, unter der Gefahr, alles zu verraten. Warum wusste Caylus nicht, was vor sich ging? Vielleicht hat er den Hilferuf nicht als solchen erkannt und ignoriert?'

Cariello wanderte durch den Raum. Ihm kam ein Gedanke. „Die Kuh fungierte als antike Brunnenfigur. Sie ist innen hohl. Es gibt einen Hohlraum! Was wenn Marsily so dumm war …?!"

Hastig angelte er nach seinem Telefon. Er kannte den Direktor des Medaillenkabinetts der Pariser Nationalbibliothek, da er oft in deren Archiven geforscht hatte. Er hätte eher an diese Kuh des französischen Grafen denken sollen. Seine Stundenpläne waren von da an das Letzte, was ihn an diesem Tag interessierte.

Ein Rückruf

Als Cariellos Mobiltelefon am nächsten Morgen brummte, riss es ihn aus dem Tiefschlaf. Er blinzelte und starrte auf die Uhr. Es war sieben. Die Sonne drang bereits gleißend durch die hellgrauen Vorhänge, aber seine Glieder waren bleischwer. Er war bis nach Mitternacht in der Universität geblieben, gequält von Grübeleien und Unruhe. Noch im Traum hatte er fiebrig nach Papyrus und Statue gesucht. Und nach einem Mörder, der sich am Carabinieri-Wagen vor seiner Tür vorbeischlich.

Fluchend tastete er aus dem Bett heraus nach dem lärmenden Apparat und erwartete, Therese oder Camarata am Hörer zu finden. Es handelte sich jedoch um einen Rückruf des Leiters der französischen Nationalbibliothek, den er am Vortag kontaktiert hatte. Dessen Stimme klang nasal und erkältet aus dem Hörer.

„Bonjour, Professor. Durat hier. Es tut mir leid, Sie so früh zu stören, aber wir haben einen Notfall. Ihr Anruf gestern hat eine Lawine in Bewegung gesetzt. Zuerst habe ich mir die Kuhstatue, von der Sie sprachen, persönlich angesehen. Einen Hinweis, eine Gravierung oder einen Zettel habe ich nicht gefunden. Was ich entdeckt habe, war leider eine frische Beschädigung im Bereich des Mauls der Kuh und dass ein Bleirohr, das sich darin befand, fehlt. Das Ganze ist mir ein Rätsel. Wer stiehlt eine Wasserleitung aus einer antiken Brunnenfigur?"

Cariello setzte sich auf. Er hatte Mühe, sich zu sammeln. „Jemand hat das Bleirohr aus dem Inneren gestohlen? Wer hat die Statue in letzter Zeit angesehen?" Ihm wurde flau im

Magen. Er fragte sich, ob die Kuh tatsächlich eine Nachricht verborgen hatte, die einen Hinweis auf die Statue der Tänzerin aus der Villa der Papyri enthalten haben könnte. ‚Aber wer weiß von so etwas Unwahrscheinlichem?' Er selbst hatte mehr ins Blaue geschossen, als wirklich etwas davon zu wissen.

Durat räusperte sich. „Ein Spezialist griechisch-römischer Bronzen war gestern Morgen hier. Ein Italiener. Hochgewachsen, graue Haare. Auf dem Video der Überwachungskameras trägt er einen Hut und eine Brille, die ihm zu groß sind. Es ist unklar, was er wollte."

Cariello schwang die Füße aus dem Bett. Es war das zweite Mal, dass er von einem unbekannten Mann hörte. Auch Graziella hatte einen Unbekannten erwähnt, allerdings einen Kahlkopf. „Durat, wenn Sie können, bitte: Senden Sie mir die Fotos dieses Mannes. Ich denke, dass vor mehr als zweihundert Jahren Statuen und Schriftstücke aus der Villa der Papyri in Herculaneum gestohlen wurden. Und die Antwort darauf, wo sie sich heute befinden, hat womöglich auf einem Zettel gestanden, der in Ihrem Bleirohr steckte."

Durats näselnde Stimme klang erregt aus dem Hörer. „Soll das heißen, uns ist eine Schatzkarte verlorengegangen? Meinen Sie das ernst, Professor? Wo hat man so was schon mal gehört?"

„Eine Schatzkarte?! Ja. Jetzt, wo Sie es sagen." Cariello fühlte, wie ihm das Blut in den Kopf stieg. Wenn der Mörder Perrones den Zettel aus der Kuh besaß, dann war er vielleicht in diesem Moment dabei, nach den Papyri auch die verborgene Statue zu bergen. Wer auch immer dieser mysteriöse Verbrecher war, es schien, er war ihm weit voraus.

Cariello beantwortete Durats Frage nicht, sondern verabschiedete sich kurz angebunden. Er drückte den Anruf weg und rief Camarata an. Er musste dreimal wählen, so sehr bebten seine Hände.

Das mysteriöse Paket

Cariello warf das Telefon auf den Tisch. Camarata antwortete nicht, so oft er ihn auch anrief. Die Brise, die durch die offenen Fenster hereindrang, kam ihm so heiß vor, wie der Luftzug eines Föhns. Ihm war heiß und musste durchatmen, um sich zu beherrschen. Selbst das angeblich kalte Wasser aus der Leitung war lauwarm. Er lief zwischen Bad und Schlafzimmer auf und ab, die Arme überkreuzt und die Stirn in Falten gelegt. Der morgendliche Anruf aus Paris und die Unerreichbarkeit Camaratas jagten ihm Schauer von Adrenalin durch die Adern. ‚Manzoni hat recht. Ich habe mich um nichts gekümmert. Ich bin inkompetent und sentimental.‘

Sein Toben wurde durch ein Läuten an der Tür unterbrochen. Da seine Haushälterin zu ihrer kranken Tochter gefahren war, ging er nach einem kurzen Blick auf die Kamera selbst nur mit dem Handtuch um die Hüften zum Tor. Es war ihm egal, wie er wirkte und wer ihn sah. An der Tür stand ein Postbote, der ihm ein Paket zuschob und ihn anklagend musterte. Cariello nickte nur, zog das Paket herein und schlug das Tor zu. Zum Teufel mit der Post.

Als er das Etikett auf dem Karton las, machte der dumpfe Druck in seinem Magen Erleichterung Platz. „Van Heyne, alter Freund! Du bist wie so oft mein Retter." Van Heyne hatte ihm auf seine Frage nach dem Freimaurer-Prinzen mit Dokumenten geantwortet. Nach dem Gewicht des Kartons zu urteilen, ließ er ihm eine halbe Bibliothek zukommen. Cariello änderte seine Meinung. „Es lebe die Post!"

Hastig trug er die Papiere zur Terrasse und rief Therese an. „Watson, haben Sie Zeit, nach Marechiare zu kommen?" Er war sich bewusst, dass er in den Hörer blaffte, aber tat es gequält von Ungeduld.

Therese reagierte erstaunt. „Jetzt?"

„Es eilt. Es ist Zeit, wir tun etwas. Nun machen Sie schon." Er legte mit dem Gefühl auf, dass er sich unmöglich betrug, aber ignorierte seine Schuldgefühle. Therese erreichte seine Villa eine halbe Stunde später, die blonden Haare feucht und die hellen Augen voller Licht. In diesem Moment war seine Terrasse bereits gepflastert mit Papier, ein Meer von Heftern, Büchern und losen Zetteln. Van Heyne hatte seiner Dokumentensammlung nur eine kurze Nachricht hinzugefügt. „Habe viel zu viel gefunden und möglicherweise sogar die Lösung Ihres Rätsels. Bitte schicken Sie mir den Wust nur ja nicht zurück."

Cariello empfing Therese mit nackten Füßen, noch nass von der Dusche und im Leinenhemd, die Finger schwarz von Druckertinte. Er wurde sich bewusst, dass sie trotz seines rücksichtslosen Betragens während des Ausflugs unter Tage erneut alles für ihn hatte stehen und liegen lassen. Ihr Anblick versetzte ihm einen unerwarteten Stich. ‚Wie weit bin ich schon aus dieser Welt geschieden, dass ich einer so schönen jungen Frau kaum Aufmerksamkeit schenke und nur an mich und meine Sorgen denke? An mich, an Papyri und an Statuen.'

Thereses Blick huschte über seine legere Kleidung und er bedauerte, keinen Anzug angezogen zu haben. Sie wirkte souverän und erwachsen an diesem Morgen. ‚Früher hätte ich in solchen Momenten zugegriffen. Ich hätte die Schöne in meine Arme gezogen.' Bilder von Lucrezia, seinem vermissten Bruder und seiner Mutter huschten vor seinem inneren Auge vorüber und eine Sekunde lang wurde ihm schwarz vor Augen, so abrupt wich ihm das Blut aus dem Kopf.

Er riss sich zusammen und nötigte Therese, sich mit ihm auf die Terrasse zu setzen. Dort hielt er ihr ein schmales Dokument entgegen, das er in Van Heynes Sendung gefunden hatte. „Das hier ist die Kopie des Berichts eines Polizisten, der damals den Tod Winckelmanns untersucht hat. Die Akten des Falls sind bis heute erhalten. Die Gerüchte stimmen. Als Winckelmann starb, sind eigenartige Dinge geschehen. Van Heyne hat recht: Sein Tod war ein Auftragsmord."

Therese griff nach dem Papier. „Durch wen? Den Vatikan?"

Cariello stand auf und begann auf der Terrasse hin und her zu wandern, um die Erregung zu überspielen, die an ihm nagte. „Ein Polizist, ein gewisser Merialdi, schreibt, dass der Mörder des Wissenschaftlers nicht allein gewesen sei, sondern einen Begleiter hatte, dessen man nicht habhaft werden konnte. Dieser habe Triest mit einem Paket verlassen, als Winckelmann seinen letzten Atemzug tat. Soweit dieser Polizist ermitteln konnte, war der Empfänger des mysteriösen Pakets ein Prinz in Neapel."

„Pezzoli hat von einem Prinzen gesprochen. Wie heißt er?"

„Van Heyne hat ihn für uns gefunden. Es ist der Prinz von San Severo."

„Was? Er?" Thereses Augen weiteten sich. „San Severo ist eine der berühmtesten Gestalten der Aufklärung."

Cariello nickte. „In Neapel ist er bekannter als anderswo der Sandmann. Wir hätten eher an ihn denken müssen."

„Konnte der Polizist herausfinden, was das Paket enthielt?"

Cariello schüttelte den Kopf. „Der Polizist konnte der Frage aufgrund der hohen Stellung des Empfängers nicht auf den Grund gehen. Schlimmer: Als er nach Triest zurückkehrte, hatte man den Mörder Winckelmanns bereits gerädert. Denken Sie wie ich, dass das Paket das Geheimnis verbarg, das Winckelmann das Leben kostete?"

Therese nickte. „Es enthielt das Buch Epikurs?!"

„Das meine ich auch. Van Heyne hat mir die Kopie eines Tagebuchs des Kurators Camillo Paderni gesendet. Er hat eine Seite angestrichen." Er hielt Therese einen zweiten Stapel Kopien hin und deutete auf eine farbige Markierung. „Lesen Sie. Das beantwortet viele unserer Fragen. Auch die, nach dem Prinz und der Schrift, die Perrones Aufmerksamkeit erregt haben muss."

Therese vertiefte sich in die altertümlichen handgeschriebenen Zeilen und Cariello las sie erneut mit ihr, halb über ihre Schulter gelehnt, umgeben von ihrem Duft von Jasmin und Orangenblüten und aufs Neue erschüttert von dem, was er las.

„Der Vesuv ist erneut ausgebrochen. Die Ausgrabungen in Herculaneum sind schon wieder zum Stillstand gekommen. Was ist es, das diese Grabungen verfolgt? Gibt es einen bösen Geist, den der Vesuv durch die Tunnel sendet, um die zu jagen, die seine verborgenen Eingeweide auf der Suche nach Schätzen durchforsten?

Weber hat mir heute auf seinem Krankenbett die panische Flucht der Arbeiter aus dem Tunnel beschrieben, als sie ihre Fackeln zuckend erlöschen sahen und als der Geruch von Schwefel in ihre

Nasen drang. Dort unten in den Tunneln gehört man nicht mehr zur Welt der Lebenden, sondern zu der der Toten. Man durchforstet ein Grab, in der Hoffnung, es werde nicht das eigene.

Ich bin kein Mann der Kirche. Ich muss mit Bewunderung an die Geschichte des Grafen Caylus denken, die er mir von dem jungen Maler Watteau erzählt hat, der so deliziöse kleine Bilder gemalt und sich nicht um seinen eigenen frühen Tod geschert hat. Das ist der Geist, der mir gefällt. Sollen doch Gott und die Heiligen den Himmel bevölkern oder nicht. Wenn man sich von der Angst vor dem Tod befreit, hat man auch keinen Grund mehr, den lieben langen Tag Predigten zu lauschen und Messen zu bezahlen.

Trotzdem, zuweilen befällt mich Ehrfurcht vor dem Höheren. Jemand wacht über diese Welt. Und die versunkene Stadt dort unter dem Vesuv ist im Besitz dieses Geistes. Hätte ich nicht im Innersten an den Schöpfer geglaubt, wäre ich kein Freimaurer geworden. Wäre ich kein Freimaurer geworden, wäre ich nie mit diesem verdammten Prinzen in Neapel in Kontakt gekommen.

Großmeister der Freimaurer. Prinz von San Severo.

Ein eigenartiger Mann mit verworrenen Plänen, aus dessen Räumen des Nachts Flammen und Rauch schießen. Er scheint mit dem Teufel im Bunde. Die Bevölkerung redet über ihn. Wenn der

Prinz sich weiter so bizarr gebärdet, werden die Jesuiten ihn ins Gefängnis werfen. Mit der Kirche ist nicht zu scherzen. Welcher dumme Einfall hat mich besessen, dem Prinzen den jungen Sohn des römischen Kunsthändlers zu empfehlen, um einen besseren Preis für unsere gefundenen Papyri zu verhandeln als den, den Caylus bietet?

San Severo ist kein Liebhaber von antiken Statuen. Diejenige, die wir gefunden haben, verkaufen wir Caylus. Aber er sucht sehr wohl nach antiken Schriften. Er hat vor ein paar Jahren ein bizarres Schriftstück über die Quipu-Knotenschrift der Inka veröffentlicht, dessen Vorteil es war, sehr schön koloriert zu sein, und dessen bedrohlicher Nachteil es war, dass es vom Papst auf die Liste der verbotenen Bücher gesetzt wurde. Ich dachte mir, dass die Schriften der Villa von Herculaneum den Prinzen interessieren würden. Wie recht ich hatte und was für einen Preis er dafür bietet!

Aber jetzt schreibt Marsily, der Prinz verlange von ihm, jemanden für ihn hinunter in die Tunnel Herculaneums zu bringen, in die antiken Bibliotheken. Er will nicht nur die verbrannten Kohlestücke, die ich ihm gesendet habe, sondern lesbare Papyri, und droht, andernfalls unser Vorhaben, die Statue zu verkaufen, zu durchkreuzen und uns sogar umbringen zu lassen. Durch seinen eigenen Henker oder den des Königs.

Er sucht nach Epikurs Schriften.

Die Schriften des mysteriösesten aller Philosophen, die man verbrannt, vernichtet, verdammt hat. Und von denen die wertvollste, letzte, in der Villa überdauert. Diese will San Severo haben und nichts Anderes. Er ist davon besessen. Besessen von diesem unheimlichen Griechen.

Warum habe ich je von diesem einen Buch gesprochen? Wenn der Prinz wüsste … die Schrift hat schon lange ein anderer. Ich konnte es nicht verhindern. Weber selbst hat sie einem vertrauenswürdigeren Mann gegeben in der Hoffnung, sie vor dem Zorn des Vatikans zu verstecken. Ehrlich und integer, wie immer. Hoffen wir, San Severo erfährt nie etwas davon. Dieser Irre wäre imstande, sich tödlich zu rächen, an Weber, an Winckelmann und an mir.

Verdammte Papyri. Was interessiert mich dieser Philosoph, der San Severo so trunken macht, wenn er das ganze Unternehmen in Gefahr bringt? Und die ‚Freunde‘, die ich angewiesen habe, Marsily den Zugang zu den Tunneln zu erleichtern und ihm die Statue zu zeigen, werden jeden Tag nervöser. Sie wollen so schnell wie möglich verkaufen und haben ihn und mich bereits mehrfach bedroht. Erst mit Fäusten, dann mit Messern. Sie wollen Geld und Diskretion.

Wenn man bei Hof erfährt, dass sie einen Raub von Kunstwerken in Herculaneum vorhaben, werden sie ihr Leben auf den Galeeren des Königs beenden. Ein Messer sichert da schnell das Schweigen. Der junge Marsily sollte vorsichtiger sein. Er spielt in diesem Spiel den Einsatz seines Lebens … und ich mit ihm.

Wie es steht, bekommen wir die Statue der Tänzerin nicht geborgen. San Severo lässt den Eingang der Tunnel bewachen. Überall lauern seine Spitzel. Und all diese Verzögerung nur wegen dieses verdammten Buches, das er so sehr begehrt. Tödlich begehrt … Weber beginnt zu verstehen, was vor sich geht, und wird zur Gefahr.

Begreift San Severo nicht, dass er die Existenz der katholischen Kirche mit dem Buch des höllischen Denkers in Gefahr bringen würde? Und damit die unsere?"

Therese ließ das Papier sinken und sah Cariello mit geweiteten Augen an. „Hat man nicht gesagt, die menschliche Zunge sei die gefährlichste Waffe der Welt?"

Cariello setzte sich in einen Korbstuhl und musterte sie. „Sie kennen Raimondo di Sangro, Principe di San Severo?"

Therese nickte. „Wer kennt ihn nicht in Neapel? Ein Freund des Königs. Ein Alchimist und Esoteriker. Ein Freimaurer. Stimmt es, dass er zwei seiner Diener töten ließ, indem man ihnen Balsamierungsflüssigkeit in die Adern jagte, um ihre Skelette in San Severos Hofkapelle ausstellen zu können?"

Cariello zuckte die Schultern. „Die Skelette gibt es, aber die ‚Adern' sind Drähte."

„… und dass der Prinz Marmor zu Pulver mahlen ließ, um ein Wunderwerk der Bildhauerkunst zu produzieren?"

„Den *Cristo velato*. Die schönste Statue der Welt. Geschaffen aus Marmor, aber ohne Magie." Cariello lächelte. „San Severo bietet sich als Stoff für Legenden an, aber er war in der Tat ein mysteriöser und gefährlicher Mann. Man weiß, dass San Severo versuchte, die verkohlten Rollen der Papyri von Herculaneum mit Quecksilber zu öffnen, und dabei 18 von ihnen verdarb. Von da an forschte er nach besser lesbaren Exemplaren. Er war ein Suchender, ein Irrer, aber auch ein Wissenschaftler. Und er stand in tiefstem Konflikt mit dem Vatikan."

Therese wischte sich lockere Haarsträhnen aus der Stirn. „Und Winckelmann floh vor San Severo. Wer hätte das gedacht."

Cariello stand erneut auf und begann ein zweites Mal, auf der Terrasse hin und her zu wandern. „Winckelmann muss in den engeren Kreisen des Vatikans erfahren haben, dass man von den Papyri Epikurs sprach und erwog, sie zu vernichten. Der Plan muss ihn geschockt haben und er bewog Weber, sie ihm anzuvertrauen."

Therese legte das Dokument auf den Tisch. „Winckelmann versteckte die Papyri erst und floh dann nach Deutschland, aber wieso kehrte er um?"

Cariello schürzte die Lippen. „Winckelmann wollte mit Sicherheit nach Dresden. Dort befand sich über Jahre sein einziger Gönner, der mächtig genug war, um ihn vor dem etwaigen Zorn des Vatikans zu schützen: der sächsische

Kurfürst und König von Polen, halb Katholik, halb Protestant. Aber die Lage hatte sich geändert. Der flamboyante Kunstkäufer Friedrich August war tot, sein Sohn war ihm 74 Tage später ins Grab gefolgt und sein noch minderjähriger Enkel kämpfte um den Erhalt der – katholischen ☐ polnischen Krone. Der neue Friedrich August und sein Vormund konnten sich einen Konflikt mit dem Vatikan nicht mehr leisten."

„Zu Winckelmanns Überraschung haben sie die Papyri abgelehnt?"

„Das denke ich. Winckelmann hat Signale erhalten, dass man ihn am Hof der mächtigen Wettiner nicht wolle."

„Er ist umgekehrt und in die Fänge San Severos gelaufen?"

„Ich vermute, dass Arcangeli und sein Begleiter San Severos Handlanger waren. In San Severos Familie schreckte man vor Bluttaten nicht zurück, deswegen wundert mich das nicht. San Severos Vater ermordete erst seinen Beinahe-Schwiegervater und dann den Bürgermeister eines kleinen Ortes, der ihn dafür anklagte. Ein Mord mehr oder weniger … Durch den Anschlag auf Winckelmann brachte San Severo die Papyri in seinen Besitz."

„Und Winckelmann schwieg im Sterben, weil er die Papyri trotz alledem vor dem Vatikan schützen wollte." Therese biss sich auf die Lippen. „Aber wenn San Severo diese Papyri so sehr begehrt hat, dass er dafür mordete, wieso brachte er sie dann wieder zurück in die versunkene Villa, statt sie zu veröffentlichen?"

Cariello klopfte mit dem Fingerknöchel auf die Dokumente. „Paderni schreibt, San Severo habe Angst gehabt und sagt auch, warum: Der Prinz war Freimaurer und Epikureer und war bereits 1751 einmal in ernsthafte Schwierigkeiten geraten.

Eins seiner Bücher wurde vom Vatikan auf den Index verbotener Bücher gesetzt. Das hieß damals viel. Das war, als hätte man ihm ein rotes Kreuz auf die Stirn gemalt."

Therese rieb sich die Schläfen. „Wenn ich mich richtig erinnere, wurde sein Kollege Cagliostro, italienischer Freimaurer und Alchimist, vom Papst zu lebenslanger Haft in einem fensterlosen Loch verurteilt und starb darin."

Cariello nickte. „Wenn San Severo sich für Epikur interessierte, konnte er das nicht mehr öffentlich sagen. Er war bereits ein gebranntes Kind. Möglicherweise hat er die Schriften Epikurs in der Gier nach ihrem Besitz an sich gebracht, aber hätte sie nach seiner Erfahrung von 1751 nicht publizieren können. Sie stellen Gottes Liebe in Frage."

„Eine endgültige Exkommunikation wäre sein politisches Ende gewesen."

Cariello nickte. „Zu damaligen Zeiten benötigte es weniger, um mit der Kirche in Konflikt zu geraten. Ich denke, man ist ihm auf die Schliche gekommen und er ist dem Tod auf dem Scheiterhaufen von der Schippe gesprungen, indem er die Papyri, das *corpus delicti* und Beweis seines Mordes an Winckelmann und seiner Häresie, wieder in der Villa unter Tage versteckte. Fragen Sie mich, warum gerade da …"

„Vielleicht war es der einzige Ort, den er kannte, an den niemand mehr gehen würde, um nachzusehen, und wo ein Papyrus nicht auffiel."

„Es muss ihn einiges an Aufwand gekostet haben, dort hinunterzusteigen, aber ich bin überzeugt, die Schrift an der Wand der Fresken stammt von ihm. Sie redet von ‚zurückgebracht‘, erinnern Sie sich? Die Villa stand damals noch nicht unter Wasser und der Ort muss ihm sicher erschienen sein. Erst der steigende Meeresspiegel hat das Grundwasser im letzten Jahrhundert in die unteren Etagen gedrückt."

Therese seufzte. „In der Villa sind die Papyri nicht mehr. Wie finden wir sie?"

Cariello schnalzte mit den Fingern. „Ich denke, dass jemand die Papyri vor sehr kurzer Zeit genommen hat. Wahrscheinlich erst nach Perrones Tod. Das Stück Erde von einer Schuhsohle, dass ich gefunden habe, war frisch. Vielleicht birgt dieser jemand in diesem Moment auch die Statue der Tänzerin. Wir müssen ihn, oder sie, und die Kunstwerke finden. Wenn ich wüsste, wie!"

Therese rieb sich über die Arme. Es schien, trotz der brennenden Sonne fröstelte ihr.

Böse Überraschung

Als Camarata bei seinen Kollegen im Morddezernat am Rand der Altstadt ankam, bemerkte er die in der Luft liegende Anspannung. Seine Kollegen hatten in seiner Wache in der Festung Sant' Elmo angerufen und ihm eine Nachricht hinterlassen, er solle zu ihnen kommen. Als er in der stacheldrahtbewehrten Kaserne anlangte, waren die Flure gähnend leer. Seine Kollegen befanden sich im Versammlungsraum auf der anderen Seite des Gebäudes, wo mehr Licht durch die hohen Fenster drang. Er beeilte sich, im Stechschritt zu ihnen zu stoßen.

Die Stimmung, die ihn in dem langgestreckten, modern eingerichteten Raum empfing, war geladen. Um die dreißig Uniformierte waren darin versammelt. Ein paar Techniker in Zivil standen in einer Ecke und tuschelten miteinander. Aufregung lag in der Luft. Camarata grüßte und trat zur Steckwand hinter dem Tisch, die alle Aufmerksamkeit auf sich zog. Er kannte das Arrangement schon. Das Foto Perrones prangte in der Mitte und ringsherum steckten Bilder, Zeichnungen und Pläne. Unter der Rubrik der Verdächtigen erblickte er ein neues Phantombild. ‚Sie haben jemanden Neues!' Camaratas Puls beschleunigte.

Negri, der gedrungene Leiter der Mordkommission, nickte ihm zu und zeigte mit seinen groben Bauarbeiterfingern auf das Bild. „Einer meiner Leute hat in der Nacht Ihren jugendlichen Prostituierten gefunden, der in den Streit verwickelt gewesen ist, in dem unser Mordopfer einem Freier gegenüber handgreiflich geworden sein soll. Der Junge ist imstande gewesen, uns eine genaue Beschreibung der Person zu liefern, da er den fraglichen Freier schon öfter bedient hat. Er hat ausgesagt, Perrone habe den Typen gekannt und dem Mann lautstark mit einem Artikel in der Presse gedroht."

Camarata trat näher und sah auf das mit Bleistift gezeichnete Porträt. Seine Kinnlade sackte herunter und seine Augen weiteten sich, dann schlug er knallend auf die Tischplatte. „Den Kerl kenne ich!"

Mit einem Ruck drehte er auf den Hacken um und stürmte aus dem Raum, gefolgt von seinen Kollegen. Mit kreischenden Reifen, Sirene und Blaulicht machte sich wenig später eine Kolonne der Carabinieri auf den Weg nach Süden, als ginge es um Leben und Tod. Die fünf Fahrzeuge hatten Mühe, sich trotz des Lärms, den sie erzeugten, durch den Stau zu kämpfen. Die Straßen waren voll vom morgendlichen Berufsverkehr und niemand schien gewillt, zur Seite zu fahren und seinen Platz in der Schlange aufzugeben.

Camarata saß schweigend mit seinen Untergebenen Romero, Mathis und Luisa in seinem Dienstfahrzeug mit dem auf dem Dach pulsierenden Licht und heulenden Hörnern, während er der Ankunft in Herculaneum entgegenfieberte. Der kahlköpfige Mathis fuhr und fluchte. Ansonsten fiel kein Wort. So lange hatten sie nach dem Mörder gesucht. Jetzt endlich schien er zum Greifen nah. Camarata kam es vor, als ob die ganze Stadt den Atem anhielte.

Als sie das von der rosigen Morgensonne bestrahlte Herculaneum erreichten, parkten sie die Wagen mit kreischenden Reifen vor dem eisernen Eingangstor des archäologischen Parks, ungeachtet der Tatsache, dass sie damit anderen Fahrzeugen und Touristen im Weg standen. Morddezernat und Kulturgutschutz sprangen auf die Straße und stürmten in zwei Trupps durch das Tor zu dem flachen roten Ziegelgebäude der Verwaltung.

Entgegen jeglicher Wahrscheinlichkeit gewann Camarata den Sprint. Ein sprachloser Wachmann wies ihm verwirrt den Weg zu den Büros. Camarata schob den schmalen Mann grob zur Seite und polterte die Treppe hinauf, gefolgt von seinen Kollegen. Er nahm zwei Stufen auf einmal, atemlos, die Rechte auf der Pistole, Romero und Luisa hinter sich. Er wollte als Erster die Hand auf den Mörder von Herculaneum legen. ‚Ich werde Valers ein schönes Bild von mir und dem Schuldigen in die Presse setzen. Das wird ihn so sehr freuen, dass er drei Tage nicht mehr bei mir anrufen wird.'

Ohne anzuklopfen, riss Camarata an der einfachen hölzernen Tür mit der Aufschrift ‚Direktion', bereit, notfalls zu schießen. Sie stoppte seinen Lauf abrupt. Das Schloss war verriegelt, obwohl der Wachmann ihm versichert hatte, der Inhaber des Büros sei zur üblichen Zeit in sein Amtszimmer gegangen. Camarata rüttelte daran und betätigte wieder und wieder die Klinke. Niemand öffnete. Seine Kollegen versammelten sich in einer gedrängten Gruppe in seinem Rücken, ungeduldig und überrascht von dem Hindernis. Camarata hämmerte gegen die Tür. „Öffnen Sie. Aufmachen. Carabinieri."

Nichts geschah.

Man schaffte ihm ein Brecheisen herbei und Camarata zögerte nicht lange. Er setzte das Eisen an und stemmte die dünne Tür mit einem berstenden Knallen auf.

Zu seinem Erstaunen fand er Poldi Pezzoli, von dem Tohuwabohu unberührt, an seinem Schreibtisch sitzend vor, den Rücken ihm zugewandt. Das morgendliche Licht ließ den

Raum um ihn heiter erscheinen, angenehm temperiert und vollkommen ruhig.

Camarata spürte Wut in sich hochkochen. Die Adern an seinem Hals schwollen an. ‚Der Mann hat vielleicht Courage!'

Pezzoli war wie immer in einen teuren grauen Anzug gekleidet, die Haare frisiert und gegelt. Neben seiner Hand lag eine Schere und vor ihm war ein nasses Handtuch über den Tisch gebreitet. Der Besuch der Carabinieri schien ihm egal zu sein.

Camarata musterte die Szene wie ein wütender Stier die Arena und zuckte zusammen. Neben Pezzoli lagen Brösel von Papyrus. Er war erstaunt, dass auf dem Boden zu Pezzolis Füßen dessen offener Geldbeutel lag, aber hob ihn nicht auf. Der Papyrus war ihm wichtiger. Seine Hände umklammerten jetzt krampfhaft seine Waffe und seine Stimme wurde zum Bellen. „Hände hoch, Pezzoli. Sie sind verhaftet."

Pezzoli reagierte weder auf Camaratas Ankunft noch auf die seiner Kollegen. Er drehte sich auch nicht um, als Camarata drohte zu schießen. Pezzoli gab mit keinem Zucken zu erkennen, dass er ihn auch nur zur Kenntnis zu nehmen gedachte. Camarata brodelte. ‚Dieser Lackaffe hat die Ruhe weg …'

Er griff grob Pezzolis Stuhl und drehte ihn auf seinen Rollen mit einer heftigen Bewegung zu sich herum. Zornig und erregt wollte er lospoltern, aber die Worte blieben ihm in der Kehle stecken.

Pezzolis Hals war mit einem tiefen Schnitt aufgeschlitzt worden. Die zerfetzten Geldscheine seiner Börse füllten seinen weit geöffneten Mund, die Brust war blutüberströmt und die gebrochenen Augen quollen ihm aus den Höhlen. Pezzoli würde sich nicht mehr vor Gericht verantworten.

Er war tot.

Alte Spuren

Cariello balancierte in Hemdsärmeln einen Stapel ledergebundener Bücher zu seinem Computer. Er war dabei, in seinem altmodischen Arbeitszimmer in der Universität Informationen über den Prinzen von San Severo herauszusuchen. Seine überalterte Schreibtischlampe spendete dabei nur diffuses Licht und erleuchtete den Raum in Tristesse. Er versprach sich, sie zu ersetzen und sich auch des Großteils der abgegriffenen Bücher zu entledigen, egal, ob sie von Manzoni stammten. Er war ausgelaugt und müde. Als sein Telefon läutete, warf er die Folianten auf den Tisch und nahm ab, dankbar für die Unterbrechung.

Camaratas Stimme mit dem schweren neapolitanischen Dialekt brummte trotz der Frustration und Erregung der letzten Tage voll aufgeregter Hoffnung aus dem Hörer. „Professor, wir haben endlich herausgefunden, wem der Fingerabdruck gehört, der auf der Karte Gianni Perrones gefunden worden ist. Es hat uns ein paar Tage gekostet. Haben Sie die Karte gesehen?"

„Camarata, wo waren Sie?! Ich habe den ganzen Tag versucht, Sie zu erreichen." Cariello setzte sich. „Ich habe was gesehen? Sie sprechen von der Karte Perrones? Sicher … es ist eine Arbeitskarte, die Tunnel, Wasseranschlüsse und Pumpen zeigt. Wer immer sie Perrone gegeben hat, war kein Souvenirverkäufer."

„Das haben wir uns auch gedacht. Negri hat den Fingerabdruck daher bereits am Tag der Entdeckung der Tat durch alle Datenbanken gejagt, unter anderem bei Interpol. Schon nach ein paar Minuten hatte es eine Rückmeldung der

Schweizer Polizei gegeben. Der Fingerabdruck war bereits einmal gefunden worden – auf einer etruskischen Grabfigur, die Teil von geraubten Kunstwerken war, die der englische Kunsthändler Robin Symes in der Schweiz versteckt hatte … vor mehr als zwanzig Jahren! Hören Sie, Cariello?"

„Hm. In Neapel hätte man den Fingerabdruck nicht so lange aufbewahrt?"

Camarata brummte in tiefen Bass. „Nie und nimmer. Aber in der Schweiz zum Glück schon. Symes hat mit der berüchtigten Medici-Bande zusammengearbeitet. Deswegen hat man dem Fingerabdruck Bedeutung zugemessen und ihn nicht gelöscht."

Cariello pfiff anerkennend. Camarata hatte recht, beeindruckt zu sein. Giacomo Medici war ein italienischer Antikenhändler, der 2004 wegen Handels mit gestohlenen Kunstwerken verurteilt worden war. Der Fall hatte damals einen Skandal verursacht.

Camarata schnaufte. „Perrone hat, wie es scheint, ein altes Mitglied der Medici-Bande gekannt ☐ ein Armutszeichen für seine moralischen Prinzipien. Es hat Geduld und eine Kontrollrunde durch all unsere Verdächtigen gebraucht, aber jetzt haben wir herausgefunden, wessen Fingerabdruck das ist …" Er lachte. „Die Geduld habe ich vor allem für Negri gebraucht, der nicht auf mich hören wollte. Aber der Abdruck ist der eines Kunsthändlers mit Namen Filipo Francescati, den ich von Anfang an im Auge hatte. Ein arroganter Kerl, der einen antiken Bronzeschild in seinem Wohnzimmer ausstellt."

„Ein scutum?"

„Ein Rundschild. Der vollständige Bronzebeschlag."

„Alle Achtung. Francescati. Der Name sagt mir nichts."
Cariello stützte die Ellenbogen auf die Dokumente auf seinem
Tisch, die sich in Bewegung setzten. Er fing sie im letzten
Moment auf und schob sie mit einer unachtsamen
Handbewegung zur Seite. „Haben Sie den Mann verhaftet?"

„Noch nicht. Er ist vor zwei Tagen Hals über Kopf verreist.
Keine Ahnung, wohin, aber wir bewachen sein Haus."

Cariello trommelte auf den Tisch. „Ich glaube, mir schwant,
wo er ist … In Paris … verdammt!" Er erzählte Camarata von
der Kuhstatue. „Lassen Sie uns hoffen, der Kunsthändler ist
noch auf der Suche nach Verkaufbarem und nicht schon bei
der Phase ‚Verkauf'. Verhaften Sie ihn. Wir brauchen die
Nachricht Marsilys. Und wenn es geht, auch den
Bronzeschild."

Sie kamen überein, gemeinsam zu Francescati zu fahren,
sobald er nach Neapel zurückkehrte. Wenn er denn
zurückkehrte … Camarata verabschiedete sich eilig, mit dem
Versprechen, einen internationalen Haftbefehl zu beantragen.

Er legte so abrupt auf, dass er sich seine letzten Worte
abschnitt.

Das Rätsel der Bilder

Camarata blieb grübelnd in seinem Büro zurück. Es war spät geworden. Vor den hohen Fenstern war es finster und sein Gesicht spiegelte sich verwaschen in den Fensterscheiben wider. Der Tod des stellvertretenden Direktors von Herculaneum hatte ihn aus der Bahn geworfen, auch wenn er ihn gegenüber Cariello aufgrund eines Befehls von Valers nicht erwähnt hatte. Er schämte sich. Sie hatten drei Leichen und keinen Mörder. Alles, was die Carabinieri hatten, war der Fingerabdruck Francescatis. ‚Aber wenn der Kunsthändler verreist ist, kann er nicht heute Morgen Pezzoli ermordet haben.'

Camarata trank mit einer Grimasse der Bitterkeit den erkalteten Kaffee aus, den er Stunden zuvor in einem Plastikbecher auf den Aktenberg vor sich gestellt hatte. Dann stand er ächzend auf, um sich einen weiteren zuzubereiten. Bevor er nach dem Kaffeepulver greifen konnte, klopfte es an der Tür. Romano winkte ihm aufgeregt, zu kommen. „Chef. Negri hat was gefunden."

Die Kollegen vom Morddezernat waren vorbeigekommen und standen in ihren Uniformen in Romeros Büro vor einem Bildschirm versammelt. Sie sahen aus wie ein Einsatzkommando. Negri hatte die Arme verschränkt, den Bauch zur Heldenbrust aufgeblasen und die dichten Brauen im arroganten Gesicht zusammengezogen. Auf dem Bildschirm lief der Film einer Überwachungskamera. „Sie war in dem Bürogebäude installiert, in dem dieser Pezzoli ermordet wurde", kommentierte er bei Camaratas Eintreffen. „Wir haben den ganzen Tag nichts anderes getan, als diese

Filme anzusehen. Das idiotische Verwaltungsgebäude ist besser bewacht als das Nationalmuseum. Pezzoli ist laut Gerichtsmedizin kurz vor unserem Eintreffen gestorben. Er war keine Stunde tot. Jetzt schauen Sie sich das an." Negri drückte auf den Knopf und ließ den Film anlaufen. Dann schob er die Unterlippe vor und überkreuzte die Arme.

Camarata entnervte seine angeberische Haltung. An sich war Negri nicht besser als Valers. Camarata hatte den Posten als Chef der Mordkommission vor Negri innegehabt und war froh gewesen, zu gehen. Jetzt ärgerte es ihn, nicht mehr den ausschlaggebenden Befehl über alles zu haben.

Grimmig blickte er auf den Schirm und wusste nicht, was er sagen sollte. Auf dem Film kam Pezzoli früh am Morgen an, laut der eingeblendeten Zeit nur anderthalb Stunden vor ihrem Eintreffen. Er trug denselben Anzug, den er im Moment seines Todes getragen hatte, und strotzte vor Selbstsicherheit. Ein großes Bündel klemmte unter seinem Arm. Nach ihm trat eine Putzfrau ein. Ihr folgte kurz darauf ein hochgewachsener blonder Mann. Dieser sah sich mehrfach um und kehrte nur wenig später zurück. Die nächste Person, die das Bild durchquerte, war Camarata selbst, gefolgt von der Meute seiner Kollegen.

Camarata stierte wieder und wieder auf die Szene mit der Aufzeichnung dieses Mannes, der mit seiner hellen Haut und seiner Größe nach wirkte wie ein Ausländer, auch wenn man sein Gesicht nicht sehen konnte. Er war außergewöhnlich muskulös. Camarata wusste, dass das Gebäude zwei weitere Ausgänge besaß, aber angesichts der frühen Stunde, zu der der Unbekannte auf dem Film zu sehen war, vermutete er trotzdem, dass sie den Mörder Pezzolis vor sich hatten. Und es war ausgeschlossen, dass es der weißhaarige Francescati war.

Camarata hatte den blonden Unbekannten schon gesehen und zermarterte sich das Gehirn, wo … Damals war er anders gekleidet gewesen. „Zum Teufel auch. Negri, Sie werfen mir alle meine Hypothesen über den Haufen. Gibt es etwa zwei Mörder?"

Marsilys Brief

Camarata wartete vor dem Tor der Festung Sant' Elmo auf Cariello und Therese. Ganz Neapel war in Aufruhr. Der dritte Mord im Zusammenhang mit Herculaneum hatte die Presse durchdrehen lassen, auch wenn die Details noch unter Verschluss waren. Zu Camaratas Glück hatte Negri Valers in seine eilig anberaumte Pressekonferenz eingeladen und nicht ihn. Die Wagen der verschiedenen Fernsehkanäle standen vor der Kaserne der Carabinieri in der Innenstadt. Vorsichtshalber hatte Camarata sein Telefon abgestellt. Er konnte noch nicht einmal daran denken, was Valers in diesem Moment über ihn erzählen könnte, ohne dass sein Puls beschleunigte. ‚Valers erzählt den Pressefritzen sicher, was für ein verantwortungsvoller Mann er ist und als wie wenig verantwortungsvoll ich mich erweise.‘ Camarata war schlecht vor Wut und böser Vorahnung. ‚Jetzt gibt es Konsequenzen und ich kann meine Sache packen. Eine Versetzung in irgendein Kaff ist unausweichlich.‘

Trotzdem hielt Camarata ein Detail davon zurück, aufzugeben: Francescati war nach Neapel zurückgekehrt. Noch konnte er ihn verhaften und die Papyri finden. Er hatte Cariello vorgeschlagen, ihn zu dem Kunsthändler zu begleiten. Jetzt verfluchte er die Verzögerung. Er hätte bereits unterwegs sein können, statt auf Cariello zu warten. Zweifel quälte ihn, seitdem er den blonden Mann auf der Überwachungskamera in Herculaneum gesehen hatte, aber er war sich zumindest sicher, dass Francescati etwas mit der Beschädigung der Kuhstatue in Paris zu tun hatte. Er hatte im letzten Flugzeug des Vorabends aus Paris gesessen.

Als Cariello wenig später seinen Land Rover mit durchdrehenden Reifen auf das versandete Gelände vor dem Tor des monumentalen Klotzes der Burg lenkte, war Camarata erleichtert. Noch bevor er Cariello und die neben ihm sitzende Therese grüßen konnte, brummte jedoch Cariellos Telefon. Er hielt sein Fahrzeug neben Camarata an und nahm stirnrunzelnd ab. Camarata verfolgte notgedrungen das auf der Freisprechanlage angenommene Gespräch mit.

„Professor Manzoni, was verschafft mir die Freude Ihres Anrufs?" Cariello kommentierte den Schwall von Wörtern, der ihm entgegenschlug, mit einer Grimasse.

„Sie sind schuld an der Sperrung der Ausgrabungsarbeiten, Cariello", krächzte Manzonis Stimme aus dem Apparat. „Sie haben in den Tunneln herumgeschnüffelt und ich Idiot habe Sie auch noch reingelassen. Ihre Theorien zum Tod von diesem Perrone sind mir so egal wie Nachrichten über den Straßenverkehr in Jakarta! Nie wieder werde ich mit Ihnen arbeiten, Cariello. Ein inkompetenter Bücherschreiber wie Sie sollte seine Hände aus aktiven Grabungen nehmen und sich stattdessen für Senilität behandeln lassen. Sie sind ein niederträchtiger Verräter auf der Suche nach Bedeutung. Ich verachte Sie." Es piepte. Cariellos alter Lehrer hatte aufgelegt.

Cariello war blass. Für ein paar Sekunden saß er reglos auf seinem Sitz. Therese verharrte mit weit aufgerissenen Augen neben ihm. Camarata blieb stumm.

Schließlich räusperte sich Cariello mit einer bitteren Geste und sah Camarata an. „Das war Manzoni. Er hat mich heute bereits dreimal angerufen. Der Text variiert, der Tonfall ist der gleiche. Hat es wirklich noch Sinn, den alten Mann zu blockieren? Der Tatort ist doch überprüft worden, oder? Die Forschungen sind für Manzoni alles, was er noch hat. Er war immer etwas heißblütig und das wird mit dem Alter weiß Gott nicht besser. Die ihm zwangsweise verordnete Untätigkeit treibt ihn zur Weißglut." Cariello wirkte betroffen, mehr noch, erschüttert.

Camarata seufzte. ‚Es scheint, ich bin nicht der Einzige, dessen Tag schlecht anfängt.' Er rettete die Situation vorerst, indem er mit ungeduldiger Geste auf seinen Dienstwagen zeigte, in dem Mathis wartete. „Ich habe mein Telefon ausgestellt. Tun Sie das Gleiche und kommen Sie. Entweder wir lösen den Fall noch heute oder zumindest ich löse ihn gar nicht mehr. Die herzliebe Obrigkeit aus Rom ist dabei, mir in die Suppe zu spucken. Beeilen wir uns." Er streckte seine grobschlächtige Gestalt wie ein Feldherr vorm Angriff.

Cariello nickte und stieg gefolgt von Therese aus. „Fahren wir."

Es dauerte nur wenige Minuten, um von der Festung ins nahe Vomero-Viertel zu gelangen und durch dessen enge Gassen das Haus des Kunsthändlers zu erreichen. Es war besser so. Cariellos schlechte Laune legte sich schwer auf die Atmosphäre im Dienstwagen der Carabinieri, die bereits unter Camaratas Grimm litt.

Francescati öffnete Camarata und seinen Begleitern im Morgenrock die Tür. Camarata schob ihn beiseite und durchquerte wie schon bei seinem ersten Besuch wie ein Panzer das Foyer. Er war trotz aller Zweifel froh, dass Bewegung in den Mordfall kam. Es würde sich schon zeigen, ob Francescati der Mörder war oder jemand anderes. Im Moment war er zufrieden, ihn durch die Mangel nehmen zu können, ohne dass man ihn aufhielt. ‚Was für eine Ironie es wäre, wenn ich Francescati verhafte, während diese Gecken,

Valers und Negri, in ihrer Pressekonferenz Grübeleien verbreiten.'

In Francescatis Wohnzimmer angelangt, warf Camarata sich breit und aufdringlich in das lederne Kanapee mit Blick auf den römischen Bronzeschild, der ihn so ärgerte. Cariello und Therese folgten ihm, genauso sprachlos angesichts seines stürmischen Einmarschs wie Francescati. Camarata warf einen verärgerten Blick auf die von teuren Büchern bedeckten Wände, die Amphoren und edlen Stiche, aber kommentierte sie nicht. ‚Heute kann der Hausherr mich nicht in den Garten abschieben', dachte er befriedigt, aber war sich gleichzeitig bewusst, dass er Mathis schon wieder vor der Tür gelassen hatte und im Alleingang handelte.

Cariello verharrte kurz vor dem Schild in der Vitrine und ließ sich dann mit finsterem Blick in einen Sessel fallen. Therese setzte sich schweigend neben ihn.

Francescati besah das Geschehen in seinem Wohnzimmer gespannt, aber anscheinend gelassen, noch immer der elitäre Kunsthändler, wie beim ersten Mal, als Camarata ihn gesehen hatte. Als auch er saß, zog Camarata ein Papier aus der Tasche seiner Uniformjacke und warf es in weitem Bogen vor Francescati auf den Tisch. „Sagt Ihnen das etwas?"

Francescati hob die weißen Brauen und griff nach dem Dokument. „Das ist eine Karte."

Camarata donnerte: „Auf der man Ihre Fingerabdrücke und Ihre Handschrift entdeckt hat und die in Perrones Tasche steckte, als wir seinen Leichnam gefunden haben!" Er wusste sehr wohl, dass das mit der Handschrift Spekulation war, aber schoss unverfroren ins Blaue.

Francescati schlug die Beine übereinander, kühl und unberührt. Er nickte. „Ich erinnere mich. Ich besaß vor einiger Zeit so eine Karte. Ich habe sie verkauft."

Camarata schob seinen Bauch voran und zog die Brauen drohend zusammen. Seine Stimme grollte noch drohender: „Erzählen Sie mir keine Märchen, Francescati. Sie haben früher mit der Medici-Bande zusammengearbeitet und jetzt stehlen Sie auf eigene Faust weiter. Warum haben Sie Perrone umgebracht?"

Francescatis Hand bebte unmerklich. Seine Stimme klang zurückhaltender, aber er blieb stoisch. „Ich kenne den Mann nicht. Das sind reine Hypothesen."

Cariello kam Camarata zu Hilfe. Er lehnte sich vor, souverän und elegant in seinem teuren grauen Anzug, glattrasiert und mit einem warmen Duft von Herrenparfum über sich. Seine Augen glitzerten. „Ich meinerseits glaube Ihnen, dass Sie Perrone nicht umgebracht haben, Francescati. Sie haben ihn hier empfangen, ihm die Karte gegeben und ihn in den Stollen gesendet, um die Tänzerinnenstatue für Sie zu finden, nicht wahr? Was sollte er dafür von Ihnen erhalten? Den Papyrus Epikurs? Haben Sie ihn hier in Ihrem Safe?"

Francescati zitterte und zum ersten Mal schien er seine Ruhe zu verlieren. „Ich habe keinen Papyrus. Wovon reden Sie?"

Cariellos Stimme wurde noch dunkler. „Sie haben einen Ihrer Männer in die Nationalbibliothek in Neapel gesendet. Man hat mir heute Morgen die Kopie seiner Einschreibung im Register gesendet. Sein Name steht als der eines Mitarbeiters auf Ihrer Webseite. Ein gewisser Carlos. Ich bin sicher, Sie wissen, von wem ich spreche. Der ohne Haare. Sie selbst waren bis gestern Abend in Paris zur Besichtigung der Kuh des Grafen Caylus. Der Chef der Französischen Nationalbibliothek war ebenfalls extrem kooperativ und hat mir einen Schnappschuss der Überwachungskamera gesendet. Ich finde, man erkennt Sie recht gut darauf, trotz der Farbe in den Haaren und dem falschen Bart. Sie haben die Kuh im Übrigen zerkratzt, als Sie das Bleirohr, das die Nachricht Marsilys enthielt, aus ihrem Inneren gezogen haben. Ich hoffe, Sie ersetzen den Schaden." Cariellos Stimme wurde schneidend. „Wo sind die Papyri und wo ist die Statue der Tänzerin?"

Francescatis fahle Wangen färbten sich mit einem rosigen Schimmer und seine Lippen bebten. Schweiß trat ihm auf die Stirn. Er warf die Arme in die Luft. „Ich weiß es auch nicht, verdammt noch mal. Perrone ist hierhergekommen und hat mich gebeten, ihm zu helfen. Er war ein guter Mann und wir waren in vielem einer Meinung. Die Villa der Papyri ist am Untergang, das Wasser frisst sie auf. Perrone wollte eine Schrift aus ihr bergen, bevor es zur Katastrophe kommt und alles verloren ist. Er brauchte Hilfe bei der Konservierung, weil er sie unter Wasser vermutete. So eine Konservierung ist nicht einfach. Man benötigt Polyethylenglycol und der Prozess ist langwierig. Wenn dann noch Schrift auf zweitausend Jahre altem pitschnassen Papyrus bewahrt werden soll, fragt man besser einen Spezialisten, sonst hat man schnell Brösel und Staub in den Händen. Ich habe ihm Hilfe zugesagt …"

Cariello schnarrte spottend. „… im Gegenzug für die Statue?"

Francescati seufzte. „Nicht nur. Ich war auch überzeugt …"

„Woher wussten Sie von ihr?"

„Durch eine Schrift aus der Hand des Prinzen von San Severo. Ich hielt das, was er schrieb, erst für Unsinn. Aber als Perrone beweisen konnte, dass der Handlanger des Grafen Caylus, Marsily, existiert hat, habe ich akzeptiert, dass auch Statue und Papyrus existieren könnten. Carlos war in der Nationalbibliothek, um detailliertere Informationen zu finden."

Camarata brummte aggressiv und schaltete sich in die Diskussion ein. „Sie behaupten, Sie hätten die Papyri nicht, aber neben dem gestern Morgen ermordeten stellvertretenden Direktor von Herculaneum lagen Fetzen davon."

Eine Sekunde hielt jedermann außer Camarata die Luft an. Die Neuigkeit vom Tod Pezzolis war noch nicht öffentlich gemacht worden. Valers hatte Camarata strengstens verboten, davon zu sprechen. Noch befanden sich alle Journalisten in seiner Pressekonferenz und Valers hatte die Neuigkeit selbst bekanntgeben wollen, egal, wie negativ sie war.

Francescati rang die schmalen, langen Hände. „Ich schwöre, ich habe niemanden umgebracht und ich besitze weder Statue noch Papyrus. Ich habe nur den Zettel."

Cariello lehnte sich zu ihm, die Züge noch schärfer als sonst und die schwarzen Augen stechend. „Den Zettel aus der Kuh des Grafen Caylus?!"

Francescati musterte verschüchtert das Raubvogelgesicht Cariellos, nickte und erhob sich. Camarata jubelte innerlich. ‚Wozu so ein Archäologe alles gut ist.'

Der Kunsthändler ging zu seinem Schreibtisch, schaltete das Licht an und nahm aus einer Schachtel einen abgegriffenen Füllfederhalter. Er drehte ihn auf und eine dünne Rolle Papier kam zum Vorschein. Seine ungebetenen

Gäste sprangen auf und umrundeten ihn. Francescati nahm eine Pinzette und reichte Cariello mit ihrer Hilfe das Papier. „Viel Spaß damit. Herr Marsily hat mich durch halb Europa gelockt und mich dann bitter enttäuscht."

Camarata griff anstelle Cariellos nach dem winzigen Papier und rollte es auf. Er knurrte wütend. „Wollen Sie uns veralbern?" - Das Papier war leer.

Im Fieber

Die Spur des Flüchtigen führte in das abgelegene Gemäuer. Sein Verfolger war nach langem Abwarten durchs Fenster eingestiegen und sah sich verwirrt um.

Der lichtdurchflutete Raum in dem uralten, baufälligen Haus war überfüllt von einem unerträglichen Sammelsurium. Steine, Sand und Papier bedeckten in einem Wust den gebrechlichen Schreibtisch an der Wand. Zwei getigerte Katzen lagen auf den abgegriffenen Chintz-Kanapees und es roch nach ihrem Futter, ihren Exkrementen und dem vor den offenen Fenstern blühenden Jasmin. Das gelbe Gebäude am Hang neben den Ausgrabungsstätten von Herculaneum war ein Albtraum der Unordnung, aber es hatte Charme. Seine windschiefe Terrasse bot einen unverdient malerischen Ausblick über den Golf. Es war jedoch leer. Außer den miauenden Untergebenen der Göttin Bastet gab es nur anarchisches Durcheinander.

Die Carabinieri waren am Vortag die Stufen des Verwaltungsgebäudes des Archäologischen Parks hinaufgestürmt, während der Flüchtende auf der anderen Seite den Dienstbotenaufgang hinuntergestürzt war. Er war hierher geflohen, aber nun verschwunden. Trotzdem □ es war sicher, dass hier sein Unterschlupf war.

Eilig begann der Eindringling, Bücher, Kissen und Dokumente beiseitezuschieben. Weder in den Regalen noch in den Schränken fand sich etwas von Interesse. Der Kühlschrank war leer. Nur Schmutz und Papier waren überall. Der Mörder Pezzolis musste die Papyri hierhergebracht haben, trotzdem blieben die Rollen wie vom Erdboden verschluckt. Es waren diese unheimlichen Papyri, die auf dem Tisch von Pezzoli gelegen hatten, als er gestorben war, die Kehle durchtrennt und der Mund aufgebrochen. Der Eindringling suchte sie in fiebriger Eile, aber tat es umsonst.

Pezzoli hatte seine Stellung ausgenutzt, um zu rauben, aber hatte nicht bemerkt, dass man ihn seit Tagen überwachte.- Noch unveröffentlichte Konferenzbeiträge von Wissenschaftlern, die ihm den Weg in die zweite Bibliothek von Herculaneum gewiesen hatten, hatten seinen Schreibtisch bedeckt und ringsumher hatten nasse Fetzen von antiken Papierstauden gelegen.

Es geschah Pezzoli recht, dass man ihm die Kehle durchgeschnitten hatte, trotzdem war der Anblick erschütternd gewesen. Seine Brust hatte ausgesehen, als habe er am Morgen ein rotes statt einem weißen Hemd angezogen.

Mit frenetischen Gesten wühlten die Hände des Eindringlings durch Regale und Schränke. „Wo sind die Papyri?" Er musste herausfinden, wo der flüchtige Mörder die gefährlichen letzten Worte des Philosophen Epikur verborgen hatte. Und das, bevor ihnen die Carabinieri auf die Spur kamen.

Das Rätsel der Färse

Francescati schraubte das Licht höher und stellte sich hinter Cariello an den Mahagoni-Schreibtisch. Sein faltiges Gesicht hatte den hochtrabenden Ausdruck verloren. Trotz seiner blassen Wangen und dem über den schmalen Lippen glänzenden Schweiß bewahrte er Haltung. Camarata musterte ihn schweigend. Der Kunsthändler wirkte wie ein untergebener Schüler neben Cariello. Er starrte gemeinsam mit diesem auf das dünne Stück Papier, das er aus der Statue der Kuh gezogen hatte und das sie, hoffte Camarata, zur Beute Marsilys führen würde.

Cariello hatte eine schmale Lesebrille aufgesetzt und wendete das kleine, nur handgroße Dokument mit der Pinzette im Licht hin und her. Von Zeit zu Zeit blinzelte er über den Brillenrand. Camarata krauste die Nase. Er sah nur ein leeres Stück Papier. ‚Das ist mir in meiner ganzen Karriere noch nicht passiert. Eine blanko Schatzkarte. Wenn Laura davon hört.‘

Cariello murmelte dunkel. „Der linke Rand ist ausgefranst und der rechte vergoldet. Unten steht eine kleine Ziffer eins. Es handelt sich um die erste Seite eines Buches." Er schüttelte den Kopf. „Marsily hat eine Seite aus einer dünn-papierigen Reisebibel herausgerissen. Er muss in Eile und Angst gehandelt haben, wenn er keinen normalen Brief zu senden wagte und sich nicht die Zeit nahm, ein angemesseneres Papier zu suchen."

„Hm", brummte Camarata bärbeißig. „Fakt ist, dass der Zettel leer ist. Solange der Kerl dort nichts draufgeschrieben hat, könnte es auch Wischpapier sein."

Cariello hob die Augen. Seine Pupillen spiegelten das Licht der Lampe wie tanzende Feuer wider und ein Schmunzeln schlich sich in seine Mundwinkel. „Aber natürlich hat er etwas darauf geschrieben, Kolonel. Das ist wie mit dem Neumond: Nur, weil Sie ihn nicht sehen, heißt das nicht, dass er nicht da ist. Unser geheimnisvoller Franzose benutzte eine Geheimschrift."

Camarata lachte auf. „Na, Prost Mahlzeit. Eine unsichtbare?"

„Kennen Sie Goethe?"

„Hm?" Camarata hob die Brauen. „Wer kennt ihn nicht?"

„Zitieren Sie mir ein Gedicht von ihm."

Camarata zwinkerte mit den Augen. Er hätte vorgezogen, sich nicht in Gegenwart eines Verdächtigen zu befinden, wenn man seine Schulkenntnisse prüfte. „Uff. Sie sprechen mit einem Militär. Ich kann mich noch an Dante erinnern, aber Goethe? An mehr als ‚Kennst Du das Land, wo die Zitronen blühn' erinnere ich mich nicht."

Cariello schmunzelte. „Aber das genügt doch."

„Zitronensaft!" Thereses Augen leuchteten.

Camarata brummte verärgert. Er konnte sich mit Cariellos Ratespiel nicht anfreunden.

Therese gestikulierte. „Zitronensaft trocknet unsichtbar, aber wird unter Wärme sichtbar." Sie zog die Lampe näher, nahm ihren Schirm ab und hielt das Papier über die erhitzte Glühbirne. Es erwärmte sich unter ihren Händen. Langsam erschien eine braune Schrift.

„Sie sind ein Genie, Cariello!", murmelte Francescati und musste trotz der für ihn heiklen Situation schmunzeln.

„Schau'n wir doch einmal, was uns Marsily vor ein paar Jahrhunderten mitteilen wollte." Cariello legte das Papier auf den Tisch. Camarata trat hastig näher, um sich die Enthüllung nicht entgehen zu lassen. Ihm entfuhr ein Fluch. Die Nachricht darauf ähnelte Krähenfüßen.

Αδ Αριστιδεμ, ετ ινδε Εχχλεσια,

ινδε αδ τηεατρυμ.

Ιν χυνιχυλυμ, υβι δομυσ μεα εστ,

αδ λυχεμ αχ τενεβρασ.

Εα ενιμ εστ ιλλορυμ σεξτυσ,

ετ εξυλταντ λυσιβυσ, ινδυτυσ ιν πεπλοσ.

Αυξιλιυμ!

„Griechisch! So ein Unsinn", schimpfte Francescati. Camarata sah ihn fragend an. Der Kunsthändler machte eine verzweifelte Geste. „Caylus sprach kein Griechisch und Marsily muss das gewusst haben. Warum sollte er in Griechisch schreiben? Die Nachricht ist falsch. Sie ist weder von Marsily noch für Caylus."

Cariello hob den Blick und sah Francescati spöttisch an. „Ich nehme an, *Sie* sprechen Griechisch?"

Francescatis Augenlider zuckten, er war genauso betreten wie kurz zuvor Camarata. „Nein. Wer spricht heute schon noch Griechisch …"

„Ich zum Beispiel", lächelte Cariello und Therese musste über seine Effekthascherei grinsen. Cariellos heiterer Blick huschte zu ihr. „Das hier ist kein Griechisch. Marsily nahm nicht nur Zitronensaft, er schrieb auch mit Buchstaben, die der normale Italiener, so hoffte er sicher, nicht lesen konnte. Aber er schrieb in Latein. Hören Sie, was hier steht, wenn man die griechischen mit lateinischen Buchstaben ersetzt:

„Ad Aristidem, et inde Ecclesia, inde ad theatrum.

In cuniculum, ubi domus mea est, ad lucem ac tenebras.

Ea enim est illorum sextus, et exultant lusibus, indutus in peplos.

Auxilium!"

Cariello schüttelte tadelnd den Kopf und der Schalk vertiefte sich in seinen Augenwinkeln. „Ts, das wird eine schlechte Note. Was für ein scheußliches Latein. Marsily muss in der Schule genauso schlecht gewesen sein wie in seinen Verhandlungen mit Schatzjägern. Er konnte sich noch an ein paar griechische Buchstaben und an ein paar lateinische Worte erinnern. Er muss im Augenblick seiner Schriftstellerei eine Heidenangst um sein Leben gehabt haben, um ein auf den ersten Blick leeres Papier mit einer Zitronensaft-Nachricht in griechischen Buchstaben und lateinischen Worten in einer Kuh zu verstecken. Kein Wunder, dass Caylus es nie fand."

Cariello nahm ein Blatt und schrieb. „Hier ist die – ungefähre ☐ Übersetzung des lateinischen Textes, den Marsily uns hinterlassen hat. Hören Sie:

„Zu Aristides zur Kirche und von da zum Theater.

Im Tunnel, wo mein Haus ist, aus der Dunkelheit ans Licht.

Es ist die sechste, die im Peplos tanzt.

Hilfe!"

Verständnisloses Schweigen beantwortete seine Deutungen. Er machte eine Geste der Ungeduld. „Das ist natürlich auszulegen. Marsily hat Angst und bittet um Hilfe. Welche Nachricht sendet er Caylus?" Ermutigend blickte er auf die drei Personen vor ihm.

Therese lehnte sich an den Schreibtisch, die Arme überschlagen und ganz die konzentrierte Schülerin. „Marsily sendet Informationen über den Ort, wo die Gegenstände versteckt sind, weil er sie aufgrund der Überwachung durch den Prinzen San Severo nicht selbst wegbringen kann. Er kodiert seine Worte. Ihm ist bewusst, dass Caylus die Ruinen kennt und seine Nachricht daher auch verstehen wird, wenn sie Uneingeweihten nicht klar gewesen wäre. Caylus war bereits mit Elbeuf dort unten."

Cariello nickte, auch er vollkommen bei der Sache. „Lesen wir also diese Hinweise wie Indizien einer Schatzkarte. Einer Schatzkarte für Eingeweihte."

Camarata stellte sich hinter ihn und sah auf die Übersetzung. *„Zu Aristides zur Kirche und von da zum Theater.* Na, dann mal zu, Cariello. Ich für meinen Teil kenne keine Kirche in den Ruinen. Ich hatte bisher immer gedacht, die alten Römer hätten zu Jupiter gebetet."

Cariello schlug mit dem Handrücken auf den Text. „Haben sie auch. Das Wort ‚Kirche' meint keine Kirche, sondern die Basilika! Die Basilika Noniana, in der man Marsily tot aufgefunden hat."

Camarata blies verlegen die Wangen auf und ihm wurde warm. „Ach ja. Ich bin ein Idiot. Und Aristides? War das ein Mitarbeiter Karl Webers?"

Francescati, der beiseitegetreten war und mit überschlagenen Armen am Kamin an der Wand lehnte, mischte sich voller Ungeduld ein. „Stellen Sie sich nicht so an, Kolonel, es gibt das Haus des Aristides."

Camarata gab auf. Ratespiele waren nicht das seine und er hasste es, dass ein arroganter Verbrecher wie Francescati mehr über Herculaneum wusste als er. Er knurrte erbost.

„Ecco!", rief Cariello seinerseits guter Laune. „Mit Aristides ist keine Person gemeint, sondern eine Statue. Die Statue des Aristides, die man im danach benannten ‚Haus des Aristides' gefunden hat. Sie zeigt eigentlich Aeschines, aber der falsche Name ist an dem Haus haften geblieben."

Francescati trat vor Cariello und stemmte sich auf den Schreibtisch. Er hatte seine Fassung wiedererlangt und wirkte wie ein zufriedener Windhund, der im Gegenzug für den apportierten Hasen ein Leckerli erhält. „Bravo, Professor. Jetzt verstehe ich die Nachricht. Dieses Haus des Aristides ist nicht irgendeine beliebige Ruine …"

Cariello nickte schmunzelnd.

Camarata hatte genug. Er fühlte sich unnütz, unwissend und ein fetter Klotz in dieser Gesellschaft kultivierter Gecken. „Weihen die Herren mich profanen Sterblichen auch ein?"

Therese legte ihm die Hand auf den Arm. „Das Haus war damals der Ausgang eines Tunnels, durch den man Statuen aus der Villa der Papyri barg. Wir haben richtig gedacht. Marsily konnte die Statue, die er von den Leuten Padernis angekauft hatte, nicht durch die Brunnenschächte hinausbringen. Er benötigte einen breiteren Weg ins Freie. Alle Stollen waren jedoch nach dem Tod Webers zugeschüttet worden. Der einzige noch begehbare größere Tunnel, der ab dem Jahr 1764 noch aus der Villa hinausführte, war der zum Haus des Aristides. Die Villa und das Haus liegen beide an der ehemaligen antiken Küste. Vom Haus des Aristides führte laut diesem Text ein weiterer Tunnel bis hinauf zur verschütteten Basilika. Heute existiert er nicht mehr, da das gesamte Gebiet vollständig ausgegraben wurde. Deswegen konnte auch Perrone den verbindenden Tunnel nicht mehr finden. Aber zu Marsilys Zeiten konnte man sicher durch diesen Gang vom Haus des Aristides zur Basilika und von dieser zum Theater und seiner breiten Ausgangsrampe gelangen. Nur eben nicht von der Villa der Papyri direkt zur Basilika."

Francescati nickte triumphierend und die hochtrabende Miene des Kunsthändlers schlich sich zurück in seine Züge. „Es scheint, Marsily benutzte den heute verschwundenen Gang, um Skulpturen von der Villa der Papyri zum antiken Theater zu bringen, um sie von dort aus ans Tageslicht und nach Paris zu transportieren. Er sendete Caylus mit diesem Papier die Information über den Ort des Verstecks. Sicher brauchte er Hilfe für den Transport. Er hatte die von den Gehilfen Padernis gestohlene Ware unter Tage angekauft, aber die Übeltäter halfen ihm nicht beim Abtransport aus den Tunneln. Aus Angst, erwischt zu werden, ließen sie ihn in den Stollen im Stich. Marsily muss so unvorsichtig gewesen sein, sie zu früh zu bezahlen …"

„… und als es brenzlig wurde, und die Leute des Königs den Ränkespielen der Grabräuber beinahe auf die Schliche kamen, behielten sie das Geld Marsilys und brachten ihn mit einem Dolchstoß zum Schweigen", ergänzte Therese. „Marsily muss als adeliger Franzose so auffällig gewesen sein wie ein bunter Hund. Das Aufsehen, das er erregte, muss seinen Verbündeten Angst gemacht haben."

Francescati sah zu Cariello. „Was denken Sie, Professor? Ist die Statue noch immer im verbliebenen Teil dieses Tunnels der Basilika? Die Räuber nahmen das Geld und ließen die Statue, wo sie war, aus Angst vor dem Galgen …?" Er schnalzte mit den Fingern. „Aber wo? Wo ist die Stelle, an der man sie suchen muss? Was meint Marsily mit dem ‚Haus' im Tunnel? Hier steht: *Im Tunnel, da wo mein Haus ist.*" Er fuhr sich durch die weißen Haare und begann, im Raum umherzutigern.

Cariello schwieg. Er stützte die Ellenbogen auf, zog die Brauen zusammen und grübelte, das Licht der Lampe auf den markanten Wangen und der offenen Stirn. Auch er war fürs Erste am Ende seiner Weisheit.

Die Papyri Epikurs

Die Oberfläche der Papyri fühlte sich rau und warm an. Sie waren nass und biegsam, so gut erhalten, als hätte man sie erst gestern geschrieben. Die schwarze Tinte leuchtete auf dem gelben, holzigen Untergrund. Kleine Stücke waren aus den Papyrusfasern gebrochen und Risse durchzogen sie, aber die Schrift darauf war lesbar, die Buchstaben klar und sauber nebeneinander gereiht, die Linien gerade und von keinem Fleck entstellt. Es waren elegante griechische Großbuchstaben, aufgetragen von einer Hand, die es gewohnt war, zu schreiben.

Ataraxia, Freiheit von der Angst, stand auf der obersten Zeile der ersten Rolle.

Aponia, Freiheit von Schmerz, stand auf der zweiten.

Hyparxis, Sinn des Lebens, stand auf der dritten.

Die in Schwarz gekleidete Person, die dem Mörder Pezzolis in das kleine Haus am Hang gefolgt war, fühlte eine tiefe innere Zufriedenheit. Sie verstand die Worte nicht, die dort vor ihr leuchteten, aber es war ihr genug, dass sie die Papyri gefunden hatte. Nur wenige Briefe aus Epikurs Hand hatten sich erhalten und seine philosophischen Gedanken waren meist nur vom Hörensagen bekannt. Der Gedanke, dass das Universum unendlich und ewig sei und dass alles, was existiert, aus Atomen bestehe. Und der Gedanke, dass Gott sich nicht um die Menschen schere …

Man kannte verbrannte Fragmente seiner Schriften aus der oberen Bibliothek der Villa der Papyri in Herculaneum, aber nichts glich diesen perfekt erhaltenen, nach feuchtem Tabak riechenden Schriften. Diese drei Rollen Papyrus enthielten nicht nur irgendein Buch, sie enthielten eine authentische Schrift aus der Hand des großen Epikur. Und welche ...

Ihr Entdecker zögerte. Als Epikur gestorben war, hatte er gelächelt. Gelächelt trotz seiner Todesqualen. Er hatte es in seinen letzten Zeilen berichtet:

„Ich schreibe diesen Brief an dich an einem glücklichen Tag, der auch der letzte Tag meines Lebens ist. Ich wurde von einer schmerzhaften Unfähigkeit zum Wasserlassen und auch von der Ruhr angegriffen, so heftig, dass der Gewalt meiner Leiden nichts hinzugefügt werden kann. Aber die Fröhlichkeit meines Geistes, die aus der Erinnerung an meine philosophischen Erkenntnisse rührt, gleicht all diese Leiden aus."

Konnte man glücklich sein, ohne Glauben und ohne Hoffnung auf ein Paradies? Ohne von Gott geliebt zu werden?

Da, wo mein Haus ist

Camarata saß seit Stunden mit Cariello und Therese im dämmrigen Studierzimmer des Kunsthändlers, vertieft in Spekulationen und Debatten, beunruhigt vom Abnehmen des Tageslichts, das sich durch das Glühen der untergehenden Sonne ankündigte und die ehrwürdigen Ledereinbände der Sammlungen Francescatis rot färbte. Der Kunsthändler hatte sich umgekleidet. Er hatte einen grauen Maßanzug angezogen und eine Flasche Châteauneuf-du-Pape geöffnet. Mit eleganten Gesten teilte er bauchige Gläser aus.

Camarata lehnte mit grimmigem Gesicht ab. „Ich trinke nicht mit Kriminellen." Sein Bauch knurrte und insgeheim fürchtete er, dass er berauscht werden würde, wenn er auf leeren Magen Wein trank. Sie hatten den ganzen Tag nichts gegessen und auch für das Abendessen sah es schlecht aus.

Unter der Hand öffnete er sein Telefon und studierte die reißerische Live-Berichterstattung, die der *Mattino* von Negris Presse-Konferenz veröffentlicht hatte. Große Bilder von Valers und Negri dekorierten die Seiten. Jedes Details der drei Morde wurde ausgewalzt, aber zu Camaratas Freude gab es nichts, was er nicht schon wusste. Keinen Verdächtigen und kein wiedergefundenes Beutestück. Nur der letzte Satz machte ihm Sorgen. Valers kündigte eine Welle von Razzien, Hausdurchsuchungen und Überwachungen an. ‚Es fehlt nur die Folter aller Beteiligten.' Camarata seufzte, sich wohl bewusst, dass er in der Regel gern selbst zu derart brutale Maßnahmen griff, auch wenn er sie jetzt heuchlerisch bei Valers verdammte.

Er sah, dass Cariello sich einschenken ließ und Francescati mit einer spottenden Geste ermunterte, das Glas gut zu füllen.

Auch Therese setzte sich, sichtlich erleichtert, eine Pause einzulegen. Camarata bereute, dass er den Wein abgelehnt hatte. Vielleicht brauchte er doch etwas Alkohol, um das Bild von Valers zu verdauen. Er hatte bezüglich Francescati das Gefühl, dass der Händler mehr wusste, als er zugab. Bei seinem ersten Besuch hatte er zu betroffen gewirkt von Perrones Tod, als dass er ihm nur eine Karte gegeben haben konnte.

Francescati klingelte einen Bediensteten herbei und ließ Teller mit Aperitifhappen und Früchten bringen. Sein Studierzimmer verwandelte sich nach und nach in das Hauptquartier amtlich beauftragter Schatzsucher und er wirkte nicht unzufrieden, dabei zu sein.

Camarata, seines Dursts und seiner Prinzipien leid, griff sich schließlich schamlos einen Stapel der feierlich hereingetragenen Schnittchen, schob sie im halben Dutzend zwischen die Zähne und knurrte mit vollem Mund: „Lassen wir es sein. Für heute werden wir die Lösung nicht finden." Er stand ächzend auf und wollte gehen. Ihm schien es vielversprechender, Francescati allein zu lassen, um ihn dann abhören zu können.

Cariello sprang auf, die Augen im Fieber und die Wangen gerötet. „Warten Sie, Kolonel! Ich grüble noch immer, was diese Worte mit dem ‚Haus' bedeuten könnten. Es muss doch herauszufinden sein!"

Camarata seufzte. „Vielleicht ist es eine Art Gebäude in den Gängen, ein Ruinenteil?"

„Aber wieso dann *mein* Haus?"

„Vielleicht wurde es damals von einem der Arbeiter beansprucht und er hat ‚Das ist mein Haus!' dort eingraviert? So wie ‚Cave canem' oder ‚Theo war hier'?"

„Unsinn, aber Sie haben mich auf eine Idee gebracht: Inschriften! Das ist es! Vielleicht ist es eine Inschrift."

„In den Tunneln?"

„Es gibt mehrere Projekte zum Dokumentieren der Graffiti, Gravuren und Malereien an Herculaneums Wänden. Vielleicht kann uns das weiterhelfen. Es existieren unzählige Beschriftungen: Angaben über das Datum des Vulkanausbruchs, politische Parolen, Preisangaben, Verkaufslisten, Schmierereien von Kindern. Die Epigraphen-Kollektion des Nationalmuseums sammelt sie. Ich werde einen Bekannten anrufen, um in Erfahrung zu bringen, ob es sich bei unserem ‚Haus' um eine Inschrift handeln könnte."

Camarata nickte, aber blieb mit den Händen in den Taschen stehen. Er wagte nicht, noch einen Angriff auf die Aperitifhappen zu unternehmen, solange er dabei gesehen werden konnte. Sein Magen knurrte jedoch hörbar und Therese, die neben ihm stand, grinste spöttisch. Er hoffte, dass er zumindest vor Francescati Würde bewahrte und dieser nichts von seinem Heißhunger bemerkte.

Cariello fischte indessen sein Telefon aus der Tasche und verschwand im Korridor. Man hörte sein angeregtes Murmeln herüberklingen und als er wenig später wiederkam, prangte ein strahlendes Lächeln auf seinem gebräunten Gesicht. Die untergehende Sonne gab seinem Profil eine eigenartige Schärfe. „Es gibt in einem Tunnel, der zur Basilika führt, eine modernere Kritzelei in einer Wand. Mein Bekannter, Michele, glaubt, dass ein Zwangsarbeiter der bourbonischen Ausgrabungen sich beschwert habe, ständig im Tunnel gefangen zu sein, und dass er in die Wand geritzt habe, dass es sich bei dem dunklen Gang um sein Haus handele. Das muss der Ort sein, auf den sich Marsily bezieht und dessen

Bezeichnung er Caylus gibt. Er selbst muss diese Worte dorthin geschrieben haben. Und jetzt kommt die Überraschung: Das muss auch mehr oder weniger die Stelle sein, an der er gestorben ist. Der Tunnelrest ist kurz und der Gang führte einst in Richtung des Hauses des Aristides. Wir haben den Tunnel Marsilys!"

Therese schmales Gesicht erhellte sich. „Wir haben die richtige Stelle, aber was bedeutet ‚aus der Dunkelheit ans Licht'?"

Cariello zuckte die Schultern. „Wir müssen in den Tunnel gehen und nachschauen, aber ich würde vermuten, man muss die Tunnelwand an dieser Stelle aufbrechen und in Richtung des damaligen Eingangs, also des Lichts, graben. Die Kritzelei liegt hinter einer Biegung. Sie kann künstlich geschaffen worden sein und die Statue verbergen. Es handelt sich womöglich um das Ende eines zugeschütteten Tunnels. Ich vermute, wir werden eine Tänzerin finden, so, wie wir bereits vermutet hatten. Hier □ sehen Sie den Text: *Es ist die sechste, die im Peplos tanzt*. Die anderen fünf tanzenden Mädchen sind in ein griechisches Gewand, den Peplos, gekleidet."

Therese schüttelte den Kopf. „Perrone war vor uns darauf gekommen, dass etwas in einem der Tunnel verborgen liegen muss, und wollte auf die Suche danach gehen. Er wusste nur nicht, wo, da er das Papier aus der Kuhstatue nicht hatte. Er versuchte, die Bronze in der Villa zu finden, da er sich nur auf den Test des Skeletts stützen konnte. Er ging dorthin, wo man den Franzosen zuletzt gesehen hatte."

Camarata drehte sich zu Francescati. Ihm war trotz des Augenblicks der Zufriedenheit danach, den Kunsthändler noch einmal die volle Macht der Obrigkeit fühlen zu lassen. Und sei es nur, um später erklären zu können, dass es sich bei ihrem Aufenthalt bei ihm um ein Verhör gehandelt habe und nicht um ein gemeinsames Katerfrühstück. „Perrone hat jemanden Minuten vor seinem Tod angerufen. Waren das Sie?"

Francescati nickte, ohne zu zögern. „Perrone rief auf meinem verschlüsselten Telefon an. Er war in Panik. Er sagte, er habe ein Gespenst hinter sich herkommen sehen."

Eine Sekunde herrschte erstaunte Stille.

Camarata knurrte, die Stirn in Falten gelegt. „Er hat *was* gesehen? Ein Gespenst? Meinte er damit eine Person oder einen Schatten?"

„Er sagte nur ‚Gespenst'. Ich habe ihn beruhigt und er ist wieder zur Vernunft gekommen. Er hat versprochen, in den Tunnel zu gehen. Das Ganze war eine Eilaktion, sonst hätte ich Perrone nicht allein dort hineingehen lassen. Aber laut Perrone hatte jemand dort in den Anlagen Lunte gerochen und war dabei, uns auf die Schliche zu kommen und den Braten wegzuschnappen. Ein Herr Pezzoli. Sie sprachen heute Morgen von seinem Ableben, Kolonel."

Camarata lachte düster auf. Er hätte es sich denken können. Pezzoli war von Perrone auf die Spur der Papyri und der Statue gebracht worden. Als der stellvertretende Leiter der Anlagen Herculaneums Perrone zum Kaffee eingeladen hatte, hatte dieser ihm sicherlich anfänglich vertraut und hatte ihm zu viel über den Prinzen San Severo erzählt. Und Pezzoli war von da an ebenfalls auf Schatzjagd gegangen.

Camarata forderte Francescati mit einer rührenden Bewegung des Zeigefingers auf, weiterzureden.

„Als Perrone am Morgen nicht wiederkam, habe ich mir Sorgen gemacht und jemanden hingeschickt. Meinen

Angestellten, Carlos. Er hat erfahren, dass es einen Toten gab, und wir haben uns unseren Teil gedacht. Ich gebe zu, ich war erschüttert. Ich hätte mir im Traum nicht vorstellen können, dass Perrone dort in dem Gang sein Leben riskierte. Jedenfalls nicht durch einen Mörder." Francescati schüttelte den Kopf. „Perrone ging zu tiefster Nachtzeit in die Ruinen. Wir dachten beide, dort sei niemand außer den Wachen am Eingang. Mein Angestellter, Carlos, hat die Aktentasche von Perrone mit zurückgebracht. Sie stand nahe dem Tunneleingang und war voller Dokumente … Wir konnten sie nicht dort stehen lassen. Carlos stand hinter Ihnen, als Sie Perrone aus dem Tunnel geholt haben, Kolonel."

Camarata musterte Francescati verstimmt. „Sie waren es also nach Ihren Angaben nicht, der ein Interesse an Perrones Tod hatte. Haben Sie eine Idee, wer den Mord begangen haben könnte?"

Francescati setzte sich auf einen Biedermeierstuhl, lehnte sich zurück und ächzte. Nach einem großen Schluck aus seinem Weinglas zuckte er zynisch die Schultern. „Jemand war schneller als wir, denke ich. Haben Sie vielleicht frische Ausgrabungsspuren im Tunnel gefunden, da, wo an der Wand ‚mein Haus' steht? Oder ist Ihnen ein Gespenst aufgefallen?" Er musste unvermittelt lachen. Es klang sarkastisch und ungläubig.

Cariello sah Camaratas wütenden Gesichtsausdruck und hob die Hände. „Ob die Angaben aus dem Text aus der Kuhstatue gültig sind, ist nicht sicher. Das letzte Wort des Textes lautet: *Auxilium* – Hilfe. Marsily hat Caylus mit diesem Papier nicht nur die Statue einer Tänzerin versprochen, er hat ihn auch um Hilfe gebeten."

Therese nickte. „Es gibt Anzeichen, dass Marsily mit einem Messer ermordet worden ist. Auch wenn er die Statue ursprünglich im Tunnel versteckt hat, heißt das nicht, dass sein Mörder sie vor mehr als zweihundertfünfzig Jahren dort belassen hat."

„Gewissheit haben wir erst, wenn wir im Gang nachschauen. Dort werden wir vielleicht eine Skulptur finden, vielleicht aber auch nicht, und möglicherweise finden wir auch nur die Spur einer vor kurzem erfolgten Grabung. Wer weiß? Vergessen Sie nicht, Camarata, dass es wahrscheinlich auch um Papyri ging und vor zweihundertfünfzig Jahren deswegen mehr Personen als nur Marsily zu Tode kamen …"

Camarata schlug in die Hände. „Die Küstenstraße ist seit dem Morgen von einem Waldbrand zugeraucht. Man kündigt Regen an und mein Vorgesetzter rasselt mit den Schwertern, um Herculaneum mit Bulldozern zu durchsuchen. Es kann nur besser werden. Worauf warten wir?"

Sein Ausruf elektrisierte die kleine Gruppe. Sie hasteten zur Tür, gefolgt von Francescati, dem Camarata ansah, dass er sich nur mit Mühe zurückhalten konnte, offen um einen Platz im Wagen der Carabinieri zu bitten. Seine unausgesprochene Hoffnung wurde enttäuscht. Camarata steuerte, ohne sich umzuwenden, auf sein Fahrzeug zu – Tombaroli brauchten von ihm keine Sympathie zu erwarten.

‚Sobald Valers die Spurensicherung aus seinen Klauen lässt, werde ich Francescati eine schöne kleine Hausdurchsuchung auf den Hals schicken', dachte er grimmig. ‚Ich habe den römischen Bronzeschild trotz der teuren Aperitifhappen nicht vergessen.'

Im Schock

Der Dienstwagen der Carabinieri stürzte sich wenig später in eine rasante Fahrt auf einer überfüllten Küstenautobahn, auf der sich Fahrzeuge wie Teile eines unendlichen Lindwurms voranwälzten. Der abendliche Verkehr der Feiernden und der Ausflügler ergoss sich aus Neapel heraus in die illustren Vororte und bis nach Amalfi. Ein Unfall hatte eine der Spuren blockiert und der heulende Wagen der Carabinieri manövrierte sich in halsbrecherischer Eile daran vorbei und durch die Autoschlangen, um Herculaneum noch vor dem endgültigen Sonnenuntergang zu erreichen.

Camarata feuerte Mathis knurrend an, Gas zu geben, wenn immer es möglich war. Cariello hatte ihn drängend daran erinnert, dass er befürchtete, die Papyri könnten durch eine Trocknung unwiderruflichen Schaden erleiden. Er reagierte darauf mit Panik und sein Puls hämmerte gegen seine Kehle. Die Berge, die das Meer bis hin nach Ercolano säumten, lagen dunkelgrün im aufkommenden Schatten der Nacht und die Waldbrände, die auf ihren Höhen schwelten, erzeugten den Eindruck, als ob der Vesuv Asche auf die Autobahn speie. Helikopter schwebten über den Rauchwolken und ihr Brummen trug zur Weltuntergangsstimmung der herabsinkenden Finsternis bei. Die Aromen brennender Pinien wehten durch das offene Fenster herein. Camaratas Finger trommelten den Takt seiner Ungeduld auf das Armaturenbrett des Wagens. Von Zeit zu Zeit ließ er ein grimmiges Fluchen hören, während weder Therese noch Cariello in ihrer Unruhe ein Wort herausbrachten.

Die Ausgrabungsstätte von Herculaneum hatte bereits geschlossen, als sie sie erreichten. Das rote Backsteintor mit dem eisernen Gitter, das die moderne Stadt von der Grube abgrenzte, war fest verriegelt. Niemand war zu sehen und Camarata musste Ferretti anrufen, um Zugang zu erhalten. Er hatte Erfolg. Schon nach kurzer Zeit traf im Laufschritt ein Wächter ein und sperrte ihnen das verrostete, laut knarrende Eisenschloss auf.

Der Uniformierte ging ihrer kleinen Schar voran zur Rampe, die von der Höhe der Stadt hinunter in die Ausgrabungen führte. Im Gehen schaltete er Notlichter im bereits im Dunkeln liegenden Park an, die jedoch nur den oberen Teil der touristischen Anlagen erhellten.

Als sie in die düstere, unbeleuchtete Ruinenlandschaft hinunterstiegen, zweifelte Camarata trotz aller Besorgnis über darin lauernde Mörder daran, auch nur einer Menschenseele zu begegnen oder gar im Finsteren eine verborgene Statue zu finden. Sie trafen nicht einmal auf eine Katze, als sie die einsamen, nachtschwarzen Gassen der versunkenen Stadt erreichten.

Die heruntergekommenen Häuser des modernen Ercolano leuchteten hoch über ihnen. Am sich ändernden Schein der Lichter in ihren Fenstern sahen sie, dass die Abendnachrichten liefen.

In der Tiefe empfing sie Totenstille. In der Nacht wirkten die Ruinen anders als bei Tag. Die Romantik der von Blumen umwucherten Mauern wich der Dunkelheit des vom Vesuv verursachten Chaos. Sie standen in einem zerrissenen Gräberfeld. Was sie umgab, war das, was von der Stadt nach der wütenden Sturzflut sechs glühend heißer

Schlammlawinen übriggeblieben war. Die stummen Schreie der Toten waren ihre einzigen Begleiter in der Finsternis.

Therese stolperte über die römischen Pflastersteine und versuchte, nicht zu fallen. Cariello griff ihren Arm und stützte sie. Auch Camarata knickte mehrfach mit dem Fuß um. Die hochgelegten antiken Bürgersteige machten das Gehen im Dunkeln schwer. Sie tasteten sich an den Mauern voran und Camarata fühlte zunehmend Beklemmung in seinen Nacken schleichen. Leere Fensterhöhlen gähnten ihnen entgegen und nichts rührte sich. Sie fanden nur mithilfe ihrer Lampen den Weg zu den Tunneln der Basilika.

Nieselregen setzte ein und verdampfte auf den noch immer von der Hitze des Tages glühenden Steinen. Der Effekt, den er erzeugte, war gespenstisch. Weißer Nebel begann, sich um sie zu heben, und für einen Augenblick wirkte er, als würden die Geister der vom Vesuv lebendig Gekochten und ihrer gemeuchelten Kinder aus den Mauern treten. Die kleine Gruppe zuckte zusammen, als auf einmal Licht in den Gassen aufflammte und den Nebel blendend hell färbte. Es war, als würde das Gespensterheer lebendig werden und sich in Bewegung setzen.

„Ferretti ist eingetroffen und hat veranlasst, dass man die Nachtbeleuchtung anschaltet", brummte Camarata beruhigend. Aber auch sein Herz hatte sich für den Bruchteil einer Sekunde schmerzhaft verkrampft.

Sie wandten sich der Grubenwand zu, dort wo sich unter dem Tuff die Basilika Noniana befand. Cariello und Camarata gingen voraus wie Jagdhunde, die die Spur des Fuchses aufnehmen. Als sie die Wand mit dem Eingang zum Tunnel erreichten, sah Camarata zu seinem Schrecken, dass ihn jemand vor ihnen betreten hatte.

Es hatte in den letzten Tagen keinen Regen gegeben und der sandig-steinige Untergrund hatte keine Fußabdrücke bewahrt, aber im Stolleneingang war der Tuffstein auf dem Boden weiß zerkratzt, als hätte man etwas Metallisches darüber gezerrt. Lose Erde lag daneben. *„Merda!"* Noch einen Verlust wie den der Papyri konnte er sich nicht leisten. Sein Mund wurde trocken vor Anspannung. Er zog seine Dienstwaffe aus ihrem Halfter und leuchtete mit der Lampe den Tunnel und den Fußboden ab.

Dann stürzten er und Cariello wie auf Kommando in den Gang. In der Enge des Stollens konnten sie nur gebückt und nacheinander gehen. Cariello gewann den Wettlauf und drängte sich als Erster in den Tunnel. Camarata folgte ihm hastig. Er wurde bald langsamer. Sand und Dreck regneten ihm ins Gesicht und ließen ihn husten. Noch während er verzweifelt mit den Augen blinzelte, knallte er mit der Stirn gegen einen Tuffbrocken. Inmitten pulsierender Schmerzen begann, ihm Blut über die Wange zu laufen. Er wischte es laut fluchend beiseite und taumelte weiter.

Der Lichtstrahl seiner Lampe tanzte über die feucht-grauen Wände und über Cariellos Rücken als würde er an einem urzeitlichen Schamanentanz teilnehmen. Der intensive Geruch von Fledermäusen drang ihm schneidend scharf in die Nase und eine Sekunde später war er auch schon von einer Schar knarrender und zwitschernder Tiere umgeben, die ihm in Gesicht und Kragen flatterten.

„Es lebe die Biodiversität", fluchte Cariello und zog sich das Hemd bis zur Nase. „Bedecken Sie Ihr Gesicht, Camarata! Schnell!"

Seine Warnung kam zu spät. Camarata prustete und spuckte bereits. Er ging in die Knie und schloss die Augen.

Etwas wischte über seinen Mund und er befürchtete, es sei der Flügel einer Fledermaus, der sich zwischen seine Zähne klemmte. Es war jedoch Cariello, der ihm sein Hemd aufknöpfte und mit Gewalt über Mund und Nase zerrte. Dann griff er ihn am Aufschlag der Jacke und zerrte ihn weiter. An einer Gabelung blieb er ruckartig stehen und Camarata öffnete erst in diesem Moment die Augenlider. Cariello gestikulierte. „Rechts oder links?"

Camarata rieb sich mit dem Ärmel über die tränenden Augen und leuchtete, noch immer spuckend, auf den Boden, um zu sehen, ob er erneut Spuren von Kratzern und Erde finden würde. Cariello rief in seiner Ungeduld eine Skizze auf seinem Telefon auf, die ihm sein Kollege von der Epigrafen-Kollektion zugesandt hatte. Sie zeigte den Ort, wo sich die Inschrift ,Mein Haus' befand.

Sie kamen beide zum gleichen Schluss und stürzten, noch immer umgeben von aufgeschreckten Fledermäusen, in den rechten der beiden Tunnel. Sie versperrten sich dabei gegenseitig den Weg. „Nun gehen Sie schon, Cariello, und stehen Sie mir nicht vor den Füßen rum." Camarata fluchte und stieß Cariello voran. Die Luft im Gang wurde feuchter und übelriechender.

Camarata musste an die Toten der Mofetten denken. Es roch beunruhigend nach Schwefel. Zwei Schritte weiter glitt er hinter Cariello auf dem feuchten Stein aus. Er hatte am Morgen seine ledernen Ausgehschuhe angezogen und bereute jetzt, nicht die festeren Einsatzstiefel zu tragen. Er stieß sich die Schulter an schneidendem Lavagestein und stöhnte zwischen einer Flut von Schimpfworten. Er begann, den Tunnel zu hassen.

Cariello zeigte weder Mitleid noch Solidarität. Er nutzte die Gelegenheit rücksichtslos, um als Erster an der Stelle anzulangen, von der die frische Erde stammte.

„Verwünschte Akademikerbrut", grunzte Camarata. „Immer müssen sie die Ersten sein ..."

„Verdammt!", echote Cariello sein Fluchen vor ihm. Ein Teil der Wand des Tunnels gähnte ihnen aufgebrochen entgegen.

Camarata drängte sich an Cariello vorbei nach vorn, um besser zu sehen. Er hob die Taschenlampe und richtete den Strahl in die Öffnung. Der mannsgroße Hohlraum war leer. „Wir kommen zu spät!"

Cariellos Gesicht war düster. „Die Statue ist gestohlen worden."

„Aber von wem?"

„Mich interessiert im Augenblick vor allem, wohin der Schuft sie gebracht hat." Cariello zeigte auf den feuchten Stein zu ihren Füßen. „Die Schlepp- und Schleifspuren auf dem Boden führen dorthin, woher wir kamen."

„Wir sind Idioten. Das hätten wir uns auch beim Hereinkommen denken können."

Cariello kontrollierte in Eile den Untergrund auf zusätzliche Kratzer und Erde, die auf etwas Anderes hinweisen könnten. „Unser Dieb hätte die Statue auch hinüber ins verschüttete Theater bringen können, um die Rampe zu benutzen, die aus dem antiken Amphitheater in die Oberstadt führt – der Ausgang, den Marsily zu erreichen versuchte. Aber das scheint nicht die Option zu sein, die er gewählt hat."

„Wenn man hübsch bei Sonnenuntergang mit einer Bronzestatue über der Schulter durch Ercolano läuft, fällt das vielleicht auch ein bisschen auf …"

„Ich glaube nicht, dass er sie auf der Schulter transportiert hätte. Sonst wäre der Boden nicht so zerkratzt. Sie muss eine Tonne wiegen."

Camarata hatte Mühe, seine Emotionen zu zügeln. Die Wand war aufgebrochen und der Schutt der Verfüllung lag auf dem Boden. Von dort führten Spuren über den steinigen Untergrund hinaus ins Freie zur offenen Ausgrabungsstätte Herculaneums.

Er wandte sich um und strebte erneut dem Ausgang zu, gefolgt von Cariello, an dem er sich in dem engen Gang unsanft vorbeidrängte. Als sie dem Ausgang keuchend näherkamen und er mit seinem Telefon endlich wieder Empfang hatte, rief er seine Kollegen an. „Verstärkung, Spurensicherung, Carabinieri … und vor allem eine Staffel scharfer Hunde!"

Der zweite Tunnel

Die Nacht war lau und irgendwo sang eine Nachtigall. Therese bewegte sich leise vorwärts und versuchte, trotz des Nebels den Spuren außerhalb des Tunnels zu folgen. Schritt für Schritt vollzog sie den Fluchtweg des Diebes nach. Die Erdreste versiegten bald, aber die Kratzer und Metallspuren an den Steinen zeigten den Weg durch die alte Gasse immer noch deutlich genug an.

Es musste sich um einen einzigen Dieb handeln. Die Bronzestatue, die er geborgen hatte, war für eine Person zu schwer und er hatte sie nicht anheben können. Er war gezwungen gewesen, sie hinter sich herzuschleifen. Die Prozedur hatte der Statue Schäden zugefügt und die Spuren davon waren an den Pflastersteinen der Gasse vor der Grubenwand zu sehen. Therese bückte sich und folgte ihnen mit der Lampe in der Hand. Erst als sie den Kopf hob, um eine Sekunde die schmerzenden Glieder zu strecken, bemerkte sie, dass sie vor dem Eingang eines zweiten Tunnels angelangt war.

Ihr Herz machte einen Satz.

Sie stand mutterseelenallein mitten in der nebelumwogten Düsternis vor einem unbekannten Eingang in die Labyrinthe im Tuff. Der Gang lag hinter Gebüsch versteckt, daher hatte ihn keiner von ihnen bemerkt. Es gab unzählige Stollen, aber in diesen hier führten die Schleifspuren.

Eine Gänsehaut huschte über ihre Arme. ‚Ich sollte zurückgehen und Verstärkung holen.' Die Wachen der Anlage, zu denen sich jetzt auch Cariello und Camarata gesellten, standen vor dem Basilika-Tunnel. Sie waren durch den Nebel fast verhüllt und gute zweihundert Meter entfernt. Sie beschloss, zu ihnen zurückzukehren. Die Atmosphäre der Nacht war ihr unheimlich. Noch bevor sie sich auf den Weg machen konnte, spürte sie einen heftigen Schlag im Rücken. Sie wollte herumfahren, aber fühlte einen scharfen Gegenstand am Hals und eine harte Hand, die wie eine Metallkralle ihren Mund verschloss.

Voller Angst versuchte sie, zu schreien, sich zu befreien und den Gegenstand an ihrer Kehle zu sehen. Sie trat nach hinten und wand sich. Panik ergriff sie. Sie verlor den Boden unter den Füßen und fühlte, wie sie in das dunkle Tunnelinnere gezogen wurde. Die Äste des davorstehenden Oleanders schlugen ihr ins Gesicht und sie verlor im brüchigen Kies den Halt. Eine heiße Welle der Furcht flutete durch ihre Adern. Sie wollte nicht wie Perrone enden, blutig und tot auf dem Tunnelboden und stemmte sich mit aller Gewalt gegen die Wände des Eingangs, in den sie gezerrt wurde. Der Tuff riss ihre Handflächen auf und ihre Sandalen schürften über den Boden. Sie hatte keinen Erfolg, aber gab nicht auf und wehrte sich. Trotz ihres verzweifelten Widerstands wurde sie wie von einem Sog rückwärts ins Tunnelinnere geschleift.

Sie versuchte, die Hand zu beißen, die ihren Mund umschloss. Der Mann, der sie hielt, war jedoch zäh wie Leder. Seine Hände waren knochig und fleischlos wie die eines Skeletts. Sie konnte riechen, dass es ein Mann war. Ein lebender Mensch und kein Gespenst. Der Geruch seines Schweißes und der von Zigaretten drang ihr ätzend in die Nase. Für einen Moment hörte sie nichts, außer ihrem eigenen Keuchen und dem verkrampften Atmen des mit ihr Kämpfenden. Mit Entsetzen realisierte sie, dass sie den Mann schon einmal gerochen hatte – in ihrem Treppenhaus.

Sie erwartete, jeden Moment den Schnitt des Messers in der Kehle zu fühlen, stattdessen wurde sie plötzlich durch gleißend helles Licht geblendet. Eine dritte Person trat in den Tunneleingang und leuchtete ihr mit einer Led-Lampe in die Augen. Die Hand um Thereses Mund lockerte sich. Sie schnappte nach Luft.

Eine raue weibliche Stimme donnerte: „Lassen Sie die Frau los, Manzoni, oder ich schieße!"

Therese erstarrte. Es war Armando Manzoni, der sie in den Tunnel gezogen hatte. Warum hatte sie nie an ihn gedacht? Er war ein weltbekannter Wissenschaftler, aber auch ein Fanatiker. Dass er einen Tombarolo erschlagen haben könnte, schien ihr plötzlich vollkommen glaubhaft. Während sie im Stillen flehte, dass die Frau am Eingang nicht wirklich feuern würde, da jeder Schuss in dem engen Raum des Stollens unkontrollierbare Folgen gehabt hätte, ließ Manzoni von ihr ab. Er wandte sich um und verschwand hastig in dem dunklen Tunnel hinter ihr. Krumm wie ein uralter Zwerg.

Jetzt sah Therese auch ihre Retterin. Es war Adriana Ferretti, die Chefin der Wachen von Herculaneum. Diese packte ihre Hand und zog sie mit brutaler Kraft nach draußen ins Freie. Ferretti atmete stoßweise und ihre Haare waren zerzaust. Auch sie war von dem Geschehenen erregt und außer Atem vom schnellen Lauf. „Ich bin gerade angekommen, um bei der Suche zu helfen", keuchte sie. „Ich habe Manzoni von oben mit der Statue im Tunnel verschwinden sehen, während alle zu dem anderen Stollen gestürzt sind. Ich habe versucht, Camarata zu warnen, aber sein Telefon hat keinen Empfang. Also bin ich die Rampe heruntergerannt, in der Hoffnung, noch rechtzeitig zu kommen. Sind Sie verletzt?"

Therese verneinte. Sie war nahe daran, in Tränen auszubrechen und Ferretti vor Dankbarkeit um den Hals zu fallen. Ihr Herz hämmerte noch immer im Schock.

Die anderen hatten in der Zwischenzeit nach ihr gesucht und stießen zu ihnen. Sie schälten sich wie Phantome aus dem weißen Dunst, der die Ruinen umgab. Ferretti berichtete in kurzen Worten, was geschehen war.

Der Wächter der Anlage, der die Carabinieri begleitet hatte, machte sich kurzentschlossen daran, die Gebüsche vor dem verdeckten Tunneleingang auszureißen. Camarata kletterte seinerseits trotz seiner Leibesfülle mit erstaunlicher Behändigkeit auf einen der niedrigen Laternenmaste und richtete die bewegliche Beleuchtung auf den Stollen aus.

Die Verhaftung des Mörders von Herculaneum war endlich zum Greifen nahe.

Das Schicksal eines Mörders

Vor dem Tunneleingang herrschte emsige Geschäftigkeit. Telefone vibrierten und Befehle wurden gerufen. Die Wand der Grube wurde von starken Scheinwerfern angestrahlt.

Cariello stand als Einziger unbeweglich davor, die Hände hinterm Rücken verschränkt und stumm. Er war bis ins Mark erschüttert von dem, was geschehen war und was geschah. Schweigend presste er die Lippen aufeinander und versuchte, die in ihm tobenden Emotionen zu beherrschen. Er kannte Manzoni seit Jahrzehnten. Der Greis war sein Lehrer gewesen. Damals, als er ihn kennengelernt hatte, hatte Manzoni vor Klarsicht gestrahlt, weise und visionär. Ein Mann mit buschigen grauen Haaren und funkelnden Augen, der mit Begeisterung von Ethik, Ruinen und Moral gepredigt hatte. Zäh und mutig bis zum Extrem. Er hatte ihn maßlos bewundert und tat es noch immer. Was war aus dem Manzoni geworden, den er gekannt hatte? Ein alter, verwirrter Mann, der sich an die Ruinen unterm Tuff klammerte wie an seinen letzten Hauch Leben und Jugend, der Morde begangen, und selbst Therese nach dem Leben getrachtet hatte.

Der Gedanke an Manzonis Schicksal krampfte Cariello die Brust zusammen. Der greise Professor hatte ihn noch am Morgen beschimpft, aber war er da noch klar gewesen? Alles, was Cariello wusste, hatte er von Manzoni gelernt. Er war ihm nachgefolgt und hatte an seine Ideale geglaubt. Hatte sie verteidigt, sich wie er über die Fehler anderer aufgeregt. Gepredigt. Und jetzt verbarg sich sein exzentrischer Lehrer mit einer antiken Statue in einem Tunnel im Tuff, in aussichtsloser Lage. In Nacht, Kälte und völliger Hoffnungslosigkeit.

Was kam jetzt noch für ihn?

Cariellos Herz hämmerte. Er konnte seinen alten Lehrmeister nicht den Carabinieri überlassen wie einen gemeinen Verbrecher, um mit Handschellen im Blitzlichtgewitter abgeführt zu werden. Sein Blick wanderte über die nächtliche Szene. Herculaneum lag unwirklich wie eine andere Welt um sie her. Nebel hing in den Gassen, gelb erleuchtet von den Scheinwerfern. Die Ruinen dahinter waren Manzonis Reich gewesen und er war für sie zum Mörder geworden. Was hatte seine Mutter gesagt? Er solle sich um die kümmern, die ihm wichtig waren. Er hatte das viel zu lange versäumt.

Cariellos Schläfen pochten. ‚Ich kann Manzoni nicht allein lassen. Ich habe meine Mutter allein gelassen, meine Frau. Nicht Manzoni.' Bevor er seinen Entschluss selbst realisierte, sprang er in den Tunnel, an den erstaunten Carabinieri vorbei und ohne auf Camaratas Rufe zu achten.

Ein Schwall Kieselsteine begrüßte ihn und aufgeschreckte Fledermäuse kamen ihm ein zweites Mal in dieser Nacht flatternd und fiepend entgegengetaumelt. Er schloss kurz die Augen, presste die Zähne zusammen und robbte voran. Der brüchige Stein gab unter seinen Füßen nach und zerfiel unter der Berührung seiner Hände.

Der Stollen war ihm unbekannt. Sein Eingang war noch enger als derjenige, der zur Basilika führte. Er kroch mehr hinein, als dass er lief. Atemlos. Halb blind in der Finsternis. Seine Schultern zerschnitten sich am Tuff. Er beachtete die Schmerzen nicht. „Manzoni! Manzoni! Warten Sie!" Seine Rufe verhallten ohne Antwort in der Finsternis. Er hatte versäumt, eine Lampe mitzunehmen, und fingerte mit bebenden Händen sein Telefon aus der Tasche. Was er blinzelnd im Licht sah, war beunruhigend.

Der Tunnel ging tief in den Tuff hinein. Er war alt, stützende Stahlpfeiler fehlten. An manchen Stellen waren Teile der Tunnelwände eingestürzt. In einer größeren Nische standen Marmorbruchstücke mit Inschriften. Manzoni musste den Gang entdeckt und seine Existenz für sich behalten haben. Er war sein privates Refugium. Vor der zerbrochenen Grabstele eines Kindes hatte er frische Blumen niedergelegt, als wäre es sein eigenes.

Nach mehr als hundert Metern verzweifeltem Vorwärtsdringen gelangte Cariello in einen weitläufigeren Raum, der ihm Platz genug bot, um sich aufzurichten. Noch bevor er sich umsehen konnte, flammte ein Licht vor ihm auf. Manzoni stand ihm gegenüber. Bizarrerweise sah Cariello die leuchtenden, weiß-glänzenden Elfenbeinaugen der Statue, lange bevor er das Gesicht des Alten wahrnahm. Die Tänzerin der eleusischen Demeter stand majestätisch stolz neben dem Greis, schwarz und erhaben, sein übergroßer Schutzengel. Eine bronzene Begleiterin der mystischen Totenkulte Griechenlands, die den Eingeweihten auf seinen Weg in den Hades begleitet.

Cariello musterte Manzoni. Sein Hemd war zerrissen und schmutzig, sein ausgezehrtes Gesicht bedeckt von Schlamm. Er versuchte keuchend, mit ihm zu reden. „Armando, du bist zu weit gegangen. Du hast drei Menschen getötet und die Ausgrabungen bestohlen. Sei vernünftig. Geh mit mir ins Freie und erkläre, wie es dazu gekommen ist. Bitte! Ich bin bei dir. Gib mir die Hand."

Manzonis Augen waren verschleiert, als stünde er unter Drogen. Er schüttelte die Fäuste und raufte die weißen Haare, die von Dreck und Spinnweben zu Berge standen. Schaum stand ihm vorm Mund. Seine Stimme schnappte über. „Ich werde nicht zulassen, dass ihr eure gierigen Hände noch länger auf die Habseligkeiten der Menschen dieser Stadt legt. Diese Statue ist die Letzte, die ihr noch nicht gestohlen habt. Die Letzte, die den Leuten hier gehörte. Ihr seid Diebe. Grabschänder. Herculaneum ist untergegangen. Was tot ist, soll im Grab ruhen und nicht wie ein Untoter in Fetzen aus der Gruft steigen. Wenn keiner von euch auch nur das mindeste Stück Ehrfurcht bewahrt, das kleinste Stück Demut, dann werde ich es sein, der euch lehren wird, was Anstand bedeutet. Hinter mir steht die Geschichte. Hinter mir steht jeder Einzelne, der hier gestorben ist. Jede trauernde Familie. Jede weinende Mutter. Ihr werdet dieses Grab nicht in einen der Antiquitätenläden verwandeln, die ihr verblendet Museum nennt. Ich habe dafür getötet und ich bin auch bereit, dafür zu sterben." Erneut schüttelte er die Fäuste. „Geh weg. Verschwinde!"

Manzoni keuchte. Auf seinen Lippen glänzte Blut, so sehr hatte er sie in seiner Anstrengung zerbissen. Mit verzerrten Zügen hob er die Statue mit beiden Händen auf und stemmte sie mit knirschenden Zähnen und den Kräften des Wahnsinns zur niedrigen Tunneldecke empor.

Er begann zu Cariellos Entsetzen, mit der Tänzerinnenstatue wie mit einem Rammbock gegen die Decke zu stoßen. Sein Gesicht war von Schmerz und Anstrengung ins Unkenntliche entstellt. Schweiß lief ihm über die Schläfen. Erst fielen nur einzelne Steine, dann begann Sand zu rieseln. Erst langsam, dann schneller. Cariello hörte mit Schrecken das laute Knallen der Statue gegen den Tuff und das tiefe Stöhnen Manzonis, der in seinem hohen Alter jähe Titanenkräfte aufbrachte, um die schwere Skulptur wieder und wieder nach oben zu stoßen. Cariello sprang voran und versuchte, Manzoni in den Arm zu fallen und ihn von dem, was er tat, abzuhalten. Er hatte jedoch nicht mit den Kräften des Irrsinns gerechnet, die sich bei dem alten Mann entfalteten. Manzoni stieß ihn brutal zur Seite, zäh, als wäre er aus Eisen getrieben, hart und unnachgiebig.

Als Cariello nach oben blickte, gefror ihm das Blut in den Adern. Der Kopf der Statue durchstieß die Tunneldecke. Ihm blieb keine Zeit.

Mit einer Schnelligkeit, die er sich selbst nicht zugetraut hätte, sprang er in Richtung Ausgang. Todesangst pulsierte ihm in der Kehle. Ein Krachen trieb ihn voran. Der Stollen zerbrach mit berstendem Geräusch. Eine Wolke aus Staub umgab von einer Sekunde zur anderen sein Gesicht. Wie ein Ertrinkender kroch und wühlte er sich Richtung Freiheit. Der Tunnel stürzte tosend um ihn herum zusammen. So musste der Schlamm des Vesuvs auf die Bewohner Herculaneums niedergegangen sein: eine alles zermalmende Lawine.

Staub und Kiesel waren überall. Tuffstücke trafen seinen Kopf. Ein beißender Schmerz fuhr ihm in die Stirn. Er fühlte Blut über seine Wangen laufen und bekam keine Luft mehr.

Sand füllte seinen Mund. Seine Nase. Seine Augen.

Als er begann, das Bewusstsein zu verlieren, war das Letzte, was er wahrnahm, eine Hand, die nach der seinen griff.

Bittere Rettung

Als Cariello zu sich kam, sah er über sich Millionen von Sternen an einem klaren, dunklen Firmament. Die Nachtluft war frisch und rein, erfüllt vom Duft nach Pinien und Feigen. Ein lauer Wind strich ihm über die Stirn. Er hatte noch nie mit so großer Freude die Milchstraße begrüßt. Er lag, bedeckt von Dreck und Erde, vor dem Eingang des Tunnels, aus dem Ferretti ihn mit unermesslicher Kraftanstrengung gezerrt hatte. Der Regen hatte aufgehört und hatte einem klaren Nachthimmel Platz gemacht. Die gedrungene, dickliche Aufseherin hatte an diesem Abend Unglaubliches geleistet. Sie hatte Therese und ihm das Leben gerettet.

Cariello setzte sich auf, noch immer benommen von dem, was er gesehen hatte. Er spuckte den Sand aus, der ihm den Mund füllte, und wischte sich die brennenden Augen. Ein Mühlrad drehte sich in seinem Kopf.

Jemand nahm ihn in die Arme. Es war Therese. Sie hatte Tränen auf den Wangen. „Gott sei Dank, Professor, Sie leben!" Er spürte ihre schmalen Schultern und wunderte sich, dass sie ihn siezte und Professor nannte. Sie war ihm in den letzten Wochen viel näher gekommen als das.

Mühsam raffte er sich auf und wandte sich zum Tunnel. Was er sah, ließ ihm den Atem stocken. Der Stollen war eingestürzt und nicht einmal sein Eingang hatte der Katastrophe standgehalten. Ein Haufen Tuffgestein befand sich dort, wo der Gang ins Innere der Wand geführt hatte. Cariello war schwindelig und übel. Seine Knie weich. Der Stollen wäre beinahe sein Grab geworden, so wie er das Grab

Manzonis geworden war. Der alte Forscher hatte den Freitod gewählt. ‚Und unter welchen Umständen …!'

Cariello stand schwankend vor der zusammengebrochenen Wand und sah noch immer den berstenden Tunnel vor sich, darin Manzonis Gesicht mit den großen, irrlichternden Augen, bald begraben vom herabstürzenden Tuff. Neapolitaner, der er war, bekreuzigte er sich und küsste den Zeigefinger, den er zum Bekreuzigen benutzt hatte. Die Carabinieri und die Wachen folgten schweigend seinem Beispiel.

Camarata trat neben ihn und klopfte ihm beruhigend auf den Arm. „Keine Sorge, Professor. Wir bekommen die Statue schon wieder da raus."

Cariellos entgeisterter Blick brachte ihn zum Schweigen.

Bis ins Mark erschüttert drehte Cariello sich um und verließ die Ruinen. Der Vulkan hatte in dieser Nacht seinen geliebten alten Lehrer für immer verschlungen.

Am Grab

Es waren mehrere Wochen vergangen, seit Professor Armando Manzoni im einstürzenden Tunnel von Herculaneum sein Leben verloren hatte. Schwere Einsatzkräfte hatten seinen Leichnam mit viel Aufwand geborgen, indem man den Tuff und den Sand aufgegraben hatte. Es hatte vier Tage gedauert. Manzoni hatte noch im Tod die Statue der schönen Tänzerin im Arm gehalten, seine ganz eigene Totengöttin. Auf Cariellos Betreiben hin wurde die Statue als eine der ganz wenigen in Herculaneum belassen und dort ausgestellt, so wie Manzoni es gewollt hatte. Den greisen Archäologen selbst trug man zwei Wochen später zu seiner letzten Ruhe.

Eine Gruppe schwarzgekleideter Menschen versammelte sich daher an einem Mittwochnachmittag auf dem Friedhof von Ercolano bei der königlichen Brüderschaft der heiligen Dreieinigkeit. Freunde und Bekannte des alten Professors waren gekommen, Kollegen und ehemalige Studenten. Wie sich herausgestellt hatte, war Manzoni allein geblieben und hatte kein Familienmitglied, das an dem späten Nachmittag Ende September das Gebet hätte anführen können. Cariello hatte sich daher um die Formalitäten des Begräbnisses gekümmert und hatte den einfachen schwarzen Sarg mit Pinienzapfen und Ästen von Granatäpfeln bedecken lassen, den antiken Symbolen der Unsterblichkeit. Der Sarkophag stand neben dem bereits ausgehobenen Grab, um darin zur Ruhe gebettet zu werden, als sich die Trauernden stumm darum scharten.

Cariello blieb abseits stehen und sah ihnen zu, einen Kloß in der Kehle und die Brust wie von einer Eisenhand zusammengepresst. Es gab wenige Anblicke, die so endgültig und schmerzlich waren wie der eines geschlossenen Sargs. Er hatte Mühe, zu akzeptieren, dass der alte Heißsporn in diesem schmalen, dunklen Holzbehälter lag und man ihn unter der Erde einschließen würde, unfähig, sich zu bewegen, zu toben oder zu gestikulieren. Für immer still.

Ein Greis, dem Cariello einen Obolus für den Dienst gegeben hatte, begann in Neapolitanisch das Gebet. *"Anim' sant', anim' biat', a chist' munn' sit stat ..."* Die Anwesenden fielen murmelnd ein, dann senkten zwei Totengräber den hölzernen Kasten in das betonumrandete Loch im Boden.

Der Friedhof dahinter lag leblos in der lastenden Hitze, die Blumen und das Gras über den Gräbern noch immer gelb gebrannt. Nur zwei ausladende Schirmpinien spendeten Schatten. Der Herbst ließ auf sich warten. Die Wände des kleinen Gottesackers vereinten hunderte von Kastengräbern, übereinandergelegt wie in Regalen, geschmückt mit alten Aufschriften und falschen Blumensträußen. Sie gaben ihm das Aussehen einer labyrinthischen Stadt.

„Olivieri Luigi, *Per Grazia Ricevuta*, Resina, 28-11-49" stand auf dem Grab neben dem Manzonis. Man hatte den Sarg des Archäologen an die Stelle einer alten Begräbnisstätte in den Boden gelegt. Auf Geheiß Cariellos hatte man auch die Knochen des Vorbesitzers darin belassen. Staub zu Staub und Asche zu Asche.

Cariello trat in die erste Reihe der Trauernden und näherte sich dem Sarg. Man machte ihm Platz. Therese, die in ihrem schwarzen Kleid noch schlanker aussah als sonst, stand neben den Kränzen und trat beiseite, als sie ihn sah. Auch Adriana

Ferretti war gekommen, aber sah in ihrem plumpen Trauerkleid aus, als wäre sie nicht sie selbst. Die Chefin der Wachen von Herculaneum verfolgte die Begräbniszeremonie schweigend und mit Abstand. Der schwarze Schleier, den sie über ihr Haar gelegt hatte, ließ sie wie eine Fremde wirken. Camarata hatte sich entschuldigen lassen. Er war krank vom nassen Staub und Fledermausdung der Tunnel, der ihm in der Nacht des Todes des Greises in die Lunge gedrungen war.

Nach dem Gebet und einer kurzen Ansprache des Pfarrers trat Cariello vor und nahm eine Handvoll der Vulkanerde von dem flachen Hügel, den man neben dem Loch ausgehoben hatte. Sie lag warm und trocken in seiner Hand, eine Mischung aus Kieseln, Asche und Sand. Er hielt sie einen Augenblick lang fest, unfähig, sich von Manzoni zu trennen. Dann warf er die Erde in die Grube. Von einem Teller nahm er Brot, Salz und Zitronen, schlug sie in ein Tuch und gab sie nach alter Tradition als Wegzehrung aufs Grab.

Seine Stimme stockte, als er das Wort ergriff. „Es tut mir leid, mein lieber alter Manzoni, dass die Totengräber dieses Friedhofs nicht zu überreden waren, ein Loch von 20 Metern Tiefe zu graben. Du bist Herculaneum so nah, wie es mir möglich war. Es sind Tuff und Vulkanasche, die dich decken, und eines Tages wird der Vesuv Erbarmen mit dir haben und deine letzte Ruhestätte mit Lava bedecken. Wenn man jung ist, denkt man, man müsse eines Tages unter Pyramiden oder Monumenten begraben sein. Du bist einer der wenigen, der erkannt hat, dass auch Asche begehrenswert sein kann. Gottes Himmel ist über dir, so wie er auch einst über uns sein wird, und seine Sterne werden dir wie uns allen als milde Totenlampen leuchten."

Seine Stimme brach und seine Eingeweide verkrampften sich. Mühsam wischte er sich mit dem Handrücken übers Gesicht, dann wandte er sich zum Gehen, ohne weitere Worte und ohne das Ende der Zeremonie abzuwarten. Er war tiefberührt von dem, was geschehen war. Der Alte war ihm trotz seiner aggressiven Eifersucht so lieb gewesen, wie ein Vater, gerade weil sein eigener Vater früh verstorben war. Er sah sich im Gehen nicht um.

Letzte Worte

Auch Therese warf einen letzten Gruß auf Manzonis Grab und bekreuzigte sich. Dann folgte sie Cariello. Sein Zustand machte ihr Sorgen. Cariellos Züge waren am Grab leichenblass und finster gewesen. Seit den Ereignissen in Herculaneum hatte er nicht von sich hören lassen und sie fragte sich, wie es ihm ging.

Cariello blieb erst am Eingang des Friedhofs stehen. Er tat es steif und mit versteinertem Gesicht und reagierte nicht, als sie neben ihn trat. Seine Stimme klang belegt, als er schließlich sprach: „Manzoni war weiß Gott nicht einfach und vollkommen fanatisch in seinen letzten Wochen, aber er war ein ehrlicher Mensch. Ich werde den alten Mann vermissen."

„Und in gewisser Weise hatte er trotz seiner schrecklichen Überreaktion recht, nicht wahr? Auch wir graben in den versunkenen Städten wie habgierige Schatzsucher."

Cariello seufzte. „Nicht jedes Grab sollte uns offenstehen und wir müssen nicht alles mit nach Hause nehmen, was wir finden. Aber wenn wir es tun, sollten wir im Museum die Geschichte des Menschen erzählen und uns nicht stattdessen mit dem Wert seiner Halsketten brüsten. Im Moment gibt es mehr Halsketten in Museen als Geschichten."

Therese ließ den Blick über die ruhige Gasse vor dem Tor des Friedhofs gleiten. Die Sonne brannte auf den gelben Staub der Straße, als wäre noch immer Sommer. Sie lehnte sich gegen einen der Steinpfosten und blinzelte. Der Schmerz Cariellos ging ihr nahe. Seine scharfgeschnittenen Züge wirkten, als wären sie aus Marmor geschlagen. „Sie haben viel durchgemacht in letzter Zeit, Professor."

Cariello antwortete nicht.

„Wissen Sie, als ich Manzoni das erste Mal dort am Stollen gesehen habe, hat er mich geschockt. Er schien mir unerträglich. Ein hochfahrender, beleidigender Heißsporn. Aber ich denke, er hatte in Vielem recht. Unsere Museen haben viel zu oft das Aussehen von Antiquitätenläden. Sie sind gefüllt mit Vitrinen voller ihres Sinnes beraubter Gegenstände. Als würde der König sich noch immer mit seinen Eroberungen brüsten, geordnet nach Größe und Wert. Man putzt die Statuen blank, stellt sie in Reihe auf und hängt ein Schild daran, auf dem man liest ‚Statue', nicht wahr? Wir sollten besser sein als das. Die Geschichte der Menschen von Herculaneum ist entsetzlich. Unter kochenden Schlammlawinen begraben zu werden. Lebendigen Leibes. Es berührt mich, zu sehen, wie sehr Manzoni Mitleid mit ihnen hatte."

Cariello nickte stumm.

Therese war bewusst, dass Manzoni drei schreckliche Morde begangen hatte, aber hatte nicht den Mut, es auszusprechen. Cariellos Augen blickten irgendwo ins Nichts. Manzoni war einst fast wie sein Vater gewesen. Warum hatten weder er noch sie begriffen, was in dem Greis vorgegangen war? Nach einem Augenblick des Schweigens fragte sie leise: „Woher wusste Manzoni, wo sich die Statue der Tänzerin befand?"

Cariello zuckte die Schultern. Sein Blick wanderte über den malerischen Friedhof und die pittoreske Kirche. Die kleine Gruppe der schwarz gekleideten Trauernden war dabei, sich zu zerstreuen und mit ihr die letzte Spur seines Lehrer und seiner Ideale. Cariello wirkte in diesem Augenblick, als habe ihn das Geschehen der letzten Woche Jahre seines Lebens gekostet. „Ich denke, Manzoni hat bei der Wiedereröffnung des alten Tunnels das Skelett von Marsily entdeckt. Er hat aus Neugier weitergegraben und in der Tunnelwand das Versteck der Skulptur gefunden. Gänzlich ohne Geheimkarte, ein reiner Zufall. Da er wollte, dass Herculaneum intakt bleibt, war es ihm genug, dass er selbst wusste, wo die Statue war. Er hat die Nische wieder verschlossen und das Skelett ins Lager des Labors gelegt. Und dann hat er dafür gesorgt, dass man das alles vergaß."

„Denken Sie, er hat den Tunnel zur Villa bewacht?"

„So wie er auch alle anderen Tunnel Herculaneums im Auge behalten hat, um sie vor Raubgräbern zu schützen. Überwachungskameras kann man heute fürs Wohnzimmer kaufen. Manzoni hatte es gar nicht nötig, Tag und Nacht im dunklen Tuff zu sitzen. Ein Bewegungsmelder in der Größe einer Diode genügte. Manzoni war der heimliche Wächter der versunkenen Stadt."

„Wie ist er auf Perrone gestoßen?"

„Ich denke, er hatte ihn bereits zuvor beobachtet und dann in den Tunnel zur Villa schleichen sehen. In seiner Erregung über den geplanten Raub hat er ihn erschlagen. Manzoni hatte sich nicht mehr unter Kontrolle. Soweit ich es in Erfahrung bringen konnte, litt er seit Jahren an Demenz, räumte nicht mehr auf, wusch sich nicht mehr, aß kaum noch und wurde aggressiv. Ich habe nichts davon geahnt, bis ich ihn am Tunneleingang in Herculaneum wiedergesehen habe und begonnen habe, mir Fragen zu stellen. Er hatte recht, wütend auf mich zu sein. Es ist mir in drei Jahren nicht einmal in den Sinn gekommen, ihn anzurufen oder mich nach seinem Wohlergehen zu erkundigen. Ich war so beschäftigt mit meinen eigenen Schmerzen und Schuldgefühlen, dass ich alles andere darüber vergessen habe."

„Ich frage mich trotzdem, warum niemand Manzoni verdächtigt hat. Er war immer in den Ruinen. Warum dachte man nicht zuallererst an ihn?"

Cariello stieß sich von der Mauer ab, überschlug die Arme und wandte sich zu Therese. „Camarata hat es mir erzählt. Die Carabinieri haben Manzonis DNA aufgenommen und ihn als unverdächtig ausgeschlossen, als sie die Leiche Perrones untersucht haben. Er arbeitete ja täglich in diesen Stollen. Niemand verdächtigte bei der Suche nach dem Mörder den gebrechlichen Greis, vor allem, da Ferretti geschworen hatte, dass sie ihn am Abend beim Verlassen des Geländes gesehen hatte. Nur dass er natürlich jederzeit durch dem Normalsterblichen nicht zugängliche Eingänge zurückkommen konnte. Im Fall von Perrone benutzte er einen Kiosk in der Oberstadt, der den bequemen Zugang zum Amphitheater und damit zu den Ruinen ermöglicht."

„Aber warum hat Manzoni Giannis Leichnam dort liegen lassen? Das musste doch notwendigerweise Aufmerksamkeit erregen … Er hat ihn erst hergerichtet wie ein Vulkanopfer, aber hat dann selbst die Carabinieri gerufen. Alle drei seiner Opfer hatten den Mund so weit aufgerissen. Als hätte er ein Markenzeichen hinterlassen wollen."

Cariello rieb sich die Schläfen. „Zum einen denke ich, dass er beim ersten Mord selbst unter Schock stand. Zum anderen denke ich jedoch auch, dass er begann, sich mit den Bewohnern Herculaneums zu identifizieren. Soweit man mir gesagt hat, befand er sich in seinen letzten Wochen in einem Zustand nahe der Schizophrenie. Er hat den Verstand verloren."

Therese hob die Brauen. „Den Verstand? Aber er hat auch Graziella und Pezzoli getötet, ohne ertappt zu werden. Er hat umsichtig gehandelt und dafür gesorgt, dass man ihn nicht erwischte."

Cariello nickte. „Manzoni war geistig labil, aber hatte, wie es scheint, genug lichte Momente, um zu verstehen, was geschah. Und ich fürchte, am weiteren Geschehen habe ich eine Mitschuld. Manzoni hat erst begriffen, dass es um die Statue im Tunnel der Basilika ging, als ich davon geredet habe. Er hatte Perrone für einen zufälligen Dieb gehalten. Deswegen war er so entsetzt, als ich das Skelett des Franzosen erwähnt habe, das er selbst im Labor versteckt hatte. Er hat begonnen, nachzuforschen, und als er begriff, worum es ging, hat er versucht, die Informationen zu verbergen. Die Carabinieri haben im Nachhinein herausgefunden, dass Manzoni die Mikrofilme der Tagebücher Padernis und Webers in der Nationalbibliothek nur Minuten vor meiner Ankunft vernichtet hat. Als er gesehen hat, dass ich trotzdem an die Dokumente kam und Graziella Davidde auch noch dabei war, ihn zu verraten, hat er auch sie getötet, damit ich nicht erfahre, dass er es war, der nach den Dokumenten gefragt hatte. Sie hatte das Unglück, ihn anzurufen, während er nur wenige Meter von ihr entfernt in den Regalreihen der Archive stand."

Therese zögerte, aber räusperte sich dann. „Sie machen sich Vorwürfe, Professor? Sie denken, er tötete nicht nur, um nicht als Täter entlarvt zu werden, sondern auch, weil ihm etwas daran lag etwas, vor Ihnen sein Gesicht zu wahren?"

„Ich zermartere mich seit Tagen mit diesem Gedanken: Ob Manzoni Graziella auch oder sogar vor allem deswegen getötet hat, um nicht vor mir, seinem Schüler, bloßgestellt zu werden. Ich weiß, dass ihm viel an meiner Meinung lag, auch wenn er regelmäßig das Gegenteil geschworen hat."

Therese schüttelte den Kopf. Das Sonnenlicht stach ihr in die Augen und sie blinzelte. Cariello sah in seinem dunklen Anzug mit dem schwarzen Hemd nobel aus, fern und distanziert. Es erstaunte sie, dass er ihr gegenüber über seinen alten Lehrer und seine Gefühle für ihn sprach. Sie hätte ihm die Hand auf den Arm legen mögen, um ihm beizustehen, aber wagte es nicht. „Manzoni muss in den letzten Wochen nichts anderes getan haben, als zu versuchen, die Statue in den Ruinen zu retten und seine Taten zu verbergen. Ein Mörder aus übermäßiger Leidenschaft." Sie seufzte. „Und Pezzoli? Hat Ihnen das Camarata auch erzählt?"

„Die Nachforschungen der Carabinieri haben Licht in so manches gebracht. Sie haben Manzonis Telefon untersucht und damit seine Wege nachvollzogen. Manzoni hat erst Sie und dann auch mich verfolgt und hat schließlich Pezzoli ermordet, als er ihn mit den antiken Papyri in der Hand in seinem Büro ertappt hat. Es scheint, Manzoni hatte Pezzoli schon lange im Verdacht und hat ihn beobachtet. Manzoni ist an jenem Morgen durch die unbewachte Hintertür in das Verwaltungsgebäude gekommen. Er war bei der Einrichtung der Sicherheitseinrichtungen konsultiert worden und wusste besser als jeder andere, welche Treppe nicht gefilmt wurde."

Therese nickte. „Manzoni fiel nicht auf. Er gehörte zum Inventar."

„Manzoni hat zu Recht angenommen, dass Pezzoli die Papyri, die in seinem Büro lagen, aus der Villa gestohlen hatte. Pezzoli hatte nach Perrones Tod versucht, den Schatz statt seiner zu finden. Mit Erfolg, auch wenn er nicht die Skulptur der Tänzerin fand, so doch immerhin die Papyri Epikurs."

Thereses Haut erhitzte sich in der Sonne. Es wurde Zeit, sie gingen in den Schatten. Cariello rührte sich nicht. „Glauben Sie, Manzoni wusste, was auf der Wand nahe der zweiten Bibliothek geschrieben stand?"

Cariello schüttelte den Kopf. „Manzoni hatte keine Ahnung, dass Pezzoli im Augenblick seiner Ermordung das letzte Buch Epikurs in der Hand hielt. Pezzoli hatte die Rolle mithilfe von Robert Hemmings aus der Villa geraubt. Bevor er starb, hatte Pezzoli sie bereits einem Kontaktmann zum Kauf angeboten und diesem geschrieben, dass er das Buch in dem Marmorschrank gefunden hat, den auch wir gesehen haben. Die Fußspur, die ich im Raum der Fresken gefunden habe, gehörte ihm."

„Woher weiß Camarata das?"

„Francescati hat die Informationen von diesem Kontaktmann erhalten und war froh, sie den Carabinieri zu zeigen, um um Gut-Wetter zu bitten, in der Hoffnung, seine Strafe für die Sache mit dem Bronzeschild zu mildern. Kunsträuber sind ein kleiner Zirkel. Man kennt sich. Pezzoli wusste sehr wohl, was er da aus den Tunneln geholt hatte …"

Therese nickte. „Er war ein widerlicher Kerl. Wenn man bedenkt, was für einen hohen Posten er sich erschlichen hatte."

„Pezzoli war seit Jahren ein Raubgräber, wie im Übrigen auch Robert Hemmings, der ihn noch am Morgen seines Todes besucht hatte … Der Computer von Perrone war genauso aufschlussreich wie der Pezzolis. Es hat nur leider zu lange gedauert, um in ihre Speicher zu kommen."

„Und auch Gianni Perrone war ein Raubgräber? Das hätte ich nicht von ihm gedacht."

Cariello schüttelte den Kopf. „Perrone wollte die Güter und Papyri der Villa vor der Katastrophe des Versinkens im Meer retten und verzweifelte an der Untätigkeit der Behörden. Darum verbündete er sich mit skrupellosen Genossen. Aber ich denke nicht, dass er einen Verkauf der Funde toleriert hätte. Ich vermute, er war schlicht und einfach so, wie er immer war: direkt und rücksichtslos wie ein Panzer, der notfalls eine Menge Schaden auf seinem Weg in Kauf nimmt, aber mit guten Absichten handelt."

Therese biss sich auf die Lippen. „Aber wo sind die Papyri Epikurs jetzt?"

Cariello zuckte die Schultern. „Wenn ich das wüsste. Die Carabinieri haben alles versucht, bis hin zum Einsatz von Spürhunden. Die Papyri sind und bleiben verschwunden. Vielleicht liegen sie in einem der Tunnel Herculaneums, vergraben hinter einer Wand. Manzoni hat sie Pezzoli weggenommen und seitdem sind sie unauffindbar."

Therese stampfte ungeduldig auf den Boden. „Aber es kann doch nicht sein, dass wir so kurz vor dem Ziel scheitern. Kurz davor, Epikurs letzte Worte zu finden. Vielleicht hätte der Grieche uns gesagt, was unsere Gesellschaft in Zukunft zusammenhalten wird."

Cariello lächelte kopfschüttelnd und rieb sich übers Kinn. Langsam erlangte er seine Fassung wieder. Seine scharfgeschwungenen Brauen zuckten. Therese hatte Mühe, dem scherzenden Blick aus seinen schwarzen Augen standzuhalten. „Epikur hat zeit seines Lebens danach geforscht, was persönliches Glück ist, Therese. Er hat nicht nach der Antwort auf das Problem des Zusammenhalts der Gesellschaft gesucht. Die Gesellschaft war ihm egal. Aber wer weiß ... Vielleicht kommen wir eines Tages selbst auf die

Antwort." Er seufzte. „Ich persönlich denke, unser Zusammenhalt muss unsere Kultur sein, unsere Geschichte und unsere Vergangenheit."

Therese sah ihn von der Seite an und auch sie begann, ihr Lächeln wiederzufinden. „Gehört dazu auch die heilige Mutter Kirche oder denken Sie wie Epikur, dass sie überflüssig ist? Sie haben Manzoni auf einem Kirchhof begraben lassen …"

Cariello zuckte die Schultern. „Aber natürlich gehört die Kirche dazu, Therese. Ich bin kein gläubiger Mensch, aber althergebrachte Traditionen haben etwas Tröstliches in schweren Stunden. Die Kirchen, die Altäre, das geschnitzte Götzenbild eines Eingeborenen im Dschungel dienen alle einem Zweck: Bräuche und Religionen lassen uns an etwas anderes denken als an unser nichtiges Erdenleben. Sie lassen uns Beistand finden und sei er auch nur fiktiv. Über die Jahrtausende waren die Menschen sich einig, dass es Sinn hat, sich zu vereinigen und gemeinsam an etwas Höheres zu denken. Atmen Sie den Weihrauchduft einer Kirche, gehen Sie über den glatten Boden einer Moschee. Es tut gut, sich vom normalen Leben einen Augenblick zu entfernen und zu bemerken, dass Leben mehr ist als pure Existenz."

Therese schüttelte den Kopf. „Dann sind Sie gegen Epikur, Professor? Wir brauchen etwas gemeinsames Höheres?"

Cariello richtete sich auf, überkreuzte die Arme und wippte auf den Zehenspitzen auf und ab. „Aber sicher benötigen wir etwas Höheres! Ich rede nicht davon, jeden vom lieben Herrgott zu überzeugen, aber wenn sich jeder nur noch auf seine eigene kleinliche Existenz konzentriert, wo bleiben dann die großen Werke, die uns Menschen zur Blüte der Schöpfung gemacht haben? Die Kathedralen, Basiliken und Tempel bergen das Schönste, was die Menschheit geschaffen hat. Nehmen Sie Bramantes Skulpturen am Heiligen Haus der Maria in Loreto, nehmen Sie die zierreichen Bögen des Hieronymus-Klosters in Lissabon."

„Der Homo sapiens ist besser als sein Ruf?"

Cariello nickte. „Wenn ich mir die leuchtenden Fenster der Kathedrale von Chartres ansehe, dann schelte ich mich, so lange nicht in der Kirche gewesen zu sein. Was auch immer die Menschheit zu solchen Höchstleistungen gebracht hat, kann nicht vollkommen abwegig sein. Die Selbstzufriedenheit Epikurs in Ehren, aber es gibt etwas Höheres, das uns alle einen sollte. Wie auch immer man das nennt. Unser Glaube, unsere Kultur, unsere Moral …"

Therese lächelte. „Sie haben recht, Professor. Trotzdem: Schade, dass wir nie die Details dessen kennenlernen werden, was Epikur uns nach seinem langen Leben des Nachdenkens über die Frage des Glücks sagen wollte. Vielleicht hätte es uns gefallen." Sie schüttelte den Kopf, während sie sich zum Gehen wandten. „Noch eins: Camarata hat uns gesagt, er habe einen Anruf aus dem Vatikan erhalten, in dem er aufgefordert wurde, die Nachforschungen über den Tod Perrones einzustellen. Wieso gab es den? Was hatte Manzoni damit zu tun?"

Cariello lachte auf. „Gar nichts hatte Manzoni damit zu tun. Haben Sie Ferretti gesehen? Haben Sie nichts bemerkt, als sie dort mit uns am Grab Manzonis stand? Das Kreuz? Die Kette? Die schwarze Spitzenhaube?"

Therese sah ihn mit gerunzelter Stirn an.

„Die Chefin der Wachen ist eine treue Anhängerin des örtlichen Vereins der Katholiken. Entweder hat Ferretti

Camarata selbst angerufen oder sie hat einen Kontakt im Vatikan, den sie darum gebeten hat. Ich denke, man weiß im Vatikan um die verborgene Halle in der Villa der Papyri und das Buch Epikurs. Man macht sich Sorgen, dass sie entdeckt würden und zu viel Aufmerksamkeit erregen könnten. Vielleicht sagte man dies Ferretti und sie machte sich das möglicherweise zu ihrer Herzensaufgabe. Mehr steckte aber nicht dahinter. Ferretti wollte diesbezügliche Ermittlungen verhindern, aber weder sie noch der Vatikan hatten etwas mit den Morden an Perrone und Pezzoli zu tun – und sie hat uns sogar das Leben gerettet."

Cariello nahm ihre Hand und hakte sie bei sich unter. Ihr wurde heiß dabei. Sie fühlte sich zum ersten Mal seit Wochen beruhigt und heiter. „Eine letzte Frage: Wusste Camarata auch, wer Marsily ermordet hat?"

Cariello drehte sich zu ihr. Seine dunklen Augen, die gerade noch feucht gewesen waren von Trauer, funkelten amüsiert und sie spürte, wie sie eine warme Welle der Sympathie für ihn ergriff.

„Geschichte ist Geschichte. Gewisse Dinge hat das Vergessen für immer verschluckt und wir können graben und forschen, wie wir wollen. Der mitleidsvolle Mantel der Zeit hat das Gewesene zugedeckt. San Severo hat uns kein Geständnis hinterlassen. Vielleicht war er es, der Manzoni ermorden ließ, vielleicht auch Paderni oder dessen Schergen. Belassen wir den Mantel da, wo er ist, und lassen wir den Mörder Marsilys laufen. Ich schlage vor, wir gehen jetzt dem schönen Wein des Vesuvs und der ‚Lacrima Christi' unsere Ehre erweisen." Er legte seine Hand auf die ihre und ging mit beschwingteren Schritten einem nahen Weinlokal zu.

Therese hätte lachen mögen. Was auch immer der Vesuv den Menschen angetan hatte, die zu seinen Füßen wohnten, er hatte ihnen auch das Geschenk eines fruchtbaren Bodens, einer wärmenden Sonne und eines exzellenten Tropfens gegeben. Sie beschloss, dem Schönen im Leben und den Errungenschaften der Menschheit die verdiente Ehre anzutun, so wie Epikur und Cariello es empfahlen.

Das Glück

Während die Trauernden den Friedhof verließen, wandte sich auch Adriana Ferretti zum Gehen. Die Chefin der Wachen von Herculaneum hatte versprochen, noch am selben Tag nach Rom zu kommen. Es hatte sie viele Nachforschungen gekostet, in Erfahrung zu bringen, wo Manzoni die Papyri des Epikur versteckt hatte. Sie hatte sie schließlich zu ihrem Ärger und ihrer Überraschung in seinem Keller in einer Badewanne voller Wasser liegend gefunden.

Sie war schneller gewesen als die Carabinieri und ihre Hunde. Pflichtgetreu hatte sie versprochen, die Schrift des verhassten Philosophen in Sicherheit in die unergründlichen Gänge der Bibliothek des Vatikans zu bringen, wo man sie konservieren und bewahren würde, wie schon so manche Schrift großer Häretiker vor ihr … Sie hatte Wort gehalten und hatte die nassen Papyri geborgen.

Jetzt kehrte sie zurück in ihr karges Appartement, wo sie die Papyri des großen Epikur in aller Sorgfalt zum Trocknen ausgelegt hatte. Sie schimmerten im durch das Fenster hereindringenden Sonnenlicht. Die Worte auf ihnen waren auf Griechisch geschrieben, in der zittrigen Schrift des sterbenden Philosophen:

„Hyparxis – Sinn.

Nach einem langen Leben bin ich mir des Einen bewusst geworden:

Nicht nur die Freiheit von Begierde und die Akzeptanz des Bestehenden sind wichtig, sondern auch, seinem Leben einen Sinn zu geben.

Wirkliches Glück ist, das eigene Leben sinnvoll und lohnend zu leben. Wenn du ein ‚Warum‘ zum Leben hast, kannst du fast jedes ‚Wie‘ ertragen.

Ein bedeutungsvolles Leben ist auch inmitten der Not befriedigend, während ein bedeutungsloses Leben eine Qual ist, egal wie bequem es dir ist.

Glückbringender als lustvolles Entsagen ist, einen Zweck und eine Wahrheit zu finden, die für dich gültig sind. Die Idee zu finden, für die du bereit bist, zu leben und zu sterben.

Schaffe Sinn für dich in einer bedeutungslosen Welt.“

Ferretti konnte den Text nicht lesen. Sie beherrschte kein Altgriechisch. Sie griff nur nach den endlich vollkommen getrockneten Papyri, um sie nach Rom zu bringen.

In ihrer Hand zerfielen sie zu Staub.

***

Nachwort

Die historischen Fakten in dieser Geschichte sind mit sehr wenigen Ausnahmen zutreffend. Die Ausgrabungen der versunkenen Stadt von Herculaneum waren der Beginn der modernen Archäologie und man hat die Villa der Papyri, die Statuen der Tänzerinnen und Fragmente der Bücher Epikurs in der Tat dort gefunden. Es stimmt, dass vermutet wird, dass es eine sechste Statue einer Tänzerin und eine zweite Bibliothek gibt.

Karl Weber, Camillo Paderni, der Prinz von San Severo und Graf Caylus haben existiert. Ihre hier dargestellten Lebensdaten sind exakt. Caylus hat die Kuhstatue aus Herculaneum unerlaubterweise in seinen Besitz gebracht und sie befindet sich heute in Paris.

Winckelmann hat wirklich die Ausgrabungen der Bourbonen kritisiert und wurde kurz darauf von Arcangeli ermordet. Warum weiß man jedoch nicht.

Die Brigade der Carabinieri, die Kunstraube in Italien verhindert, gibt es, sie residiert in Neapel im Castel Sant' Elmo und tut eine exzellente Arbeit.

Die Tunnel unter der versunkenen Stadt Herculaneum und in der Ruine der Basilika und der Villa der Papyri existieren. Sogar die Inschriften ‚mein Haus' in der Wand und eine mit dem Namen ‚Marsily' gibt es wirklich.

Wer in der Villa der Papyri einst wohnte, ist unklar. Es könnte in der Tat Königin Berenike von Judäa gewesen sein. Diese Vermutung ist jedoch nur die meinige. Ihren Körper oder Gegenstände aus ihrem Besitz fand man bisher nicht und neben der Villa der Papyri liegen zudem noch zwei weitere Villen, die man nie erforscht hat. Herculaneum verschließt noch unzählige seiner Geheimnisse.

Alle in diesem Buch beschriebenen Geschehnisse um Professor Cariello, Therese Urquiola, Camarata und die anderen Figuren sind frei erfunden, auch wenn ihre Charaktere von wahren Personen inspiriert sind. Soweit ich weiß, war kein Mitglied der Verwaltung des Archäologischen Parks von Herculaneum je in den Raub von Epikur-Schriften verwickelt. Es gibt auch keinen Beweis für epikureische Fresken in der Villa der Papyri. Die diesbezügliche Theorie stammt genauso von mir wie die angebliche letzte Nachricht Epikurs, die von den Schriften Hariris und Kierkegaards inspiriert ist.

Danksagung

Ohne Dich, meine liebe Schwester, hätte ich dieses Buch nicht schreiben können. Einen großen Dank auch an meine Familie, die mich stets unterstützt hat, und an Herrn Karsten Voigtmann für den exzellenten medizinischen Rat. Danke an meine lieben Freunde Thoralf und Stefanie Reichelt und tausend Dank auch meinem hervorragenden Lektor David Engels, der wahre Wunder vollbracht hat. Dieses Buch ist mein erstes und es war nicht einfach, die Fülle der historischen Fakten zu einem Thriller zu kürzen.

Schließlich und sicherlich nicht zuletzt auch ein großes Dankeschön an Herrn Francesco Sirano, Direktor des Parco Archeologico di Ercolano, und an Frau Stefania Siano, Archäologin, die sich die Zeit genommen haben, mich hinter die Kulissen des sonst unsichtbaren Teils von Herculaneum schauen zu lassen.

Lieber Leser,

Ich hoffe, Dir hat das Buch gefallen. Es hat mir Spaß gemacht, den historischen Details der Grabungen Herculaneums nachzuspüren, und ich hoffe, Du hast bei dieser Geschichte genauso viel Spannung empfunden wie ich. Wenn Du nach Italien kommst – bitte besuche Herculaneum, die Stadt, in der die Archäologie begann.

Über eine gute Bewertung würde ich mich sehr freuen.

Zum Weiterlesen:

Mord im Hain der Göttin (Cariello 2) erzählt die Geschichte zweier geheimnisvoller Schiffswracks des Kaisers Caligula und einer spektakulären Geschichtsfälschung.

Das Geheimnis von Venedig (Cariello 3) geht der Mär von der Mumie des Heiligen Markus auf den Grund und findet mehr als nur einen Heiligen im Grab.

Der Schatz der Goten (Cariello 4) stöbert nach der Beute Alarichs aus der Plünderung Roms und findet ihn da, wo niemand ihn vermutet in Ravenna.

Das Lächeln der Leda (Cariello 5) stöbert nach verlorenen Gemälden in Fontainebleau bei Paris.

Der Gottesbeweis (Cariello 6) erzählt von einem erstaunlichen roten Juwel, das in einem uralten Kloster verschwindet.

Eiszeit (Cariello 7) findet eine Kinderleiche im Gletscher und deckt uralte Rätsel auf.

Die Geisterstadt (Cariello 8) folgt den uralten Totenmysterien in einem Tunnel unterhalb der Villa Cäsars.

Vielen Dank fürs Lesen.

U.C. Ringuer

(c) 2022